上海市民修身系列读本

中国好故事

CHINA GOOD STORIES

上海文艺出版社
上海故事会文化传媒有限公司

上海市民修身系列读本
中国好故事
编写委员会

主　任
潘　敏

副主任
蔡伟民　李　刚

编　委
范伟成　王延水　夏一鸣　王　雁
匡　煜　陈　萍

只争朝夕　不负韶华
（代序）

2020年是决胜脱贫攻坚、决战全面建成小康社会的收官之年。习近平总书记指出："这个时跨本世纪头20年的奋斗历程到了需要一鼓作气向终点线冲刺的历史时刻。"

这是一个值得自豪的时刻。改革开放之初，党中央提出小康社会的战略构想。40多年来，特别是党的十八大以来，我们党把人民对美好生活的向往作为奋斗目标，攻坚克难，砥砺前行，推动全面建成小康社会奋斗目标一步步变为现实，彰显了中国共产党人的使命担当。

这是一个值得铭记的时刻。全面小康，民生为先。百姓热爱生活，期盼有更好的教育、更稳定的工作、更满意的收入、更可靠的社会保障……为了实现美好生活，我们撸起袖子加油干。因为我们知道，人世间的一切幸福都需要靠辛勤的劳动来创造。在奔向小康的征程中，我们身边发生了各种各样的新鲜事、文明事、开心事……值得一一记录。

在此背景下，上海东方宣传教育服务中心联合《故事会》编辑部共同策划，推出2020年度《中国好故事》一书。着眼于脱贫攻坚、全面建设小康社会等内容，选取了反映改革开放以来发生在中国大地上感人至深的脱贫赞歌、攻坚壮举，以通俗易懂、生动活泼的故事形式，展现一批"志愿者""逆行者"在这项举世瞩目的伟大工程中胸怀大爱、身体力行的奋斗身影。他们用火热的青春书写新时代的先锋故事，充分彰显了理想信念、爱心善意、责任担当。

本书涵盖"以诚润德，'智'富有道""春风化雨，情暖人间""以文化育，善作善成""自强不息，天道酬勤""富而不骄，乐善好施""正风敦俗，扶危济困"等六个方面。读者在阅读故事时，可以细细感受在全面建设小康社会过程中，我们身边所发生的点点滴滴的变化——物质生活更加丰富，精神生活更加充实，生活环境更加美好，社会环境更加和谐。

值得一提的是，本书中的故事均取材于火热的实际生活，通过适当的艺术加工，力求使作品读得进、讲得出、记得住、传得开。相信在阅读本书的过程中，你能在故事里找到身边的人；阅读完本书，你也能在身边找到这样的故事。

谨以此书献给用勤劳双手托起中国梦，为全面建成小康社会跑好"最后一公里"而接续奋斗的全体人民！

《故事会》编辑部

目录 Content

只争朝夕　不负韶华（代序）……………………… 1

第一章　以诚润德　"智"富有道…………………… 1

辣子扶贫 ……………………………… 徐　涛　 2
当官先做人 …………………………… 刘祖光　 9
蜂拥而至 ……………………………… 徐嘉青　 15
扶贫出妙招 …………………………… 裴文兵　 20
扶贫看错人 …………………………… 刘金涛　 25
盖厕所 ………………………………… 张俊利　 29
告状 …………………………………… 黄　胜　 33
就是不当贫困户 ……………………… 杨春萍　 39
两村子PK ……………………………… 刘祖光　 44
奇怪的钓鱼者 ………………………… 叶源洪　 50
太小看人了 …………………………… 童树梅　 54
特殊的一课 …………………………… 苏学文　 59
问心无愧 ……………………………… 李晓隽　 63
寻找"蹬山倒" ………………………… 高凤顺　 67
有一条路叫幸福 ……………………… 钱　岩　 73
争当贫困户 …………………………… 马凤文　 92

第二章　春风化雨　情暖人间………………………… 96

藏在花盆里的爱 ……………………… 宾　炜　 97
打张白条吧 …………………………… 万里秋风　103

目录 Content

大美莲山 …………………………… 尘世伊语 107
第八座山峰 ………………………… 杨汉光 111
风雨中的柔情 ……………………… 夏乐飞 115
古泉钟声 …………………………… 叶晓星 121
今晚有泥石流 ……………………… 吴宏庆 127
课桌效应 …………………………… 林荣芝 132
暖心扶贫 …………………………… 荻 秋 136
奇怪的捐赠 ………………………… 一 杰 141
奇特的纵火案 ……………………… 黄廷洪 148
去北京采风 ………………………… 金十三 153
守门的小男孩 ……………………… 付秀玲 159
我们一样爱他们 …………………… 张春风 162
洋亲家 ……………………………… 曾拥军 165
一只计数器 ………………………… 陈 靖 171

第三章 以文化育 善作善成 ……… 175

单位的车子 ………………………… 刘志平 176
扶贫成果 …………………………… 刘少鸿 178
紧急召见 …………………………… 宾 炜 184
苦楝树作证 ………………………… 傅昌尧 187
困难户 ……………………………… 陶百军 191
美味洛半鱼 ………………………… 黄耀珠 193
人仗狗势 …………………………… 曹景建 198

目录 Content

送温暖 …………………………………… 香　溪　202
填表惊魂 ………………………………… 杨汉光　207
为啥不进门 ………………… 孝　友　搜集整理　212
慰问金 …………………………………… 晨　雨　214
我想做善事 ……………………………… 东　关　218
我有四套房 …………………………… 孙凡利　222
夜访农户 ………………………………… 杨汉光　227
一条流产的新闻 ………………………… 杨　璇　231
这个山头我包了 ………………………… 汪培君　235
致富之路 ………………………………… 郭振宇　240

第一章 以诚润德 「智」富有道

> 有这么一户人家，相亲时看不上勤劳的小伙子，反而相中了一个懒汉，这是怎么回事呢？

辣子扶贫

徐 涛

两个相亲的

卢小英在省机关工作，性格火辣辣的，人称"辣子"。这次，她被下派到一个县里挂职锻炼。这个县有个贫困村，年年在扶贫，却越扶越贫，卢小英主动申请到这个村任驻村干部。

卢小英住在夏婶家里。夏婶只有一个女儿，小名叫冬妞。冬妞虽是农家女，却又漂亮又聪慧，卢小英非常喜欢冬妞，两人亲如姐妹。

这天晚上，卢小英问冬妞："你说说，咱们村为什么越扶越贫？根源到底在哪里？"冬妞却望着外面发呆，好像有什么心事。卢小英说："你在想什么呀？"冬妞脸一红，就说开了。

原来，冬妞到了适婚年龄，明天是个吉日，村里有两个年轻人要来她家相亲。冬妞对卢小英说："明天你不要出门了，给我当参谋行吗？"卢小英笑了，说："好呀！"

第二天早饭后，门外有人轻声叫："夏婶！"跟着进来了一个年轻人，小伙子长得挺帅气。冬妞悄悄给卢小英介绍说："这人叫郭海，出门打了六年工，过年回来就没走了，在家乡创业。"

卢小英点头称赞："回乡创业，有志气！"

奇怪的是，夏婶对郭海却非常冷淡。郭海给夏婶捧上一个礼盒，夏婶一把就推了回去，说："婚姻是讲缘分的，不是讲礼物的，我们不收什么礼物！"郭海尴尬极了，这时候，他兜里的电话响起来，郭海才说了声"抱歉"，正想接电话，夏婶却下了逐客令："你是个大忙人，忙你的去吧，我还有事！"郭海怔了一下，只好说："那我就先走了！"他鞠了个躬，转身走了。

卢小英对夏婶的态度十分不解，对冬妞说："这小伙子挺不错呀，为什么你妈这样冷淡呢？"冬妞还没回答，夏婶却催促冬妞说："快收拾一下，张满就要到了！"

母女俩忙碌起来，屋子收拾得窗明几净，又端上一大盘山果。看母女俩的态度，卢小英想：这个叫张满的一定不同寻常！没多久，门外"啪啦啪啦"地响起脚步声，夏婶说的张满来了。卢小英迎头一看，不由得大跌眼镜——这个张满，相貌平平庸庸，举止懒懒散散。

夏婶迎上去，亲热地招呼："张满，这些日子你在忙啥呀？"张满说："忙呢！老舅家里来了个收山货的客人，我陪他玩了几天牌，那个人鬼精，怕我们捉他的乌龟，盯得老紧，玩得真累人呀！"说着双臂一举，伸了一个大懒腰。

卢小英忍不住插话道："眼下不是收割季节吗？难道你没有种地？"张满说："种地？种啥地？我的地都租给别人了。"卢小英说："地租出去了，正好出去打工，收入不是更好吗？"张满打了一个哈欠，诧异地说："在家里过得舒舒服服的，凭啥要出门去遭罪？"

卢小英不想说了，夏婶和张满又聊开了，聊着聊着，张满哈欠连天。夏婶关切地说:"看你困得不行,就先回去睡吧。"张满半闭着眼睛嘟囔道:"是啊,几夜没合眼,是要好好睡一觉。"说着迷迷糊糊站起来,东倒西歪地走出去了。

张满走后,冬妞问卢小英:"你觉得张满怎么样?"卢小英说:"这个人和你根本不般配,你问他干什么?"冬妞扭过头,羞涩地说:"我妈相中了这个人!"

卢小英惊讶不已,冬妞说:"我妈穷怕了,总想让我能过上舒坦日子。"卢小英说:"哦,我明白了,这张满家一定很有钱吧?"冬妞说:"不说了,我们去外面走走吧。"

两人在弯弯曲曲的田埂上走着,走了一段路,冬妞抬手指着前面说:"你不是问张满吗?那就是他的家!"

懒字值千金

卢小英抬眼一看,傻眼了,一处荒草丛生的地方,立着两间歪斜的老房,用几根木棍撑着,旁边用茅草搭了一个棚,大概就是茅坑了!

卢小英疑惑不已,正想问冬妞,这时,有个做农活的大婶过来了。大婶对冬妞笑着说:"听说张满到你家相亲去了?冬妞,这是户好人家呀,你可真有福气哇!"

卢小英忍不住了,指着两间破房,大声说:"好人家?就这两间破房?这不是睁眼跳火坑吗?"

大婶眼睛瞪得圆圆的,说:"你说啥呀,这是几间破房吗?这是栋小洋楼呢!他家里穷得像水洗似的,被定为重点扶贫户,只等风把房子吹倒,村里、镇里、县里都要给扶贫资金,要作为扶贫典型,建一栋高标准的小洋楼呢!你说,这是破房吗?这是块金字招牌呀!"

大婶又说:"小洋楼还不算,还有那吃的、穿的、用的,样样都不愁!"卢小英说:"怪了,就张满那懒样子,吃穿从哪里来?"

大婶不高兴地说:"别把一个'懒'字说得那么难听,俗话说懒人祸少福多,'懒'字值千金呢!"

正说着,一辆中巴车从村公路颠簸着驶过来,停车后下来一行人,手里都提着东西,往张满家走去,其中一个还扛着摄像机。一行人走到张满家,不一会儿,就"啪啦啪啦"放起鞭炮来,气氛像过节似的。

大婶就说:"这都是到张满家扶贫慰问的,你看,不是啥东西都有吗?"

卢小英注视着一行人,刚刚要说话,一掉头,看见村公路上又来了一辆车,跟着跳下来几个人,都穿着制服。卢小英问:"这又是来慰问的吗?"冬妞摇头说:"不是不是,他们是来找郭海的,多半没好事!"卢小英心里一动,说:"我也正想去找郭海!"

冬妞就领着卢小英往前走,眼前出现了一排砖房,冬妞说:"这就是郭海办的厂。"卢小英走近一看,见那几个穿制服的人正在厂内,郭海在旁边陪同着,门口还有一个人,像一尊门神,一脚堵住厂门口。

厂房外有一个老伯,默默不语站在那里,冬妞说:"他就是郭海的父亲。"卢小英把老伯拉到一边,问了起来,老伯一讲,卢小英前前后后都明白了。

原来,郭海在外打了几年工,积蓄了一笔钱,萌生了回乡创业的想法。他和一家知名超市达成协议,他回家办干果蔬菜加工,由超市贴牌经销。计划是天衣无缝,但是郭海回了家,创业的路却异常艰难。

老伯指着那几个穿制服的人说:"他们是来搞检查的,三天两头来。最近,厂里加工了一批干果,价值很高,由于厂里困难,拖延了发货时间,今天再不发货,协议就废了,厂子也就倒闭了!"

卢小英着急地说:"那赶紧组织发货啊!"老伯叹了口气,说:"郭海在信用社贷了3万元的款,今天信用社催贷的也来了,说不还贷款,就不准发货!站在门口的就是信用社的人。"

卢小英沉思着,冬妞悄悄对卢小英说:"你看郭海,头发长得像蓬头鬼,连理发的钱都没有了!自从回来创业,天天有来找茬的,没有一天安稳日子,谁要是嫁给他,那才是倒了八辈子的霉,幸亏我妈有眼光,选定了张满!"

卢小英对冬妞的话非常反感,她冷眼看了看冬妞,不说话,大步向郭海的厂房走过去。

使出辣性子

卢小英走到厂门口,信用社的人还堵在门口,卢小英情绪激动,喝了一声:"请你让开!"信用社的人吃了一惊,本能地收起脚,卢小英一步走进厂内。

卢小英走到检查人员面前,冷冷地说:"好看吗?看够了没有?"检查人员大为吃惊,盯着卢小英:"你是谁?干什么的?"

卢小英说:"我姓卢,叫卢小英,是这里的驻村干部!"

一个检查人员眨着眼想了一下,赶紧挪到一边,给单位领导打电话,不一会儿,单位领导回了电话:"是,是,她是从省里下来挂职锻炼的,这个人是个辣性子,你们千万不要惹她,没准以后还是咱们县的领导呢！"

检查人员换上一副笑脸，卢小英说："一个打工的，用血汗钱回乡创业，利乡利民，你们应该热情支持，怎么能兴师动众地折腾！"

卢小英又转过身，对信用社的人说："你可否通融一下，让他们把货送走，回头再还贷款。"

信用社的人嘟囔说："我是怕他把货一拉走，不回来了，我找谁去要？"卢小英大声说："你找我，我走不了！"

信用社的人立即给主任打电话，打完后态度大变，说企业有困难，贷款可以延期，帮助企业应急。

哇，问题解决了，卢小英对郭海说："抓紧组织发货吧。"几个检查人员说："好了，没事了，我们走吧！"卢小英却说："慢着！"

检查人员站住了，卢小英说："既然来了，不妨都来出把力，帮忙装货，让他们尽快发货。"检查人员一齐说："好，好！"个个干得挺卖力，很快，货装完了。

郭海上了货车，向大家挥手告别，卢小英看见郭海眼里含着泪花。

郭海走后，卢小英去县里学习，一个月后，又回到冬妞的家。自从冬妞相亲以后，卢小英很少和这母女俩说话。刚进门，冬妞对卢小英说："你回来得正好！"卢小英问："有什么事吗？"冬妞脸涨得通红，说："明天我就要成婚了，想请你当我们的证婚人。"卢小英正要拒绝，冬妞说："这不，他来了！"卢小英冷眼向外一看，又傻眼了，来的不是张满，而是郭海！

郭海兴奋地对卢小英说："我和农户们商量了，联合成立了一个加工合作社！为了感谢你，我要送给你一份礼物！"卢小英高兴地说:"可我们有纪律啊,不收任何礼的!"冬妞说:"看一眼总可以吧!"郭海掏出一张纸,卢小英一看,哇!这是一份正式合同,连锁超市决定和郭海正式合作,对方投了五十万资金,议定年加工值几百万元,一条脱贫的路铺开了。

其实,冬妞和郭海相恋很久了。卢小英恍然大悟,对冬妞母女说:"我明白了,你们用的是激将法,是怕我和过去一样,扶懒不扶勤!"

> 两个同班同学,同时当上了公务员,但是他们的结局却大不相同……

当官先做人

刘祖光

新公务员

都说官场上的讲究多,干巴巴的没趣味,可有个叫张才顺的公务员,在他身上发生的故事,让好多人津津乐道!

张才顺大学刚毕业,就和班长黄嘉伟一起考上了公务员,巧得很,他们考进了同一个局。黄嘉伟考上公务员,大家不奇怪,因为他是班长,老爸又是局长,既有能力又有靠山,似乎天生就是公务员的命,但张才顺考上公务员,进了官场,同学们却都替他捏了把汗:就张才顺那臭脾气,怎么能在官场混啊?

果然,黄嘉伟上班没几天,就得到领导表扬,说他工作态度很端正,下了班还要在办公室里待上半小时,不像张才顺,一下班就跑到后面的家属院打篮球……

领导话刚说完,张才顺就要求发言,他说:"既然我们的工作多得需要加班才能完成,我建议大家都像黄嘉伟那样,延迟半小时下班!"

张才顺话刚出口,领导就浑身不自在:下班时间是有规定的,局机关的人都盼着早点下班,下班铃一响,全都脚底抹油——开溜,如果哪个领导规定推迟半小时下班,肯定会惹众怒,但这么一来,大家都看出黄嘉伟的加班是在"作秀"。

散会后,黄嘉伟拉住张才顺,红着脸说:"你损我不要紧,怎么能当众让领导下不了台呢?你就不怕领导说你不懂事?以后,多向我学着点……"

张才顺笑着说:"我是在向你学啊!你这么卖力,不就是为了加深领导对你的印象吗?今天我让他下不来台,也是想让他对我加深印象啊!哈哈!"说完,他掉头就走。

黄嘉伟看着张才顺远去的背影,突然笑了起来,说:"真是个傻瓜,给领导留印象,得留好印象呀!"

各有千秋

不久,市里选派机关干部下乡蹲点,局里也下了名额。乡下条件艰苦,而且离开了领导的视线,有好事也轮不到自己,因此谁都不愿意去,这时,领导想到了"印象深刻"的张才顺,马上在他名字下面打了个勾。

黄嘉伟想在履历表上加点分量,也主动报了名,这样,他和张才顺被一起分到最偏远的地方蹲点。

到了蹲点的地方,黄嘉伟过得很舒服。因为来之前他已经在笔记本电脑里存了几十部影视剧,他每天的工作就是看影视片。张才顺却每天都跑来跑去,了解情况,搜集资料。黄嘉伟见了总劝他:"咱们拉不来钱,说不上话,连村支书都看出来咱俩是虾兵蟹将,下来应付一下的,从来不对我们提要求,你何必这么当真!"

张才顺傻傻地笑着,说:"闲着也是闲着,多跑跑也没啥坏处。"

黄嘉伟说："那你跑吧！我来这里就应付应付，为将来积累点资本。"

还别说，黄嘉伟虽然白天闲着没事，到了晚上他又忙了，忙啥？给领导打电话呀！他每天晚上一到点，就给局领导打电话，汇报他一天的工作，比如跑了哪些地方、到哪个养殖户搜集资料等，事无巨细，说得有条有理，形神兼备，局领导听了非常满意，不住地说："好！你在下面表现很好！对了，和你在一起的张才顺，他都做了些什么事？"

黄嘉伟说："他也做了不少事，比如说，他会给村民们放电影，也经常带村里的孩子们打篮球……"

领导一听就火了："在上面玩，下去还是个玩！这小子……"

这天，黄嘉伟正在屋里看电影，突然电话响了，一接，是局领导亲自打来的，他急切地问黄嘉伟："你在哪儿？刚才市长去了你们那个点，却不见你人影，只看见挽着裤腿帮老乡插秧的张才顺……"

黄嘉伟一听，关了笔记本电脑就往外跑，到了地头上，正看到市长在和张才顺说话，黄嘉伟讪讪地走上去，正要介绍自己，不想市长见他就是一通训："你蹲的什么点？这个点咱们派下来两个人，可村民们却只知道张才顺一个人，你一个大活人，人家竟然都不知道你是谁，你这是干啥来了？"说完，他根本不听黄嘉伟解释，径直上车走了。

黄嘉伟心里叫苦不迭，他看看张才顺，突然发现张才顺整整瘦了一圈，显然是这些天来上山下塘风吹日晒的结果，他再摸摸自己的脸，依旧白白嫩嫩的，再笨的人也能看出谁在出力，又是谁在躲着享福……

张才顺为了争取到对蹲点地方的援助，到市里跑了好几个局,他不懂规矩直来直去的风格,让几个局大大小小的领导都记住了他。结束蹲点后,张才顺回到局机关,又开始了在机关不入流的生活。

这天下班后,张才顺在家属院打了会篮球,正要回去,一位漂亮的女孩子跑过来,问:"喂,你怎么老是一个人在这里打球呀?你们局每天都有饭局,你怎么不去呀?"

这女孩张才顺认识,是副局长的宝贝女儿,音乐学院的钢琴老师,追求者很多,据说黄嘉伟也是其中之一,张才顺却不冷不热的,朝女孩点点头,拎着衣服径直走了。

张才顺越这样,女孩子越着迷。这之前,她爸爸在家里说了张才顺不少好玩的事儿,让她觉得这个人有特点,很有趣,就主动跟他接近了。

这天,女孩又拦住打好篮球的张才顺,真诚地说:"咱们做朋友吧!"

张才顺吓了一大跳,说:"我哪敢高攀你?"说完,他掉头就走。

女孩从小到大从未这样被人拒绝过,怎肯如此收场,马上加强攻势,再加上她本来就很优秀,张才顺哪有不喜欢的!接触一段时间后,两个人合了脾气,真的相爱了。

对于他俩的事,女孩的父母都没反对,这张才顺虽然不是官场中人,但作为一个普通人却没啥好挑剔的,是个有担当、能负责任的男人,值得托付女儿的终身。

黄嘉伟没想到张才顺打篮球都能打到这么好的一个女朋友,直接跟副局长攀上了交情,真是傻人有傻福啊!但他还是不服气,想:就算你张才顺有傻福,但你这样傻到底,照样不可能在官场上有出息。他想啊想,想到了一个好法子,决定给张才顺挖一个坑。

第二天一下班,黄嘉伟把张才顺拉到一间茶馆,摆出一副推心置腹的样子,说:"上班转眼就两年了,你怎么还没交入党申请?"

张才顺说:"我老觉得不够格。"

黄嘉伟把杯子往桌上一顿,说:"这叫什么话?你不向组织靠拢,组织怎么培养你嘛?"

张才顺觉得黄嘉伟说得有理,点点头,说:"其实,我女友的老爸也跟我说了,让我写入党申请,我都写好一大半了。"

黄嘉伟连忙说:"这就对了!写好后,你得好好表现表现,另外,几个关键人物,一定要注意疏通打点。"

张才顺又不懂了:"疏通打点?什么意思?"

黄嘉伟指着张才顺,"哈哈"大笑:"老兄啊,你就别当山顶洞人了,好不好?疏通打点,说白了就是请客送礼,而且这礼还不能轻!如今这世道,你不送别人一点甜头,别人凭什么为你出力?"

张才顺惊讶得眼珠子差点没掉出来,脖子一梗,说:"连入党都搞这一套?那我宁肯不入了,我回去就把写了一大半的申请书撕了!"

两人不欢而散,黄嘉伟分外开心,马上把张才顺怒撕入党申请书的事向局长作了汇报。局长听了,好一会没吱声,最后说了两个字:"幼稚!"

局长这一说,黄嘉伟知道张才顺两三年里不可能入党了,他心里好不得意,心想:你连党员都不是,就算找到了副局长当丈人也没用,照样升不上去。

结局不同

又过了大半年，市政府要成立一个扶贫工作领导小组，成员从各局抽调，这是个没有油水的部门，黄嘉伟趁机向局领导推荐张才顺，领导征求意见，张才顺欣然从命。这样，张才顺就顺理成章地进了扶贫工作领导小组，不久，市政府的文件下来了，扶贫工作领导小组的组长由市长兼任，副组长居然是张才顺。

在传达会上，市领导说明了任命理由：一、张才顺有过下乡蹲点的经历，工作踏实，熟悉情况；二、他熟悉政府相关部门的情况；三、张才顺是无党派人士，符合上级要求。

大家明白，达到前两项条件的人有很多，但在政府部门里找一个无党派人士，真的很难……

就这样，一直不被看好的张才顺工作没几年就成为市里最年轻的处级干部，而八面玲珑、背景深厚的黄嘉伟，至今还是个普通科员。

看来，做人本分点，还是有好处的。

> 酒香不怕巷子深，但若是加上广告，岂不是更好？

蜂拥而至

徐嘉青

魏强是个短视频控，有着不少粉丝。这天是周六，好友邹涛约他去乡下转悠，两人开着车出发了，快到时看到路边有个卖蜂蜜的商贩，魏强放慢车速，提议说："要不咱下去买两瓶？"

邹涛说："现在哪里还有真的？你要是真想买，咱下去看看也行。"

于是，两人下了车。到了摊子前，魏强问道："这蜂蜜咋卖？"

商贩是个中年男子，漫不经心地伸出一只手晃了晃。邹涛惊叫道："乖乖，五百块一瓶啊，这是银蜂蜜还是金蜂蜜？"

魏强在旁边说道："你一边凉快去，哪有你这么埋汰人的！人家那是五十元一瓶。"说着，他拿起一瓶蜂蜜，拧开盖子看了看，又放在鼻子下闻了闻，用夸张的表情说："真香啊，这蜂蜜保准假不了。"说完，他冲着中年男子问："老兄，价能降点吗？"

中年男子摇摇头，吐出了俩字："不能。"

魏强嘿嘿笑道："卖东西得活络点，哪有把价定这么死的？便宜点，我俩一人买两瓶。"

中年男子很固执，仍然摇摇头。

魏强看到对方这样，一下子收起了笑，满脸不悦地说："老兄，你多少也给个面子便宜点，哪有你这么死板的？"

中年男子不动声色地说："一瓶给你便宜一毛钱。"

魏强一下子被气乐了："老兄，便宜一毛，你咋找钱？"

中年男子从旁边抓过一个袋子，随手抓了下，然后在魏强面前摊开了手掌，魏强一看，顿时哭笑不得，对方手掌里竟是十多枚一毛的硬币。

邹涛气呼呼地拉着魏强说："走了走了，哪有这样卖东西的？"

魏强也正有此意，站起身来，打算上车走人。中年男子一看，忽地站了起来，一个箭步跳过去，伸出两只胳膊拦住了他们，说："不能走！东西你们看了，价也给你们降了，到头来却不买了，这可说不过去！"

邹涛怒气冲冲地说："哟呵，看样子你是要强卖了？光天化日之下，我看你是没有王法了！"说完，他将中年男子的手臂拨到一边，径直向车子走去，魏强也赶紧跟了上去。

中年男子俯身抓起一瓶蜂蜜，随后追了过去。到了车子跟前，他一把拉住邹涛，叫嚷道："不买别想走！"

邹涛着实生气了，用劲儿把手臂一收，中年男子猝不及防，被带了个趔趄，手中的蜂蜜飞了出去，偏偏落在车子的前窗上，就听"啪"的一声，蜂蜜瓶子的盖儿被磕开了，里面的蜂蜜流了出来，在车窗上形成了一条淡黄色的线。

这下，中年男子可不干了，过去一把拉住邹涛，说："你要不把这瓶蜂蜜的钱给我，想走？没门儿！"

魏强和邹涛也没想到事情会变成这样，都有点傻眼了。魏强想息事宁人,把钱包拿出来,从里面掏出五十块钱递了过去,没好气地说:"给你!"

中年男子斜着眼睛看了看,说:"你打发叫花子呀?"

邹涛头一下子大了起来:"难不成还真是五百块?"中年男子点了点头。

魏强急了:"刚才说好的价,五十块一瓶,啥时候成了五百块?"

中年男子说:"一开始我就是这个价,我可从没说过五十块一瓶,那可是你说的。"

这下魏强和邹涛无话可说了,邹涛本想报警,魏强说:"算了算了,花钱消灾吧,犯不上为这么点事儿大动干戈!"

说完,魏强从钱包里拿出五百块钱,递给了中年男子,中年男子接过来,一脸得意地一张一张点了一遍,然后说:"正好!"

中年男子俯下身,把掉在地上的瓶子捡起来,里面还有小半瓶蜂蜜,他看了看说:"还有这么多,算了算了,给你们换一瓶新的得了。"

可让魏强和邹涛万万没想到的是,中年男子除了送过来两瓶新的蜂蜜,还有四百块钱,他还说,刚才是和他们开玩笑的,这蜂蜜就是五十块一瓶。

坐到车里后,魏强不由得一阵感慨。他发动车子,正准备走,忽然想起前车窗上还洒有蜂蜜,就拿了条毛巾,打算将蜂蜜擦掉,谁知就在准备下车的瞬间,手碰到了雨刮器开关,雨刮器"刷"的一下就工作了起来。这下倒好,蜂蜜原本是一条线,现在变成了一大片,几乎将整个车前窗都给罩住了。

副驾驶座上的邹涛眼疾手快,连忙关上了雨刮器开关,笑着说:"人家是给车打蜡,你这是打蜂蜜。"

魏强拎着条毛巾下了车,刚准备用毛巾擦,忽然惊讶地冲着车里叫道:"邹涛,你快点下来看看!"

邹涛一边拉开车门下来,一边问:"咋了?你一惊一乍的?"

魏强指着车前窗说:"你看!"

邹涛一看,顿时也惊呆了,只见上面爬了不少的蜜蜂,而且数量还在不断增加着,没过多久,那上面已是黑压压的一片了。

邹涛拉了拉旁边目瞪口呆的魏强,说:"老魏,还不快拿手机!"

魏强这才恍然大悟,赶快掏出手机,拍了一段短视频,并配上了文字:车子被蜜蜂包围,缘于何故?

短视频发出去之后,魏强和邹涛看着密密麻麻的蜜蜂,又犯难了,这该咋办呀?就在这时,卖蜂蜜的中年男子走了过来,他嘿嘿一笑说:"走不了了吧?还是我帮你们一把吧!"

中年男子回到了摊前,从那里拎过来一只空蜂箱,把刚才被邹涛碰掉的半瓶蜂蜜倒在里面,又忙活了一会儿,说来也怪,原本趴在车上的蜜蜂竟一只只飞走了。用了没多长时间,再看车前窗上,竟然是干干净净的。

做完这些,中年男子拍了拍手说:"可以了。"

魏强和邹涛道了声谢,也没了游玩的兴致,径直开车回家了。

回到家后,魏强掏出手机看了看刚才发的短视频,着实吃了一惊,竟然有了数十万的点击量,而且还有人在后面揣测咋回事儿。为了打消大家的疑虑,魏强说明了刚才的情况。有人立刻回应说:"能引来这么多蜜蜂,这蜂蜜绝对假不了,强哥是从哪儿买的？"魏强就把路过的那个地方说了，这件事就算告一段落。

转过天来，邹涛突然来找魏强，一见面就笑着说："老魏，我要谢谢你呀！"

魏强一头雾水地说："谢我啥？"

邹涛神神秘秘地说："谢你拍的那段短视频呀！"

魏强更疑惑了："视频？啥视频？"

邹涛说："蜜蜂那个呀，自从你发过短视频后，原本无人知晓的蜂蜜，有好些人专门开车过去买，都卖脱销了。"

魏强愣了愣问："你咋知道的？"

邹涛笑着说："实话跟你说了吧，那是我对口扶贫的村子，村里有养蜜蜂的传统，我寻思着把这个传统变成产业，谁知到头来，蜂蜜竟然卖不出去。后来我一琢磨，还是得扩大宣传呀，可广告费咱又出不起，我就想起了你，借你一用了……"

魏强恍然大悟道："那中年男子，那蜜蜂，都是你……"

邹涛点点头说："都是我设的。走，我请你吃饭去！"

两人相互看着对方，不由得哈哈大笑起来。

关键词：歪打正着

> 扶贫说起来简单，做起来却很难……

扶贫出妙招

裴文兵

阿P当选为河东村村委会主任，这可把他给乐坏了，一心想做出一番大事业。这天上午，他按捺不住激动的心情，在村子里转悠起来。望着那一幢幢挺拔的小楼房，他不禁洋洋自得起来：村民们都富裕了，这说明我阿P的工作做得好啊！

转着转着，阿P的脸上忽然晴转多云，只见村里有一幢低矮破旧的平房，在满村漂亮的小楼房中，显得特别碍眼。阿P当然知道，那幢平房是村里唯一的贫困户徐大顺的。他心想：如果上面来检查，看到河东村还存在贫困户，肯定会批评我的工作做得不够好，说不定，我村主任的官位也会因此不保！不行，我得赶紧帮助徐大顺脱贫致富……

阿P没了继续转悠的心情，转身往自家的方向走，可直到他进了屋，也没能想出帮助徐大顺的好办法。老婆小兰见他闷闷不乐，忙问他咋了。阿P就把自己的想法说给她听，小兰立即道："这还不简单——徐大顺有一大片山坡，你让他买上一百只羊羔，在山坡上放羊，一年之后，那些羊羔长大了，他就能脱贫致富了！"

阿P连忙把手直摇："小兰，你难道不了解徐大顺？"

原来，徐大顺的父母早已过世，他没有老婆孩子，只身一人过日子。他不但懒惰，而且好赌，一有点儿钞票就赌，家中因此一贫如洗。

小兰又说道："那你劝劝徐大顺，让他不要再赌了，然后再借些钱给他买羊羔！"阿P立即又摇起了手："我哪有那个闲工夫？再说，我如果借钱给他，他肯定又会去赌，根本不会去买什么羊羔，唉！"

阿P长吁短叹了一阵，这时，小兰说她明天要去河西村看望一位朋友。阿P听了这话，忽然眼前一亮。当天下午，他骑上摩托车，便向河西村赶去。

来到河西村，阿P敲开了一户人家的大门。那户人家的户主叫崔有光，是徐大顺父亲的好朋友，徐大顺父亲在世时，两人比亲兄弟还要亲。崔有光开了一家木材加工厂，是个有钱人，在河西村说话很管用。

闲扯了几句后，崔有光问阿P有何贵干。阿P清了清嗓子，说："老崔，你让徐大顺来你们河西村安家落户吧……"

崔有光听完阿P的话，惊讶地瞪大了眼，然后把头摇成了拨浪鼓："P主任，我曾经给过徐大顺不少钱，可都被他给赌输了！他那么懒，那么好赌，你说，如果我让他来河西村安家落户，那岂不成了引狼入室？我们河西村人能答应吗？"

见崔有光一口回绝，阿P连忙动之以情晓之以理，说年近三十的徐大顺，孤苦伶仃地一人过日子，实在需要别人的帮助，而崔有光作为他父亲最好的朋友，自然责无旁贷……

阿P差点磨破了嘴皮，崔有光仍然不松口，他只得退而求其次："老崔，你出钱替徐大顺在我们河东村盖一幢小楼房吧，好歹让他脱了贫！"崔有光又立即摇起了头："不成，我若替他盖了楼房，过不了几天，他肯定会将它给输了！"

见崔有光油盐不进，阿P只得站起身，打算告辞，崔有光却拽住了他，非得留他吃顿晚饭不可。原来，崔有光喜欢喝酒，又很好客，因此，他哪里肯让阿P不喝一顿酒就走？

崔有光的老伴几年前过世了，而他的独生女崔荷还未出嫁。当下，崔有光将崔荷叫到跟前，让她去厨房炒几个好菜。崔荷的名字虽然起得很美，但人却长得又矮又黑又胖，二十好几了，连个男朋友都没有，崔有光一直为此事犯愁。阿P望着忙进忙出的崔荷，突然灵光一闪。不一会儿工夫，酒菜上了桌。喝了几个来回，阿P将筷子一放，开了口："老崔，我给你介绍个上门女婿吧！"

原来刚才，阿P想到崔荷未嫁，徐大顺没娶，如果把徐大顺与崔荷凑成一对，那徐大顺就能马上脱贫致富了。

听了阿P的话，崔有光顿时两眼放光："P主任，你要介绍的是哪家的小伙子？"阿P不紧不慢地说："徐大顺！"崔有光眼中的光亮顿时暗淡了下去："他？不成！他那么懒、那么好赌，我可不能让他毁了我女儿一辈子的幸福！"阿P急忙道："懒、好赌，这些都可以改！老崔，你那么有能耐，假若他成了你的女婿，你肯定能将他管好……老崔，让他俩相个亲吧……"

阿P低声下气地请求了好半天，并拍了几回胸脯，崔有光终于心一软，说："那、那就让他俩见个面吧，看我闺女能不能相中他……"

回到河东村，阿P满面红光地对徐大顺说："大顺，喜事，大喜事啊！"徐大顺正为没钱去赌而发愁，懒洋洋地问："啥喜事？"阿P就把让徐大顺做崔有光的上门女婿的事，说给他听了。徐大顺见过崔荷，因此他一听完阿P的话，便跺起了脚："崔荷那么矮、那么黑、那么胖，P主任，你这不是想坑我吗？"

阿P却胸有成竹，不慌不忙地分析起来："那些都只是外表，你应该追求心灵美……关键是，崔家有许多的钱，你只要成了崔有光的女婿，那可就不愁没钱花了……"

听完阿P的一通分析，徐大顺终于勉强点了点头。第二天，阿P咬了咬牙，自掏腰包，买了一套崭新的西服、一双皮鞋，让徐大顺换上了，然后，他领着徐大顺赶到崔家去相亲。还别说，徐大顺穿上西服、皮鞋后，倒是显得一表人才。

让阿P感到心花怒放的是，崔荷居然相中了徐大顺。大半年后，徐大顺与崔荷结了婚，婚后很是恩爱。阿P因此经常得意地想：徐大顺成了崔有光的上门女婿，一举脱了贫，河东村因此没了贫困户，只有像我这样聪明的人，才能想出这样的妙招儿……

很快，日子又过去了大半年。这天，阿P正坐在自家门前，悠闲地喝茶，忽然，他看见徐大顺、崔有光、崔荷，各挑着一对竹篓走进了村子，而竹篓里装满了被子、锅碗瓢盆。这是咋了？阿P连忙走了过去，询问究竟。

崔有光长叹了一声，然后说出了他们一家落魄的缘由。

原来，徐大顺与崔荷成亲后，便搬到了崔家去住。一开始，在崔有光的监督之下，徐大顺确实能够勤快地干活、不赌博，可日子一长，他便熬不住了，竟然想方设法，让崔有光迷上了赌博。于是，丈人、女婿一起上阵，很快就将崔家的家产输了个精光，连房子都卖了，无奈之下，他们只得搬进徐大顺那几间低矮、破旧的平房……

　　崔有光说着说着,眼泪都快下来了:"P主任,是你一手张罗的这门亲事,竟然让我和我闺女落到了今天这个地步!P主任,你可真是害人不浅啊……"

　　阿P听着听着,不禁觉得自己的头都大了。事情怎么变成了这样?原以为凭借自己的妙招儿,可以让河东村没有贫困人口,没想到到头来,贫困人口却从一人增加到了一户三人,真是糟糕透顶啊!

　　站在一旁的小兰,手指差点戳到了阿P的鼻梁上:"阿P,你瞧你办的这叫啥事儿!"

　　阿P沉默了一阵,然后十分勉强地笑了一下,说:"我阿P虽然没能帮助徐大顺脱贫致富,但总算让他与崔荷结成了一对,也算是促成了一桩姻缘啊……"

关键词：扶贫态度

> 扶贫可千万不能只做表面文章。

扶贫看错人

刘金涛

阿P每当从电视上看到贫困乡村的镜头，心里就格外不是滋味。他很想去农村帮助农民们脱贫致富，可自己不过是工厂里的一名小工人，实在无能为力。忽然有一天，厂长找到阿P，让阿P火速到市轻工局扶贫工作组报到。这是咋回事呢？

原来，市轻工局响应上级号召，要组织一个工作组到农村开展扶贫工作，局机关人手少，只得从下属企业抽调临时成员。阿P听厂长讲明原委，高兴得差点蹦起来。这真是天遂人愿啊。第二天一早，阿P按规定带上行李被褥，随五六人组成的扶贫工作组出发了。下午4点，工作组来到了一个偏僻的小山村，村主任闻讯热情相迎。这里条件实在太差，工作组被安排到一座阴暗潮湿的破庙里住下。

扶贫组进村的消息传到村上一个无赖汉的耳朵里，这个无赖汉名叫李二氓，自幼被爹娘宠坏，长大后吃喝嫖赌、坑蒙拐骗，活活把爹娘气死。李二氓家里穷得叮当响，只剩下爹娘留下的3间漏雨的茅草屋，但他恶习不改，时常干些偷鸡摸狗的勾当，派出所进进出出十几次，最近刚被放出来。这天夜晚，李二氓躺在床上反复琢磨：这扶贫组是城里人，腰包里肯定不缺钱，若能跟他们套上近乎，说不定能讨上个大便宜。主意既定，李二氓天不亮便跑到破庙，当着扶贫组的面一把鼻涕、一把泪地哭诉起来。阿P不免动了恻隐之心，正要表态，组长使了个眼色制止了他。上午，扶贫组找村主任了解情况，村主任专门把李二氓平时的表现讲了一遍，最后嘱咐："小心被他耍了。"

阿P却不甘心，他想浪子回头金不换，难道李二氓真的不可救药？思来想去一整夜，阿P横下一条心要"啃"李二氓这块硬骨头！如果李二氓真的脱贫致富并改邪归正，这不正显出我阿P的本事吗？第二天，他一早便找到组长，拍胸脯保证要把李二氓扶上正路，发家致富。组长看阿P决心这么大，就答应了阿P的请求，临了还叫他多加注意。

阿P不愧是阿P，深知攻人先攻心的策略，他自掏腰包买来酒菜，和李二氓交上朋友，还把随身带来的香皂、毛巾、洗发精之类的东西送给他，让他洗澡换衣，培养爱美之心。别看李二氓平时蓬头垢面，经阿P一番拾掇，还真像那么回事呢！阿P看在眼里，喜在心里。

这天，李二氓"阿P哥长、阿P哥短"地叫过之后，转弯抹角要向阿P借5000块钱办养鸡场。阿P心里一热，说："办养鸡场？这主意不错，不过，要从小到大慢慢发展，我明天去给你买几只品种鸡，鸡生蛋，蛋孵鸡，功到自然成。"李二氓撇撇嘴说："阿P哥，照这样啥时能致富？"阿P不厌其烦，又对李二氓讲起"一口吃不成胖子"的道理。

阿P果然信守诺言，第二天就为李二氓买来4只又肥又壮的红光鸡，花了200块钱。接着，又在院子里垒上围墙架上鸡网，开始了养鸡场发展计划。一转眼20天过去了，阿P挺认真，每天坚持帮助李二氓喂鸡，"咸操萝卜淡操心"，李二氓自己倒轻松不少。

根据上级规定，工作组下来扶贫时间为一个月，中间有4天假期可以回市里休息。这天，阿P告别李二氓离开山村，阿P前脚刚走，李二氓就操起明晃晃的菜刀，逮住了一只"咯咯"叫的母鸡。20多天来，他望着肥嘟嘟的红光鸡，早就一个劲地提溜着口水，只是碍于阿P他一直没有下手。这下可逮着机会了，他手起刀落，垒灶生火，只一个小时的工夫，风卷残云般地将这只母鸡落下了肚。李二氓一边打着饱嗝，一边思量：那个阿P回来，自己该怎么应对呢？

他在村口转悠的时候，碰到了正在干活的村主任。他满脸堆笑，凑上去问："村主任，您忙着呢，阿P哥他们会不会按时回来？"村主任抬起头来，没好气地说："怎么啦？又想叫阿P掏腰包给你买酒喝？告诉你，以前村上来工作组多了，说是住一个月，我看能住10天半个月就不错了，他们哪还会再回头？"

听了村主任的这番话，李二氓心里甭提有多高兴了，心里悬着的石头立刻落了地。于是，他一天吃一只鸡，等阿P风尘仆仆赶回来时，养鸡场里只剩下一堆鸡毛了。

阿P一看傻了眼，他把几本讲科学养鸡的书和几袋鸡饲料一扔，抓住李二氓的衣领大声喝问："你为什么欺骗我？"

李二氓定了定神，把头一偏，耍起流氓来，反问道："阿P同志，是你们工作组欺骗我们还是我们欺骗你？"阿P一愣。李二氓接着说："你们走后，我去问村主任你们啥时回来？村主任说你们不会回来了，只是过过场而已。你这一走，我又没钱买饲料。这鸡若饿死、饿瘦，倒不如我吃了。"

阿P松开李二氓的衣领,气急败坏地找到村主任质问。村主任苦笑一声,说道:"真对不住,这话是我说的。以前有不少工作组都是这样,谁想到你们这个组这么认真,我真是瞎眼了。"村主任一个劲地检讨。

　　阿P一下子明白了许多,心中愤愤不平:怪不得农民兄弟对一些工作组有意见,原来他们专做表面文章给上头看,这下害得我阿P白白赔了200多块买鸡钱!可再一想,他又得意地吹起口哨:"OK,咱阿P总算扶过贫了!"

关键词：智慧扶贫

> 想发家致富？先盖厕所！

盖厕所

张俊利

最近，阿P回老家发展，被选举当上了村主任。俗话说，望山跑死马，阿P的老家就是这样一个小山村，它夹在山坳里，前不挨村后不着店，虽然离县城直线距离只有90公里，走起盘山道却远远超过了200公里。村里住着80多户人家，背靠大山，门前有河，脚下还有条曲折蜿蜒的省道，一眼望不到边。虽然省道上车流滚滚，本村男女却依旧家徒四壁。

阿P当上村主任的第一个晚上，愁得一夜没合眼，搅得老婆小兰也没法睡觉："当个芝麻粒大的小官，就把你高兴成这样？不想睡觉，院里凉快去！"

阿P来到院里，抬头看看天上的寒星，低头瞧瞧在村里呼啸而过的车水马龙，心里乱成一团麻。他沿着公路，从村东走到村西，从山前走到河边，从半夜三更走到鸡鸣狗吠，终于把脑袋一拍：就这样定了，老子要盖个大厕所！

村民们听说阿P要在村里建厕所，都愣了。盖个厕所，就能帮助大伙儿发家致富？再说盖厕所，村集体可没有一分钱啊！

阿P想到了县里派来的驻村工作队，他拉着县城建局驻村工作队的队长翻山越岭进县城，见了城建局长就提出一个要求："给我们村建个大厕所。"

城建局长听了也觉得可笑："我们下基层搞帮扶，有要修路的，有要修学校的，你这里要求建一个大厕所，我倒是第一次碰到。不过话说回来，现在提倡精神文明创建，也算符合政策。"

说干就干，阿P选址，县城建局出钱，一个月后，一个崭新的大厕所就在省道边的空地上亮了相。有男厕也有女厕，定时冲水，墙上安了排风扇，阿P又发动村民，在厕所边栽上花，种上树，还推土铺路，平整了一个五亩大的大场院。

厕所建好了，出乎村民意料的是，南来北往的大小车辆，开到这里时，有不少真的停了下来。司机们到大厕所里撒泡尿，洗把脸，抽根烟，甚至在小山村走个来回。阿P心里美滋滋的：我早就做过调查，这条省道上车流多，服务区少，建大厕所，正是填补了这个空白！

村民们一点就透，很快，大厕所周围出现了一些摊点，卖山楂柿饼核桃酸枣儿的，卖鸡蛋麻花豆腐脑凉皮的，卖茶水果汁酸奶的……熙熙攘攘，人声鼎沸，车马喧腾。

可是，刚热闹了几天，就出事了，村里的三丫和山杏打起来了。为啥？有一辆公共客车开到大厕所门前，还没有停稳，两人你端着烧饼，我托着麻花，就挤上了车。同行是冤家，三言两语就吵了起来，后来就变成了拳打脚踢，你扯我小辫，我拽你短褂。司机一看事情不妙，连哄带拽把她们拉下车，一加油门跑了。

其他司机也慌了，这架势，闹不好会出人命，赶紧跑吧。

大小车辆一窝蜂地往外窜，落下好几个旅客，提着裤子在车屁股后面追。

阿Ｐ很生气，村里的特色产业才刚刚起步，就半路上杀出个程咬金。怎么办呢？阿Ｐ在河边转了一遭又一遭，摩拳擦掌干着急，扭头看着河对面的西瓜地，长叹一声："舍不得孩子套不住狼！"

第二天，阿Ｐ把三丫、山杏还有几个妇女请到了河对面，安排她们到地里收拾棉花。忙活了一上午，妇女们热得浑身冒汗，衣服都能拧出水来。农村妇女可不把村官当干部，七嘴八舌吵吵闹闹要阿Ｐ请客。阿Ｐ手一挥："走，到我地里吃西瓜。"

捧着黑籽红瓤的西瓜，三丫、山杏还有那几个妇女就甩开了腮帮子，直吃得打着饱嗝扶着肚子弯不下腰。

阿Ｐ看着地上的瓜皮，心疼得直哼哼。该回家了，阿Ｐ把种地的农具先搬上船，推说船小人多，一趟装不下，只让三丫和山杏上了船，就摇起船桨朝对岸划。

阿Ｐ不紧不慢地划着船，眼前是青山绿水乡间茅舍，耳畔是河水"哗哗"，远看还真有几分诗意。没承想，船划到河中央，阿Ｐ点上一根烟，把桨一横，不走了。

三丫和山杏你看看我，我看看你，不知道阿Ｐ哪根筋出了毛病。阿Ｐ说他累了，要歇一会儿。

阿Ｐ能歇一会儿，三丫和山杏肚子里的西瓜汁可不休息。两个人弓着腰，夹紧了腿，越听这流水"哗哗"声，心里越紧张。

阿Ｐ吐了两个烟圈，不紧不慢地说："论辈分，你们一个是我婶子，一个我得叫大嫂。"

三丫赔着笑脸："大侄子，你转过脸去。"

山杏脸上淌着汗："大兄弟，有话好好说。"

阿P脸色一正："好好说？看见西瓜就敞开肚子，看见好处就想捞，看见便宜就想占，有没有王法？咱们村才找着致富的感觉，才走上赚钱的正道，才聚点人气，你们就想把好事搅黄？"

"好好说？我不想说了。你们看着这哗……哗……哗哗哗的河水，都给我好好想想，错哪了？"

三丫的大腿拧成了麻花："大侄子，我知道错了，我再也不敢了。你别哗哗哗了，赶紧扭过去，扭过去，我都快尿裤子了。"

从那以后，村里又恢复了往日的祥和与热闹。

年底，镇上召开了脱贫总结表彰会。镇书记说阿P有点子有办法有思路，敢干事会干事办成事，从小事入手，从细处着眼，在脱贫路上想出了新举措。镇书记越说越激动，点名让阿P讲两句。

阿P站在主席台上，望着下面黑压压的人群，挠挠头："说啥呀，就是一泡尿的事！"

> 村里有个爱告状的村民，平时也就是嘴上嚷嚷，这回却动了真格，去县政府告状了……

告 状

黄 胜

穷山僻壤的祁山村出了个爱告状的村民，姓祁，叫二狗。平时，稍有风吹草动，他就嚷着要去告状，搞得上上下下不太平。

要说二狗告状，也真应了一句俗话，叫"冰冻三尺，非一日之寒"。想当年，村里分救济款没分给二狗，他涎着脸去要时，被村长给羞辱了一顿。二狗为捞回面子，咋呼说："不就是个村长嘛，我告你去。"村长问："你告我啥？"二狗翻了翻眼皮，道："我告你贪污、搞破鞋。"

这事儿二狗当时说过也就忘了，不料当天晚上，他正在家"呼哧呼哧"喝稀粥呢，村长左手提着猪头肉右手拎着二锅头上门来了，进门就检讨自己对二狗关心不够，说以后一定帮助二狗致富。完了，村长还塞了二十块钱给二狗，说这是村里给他的救济。村长走了老半天了，二狗还以为自己在梦里呢，说什么也不敢相信刚才发生的一切。等香喷喷的猪头肉吃完，暖乎乎的小酒下了肚，二狗摸着饱鼓鼓圆滚滚的肚皮，总算咂磨出滋味来了：狗日的是怕我去告状呢！从此后，二狗明白了干部怕"告"的道理，他的腰杆便粗了许多，时不时昂着脑袋道："老子告你去！"这话都成了他的口头禅，凭这一招，还真有怕他的，村里再发个救济啥的，一回也没少了他。

直到后来旧村长下台，换了新村长祁大海，二狗的这一招才不灵了，人家祁大海根本不吃他这一套，听说二狗要去告自己，拍出十块钱票子，道："去告吧，你恐怕是穷得连路费都没有，老子给你路费。要是把我告下台，老子还给奖金。"二狗顿时蔫了，再也没敢轻举妄动。

不料，就是这么个武大郎卖豆腐——人孬货软的家伙，最近却动了真格的，真的大张旗鼓地到县政府告起状来了。告谁？告县里派的驻村干部小董。告什么？除了那老两条——贪污、搞破鞋，还多了一条新的——弄虚作假，欺骗上级。

小董是两年前被派到村里来扶贫的，其实，所有的人都明白：他是来镀金的。只要他能在这个穷村干出点成绩，吃两年苦，回去肯定有大发展。

小董当然也明白这个道理，再加上他年轻气盛，想做出点成绩帮助祁山村脱贫致富，证明自己的能力，这两年间，他想尽办法，还真帮祁山村贷了款、修了路、建了野果加工厂和养殖场，当然，他的扶贫成绩上面也很快就注意到了，县报、市报都来记者进行采访报道，小董被评为市里的扶贫典型，回城高就已经指日可待。

有一天，小董跟村长祁大海喝酒聊天时透了口风，说自己很快就要调回县里了，可能是在某个重要部门任局长，以后有事帮忙尽管去找他。祁大海当时连连恭喜，祝他官运亨通、飞黄腾达。可就在这节骨眼上，二狗不知搭错了哪根筋，到县里把祁山村的大恩人小董给告了。罪状一是贪污扶贫资金，二是跟后街的张寡妇关系暧昧，三是弄虚作假，什么加工厂、养殖场,根本不挣钱,全是表面文章、花架子,是向上级请功邀赏的假政绩。很快,县里便把小董"请"了回去,要调查落实。

消息传到祁山村,村民们首先不干了,小董这两年对村里人咋样,大伙的眼睛又不瞎,都说二狗这王八蛋准是看上了张寡妇,见小董经常去帮张寡妇孤儿寡母干活,打破了醋坛子才血口喷人的。大伙一合计,说无论如何也得还人家董干部一个清白,别让人家说祁山村的人忘恩负义。村长祁大海却说:知人知面不知心,无风不起浪,人家二狗说得有理有据,也不像是瞎编的,是真是假可以去问问当事人张寡妇呀。大家就去问张寡妇,张寡妇满脸通红,羞答答的就是不开口,看那意思,事儿竟像是真的。大伙先是一惊,而后无不扼腕叹息:看小董,多聪明的一个人,竟坏在了这么个娘们手里,可惜呀。二狗洋洋得意:"我没有扯谎吧!"

半个月后,小董蔫头耷脑地回到了祁山村,他把自己反锁在小屋里,两天没有出门,第三天早上门开了,出来的人整整瘦了一圈,让人不敢认。他摇摇晃晃地先去找祁大海:"姓祁的,我和你无怨无仇,为什么要害我?"

祁大海无辜地说:"没有呀,告你的是二狗,又不是我。"

"呸,"小董吐了口唾沫,眼睛紧盯着祁大海,"二狗那蠢货干不出这种有条理的事,还有张寡妇,红口白牙咬定跟我有事,肯定是有人背后指使的,我想来想去,只有你了。"

祁大海毫不畏惧地迎着小董的目光,两人的目光在空中激烈地交锋,祁大海突然笑了,竟然承认了:"不错,是我的主意。"

小董气得浑身直抖,恨恨地盯着祁大海:"没想到你这么损,关键时刻给我下绊子。"

祁大海抱歉地一笑,说:"我是有原因的。"小董咬牙切齿:

"说说你的原因,我也想知道我是怎么得罪你的。"

祁大海说:"原因很简单,我不想让你走,我希望你继续留在村里,带着我们一起干!"

小董全身一震,这个他倒从没有想到过,他还以为什么事得罪了这个土皇帝呢。

祁大海说:"现在村里的厂子刚刚起步,离不开你的帮助。说实话,我们这些庄稼把式干粗活还行,说起生产经营来那是擀面杖吹火,一窍不通,你这一走,用不了几天,厂子只怕又要垮掉。实在没办法,我才出此下策。"

小董埋怨说:"那也不必往我头上扣屎盆子呀,再说我到县里任职,手里有了权,就可以更好地帮你们。"

祁大海不屑地说:"拉倒吧,我们以前又不是没见过扶贫干部,一个个嘴里说得好听,回去后忙着自个的事了,谁还想得着咱这穷地方的事?"

小董不吭声了,祁大海见状,恳切地说:"小董,我也是没办法,厂子咱们好歹张罗起来了,还贷了那么多款,我们村脱贫致富可就指望它们了,这次无论如何也不能半途而废呀。这两年我也看出来了,你是真心帮我们,你就不要忙着回去了,再帮我们几年吧?"

小董看着他,苦笑一下:"你看我现在还能回去吗?县里已经说了,说要看看我的工作到底是不是花架子,只要果品厂、养殖场盈不了利,祁山村脱不了贫,我就得在祁山村干一辈子。"

祁大海大喜,一把抓住小董的手:"你放心,只要厂子上了正轨,我们一定敲锣打鼓到县委给你正名。"

小董默默不语,心说:那时候去有啥用?早晚了八秋了!仕途上的机会哪里会等人,可现在也没有别的办法,要想离开这个穷地方，看样子只有让它变富了。

就这样，小董继续留在了祁山村。

二狗在养殖场里谋了个差事，他在小董面前拍着胸脯发誓："董干部你放心，我能把你告下来，就能把你告上去，像你这样的好干部，县里要是不给你个大官做做，我就到省里告他们去！省里不行，就去中央！"

小董摇摇头，真是哭笑不得。

又过了两年，经过小董和村民们的努力，祁山村终于面貌大变，成了远近闻名的富裕村，村办厂产销两旺，生意兴隆。

这一天一大早，二狗穿戴一新，来到村口车站，身旁还跟着俏生生的张寡妇。大伙见状，打趣道："二狗，干啥去？是不是去登记呀？"

二狗挺挺胸脯："去告状！"

大伙吃了一惊："你小子是不是好日子过腻了，又要去告谁？"

二狗看看张寡妇，嘿嘿一笑："这回是告我们自己，告我俩两年前诬告人家董干部！"

两人来到县政府信访处，刚把来意说出，接待的同志便明白了："你们是为小董正名来的吧？不过，已经晚了。"

二狗急了："怎么晚了？"

"小董刚刚辞了公职，不归县里管了。"

二狗和张寡妇大吃一惊，齐声问："为啥？"

"他说他不适合当官，已经接受聘请，任祁山村实业公司总经理了。"

"太好了！"二狗和张寡妇对望一眼，都是欢喜无比。

从接待处出来，二狗问张寡妇："状咱们也不告了，天还早，咱们干啥去？"

　　张寡妇白了他一眼："你说干啥去？"

　　二狗壮壮胆，一咬牙、一跺脚，道："要不，闲着没事，咱们到……到婚姻登记处去转转？"

　　张寡妇的脸红了，一跺脚，埋头就跑，跑了几步，见二狗没跟上来，不由慢了下来……

> 有一个贫困户,看到结对子帮扶的干部来了,居然不承认自己是贫困户,这是为什么呢?

就是不当贫困户

杨春萍

吴老三是村里的贫困户,多年来,这顶帽子一直没有摘下。说来也难,一是底子确实薄,二是怨他自个儿不争气,不肯脚踏实地去干,老想着一夜翻身。

这天,吴老三打算上山摘点八角,换了钱买肉买酒。走到村头,忽然看见一个陌生人骑着摩托车往村里来。那人见到吴老三后,就停车向他打听吴老三住在哪里。

吴老三一听,先警惕地打量了对方一下。只见来人四十来岁,长得文质彬彬,车把上一边挂着一个文件袋,一边挂着一块肉和几扎面条。

吴老三没有立即表明身份,而是问他找吴老三有什么事。那人说他是农业局的,姓邓,吴老三是他结对子帮扶的对象,今天第一次下来认亲。

吴老三心里大叫一声:果然没错,真的是上面安排下来的人!他脑子飞快地一转,说道:"吴老三啊,他们全家都去打工了,没人在家,邓干部,你还是别找他了!"

邓干部想了想说:"既然都来了,还是去看看吧,认个门也好。"说罢，他一拧油门就进了村。吴老三犹豫了一下，转身就往山上跑，边跑边想：真是倒霉，上面又派了个三无干部给我！

这些年，和吴老三同村的贫困户，都已经脱贫了。吴老三琢磨来琢磨去，从中找出了问题的关键：脱贫快的人家，跟那家挂钩结对子的要么是当官的，要么是管事的，要么是有钱的，攀上了这样的高枝，不想脱贫都难。可自己结的对子呢？都是些既不当官又不管事也没钱的小干部，最多每年下来两三回，送点肉和面，没用！因此，他下定决心，一定要攀上一个高枝，一夜翻身。刚才他一看那位邓干部，就断定又是一个三无干部，所以故意不承认自己就是吴老三。

就这样，吴老三在山上挨到了下午，他料想邓干部应该走了，这才下山。哪知回到家门口一看，邓干部的摩托车正停在自家院子里。吴老三刚转身要逃，老婆却在屋里嚷了起来："老三，你可回来了，县里有干部来了！"

吴老三只好硬着头皮进了屋。邓干部惊讶地说："你明明就是吴老三，干吗不承认？"

吴老三尴尬地嘿嘿一笑："我……邓干部，我不是故意骗你的，我是吴老三不假，可我不是贫困户啊！"

邓干部一听愣了，翻出带来的名册，指着吴老三的大名给他看。

吴老三挠挠头，笑嘻嘻地说："邓干部啊，我虽然榜上有名，可我其实并不贫困，我不需要别人帮扶，你还是去帮一下真正的贫困户吧！"

邓干部气得连连摇头，却又无可奈何，看看天色已晚，只得匆匆告辞。

过了几天,吴老三正在家,忽然听到村子里传来一阵大动静,他循着声音来到了二蛋家,一看,原来是二蛋结对子的干部来看他了。也不知二蛋结的对子是个多大的官,反正镇里、村里的干部都陪着一起来了,浩浩荡荡一大帮人,带来的东西也不少,又是油又是米的。

吴老三看得两眼放光,情不自禁地喊了出来:"我也是贫困户!"这一喊,众人都奇怪地看着他。

吴老三豁出去了,冲上去说:"领导,我也是个贫困户,您还收人不?我也想跟您结对子……"

大伙儿一听,都忍不住乐了。那位领导呵呵笑着说:"老乡,每个贫困户都会有人来帮扶的呀,怎么,你的帮扶人还没来过你吗?"

"来是来过了。"吴老三嗫嚅道,"可……可我不想和他结对!"

领导"哦"了一声,和蔼地问:"为什么呀?"

吴老三脸红红地憋出一句:"他……他是个三无干部。"

没等领导再问,一旁的村主任冲吴老三大喝一声:"老三,你喝酒喝昏头了,在这儿胡闹什么?什么三无干部?"

吴老三也来了气,立马就跟村主任吵了起来:"我还想问你呢!为什么安排给我的都是些小干部?不当官不掌权又没钱,靠这样的干部帮扶,我能脱贫吗?"

此话一出,大伙儿都怔住了。村主任一看不好,过去一把拽住吴老三就往外拖,一直把他拖出几十米外才松手,然后指着他的鼻子一顿怒斥。

吴老三认亲不成,又挨了一顿训,蔫头耷脑地往回走。回到家门口一看,邓干部不知啥时候又来了。吴老三一肚子气,说:

"哎呀，你咋又来了？"

邓干部脸色十分难看，苦笑着说："老三啊，刚才你说的话我都听到了，你说得没错，我就是个三无干部，我没有能力帮扶你脱贫。"

吴老三愣住了，正要解释，邓干部冲他摆摆手，从包里取出纸和笔，让吴老三给他写个字条，声明不要他结对子帮扶。

吴老三尴尬极了，搓着手笑道："邓干部，用不着这么认真吧？"

"你写！"邓干部板着脸一指，"你不写，你将来的对子还是个三无干部！"

吴老三一想也是，把心一横，拿起笔照着邓干部的要求一笔一画地写好了字条，还盖上了手印。邓干部收了字条，啥也不说，出门骑上摩托，头也不回地走了。

吴老三愣了半晌，心里也发起狠来：上面总得再安排一个干部给我吧？要是不安排，我就一贫到底算了！正想着，外面突然响起摩托声，一看，居然是邓干部又掉头回来了。

邓干部大步走进屋，说道："老三，我虽然不跟你结对子了，可我有一条比较适合你的脱贫路子，你有没有兴趣试试？"

吴老三又惊又喜："真的？什么路子？"

邓干部递给他一张字条，叫吴老三明天按照上面的地址去找他。

第二天一大早，吴老三就揣着字条进了城，照着字条上的地址找了半天，最后竟然来到了郊外的一片农田。吴老三正怀疑邓干部是不是拿他当猴耍，忽然看见田里劳作的一个人有点眼熟。走近一看，顿时傻眼了，这不是邓干部吗？只见邓干部一副农民打扮，戴着草帽，光着膀子，正在给菜苗浇粪。

吴老三忍不住喊起来："邓干部，你咋种起菜来了？"

邓干部一见是他，笑了笑，也不说话。他放下活，把吴老三带进了田边的一座简易房。吴老三进屋一看，忍不住喊道："邓干部，你就住在这儿？"

邓干部笑道："我在城里还有房子，这是我为了种菜特地搭建的，不过，现在倒是在这里住得多一些。"

吴老三不敢相信地看着他："你一个当干部的，怎么还要种菜啊？"

邓干部"咕嘟咕嘟"喝了碗水，又抹了把汗，这才缓缓说了起来："老三啊，上级安排我当你的帮扶人，我真的是心中有愧啊，因为我本身就是个贫困户。"

原来，邓干部还真是一个干部贫困户，他自己工资不高，妻子又没有稳定工作，家里还有孩子和老人要养活。去年他咬牙借了几万块钱，包了这片农田种起菜来。

听完邓干部的话，吴老三感慨地摇摇头说："邓干部，恐怕你比我这个贫困户还要贫困啊！"

邓干部哈哈大笑道："我今天叫你来，不是向你诉苦的，是想问你愿不愿意跟我一起种菜。你可别小看我这菜，它这个品种十分稀有，拿到市场上卖，收益可观哪！你要是愿意，凡是你种出来的菜，我按市场价收购，你不用担心滞销！"

吴老三愣了半天，结结巴巴地说："真……真的？有这么好的事，我当然愿意！"

> 有两个村子，都穷得叮当响，这一年，它们几乎同时迎来了两位年轻的村长……

两村子PK

刘祖光

年轻人当村长

瓦子山上坐落着两个村子，一个叫石西村，一个是石东村，两个村子隔了道山坡，亲得像大哥和二哥，都穷得叮当响，到现在连电都没通。

石西村有个牛大能，去年高考落榜，回到家跟着爹爹贩起了山货，两三个月下来，见了不少世面，也赚了不少钱。这天，他路过石东村，看到同班同学周小智正仰躺在村口的大磨盘上，好不奇怪，便问周小智在干什么，周小智一本正经地说："我在思考怎么带领村民致富。"

牛大能一听就笑起来，说："你跟我一样没考上大学，回到家才两三个月，就想带领村民致富？"

周小智乐呵呵地说："你不知道吗？我现在是村长了！"

这下牛大能愣了：怎么转眼工夫，周小智就成村长了？周小智没理会牛大能的神情，接着说："原来的村长带着老婆孩子出去打工了，大家伙就选我当了村长，说我有文化，又年轻，能翻山越岭跑几十里路到镇上去开会。"

牛大能说："想致富也容易，修好路就行。公路一通，山货运出去，咱就有钱了。"

周小智白了牛大能一眼，又躺到磨盘上，说："你口气倒是不小，修路得花多少钱啊？"

牛大能哈哈大笑，说："你这样就算躺个五十年，石东村还是老样子，要是我当了村长，准能让石西村改头换面，彻底大变样。"

周小智听他这么一说，马上坐了起来，说："你要是当上了村长，我就跟你好好PK一番，看看到底谁厉害！"

这事真就巧了，牛大能卖完山货刚回家，村长就来找他，说自己年纪大了，村里的青壮年又都外出打工，想推荐牛大能当村长，牛大能想起了周小智，马上来了劲，连忙应承下来。

好主意能生钱

牛大能上任后，在村小学操场召开全体村民大会，他亮起嗓子，大声说："我这村长不能白当，第一件事，就是要把电引到咱们村，我到镇上问过了，引电得花五万来块钱，钱咋办？我有办法！咱瓦子山这么多树，把树一卖，钱都有了！"

原来，瓦子山上长满树木，石东、石西两个村各占一半，这么多年两个村子穷归穷，谁也没想过要卖山上的树。

见大伙儿都不吭声，牛大能胸有成竹地说："我都想好招了，一准卖个好价钱！"

于是，大多数村民同意卖树。

接下来，牛大能到镇上办了卖树的许可文件，到县里走访了好几家木材加工厂，对方一听是瓦子山的树，便直摇头，说车子进不去，运输成本太高。牛大能解释说，瓦子山虽然不通公路，但都是坡地，人烟稀少，可以采用"滚木"的方式，一直滚到公路边。这一说，几家加工厂动了心思，跑到瓦子山一看，发现这里都是原生态的优质林木，便纷纷要求购买。牛大能开心地笑了，说："既然大家都想买，那就拍卖吧，谁出的价格高，就卖给谁。"

拍卖会上，几家加工厂各不相让，出的价一家比一家高，最后，一家加工厂以十三万元的价格，买下了石西村在瓦子山上的所有树木。

接下来，牛大能带着村民协助电力施工队施工，加快工程进度，终于在春节前将电引到了石西村。石西村的村民第一次过上了有电的大年，每户人家一天到晚都是亮堂堂的，不少人家赶在春节前买了电视，整个村子从早到晚满是欢声笑语，好不热闹。

石西村的变化让石东村的村民坐不住了，他们在背后嘀咕："石西村的村长那才叫能干呢！瞧瞧咱们村长，成天只会傻想，书呆子一个，唉！"

有几个村民干脆趁拜年的机会，围着周小智，直接问他："村长，咱们村什么时候开始行动啊？"

周小智笑呵呵地说："快了，快了！过完年，咱就开始行动。"

这几个村民一听，马上兴奋起来，说："村长，咱们村还是把树一棵棵砍了卖吧，这样价钱好。"

周小智把眼一瞪："谁说要砍树卖了？咱不砍树，先种树！"

过完春节，周小智马上召开村民大会，他拿出一张图纸，将石东村在瓦子山的空地分成一片片，每户人家承包一片，全都栽上树，树不栽好，谁也不准提卖树的事……

这一来，一直安安静静的瓦子山突然变得热闹了，石西村那边在热火朝天地砍树，石东村这边在热热闹闹地栽树……

木材加工厂生产效率很高，不到半年工夫，就把石西村的树木全砍光了，留下光秃秃一片。不过石西村的人数着钞票，看着电视，忙着开心，顾不上风景好不好。

这时，久没动静的周小智又召开村民大会，他说："经过大家近半年的努力，栽下的那些树木都成活了，现在，我们要开始卖树了！咱们瓦子山的树，都是几十年上百年的大树，要卖也得是好价钱。咱一棵一棵地卖，就像割韭菜，卖了一茬，再收下一茬！"

原来，周小智看到石西村卖树后，自己偷偷往县城跑了好几趟，还去了几趟市里，他看到城里到处在搞绿化，小树长得慢，一些重要的地方，城里人把大树连根包着移植过来，一棵十年树龄的大树，少说也要卖五千块钱，而瓦子山上的树，都是几十年、上百年的大树！于是，他跟一家经营大树活体移植的公司签了协议，每年供给对方二十棵大树，五千块一棵，但移植和运输费用由购买方承担，所需劳力，优先雇石东村的人。

周小智说，咱不能坐吃山空，要挖树，先得栽树，就像韭菜剪了，还能长出来……

会场上马上有人算起账来，按照周小智的办法，树卖钱不说，把一棵大树连根带土挖起、包好，再运到山外、装上汽车，一棵树少说也得用上二三十人，这样一来，村里的劳动力全都用起来，只怕还不够。

周小智笑着说："人手不够不要紧，只要付工钱，石西村的人会过来的。"

会场上顿时爆发出开心的笑声。

想到才能做到

石东村的人开始悠闲地数钞票了,因为他们只卖很少几棵树,就能赚很多的钱,瓦子山简直成了他们的聚宝盆。这下石西村的人坐不住了,他们找到牛大能,要牛大能也到城里去,联系卖活树的生意,牛大能难过地摇摇头,说,石西村的林木资源已经被木材加工厂买走了,他们连小树苗都没留一棵,全砍光了,现在开始栽树,得等十年后才能卖啊!

有人安慰牛大能,其实咱卖树也不亏,咱先用了半年电呢,他们现在有钱也没用,一到夜里就黑灯瞎火的,连电视也没得看,生活质量跟我们没法比……

这话还没落地,牛大能就听到石东村传来一片欢呼声,过去一打听,原来是石东村的人马上就要开始引电了,更奇怪的是,石东村不用花一分钱,所有费用全由国家承担。

牛大能跌跌撞撞跑去问周小智:"国家又不是你亲爹,凭什么就给你们投钱引电?"

周小智笑着说:"你这半年的电视真是白看了,不晓得国家有个'村村通'工程吗?"

牛大能跺着脚,说:"这个我自然晓得,可这么大个国家,没通电的村子成千上万,一直等,只怕人要等老。你咋晓得这么快就轮到咱们?"

周小智又笑了,说:"你也不想想,咱镇上就咱们两个村没通电,每次开会,镇长都要说这个事,这说明啥?说明工程已经到家门口了,哪用得着自己花钱嘛!"

牛大能后悔得一屁股坐在地上,恨不得拿拳头捶自己的头,镇上每回开会,他都是和周小智一起去的,他以为开会就是去坐坐、听听,走个形式,从来没用心听过,根本没想到通过镇长的讲话,能预先判断出政策来。

　　从此,牛大能有事就跟周小智商量,两个"能人"经常凑在一起说事儿,看着他们信心满满的样子,两个村的村民就特别开心,想,有这两个能人领着,我们的日子越来越有滋味了……

关键词：智慧扶贫

> 有个奇怪的人，总是到一个废弃的大水塘里钓鱼，但是那水塘里根本没鱼啊！殊不知，他要钓的，可不止鱼……

奇怪的钓鱼者

叶源洪

在一片深山中，有个叫石湾村的地方，村西头的一间破瓦房里，住着个叫王金凤的农村妇女。她的丈夫前不久因病去世，一家老小的生活重担就全压在了她一人的肩上，日子过得很不容易。

距离王金凤家十几米远的地方，有一个废弃的大水塘。塘里没有专门养鱼，只有些水草。一个周六的上午，竟有个四十多岁的中年男子，骑着辆摩托车来这里钓鱼，尽管大半天里连只虾米都没收获，但他仍兴致不减，照钓不误。

王金凤见了着实纳闷，几次想上前去告诉那男人，这塘里根本没鱼，别浪费时间，可她怎么也不好意思跟不认识的男人搭话。

下午时分，中年男子仍坐在塘边专心钓鱼，突然天气骤变，瓢泼大雨"哗啦"而下。王金凤见了，不及多想，戴上斗笠，快步跑上前对男人大声说道："快跟我到屋里去躲一躲大雨！"中年男子十分感激地接过王金凤递来的雨伞，撑开，跟着她快速朝屋里跑。

当中年男子一跨进屋，王金凤就把一条干毛巾递过来，并叫他脱去湿衣，好帮他烘干。中年男子连说几个"谢谢"，便脱下湿衣交给她。后来，中年男子主动介绍，他叫宋财宝，今年45岁，在县城工作，平时喜爱钓鱼，一有闲空就往乡下跑。王金凤见这男人说话实诚，也自报了家门。屋外，雨继续下；屋内，两人喝着热茶聊着话，渐渐熟络起来。

王金凤看了看憨厚老实的宋财宝，涨红脸道："宋大哥，我跟你实话实说，我家门前那个水塘，是个烧砖瓦挖出的大坑，里面根本没养鱼，如果想钓大鱼，我给你找个好地方！"

"没养鱼？"宋财宝感到惊奇，"这么好一个水塘，不养鱼实在是太可惜了！"随即他转过头来，高兴地对王金凤说："妹子，咱们将这个水塘利用起来，合伙养鱼怎么样？我出鱼苗和鱼饲料，你负责看管水塘。今后鱼养大了，统统都归你，我只要来钓钓鱼，过过瘾，就行！怎么样？"

王金凤忙摇头摆手，反对道："不行，不行！只喂鱼不要鱼，你不是太亏了？"

"不亏，我的鱼苗和饲料也是现成的，不养就可惜了，还得请你帮我呢！"宋财宝将手一挥，斩钉截铁地做出决定。他见雨停了，就收拾东西告辞了。

第二天，宋财宝果然用摩托车载着两大桶鱼苗来了。王金凤喜滋滋地迎上前去，帮着小心翼翼地将鱼苗倒进水塘里。此时，她打心眼里喜欢上了这个说话算话的男人。

从此以后，王金凤把宋财宝视为挚友，对他愈加信任。经过一段时间观察，宋财宝发现在王金凤家后院的山坡上，有一大片枝繁叶茂的果树林，由于长期缺乏管理，地面长满近半人高的野草。

这天吃过午饭,宋财宝扛起一把锄头就去除草,不知什么时候,王金凤也提了一把锄头跟着来了。

宋财宝对王金凤说:"这些果树的树枝过密,不但耗费肥料,而且影响结果,应该去除杂枝赘芽。我把剪刀带来了,等我俩除完草,再把那些多余的枝叶剪掉!"

两人累得满头大汗,花费了好大功夫才完工。临走前,宋财宝对王金凤说:"这个果园还可综合利用,把周围用尼龙网围起来,可以放养鸡、鸭、鹅呢!"

王金凤双手一摊,无可奈何道:"大哥,你这主意好,我却没这个开支能力呀!"

"这事好办!咱们合伙养殖,我出围栏材料和鸡、鸭、鹅苗,你负责管理,鸡、鸭、鹅长大后全归你,我想吃的时候,你弄给我吃就行!"

王金凤将头摇成拨浪鼓:"不行,不行!这样做太亏欠你了!"

宋财宝又将手一挥,语气坚定地说道:"别再争了,就这么办,我立刻行动!"

果然,第二天上午,宋财宝又将说好的东西运来了,紧接着就挽起袖子干起活来,王金凤跟在他身边当帮手。等到中午,她又跑回家,竭尽所能地做些可口的饭菜,慰劳这个为她全家既出力又出资、做足贡献的好男人。

宋财宝在王金凤家虽说没什么拘束,但他从来没有在她家留宿过,即使是帮她干活到深夜,他也要骑车返回城里。村民们都说王金凤有好福气,日子艰难的时候,遇上主动上门的好男人,不但得力能干,也踏实可靠。

时间荏苒,一年之后,王金凤家大丰收了:水塘里养的鱼又大又肥，果林里结的果又多又甜，树林里圈养的鸡、鸭、鹅，也只只壮实，王金凤为此乐开了怀。

可是这段时间，很久不见宋财宝的踪影，王金凤心想：莫非是他生病了，还是因为工作忙？王金凤正胡乱猜想着，村支书马明来了。

马书记一进门，看见愁眉苦脸的王金凤，一下看穿了她的心思："金凤，你是不是在想宋财宝，他怎么这么久不来了？"

王金凤脸一红，低下了头。

马书记一脸神秘地问："你可知道宋财宝是谁？"见王金凤一脸疑惑，马书记笑着说："他是县农业局下派到我们村，跟你结对子的扶贫干部。当初村委会研究，将你家作为特困户扶贫，可你说你丈夫生病那会儿，已得到了村里的不少帮助，所以一直坚持要把这次机会让给更需要的人。但你家的情况，大家都是知道的，我们最终还是把你家列入了扶贫名单，为了避免你再次拒绝，宋财宝才想了这么个办法……"

王金凤瞪大了眼睛，好一会儿才缓过神来，她忙问："那么，宋财宝现在在哪里？"

"他已接了新任务，到别的村扶贫去了！"马书记看着王金凤脸上藏不住的失望表情，笑着说，"不过宋财宝说了，他还会回来看你的，到时候你见着他，想跟他说些什么呢？"

"当然是说声'谢谢'了！还有……"王金凤不好意思地别过头，望向窗外，浅浅地笑了……

> 要是领导问你借传家宝一阅，你会给他吗？谁知道他会不会还呢……

太小看人了

童树梅

韩春明是个副科长，这天中午，大伙儿在办公室里闲聊，不知怎的聊到了古董，这位说家里有名人字画，那位说家里藏着清三代官窑瓷器，韩春明听了也按捺不住，脱口而出："我家里也藏着好东西呢，我有一本绝版书。"

大伙儿一听笑了起来，其中一个说："一本书能值多少钱？"

韩春明不服气地反问道："听说过刘宝楠吗？"

有人迟疑着说："听说过啊，他是我们这有史以来名气最大的学者，咋了？你那本书是他写的？"

韩春明点点头说："刘宝楠不但是我们这从古到今最有名的学者，他在中国文化史上也占有一席之地，他的《论语正义》是研究《论语》的必读书，我家里有一本民国时出版的《论语正义》，可惜只有下半部。虽不值多少钱，但很有文化和历史价值，已经很难买到了。"

话音一落，办公室门口有人用一种惊喜的语调说："春明，你说的是真的还是假的？"韩春明不屑地说："当然是真的了，我是吹牛的人吗？"说着，他一回头，硬生生截住了话头，一时神色有点尴尬。原来，问话的是单位一把手闻局长。

下午，闻局长把韩春明叫过去，说："春明，领导办公会研究决定了，你作为后备干部，马上要接受组织考察……对了，你那半部《论语正义》卖给我好不好？我正好有这本书的上半部，一直找不到下半部，想买也买不到！实在不愿卖的话借给我读读也行。"

韩春明一听不免猜想，闻局长这段话的上半段会不会都是鱼饵，下半段才是鱼钩？这半部书是祖上传下来的，可算是传家宝，怎么能卖呢？而且，韩春明担心，闻局长所谓的借阅会不会也是有去无回？

于是，韩春明微笑着说："局长，我刚才是吹牛呢，哪有什么书不书的，对不起，让您失望了。"

闻局长一听，面露失望，不过转瞬即逝，他摆手说道："噢，是这么回事。那行，你回去工作吧！"

这下，韩春明有点摸不着底了，闻局长会不会生气呢？如果生气的话，会不会给自己小鞋穿呢？果不其然，两天后闻局长宣布了：韩春明到冲林村从事精准扶贫工作。韩春明知道后有些欲哭无泪：谁不知道那冲林村是全县最有名的穷村！这是考察吗？这是发配充军吧？

可抱怨归抱怨，韩春明还是收拾收拾出发了。

一到冲林村的定点扶贫户老王家，韩春明顿时倒吸一口凉气：这不是穿越到七十年代了吗？只见那房子又矮又破，估计外面下大雨，里面也同样下大雨。这要是能转贫为富，除非日头打西边出来。

好在老王倒是个很憨厚的人，得知韩春明的来意后，他也慢慢说出了心里话：他不是个懒人，也不是个笨人，只是一直以来光受磨难，不是家里人生病，就是干什么赔什么，岁数一大越发贫病交加，终于心灰意冷，破罐子破摔了。

韩春明听得心也有些凉了，想到两人的命运也算是连在一起了，只有老王致富了，他也才算完成考察，于是劝道："可不能这样啊老王，听说你儿子都二十好几了，就是因为穷才一直没找到对象，你不为自己想，也得为你儿子想想是不是？"老王一听满脸痛苦之色，说："我倒是想为他着想，可我又能干什么呢？"韩春明问道："你会什么手艺吗？"老王摇摇头，说："除了种田什么也不会，不过我年轻时倒是养过几年鱼，就是年年亏。"

韩春明像捞着了一根救命稻草，说："为什么会亏？"

老王说："技术不行，光死鱼。死了几年鱼，算是摸到窍门了，可本钱早已亏光了，还欠下一屁股债，承包期也满了，没钱再续包了，从此一直没翻过身来。"

回到村里的临时住处，韩春明脑子里一直想着老王的话，想来想去不死心，老王只有这一条路好走了，我不帮他，他就是一条路穷到底了，不行，我得努力一把！

韩春明当即找到村干部，问道："村里还有没有闲置的鱼塘？"

村干部说："还真巧了，刚好有片水面承包期满了，不过我们得按规定来，公开发包，承包款一次性交清，无论是谁都不能照顾，毕竟要照顾的人太多了。韩科长，目前问题是他老王拿不出承包款啊！"

韩春明沉思良久，最后一拍桌子，咬牙叫道："这钱包在我身上！"

韩春明自己并没有多少钱，而之所以敢如此表态，是因为他知道闻局长的手上有几个指标,可以给贫困户发放无息贷款。不过,要是他自己出面跟闻局长要指标,那肯定会被毫不留情地打回,闻局长似乎正找茬整他呢。好在他有样闻局长梦寐以求的东西——那半部书。韩春明当即飞车回家,小心取出宝贝,双手合十许愿:"列祖列宗在上,我遇到坎儿了,只好动用传家宝了,倒不是全为了我个人的前途,也是为了老王一家,我不帮他,他一家就完蛋了。"

接着,韩春明又飞车来到老王家,把书递给老王,说:"老王,你把这书送给我们局闻局长,然后跟他开口要无息贷款指标,你符合发放贷款的条件,又有他最喜爱的东西,他一定会给的。切记,就说这书是你在旧书摊上无意中买下的。"

韩春明算无遗策,闻局长收下了书,贷款也飞速拨给了老王,老王感动得哭了,说:"韩科长,你为了我们把宝贝都献出来了,我们要是再不翻身,真没脸见你了。"

老王一家人的干劲果然被激发出来了,每天起早贪黑,整理鱼塘、买鱼苗鱼食、施药、抽水放水,一时间吃住全在鱼塘上,人都晒得像黑泥鳅一样。韩春明深知成败在此一举,也一门心思地陪着老王,一旦发现鱼有生病翻塘的迹象,他比老王还紧张,即使自己生病发烧,也都二话不说驱车直奔省城请专家会诊,直到鱼塘转危为安。老王一家看在眼里,感动得不行。

一晃冬天到了,韩春明每天忙得不亦乐乎,帮着出鱼、打听价格、找销路,等这些忙完,好消息也来了:老王一家赚了个盆满钵满,打了个漂亮的翻身仗,把贫困户的帽子远远抛进了太平洋。

韩春明自然也高兴得不得了,但心头也有隐隐的担心:闻局长这一次没难倒自己,下次会不会出什么新招呢?就在这时,韩春明接到电话，要他回单位述职。

韩春明一五一十地汇报了精准扶贫情况，几位领导互相看看，满是赞许之色。这时，闻局长开腔了："春明，你辛苦了，不说老王家赚了多少钱，就冲你这又黑又瘦、一副标准的渔民样子，我们就知道你用心了，现在我代表组织正式宣布，你被任命为科长了！"

韩春明很惊讶，闻局长又把他单独叫到办公室，板着脸递给他一样东西，说："你的东西，拿回去！"

韩春明一看，正是自家那半部书，顿时大窘："这、这……"

闻局长继续板着脸："全是你搞的鬼，以为我不知道？老王一个农民，会晓得在旧书摊上买书？还偏偏是我想要的书，你在说书呢？我生气，是你让老王送书给我，这会给大伙儿留下什么印象？你有空回村里一趟，帮我消除这个坏影响，听到没有？"

韩春明尴尬极了，说："一定，我一定办到！可、可你当时为什么还是收下了书呢……"

闻局长说："我一看到这书眼睛就亮了，实在没忍住就收下了，现在已经看完了，当然就完璧归赵了。再说我不收的话，只怕你们又会闹出什么幺蛾子。我说你这家伙吧，我跟你买、跟你借，你舍不得，可为了老王竟能白送出去。春明，你为扶贫有这份心，我姓闻的为什么没有？太小看人了！"

至此，韩春明终于笑了起来，闻局长没憋住，也痛快地笑了起来。

关键词：干部带头

> 有一个出了名的贫困村，吃了国家几十年的救济粮，用了数不清的扶贫款，却还是很贫穷，这是为什么呢？新上任的书记决定去看一看……

特殊的一课

苏学文

李家村是出了名的贫困村，过去靠吃救济粮，后来又靠扶贫款。

乡里每次给底下拨扶贫款，得先派干部下来了解情况，而干部下来照例就得吃派饭。村主任于是就对管饭的户主交代："上面来人，吃饭就安排在你家，要想办法让他吃出感情来，这件事情做得好，我们扶贫款就能拿得多。等钞票来了，给你一百块奖励。"

村干部下令，村民当然照办，何况还有奖励呢。于是乡干部一进门，被派到任务的这家村民就先端上一碗红糖茶，而后诉说过日子的艰难；到吃饭时，端上一碗热气腾腾的面条，上面再滴上几滴酱油；等乡干部吃完后，他们自己才端出薄薄的棒子粥和硬邦邦的窝窝头来吃。

目睹这样的情景，乡干部大受感动，似乎觉得自己受到的就像当年八路军的待遇，心里马上涌起一种无比强烈的责任感，于是回去后很快就给村里拨来了扶贫款。

这天，村主任得到通知，乡干部又要下来了解情况、分拨扶贫款了，于是召集村里各户户长开会，对于谁来负责接待乡干部的事，进行公开招标。村主任说："这回谁家接待工作做得好，能帮村里要来更多的扶贫款，就奖励他二百块。"

可是村主任话音落了半天，底下却没有一个人吭声。为啥？你想呀，这毕竟是替村里伸手向上面要钱的事儿，责任重大，谁敢打包票？何况还有小道消息说，因为扶贫款有限，这次申报名额很紧。

村主任看大伙儿不说话，急了："怎么，咱李家村的人难道一个个全是脓包？"

"呼"的一下，一个年近六十的汉子被村主任这话一激，立刻站了起来。此人姓王，虽其貌不扬，却是个跑过码头的人，平时鬼点子不少。他对村主任说："过去大家只知道向上面诉苦，如今这法子恐怕不一定灵了。我说主任，你奖金再加点，加到五百，法子我来想，如何？"

村主任倒也干脆："好吧，钱若是要来了，五百就五百，你好好给我想个法子出来。"

就这样，村主任一锤定了音。

时隔三天，乡干部进村，吃住就在老王家。那天晚饭桌上，老王让他女人端上六盘下酒菜，还有两瓶二锅头，老王陪乡干部一起喝。喝着喝着，老王醉倒了，被老婆扶去床上呼呼睡了，可乡干部酒兴还浓呀，于是女人接男人的班，前赴后继地陪乡干部继续喝。终于，乡干部也醉倒了，女人便扶他到事先准备好的房间里，让他睡下。

半夜里，乡干部酒醒过来，发现身边躺着一个女人，不觉大惊："你是准？"

女人红着脸说："你们当干部的真好忘事，吃饭时我陪你喝酒，怎么转眼就不认识啦？"

　　乡干部细细一看，果然是女主人，而且发现，女主人居然长得这么美。但乡干部毕竟知道这样有失自己身份，忙说："不，我不能这样。"说着，就要下床。

　　女人急了，一把搂住他，随手"啪"一下把灯给关了……

　　不用说，这回扶贫款不但很快拨来了，而且比以往要多。可纸是包不住火的，事情很快就传开了，李家村这个贫困村不但穷出了名，而且在大家眼里成了一个扶不起的阿斗村。

　　这事引起了乡党委新上任的年轻书记的注意。

　　这天，年轻书记扛起铺盖一头扎进李家村，决定对这个村的贫困状况亲自做一番调查。两天下来，他走遍了村里的家家户户，和老老少少许多人进行交谈，摸到不少情况。

　　就在那天夜晚，年轻书记寄住的那家房东的女儿，一位高中毕业、模样长得挺俊的姑娘，推开年轻书记睡屋的门，走了进去。

　　她两眼盯着年轻书记，直截了当地问他："你说，我们李家村穷不穷？"

　　年轻书记一愣，反问她："你说呢？"

　　姑娘指指自己身上穿着的衣服，说："你看，我这样的衣服，现在城里人还穿吗？"

　　年轻书记这才注意到，姑娘身上的衣服不但已经褪了色，而且上面还打了补丁，便摇摇头说："很少，很少有人再穿这样的衣服了。"

　　姑娘随手解开衣服扣子，"哗"地脱去，露出了里面贴身的汗衫。她又问："你说，这样的汗衫，城里的姑娘会穿吗？"

　　年轻书记猛吃了一惊，因为他看到姑娘贴身穿着的这件汗衫已经破旧不堪,甚至连两个挺起的乳峰上都布满了洞眼。

年轻书记连忙扭过脸,朝姑娘挥挥手,说:"你快把衣服穿上!要不,就赶紧出去!"

"怎么,你不敢面对现实了?我还想请书记看看我身上的皮肉,究竟哪点比不上城里的姑娘。"姑娘一边说着,一边就要脱汗衫。

年轻书记急得大吼一声:"你要干什么?一个有文化的姑娘,怎么如此不知羞耻?"

姑娘却坦然一笑,对年轻书记说:"嘿,要说羞耻,我前年考上了大学,因为交不起学费,不得不在家种地,这才是真正的羞耻。我们李家村吃了国家几十年的救济粮,用了数不清的扶贫款,可至今还是穷,这才是真正的羞耻。你是共产党的书记,在你管辖的地方,至今还有这么一批只知道伸手要钱的乞丐,你就不觉得羞耻?"

年轻书记不由被姑娘这番火辣辣的话说得低下了头,他心里在想:是呀,共产党如果治不了贫穷,那当初打天下干啥?

年轻书记想对姑娘说点什么,可是抬头一看,姑娘已经不见了。

据说,这位姑娘不久以后便成了李家村的村委会主任。

再后来,就传出消息:李家村戴了几十年的贫困村帽子,终于被摘了去!

> 有时候，说反话并不是为了骗人，而恰恰是为了帮人……

问心无愧

李晓隽

烈日炎炎下，一个男孩搀着一个老人，吃力地走在乡村公路上。这时，从后面开过来一辆白色小轿车，男孩立刻跑到马路中央，挥着手把车拦了下来。

一个胖司机从车窗里探出头来，男孩指了指身后的老人，说："叔叔，麻烦捎俺们一段路吧，我爷爷刚把脚扭伤了。"

胖司机刚想开口，车后座上一个老板模样的中年人从瞌睡中惊醒过来，咕哝着问了一句："是不是到地方了？怎么停车了？"

胖司机一听，连忙朝祖孙俩挥了挥手，说："快让开，啥车都敢拦，耽搁了正事，找你们算账！"

看着胖司机凶巴巴的模样，男孩不敢再多说，只得闪到一边，失望地看着小轿车开走了。

不料，那个胖司机开出没多远，就发现前面出现了一个三岔路口，一条路分成了三条，是直走，还是向左走，或是向右走，胖司机拿不准主意了。

胖司机只得把车停下来。此时正是晌午时分，马路上热得直冒烟，等了半天，也不见有人路过。在这儿傻等显然不是办法，于是，车上的中年人让胖司机把车倒回去，问问那祖孙俩。

胖司机只得原地调头，把车开回去，谁知没开出多远，就见那祖孙俩搭了别人的拖拉机赶了上来。胖司机硬着头皮从车上下来，挤出一脸尴尬的笑，问道："请问去朝阳沟怎么走？向左？向右？还是直走？"

男孩一听，直爽地说："直走就开去省城了，应该向……"

这时，老人悄悄碰了碰男孩，男孩看了老人一眼，嘟着嘴不吭声了。老人这才面无表情地吐出三个字："向左走。"这个小动作没有逃过胖司机的眼睛。他说了声"谢谢"，就上车走了。

这时，男孩不高兴地指责老人："您为啥告诉人家错误的路线？不管怎么说，乱指路就是不对。"

老人摸了摸男孩的头，笑着说："别急别急，到前面看一眼就明白了。"

很快，拖拉机行驶到前面的路口，男孩跳下车，一看车辙的走向，那车并没有往左开，而是往右开去，那正是朝阳沟的方向。

男孩不解地问老人："您告诉他们往左开，他们却偏往右开，这是咋回事？"

老人叹了口气说："他们不相信我呗。"

男孩笑着说："嘻嘻，这下您的如意算盘落空了吧？"

不料，老人指指前面的路说："我的如意算盘就在这儿——如果我告诉他们正确的路线，现在他们不是往反方向去了？"男孩顿时恍然大悟，爷爷虽然故意指了条错路，可他却是出于一片好心啊。

老人继续解释说："刚才那胖司机不给我们搭车，后来他虽然向我们问了路，心里却吃不准我们说的是不是真话，所以爷爷才故意耍了个小心眼啊！"

男孩挠了挠头，说："虽然您用心良苦，可他们却未必能理解您的好心，说不定还以为您是个骗子呢！"

老人笑了笑说："想那么多干吗？做人只要问心无愧就行了！"

很快，祖孙俩回到了村子里，还没进家门，就听说过一会儿扶贫小组要上门，了解一下他们村的受灾情况。原来，前些日子，当地遭受了水灾，祖孙俩的十几亩田地都被水泡了，状况很惨。听说，这次来的是一个大老板，如果一切顺利，大老板很可能拿出钱来帮他们度过灾年。祖孙俩一听满心欢喜，连忙收拾屋子，准备茶水。

等了一会儿，那帮人来了。祖孙俩一看，不禁傻眼了，刚才小轿车里的胖司机和中年人都在里面，而且那中年人居然就是大老板！这下，祖孙俩慌了：看来，这次是撞枪口上了——得罪了大老板，那扶贫款还不得泡汤了？

男孩扯扯老人的衣袖，小声说："爷爷，咱跟他们解释解释，话说开了，误会不就解除了吗？"

老人苦着脸摇摇头说，解释了也是白搭，人家肯信吗？但男孩还是不死心，他把那胖司机叫到旁边，解释了老半天，可那胖司机哪里肯信，点着男孩的脑门说："小小年纪，做人要诚实，做错事认个错有那么难吗？"男孩哭丧着脸心想，这下大事不妙了。

果然，当天大老板匆匆考察完后就回城里去了，根本没提扶贫款的事。

过了几天，祖孙俩觉得生活实在难以为继，便打算去城里打工。谁知刚要出门,那位大老板居然和胖司机一起找上门来了。大老板二话没说,进门就把扶贫款交到祖孙俩的手上。

老人有些喜出望外,攥着手里的钱,激动得不知该说什么才好。倒是男孩心直口快地说:"我还以为这钱泡汤了呢……"

大老板哈哈一笑,摸摸男孩的头说:"难道为了那么点小事,我就不给你们钱了?"

胖司机在一旁解释说,那天他们多走了一个受灾更严重的村子,所以扶贫款先救急了,到了祖孙俩所在的这个村子时,已经没有钱了,这才延误了扶贫款的下发工作。

这时,大老板又说道:"不过,我还是得向你们道个歉,因为那天车上放着扶贫款,事关重大,所以才不方便给你们搭车啊!"

男孩想了想,问道:"那你们那天为什么不相信我的解释呢?"

胖司机笑着说:"那天你们对我说了反话,就不允许我对你们说反话吗?"

男孩听到这里,笑了……

> 想让局长同意结对子扶贫？先请他吃"百虫宴"！

寻找"蹬山倒"

高凤顺

百味缺一

现在流行"吃货"这词儿，市交通局的副局长郝农超，就是这样一个爱好美食的人。这天下班前，郝农超给各科室送了一张请柬，说是周五晚上，邀请每个科室出一人到他家做客。这让众人百思不解：一不逢年过节，二非婚丧嫁娶，郝副局长请哪门子客？这家伙搞什么名堂？

不过，白吃白喝谁不乐意？晚上，每个科室还是各派了一人来到郝家，加上三位局长，正好一桌。一行人踏进餐厅，看着满满一桌菜肴，眼都直了：那一盘一盘的各式佳肴，全叫不上名字，是些什么菜呀？

上桌喝酒，自然是局长坐首席。局长姓庞，他也不客气，端起酒杯，指着面前的一盘菜问道："老郝，这是啥菜呀？"郝农超"嘻嘻"一笑，一一介绍道："这是'凤凰展翅''天鸡虾排''龙凤呈祥''点豆成金''爆炒双翅''天女乾坤'……"

名字起得好，味道也着实可口，这一桌酒菜，吃得尽兴，喝得够味。酒足饭饱，庞局长在沙发上坐下，这才想起问道："老郝，这'点豆成金'是用什么材料做的，怎么这么好吃？"

郝农超诡异地一笑，说："很简单，就是豇豆烩金龟子，用的是金龟子的幼虫……"

郝农超还没说完，庞局长就吓得跳了起来："什、什么？金龟子？"金龟子可是一种有害的昆虫呀，吃水果，啃林木，啥都吃，可恶心哪，他又问："那'龙凤呈祥'呢？"郝农超微微一笑，答道："是蚯蚓和天蛾……诸位，实不相瞒，今天我请大家吃的就是'百虫宴'，不过，全是可以食用的昆虫。"

一句话惊得众人愣愣地说不出话来，醉酒的也立刻清醒过来，先是庞局长肚子里开始翻江倒海了，他一连张了几次嘴，肚子里的东西涌到喉咙口后，他又拼命咽了回去。众人纷纷站起，有的打嗝，有的作呕，全是满脸的疑惑和惊愕……

庞局长稍稍平静后，他有点恼怒了，责问道："老郝，你竟让我们吃了一顿虫子？"

郝农超不慌不忙地从书橱里拿出几份报刊，平静地说："联合国粮农组织呼吁'食肉者'改吃昆虫，以减少动物饲料消耗，减少温室气体排放量。我查阅了不少资料，咱们地区有一百多种昆虫可以食用，而且味道可口，今天各位不是尝到了吗？"客人们回味着刚才吃到的菜肴，也确实有味道。

庞局长翻看着那些报刊资料，嘴里嘀咕着："话虽不错，可你也应该提前告诉我们一声呀！"

郝农超"哈哈"一笑，说："我要是提前告诉你们，你们还敢来吗？不过，我这桌还算不上'百虫宴'，仅有几十种，而且还有一味十分有名的'蹬山倒'，想尽了办法，到最后还是没搞到，可惜啊……"

庞局长有点好奇："什么虫子叫'蹬山倒'，好吃不？"

郝农超说："那可是好东西，小时候吃过，唉，现在很难找到了。"他看着庞局长，又胡诌了一句："传说古代的彭祖就常吃它，要不人家彭祖怎么活了八百年呢？"

郝农超前面的话是真的，后面彭祖吃"蹬山倒"的话，可就是瞎编的了。没办法，这是老婆让他这么说的……

百里寻一

果然，就是郝农超瞎编的那半句话，让庞局长来了劲儿，这以后，他几次建议郝农超去找"蹬山倒"。

其实，"蹬山倒"就是蝗虫的一种，郝农超在筹备"百虫宴"时，原本就想用它作压轴大菜，他曾打电话给乡下的父亲，可父亲在电话里说，现在漫山遍野都用农药，"蹬山倒"早就看不见了，不过，偏家岭可能还有"蹬山倒"。偏家岭是父亲的老家，路远山高，是本市最边远的小山村。

庞局长知道这些后，说啥也要去偏家岭找"蹬山倒"，郝农超回家将这事告诉了老婆，两人商议了一番。

去偏家岭村有150里路，这一天，郝农超和庞局长两人，让司机开着车出发了。到了偏远的县城，他们便换乘吉普车，在离小山村30里时，吉普车也不能前行了，只好徒步爬山。

爬过了一道岭，庞局长已经累得直喘气了，他实在走不动了，便就势坐在一块石头上，动弹不得。

就在这个时候，郝农超突然兴奋地喊道："看，那里有只'蹬山倒'！"这句话像一针强心剂，庞局长立刻跳了起来，瞪大眼睛一看，只见一只约有十厘米长的"蹬山倒"，正懒洋洋地趴在一丛杂草里晒太阳。庞局长顾不得满地的荆棘、尖石，撅起屁股，四肢着地，憋住呼吸，偷偷地朝"蹬山倒"爬去。大概这只"蹬山倒"正在睡觉，还真被庞局长一手按住了，可这家伙好大的劲，拼命挣扎，小腿上那几根尖利的毛刺竟刺进了庞局长的手指。庞局长一边吮着指头上的血，一边以欣赏的口气说道："这家伙怎么这么大劲儿呀，成，就凭这个，我就吃定它了。"

一句话提醒了郝农超，他想起儿时烧烤"蹬山倒"的趣事，便找了几把干枯的枝叶，点着火，揪去"蹬山倒"的头，带出它的内脏，然后捻住躯干放在火堆里烧烤起来。可惜就一只，他只好把烤熟了的"蹬山倒"递给庞局长："局长，尝尝味道。"

庞局长接过来掰开一看，呵，里面是满满的卵籽，透着一股香味儿，他一口就放进嘴里嚼起来，连声说道："好吃，好吃！"吃完了，他擦了擦手，"怪了，我怎么浑身有劲儿了？走，前进！"

郝农超听了，心中暗暗好笑：哪有这么神，还不是心理作用？

九九归一

庞局长脚下生风，很快爬上了最后一道岭，偏家岭就在眼前了。他一手叉腰眺望四野，像一个打了胜仗的将军，对郝农超说："老郝，回局里后你找工程科来这里勘察一下，怎么也得修一条公路吧！"

郝农超赶紧回道："那是，上级不是一直要求村村通公路嘛！"话刚说完，庞局长却站住了，说："老郝，村里人要问咱们干啥来了，总不能说来捉'蹬山倒'的吧？那多掉价啊，人家会笑咱们没出息，咱们就说是来考察修路吧……"郝农超忙说："对，对，你刚才不是说要修条公路嘛！"

郝农超找的是一个表叔，表叔很好客，听说郝农超他们是来准备修路的，立马把这个好消息传了出去，这一下小山村可热闹了。表叔说一定要他俩住上几天，并表示午饭后就带他们四处转转，这正合庞局长的心意。

整个一下午，表叔带着他们两人满山转悠，介绍山势坡度和进山的最佳途径，庞局长和郝农超一边听着，一边严密地搜索着"蹬山倒"，到太阳落山时，两人总算捉到了十几只。

山里人有自己的待客方式，晚饭还挺丰盛的，可是，庞局长专吃郝农超做的爆炒"蹬山倒"，弄得表叔有点不解：莫不是咱农家做的菜不好吃？郝农超看出了表叔的心思，便解释说："我们局长是'老太太啃麻花——专好这一口'，他喜欢这东西。"

庞局长吃得不亦乐乎，还把最后剩下的三个"蹬山倒"装进了塑料袋，说是拿回家给儿子尝尝。正说着，庞局长放下了筷子，问表叔："能不能养殖'蹬山倒'？"表叔笑着说："有养牛、养羊、养鸡、养猪的，没听说过有养'蹬山倒'的……"

郝农超在一旁听了，忽然想起网上看到的资料，他赶紧说："有啊，现在养蝗虫的很多，也有养'蹬山倒'的，我记得好像黑龙江就有养殖'蹬山倒'的技术传授，投资也不大。"

庞局长听后乐坏了，一拍大腿说："那就养'蹬山倒'，我估计到时候城里饭店就会抢疯了！老郝，你回去后赶紧查找资料，写一份报告给市里，偏家岭就是咱们局的扶贫单位，最好走走你家夫人的后门，一定要与偏家岭结对子。"

郝农超的老婆在市"扶贫办"当主任，当天晚上，郝农超就给老婆打了电话，讲了庞局长的想法，没想到老婆在电话里"咯咯"地笑了起来，她说："市里要求各局委办和贫困村结对子，帮助脱贫，可没一个单位愿和偏家岭村结对子，嫌路远，你们庞局长也是说了一大堆理由，推三挡四的。这回，我就想通过你的'百虫宴',让他自己提出来,呵呵,这也是'九九归一,终成正果'嘛!不过你不能透露这个底,还得吊吊他的胃口,记住啊……"

关键词：干部带头

> 有个年轻干部到基层挂职，可迎接他的不是鲜花和鞭炮，而是一些出乎他意料的人和事……

有一条路叫幸福

钱 岩

进村遇险

江春水是县文化馆的年轻干部，为了建设新农村，县委抽调一批干部去农村，江春水被下派到本县龙洼村挂职当村支书，带领乡亲们脱贫致富。

组织研究决定了的事，江春水欣然服从。他觉得就三年，一眨眼的事，就算是体验生活，说不定对以后创作有用呢。

江春水担心老婆徐梅梅不乐意。回家跟老婆一说，没想到老婆只是发了两句牢骚，然后叹口气道："既然组织已经决定了，我反也反对不了。只是你得答应我，不管分到哪旮旯，你都得给我早出晚归。让你住在乡下和妇女主任们鬼混在一起，我实在不放心。"

江春水一听咧嘴一笑："拜托了老婆，我江春水怎么会看上别人呢？你不说，我也想早出晚归呀。你想，我老婆可是一朵漂亮的玫瑰，我不守在跟前，被人偷偷掐去了怎么办？"一句话把老婆逗得笑骂一句："贫嘴！"

很快，江春水便走马上任。龙洼村位于县东南，隶属龙头乡，是龙头乡最偏僻的一个村。江春水拿出县地图量了量,估计从县城到龙洼只有三十来公里,骑摩托也就一个来小时,早出晚归完全可以。

江春水第一次去龙洼,本来是由乡上秘书陪同的。可路上秘书突然身体不舒服,江春水想那么大一个村子,还怕找不到?于是他就让秘书回家休息,他一个人去。

从龙头乡到龙洼村,是碎石子路,越往里走,路就越不成样了,高低不平,跟搓衣板差不多,破损严重,大坑连着小坑。

一路上,江春水给龙洼村的村主任老周打了两次电话,但都没人接。江春水只得小心翼翼驾着车,躲过大坑躲小坑。

可是,就在快要进村时,突然从路旁草丛中蹿出一头小猪崽,看样子大约三四十斤,一身毛乌黑发亮,小家伙先是瞪着一对小眼睛直愣愣地盯着江春水的摩托车,接着撒开四蹄,跟在车后狂追不舍,追着追着,竟与小江的摩托并驾齐驱了。开始,江春水觉得有趣,嘴里"噜噜"唤着,逗它,不料小猪奔跑奇快,眨眼间居然超过了摩托,在小江车前晃来晃去,弄得小江一时间手忙脚乱起来。

就在小江想刹车时,不知从哪儿又突然冒出一个壮汉大吼一声,小猪顿时"嗷"地叫着一转身,朝摩托撞去。

小江大惊,急忙一拐车头避让,这么一让,车子顿时失去平衡,急速往一旁的一个大水塘冲去。只听"轰"一声,车倒人翻,直朝水塘滚去。

那水塘很大很深,小江可是个旱鸭子,若是滚到水塘里那可就完了。情急之下,小江双手死死抠住堤坎,也顾不得斯文,拉开嗓门,大喊:"救命,救命!"

让人气恼的是,在这人命关天之际,那个肇事壮汉,不但没来拉江春水一把，反而站在一边，望着拼命挣扎的小江，竟然拍手跺脚，哈哈大笑！

就在这紧张时刻，只见从附近一个小诊所里飞奔出一个人来，边跑边冲着壮汉大声喝道："孙三宝，你又惹事了！"这人喊着急步上前，把江春水拉上堤岸。

那个叫孙三宝的一见来人，顿时蔫了，抱着脑瓜，蹲在地上嘟囔道："真倒霉，刚玩得开心，又碰上你这个多管闲事的老周头，你咋到现在还不下台呀？"

老周给小江掸去身上的泥土，然后走到孙三宝身边，笑着拍了拍他的肩膀："起来，去帮人家把车扶好，马上回屋去，以后不许这么做了，知道不？你不是盼着我下台吗？告诉你快了，县里马上就要给我们村派个新支书来，以后你胡来，就由别人来收拾你了。呵呵……"

江春水一听，忙惊喜地问道："你，你就是龙洼村主任老周？"

老周笑道："我就是。呵呵，刚才吓坏了吧，伤着了吗？请你原谅，这个孙三宝原本人还本分，三年前的一个夜晚，因为喝多了点酒，在路上被车子撞了，那肇事司机驾车逃逸了。孙三宝后来被人发现送到医院，人救了过来，可脑子从此就不灵光了。他现在一见到开车子的就恨，不管是开汽车的，还是开摩托的，他就捉弄人家，那头小猪也是他调教的。其实他只是出于本能出出气，不是真要人命。今天，要是你真的掉水里了，他也会跳下去救你的。不过他这么一来有好几次吓得人家都尿了裤子。"说着老周哈哈大笑，同时，两眼还往江春水的裤裆瞟。

江春水笑道："你老周是不是想看看我有没有尿裤子？"

江春水这么一说，老周倒显得有点不好意思了，忙岔开话题:"哪里哪里,我说小伙子,你怎么跑到我们龙洼这鸟不生蛋的地方来了?是来走亲戚,还是……"

江春水从包里取出自己的下派函,递给老周,笑着说:"我叫江春水,你就叫我小江好了,以后工作还得靠老主任多多指教。"

老周接过一看,惊喜道:"你就是县里派到我们村的小江书记?欢迎!欢迎!热烈欢迎!我接到乡上的通知了,以为你还有几天才会下来,想不到你这么快就来上任了。怎么不提前给我打个电话?"

"刚才我就给你打了两个电话,"江春水开玩笑地说,"可你都没接,我以为你生气,恨我夺权来了!"

老周一拍脑袋,笑道:"呵呵,我早就盼着你来夺权呢!这不夜里想你着了凉,早上起来脑瓜痛得不行,就到这诊所来吊水。可刚吊上不久,就听见你在外面喊'救命',于是拔掉针头就冲出来了。不好意思,电话丢在家里,所以没能接到。现在,我就带你到村部去。告诉你,你的办公室我们早就收拾好了,还特意在里面摆了一张床,我们妇女主任还把她结婚时用的被子拿来给你盖了!"

听老周这么一说,江春水既感动又不好意思,于是说道:"谢谢周主任,我有车子,晚上可以赶回去的,不过有张床中午休息休息也好,只是怎好意思用人家结婚时的被子?"

老周笑道:"这有什么不好意思的?你能用,她妇女主任脸上可有光彩呢!"

江春水见老周要陪自己上村部,忙道:"你还要吊水呢!"

老周把手一扬,不在乎地说:"见到你,我的病立马就好了,还吊什么水?"

来到村部,老周打开门,把江春水领进他们为他准备的办公室。说道:"你先在这坐一会儿,我这就去把民兵营长、妇女主任喊来,大家先认识一下。"说完,老周就风风火火喊人去了。

江春水仔细打量他的办公室,桌椅虽然都是旧的,但都简朴干净。再看床上的被子,江春水差点笑出声来,那条大花红被子,又老又土,简直就是文物了,还说是人家妇女主任结婚时用的,当我是三岁小孩子?这老周,拿我开心了。

这时,门外传来叽叽喳喳的说话声,江春水估计是民兵营长、妇女主任等村干部来了,于是忙跨出门外,可一抬头,顿时傻眼了。

"六〇""六一"

江春水一抬头,见老周领来一个老头子和一个老奶奶。他疑惑地想:老周说去喊民兵营长和妇女主任,怎么叫来老头老奶奶?难道他们就是?没等江春水开口,老周开口一介绍,还真是民兵营长和妇女主任,这可让江春水大跌眼镜,再想到老周说妇女主任把她结婚时用的被子拿来了,看来他没说假话。

老周见江春水一副吃惊的样子,早已心知肚明,忙解释道:"小江书记,这老王头,你别看他今年六十六,可身手一点也不比小青年差,三十多年前就是民兵营长了,经验丰富得很呢!我们这位妇女主任,你别看她看上去像个七八十岁的老太太,那是乡下女人不注意保养,其实只有五十五岁,我们三个人中她最年轻,你以后喊她郑大姐得了。"

老周这一番话可把几个人都说笑了。这时民兵营长老王头说话了:"小江书记,实话跟你说吧,我们村男女老少加起来一共有九百三十六口,可除了几个懒汉和一个脑子不灵的,年轻力壮的姑娘小伙子们都到外面打工去了。留在村子里的只有老人和孩子。告诉你,你到我们村来当书记,主要就是和我们这儿六〇六一部队打交道。六〇指的是六十岁以上的老人,六一指的是孩子……"

"是呀是呀,"妇女主任郑大姐接过话头说,"我和老王也知道自己岁数大了,不适合当妇女主任和民兵营长,可年轻的都外出打工去了。村上干部琐事多,工资少,竟没有一个愿意留下来接手干,只好我们撑着。这下好了,小江书记你来了,从此我们有了新鲜血液了。"

龙洼这么一个现状倒是江春水没想到的。一了解,龙洼真的穷啊,村上没有一点儿资产。龙洼老百姓靠种植水稻为生,由于地势低洼,经常遭水灾,所以,老百姓很穷,只好争相出去打工。整个村子留下的都是老人孩子,一点活力也没有。

江春水问老周他们:"那你们村干部现在主要工作是做什么呢?对龙洼的发展有什么规划?"

"做什么?"老周苦笑道,"宣传党的政策,调解邻里纠纷,防火防盗。其他事我们想做也做不了。规划倒有,比如说修路。我们也知道,要想富,先修路。可就是没钱!"

说到修路,江春水这次来,已经深知龙洼这条破路的危害,于是说道:"龙洼村这条路真的要好好修修。这路要修好,估计要多少钱?"

老周说:"我们几个村干部测算过好多次了,这七公里长的路,修水泥路,那要好几十万!我们想都不敢想。可就是简单用石料填实窟窿,整平路面,老百姓自己出工不算,单材料和运费也要五万多。"

江春水说:"那我们就先填实窟窿,整平路面,没钱我们发动群众集资,五万多不是一个大数字,分摊到九百村民的头上,一个人也就几十块钱。"

老周感慨道:"唉,说起来容易做起来难啊!我们曾经集过一次资,修出了这条简易碎石子路,当年我们集资,说破了嘴皮,可就是有人不愿集。上面又不许强行摊派,结果钱不够,路修得简单了些,这不,没几年时间,又破损得这么严重。"

听老周这么一说,江春水不解了:"大家自己修路自己收益,为什么有人就不愿意呢?是不是真的家里困难,拿不出钱?"

老周说:"那倒不全是。第一个不愿集资的范老头,却是村上最有钱的。他儿子在城里做生意,家产上千万!可我们修路,他就是不肯出一分钱!"

这就让江春水更不明白了:"为什么呀?照讲村上路修好了,他家最受益啊,他儿子回来能坐车,多方便,多有面子!"

一了解,原来这范老头的父亲解放前是大地主,龙洼大半土地都是他家的。解放后被打倒了,地也分了。特别是在"文化大革命"中,范老头的父亲经常被挂牌子批斗,后来不堪忍受上吊自杀了。那时老王已经是民兵营长了,经常押着他父亲。他父亲死后,村上没地主了,大家就斗他这小地主。所以他恨死龙洼的人了。

老周说:"唉,那个时代,全国都一样,又不是只龙洼斗地主,我们也道歉了,可他就是记恨,修路不肯拿一分钱。"

江春水说:"他这么恨龙洼,那他还住在龙洼做什么?既然他儿子发达了,干脆跟着儿子到城里享福去得了。"

老周说:"他不愿意!因为他祖坟在龙洼啊!他认为有他老祖宗保佑,他儿子才能发达。所以,他一个人坚持要在这守护着祖坟。要是想儿子孙子了，就走到乡上坐车去城里。这老家伙今年七十八了，身体好着呢，越活越滋润。"

江春水他们几个人商量了很长时间，得出一个结论，现在讲和谐，如果再修路，不能集资，最好的办法是小江书记从上面争取来资金。

郑大姐动情地说："小江书记，这次你要是能帮着我们从上面争取来资金，把龙洼这条路给修出来，你就是龙洼的大恩人啊。我们给你烧高香。"

江春水笑着说："找领导要钱，不是一件容易的事。我努力就是。今天我回去，就以龙洼村的名义打个修路报告，然后一个部门一个部门去跑。要不到五万、六万，最少也得要个两三万。我想，我到龙洼来干的第一件事应该就是修路。龙洼不能没有一条像样的路。"

江春水这么一说，大家都很激动。不知不觉太阳就西沉了。江春水说："趁热打铁，今天我回去，晚上就把报告弄出来，明天开始跑。"

江春水出门正要发动自己的摩托，却发现车后轮被人加了一把锁。江春水想问这是谁干的，又一想，难道有村民要用这种特别方式留下我？晚上避着村干部单独向我反映情况？这么一想，江春水就装着一拍脑袋说："想起来了，我这报告写好后还要盖村部的公章呢！这么说，我今晚就不回去了，就在这写。"

江春水谢绝了老周他们的盛情邀请，没上他们家吃饭，还特意提醒他们晚上不要来了，他要安心写报告。待老周他们走后，他给老婆打了个电话，就从附近小店买了两袋方便面，简单泡泡填饱了肚子。然后就在房间里，边写报告边等着神秘客人的到来。

天黑后，真的响起了敲门声。

黑夜来客

江春水打开门，看到的是一个跛脚老婆婆牵着一个瞎眼老大爷。江春水忙把两位老人让进屋，请他们坐到椅子上。

老人们小心地问："你就是城里派来的书记？"

江春水忙应道："是的，你们叫我小江好了。"

两位老人一听，就互相扶着站了起来："小江书记，你要为我们做主啊！"说着就要下跪。

江春水一见吓得赶忙上前阻止："老人家，你们千万别这样，否则折煞小辈了！二老有什么情况就直接跟我说。你们放心，只要我能做到，一定不会让你们失望的。"

于是，老两口便说开了，他俩说说停停，哭哭说说，从老两口的哭诉中，江春水知道了事情的缘由。原来这老汉姓卜，他们只有一个儿子，几年前儿子带着媳妇进城打工，从此就没了消息。老两口是七十多岁的人了，老婆婆腿跛，老汉两年前眼睛瞎了，农活做不了，生活过不下去了。因为他们有儿子，又不符合农村"五保"条件。他们想，儿子在城里打工，小江书记也是城里的人，所以就来求小江书记帮他们找儿子。要儿子养他们，他们要求不高，只要每月寄上五十块钱就行。

老人的遭遇让江春水感到心酸。他为难地说："我是住在城里，可不见得和你儿子他们在一个城市啊！你有没有他们的地址，或者电话？否则不好找呢。"

"电话没有，可我们有儿子的信。"说着老婆婆从怀里掏出一个皱巴巴的信封来，"这是我儿子刚到城里时给我们写的信，他就给我们写过一封信，上面有地址的。"

江春水接过信一看，信寄自省城某工地，但邮戳却是几年前的，那工地应该早已不是工地了。唉，这就不好找了。

卜老汉急了："老周他们也这么说，可我们一定要找到儿子，养儿防老啊。江书记你是城里人，你应该比老周他们有办法！"

江春水不忍看到老人们绝望的样子，于是安慰道："你们别急，给我一些时间。我想，只要他没跑到国外去，我一定帮你们找到儿子，要他给你寄钱。"

江春水想起自己的口袋里还有一百五十块钱，于是就全掏了出来，塞到卜老汉手中："大爷，我身上只有这一百来块钱，你先拿去救救急。"

老两口拉扯着不好意思要。江春水就真诚地说："大爷大婶，这有什么不好意思的？要不你们先收着，等你们的儿子找到了，寄钱回来再还我也行呀。"

老两口千恩万谢地收下了钱，这时已经黑灯瞎火，江春水不放心，就一直把两个老人送到家。

在回来的路上，江春水觉得，这卜老汉肯定不是锁自己摩托车的人，那谁锁了我的摩托车？他究竟想要干什么呢？

江春水走着走着，忽然发觉身后有一个人在跟着自己，你走快他也走快，你走慢他也走慢。江春水感到好笑，你想跟你就跟呗，我小江又不是什么大人物。

江春水回到村部，拧亮灯，这才发现停在屋檐下的摩托车不见了。他想这么旧的摩托车，难道还有人偷？但这车虽不值钱，可它是自己的腿呀，一刻也少不了。这么一想，他急了，于是掏出手机，要给老周他们打电话。哪知他刚掏出手机，就见那跟着他的黑影飞一般地冲了上来，一把拉住江春水的手，哭着喊:"叔叔,求求您了,千万不能给派出所打电话呀!"

江春水大吃一惊,借着灯光,看清拉他手的是一个瘦弱的小男孩。江春水问:"我的摩托车被人偷了,你为什么不让我给派出所打电话?还有,刚才你为什么一直跟着我?是不是在替人放哨?"

小男孩泪流满面,哽咽道:"叔叔,您的摩托车让我爸偷了,可我绝不是替他放哨。我跟踪您,是想告诉您……"

江春水一听乐了:老子偷车,儿子告密!真新鲜。江春水忙安慰小男孩别急,慢慢说,他不给派出所打电话。

原来这小男孩的父亲叫王强,几年前不顾老婆反对,借了一大笔钱在村上养了几亩牛蛙,本想发家致富,没想到牛蛙发病,不到一个星期死个精光,倾家荡产了。老婆一气之下,离家出走,从此杳无音信。王强遭受这个打击也就破罐子破摔了,日子不当日子过,还经常干些偷鸡摸狗的勾当,只是苦了他的儿子王小强。

王小强哭着说,他爸爸偷鸡摸狗,常常让村干部抓了送到派出所,关一天,关两天,最多关过一星期。

今天小强看到他爸偷偷把江春水的车锁上了,知道爸爸"看"上这辆车了,晚上肯定瞅空要偷车,他就悄悄跟着爸爸。小强说,他知道摩托车很贵,如果一报警,警察抓了爸爸肯定要判刑。这样,他就没爸爸了……

听了王小强的哭诉,江春水心里酸酸的,唉,多可怜多懂事的孩子呀!江春水长叹一声,一时真不知怎么办好了。

王小强看着江春水,说道:"叔叔,你别急,我知道我爸把你的摩托车就藏在前面那草堆洞里。我这就带你去把它找回来。"

"什么？"江春水惊喜地问，"你爸爸没骑走我的车？"

王小强得意地咧嘴一笑："他骑不走。我事先把你摩托车的气放了！"

江春水怜爱地一把抱起王小强："好孩子。你这就带我去找你爸爸，我要好好和他谈谈……"

江春水和王强谈了一个晚上，从王强家出来时，天都快要亮了。

让江春水感到欣慰的是，他的努力没有白费。经过一夜长谈，王强痛哭流涕，发誓要痛改前非。他接受了江春水的建议，在哪跌倒从哪爬起，重新养牛蛙，资金和技术由江春水来帮忙解决。

江春水也很激动啊，他突然觉得自己为龙洼人找到了一条致富路了，那就是养牛蛙。龙洼地势低，种农作物经常遭水淹，养牛蛙那条件可是得天独厚了。

江春水决定就以王强为试点，成功后再推广到全村。龙洼村要是变成牛蛙村，那老百姓就真的脱贫致富了。

早上，江春水见到老周，就把他想帮王强重新养牛蛙，成功后再带动全村致富的想法跟老周说了．

老周叹道："这想法是不错，可平整养殖场，购种苗，买饲料什么的起码要两三万，他王强哪来这么多钱？现在谁还敢把钱借给他？如果又失败了怎么办？小江书记，我认为我们现在重中之重的工作就是尽快把村上的路修好。昨晚你的报告是不是写好了？写好了，盖上章，你这两天就百事不管，骑上你那摩托，就上县里乡里跑！昨天我和老王忙活了一宿，钓了两斤黄鳝，你带回去，烧给你老婆孩子吃。我知道你们城里人就喜欢吃这野生的呢。"说着老周递过来一只蠕动的塑料袋。

江春水觉得现在和老周讲客套，拉拉扯扯肯定不管用，于是笑着接下了，说道："老周，你放心，我会尽最大努力的，其实，现在龙洼的事也是我小江的事，你老周以后不要再把我当外人。"说罢，他充满期望地跨上摩托，"嘟嘟嘟嘟"往县城飞驰而去。

路在何方

这几天，江春水拿着报告，跑县里，跑乡上，跑了多少部门，连他自己也记不清了，可让他没想到的是，他处处碰壁，没争取到一分钱。接待他的人，都是先对江春水的修路报告给予肯定，对他的工作态度给予赞赏，然后就大叹苦经，一个词：没钱！报告可以留下来，但明年也不见得能纳入计划。

江春水好不失落，好不烦恼，他甚至都不好意思回龙洼面对老周他们了。

他垂头丧气回到家，晚上躺在床上，翻来覆去烙烧饼。老婆担心地搂着他追问缘故，江春水就把想为龙洼修路的事如此这般跟老婆说了。徐梅梅吃了村民"贿赂"的野生黄鳝，不能袖手旁观，就帮他出主意："没钱就赊账呀，石料赊，运费也赊，这样路不也能修出来吗？呵呵，反正是为公家修路，怕个啥？"

江春水觉得老婆说的有道理。以后龙洼富了，还愁还不了这三五万块钱？

他一打听，龙头山下就有好几个私人石料厂，他认识其中一个叫韩林的老板。这韩林，和他同龄，原来是乡文化站的干事，江春水还指导他编过小品呢。后来韩林嫌在乡文化站干工资少，就辞职包山采石去了，这几年，钞票应该没少挣。

韩林没想到县文化馆的江老师来看他，特别高兴，立马拉上江春水上饭店喝酒,说有什么事酒桌上谈。

江春水想:酒桌上谈就酒桌上谈,说不定几杯酒下肚,谈的效果更好呢!

韩林现在已经不是当年那个乡文化站的小干事了。面对江春水,他趾高气扬,眉飞色舞,海吹开来:"我现在挣钱,老了没事干了,就写小品,写出来后就让赵本山演。他赵本山算老几呀,我有钱,让他怎么演,他就得怎么演……"

江春水听了,嘴上没说,心里说:土包子一个!你有钱,你还能比赵本山有钱?于是笑道:"只怕你老了,他赵本山已经更老了,想演也演不了。不过,你韩老板能写小品,不要忘记我江某人呀!"

韩林笑道:"那是,你是我老师,我怎么可能忘记你呢?你说说,你今天来找我有什么事?"

江春水见时机成熟,就说明来意。韩林一听是笔大生意,顿时来精神了,但听说是赊账,就有点犹豫了,只是碍着江春水的面子,又不好意思拒绝,于是就来个哼哼哈哈。

江春水装着不高兴的样子,说:"我是上面下派的干部,建设新农村是中央的号召。其实我是有一大笔配套经费的,只是还没有下拨下来。你想,我是你老师,会赖你这两个小钱?再说,我家住在哪里,你也是知道的,想赖也赖不了呀?"

江春水这么一说,韩林哈哈一阵大笑说:"我会不相信你江老师?我是爽快的人,我知道你江老师也是爽快的人。"说着韩林起身走到外面,一会儿又拿来一瓶白酒,分别倒在两只玻璃杯里,笑眯眯地看着江春水说:"江老师,你喝一杯,我赊你两万块钱石料,喝两杯,我就赊你四万块钱石料……"

江春水一下惊得目瞪口呆。他忙打断韩林的话,苦笑道:"兄弟,我说你是不是电视看多了?这电视上胡扯淡的情节,你还真学着来?你应该知道我是啥酒量,这一斤酒要是喝下去,我还不醉死?"

韩林斜靠在椅背上,皮笑肉不笑地说道:"江老师,不,江书记,你要是舍不得身体,那我也舍不得石料了。"

江春水心一横,掏出纸笔,拟出合同,递到韩林眼前:"好,那就这么定了,不过,你韩老板得先在这合同上签上字。我知道我喝了这酒肯定就会趴下,但为了给龙洼修路,我愿意。"说着江春水端起了酒,临喝之前还不忘叮嘱一句:"韩老板,我真的倒下了,你得记住给我打120,我不想女儿年幼丧父,老婆年轻守寡……"

酒不醉人

江春水说罢话,就悲壮地一仰脖子,一大杯酒就灌到了肚子里。但是喝下去觉得不对劲,可他想都没想,又迅速灌下另一大杯。

这时,在一旁的韩林乐了:"江书记,没想到你酒量不大,胆子可大着呢!"

江春水回过神来,亲热地擂了韩林一拳:"韩林兄弟,够哥们,真没想到你只是让我喝两杯矿泉水!"

韩林感慨道:"你一个城里人,派到龙洼这么个穷村来做支书,也够难为你了。我刚才这么做,只是想试探你,是不是真的诚心诚意想为龙洼做实事!"

江春水回到龙洼,把他这几天跑县里乡里的经过跟老周他们一说,老周他们见江春水奔波了几天,没争取来一分钱,一个个都心灰意冷,长吁短叹。

就在这时，江春水突然来个峰回路转，说石厂韩老板愿赊给他修路的全部石料，大家一听，高兴得哈哈大笑。要知道龙洼是穷村，以前谁都不愿和他们打交道，更别说赊账了。大伙佩服小江书记有魄力，对他更加刮目相看了。

紧接着，江春水又联系了几辆拖拉机运石料，人家相信他江书记，运费可以欠着，但得先支付五千块钱油钱。

江春水觉得现在油价这么贵，人家说的条件在理呀。可是，这五千块钱哪来呢？江春水和老周他们一商量，决定发动干部党员捐款。江春水说："我是支书，工资也比你们高，这样，我一人捐两千！"老周等党员干部感动了，他们说小江书记不是龙洼人，却几乎捐了一半的钱，于是，他们你一百他两百，很快就把剩下的三千块钱认捐了。

接下来，全村老老少少齐动手，热火朝天开始修路，就连当初那个捉弄小江的孙三宝也来凑热闹，他朝江春水竖竖大拇指，就抢着干了起来。真是人心齐，泰山移，只用了一个多月，路就修好了。

江春水望着一条平整光亮的大路，长长吁了一口气，啊，终于为龙洼的乡亲们做了一件实事。

然而，由于江春水一心扑在修路上，这一个月几乎没回过家，他老婆可不放心了，于是就特意下来监督考察。

江春水一见老婆，对她的来意便心知肚明，于是就把老婆拉到一边，指着村妇女主任对她说："你看到了吧，那个像老太太的妇女就是村妇女主任，她比你妈还大几岁，请夫人你放心，龙洼年轻人都跑到外面打工去了，村上留下来的只有老人和孩子，我就是想腐化也没有机会啊！"老婆一听，脸一红，嘴一撇，娇嗔道："人家来关心你，不成吗？"

大家都没想到，路修好后，第一个享受的竟是不愿集资修路，一直袖手旁观的范老头。

范老头平时身体硬朗，也注意保养，没想到红光满面的他说倒就倒了。江春水和老周发现后，一面打120把他送往医院抢救，一面给他在城里做生意的儿子打电话。因为老头患的是脑溢血，等儿子孙子们赶来，他已经升天了。

范老头的儿子有钱啊，把老父亲的葬礼搞得热闹隆重，叮叮当当，噼哩啪啦闹腾了整整三天，花钱如流水，让江春水和老周他们看了直摇头。江春水好心劝他不要这么浪费，可人家不高兴了，傲然地说：自己的钱，高兴咋花就咋花。

范老头儿子这态度让江春水很生气，心里说：哼，有两个钱，就臭显摆了！这不，范老头刚一下葬，村上就有言语流传开来，说范老头坟里的骨灰盒是纯银镀金的！真是有钱烧得慌，一个装骨灰的盒子竟花了好几万块钱！这不招贼惦记吗？估计范老头的坟要不了多久，就会被人扒了，骨灰还不撒到沟里喂鱼？

这些话传到范老头的儿子耳里，他慌了，急忙找到村部，赌咒发誓对江春水他们说，他父亲的骨灰盒就是普通的骨灰盒，根本不是什么纯银镀金的，要村上出面跟村民解释解释，因为他说的话别人根本不相信！要是他一走，父亲的坟被人扒了，那他就要遭万人唾骂了。

江春水笑道："我相信你说的是真的，可村民传言也不是没有道理，你有钱，给父亲买个几万块的骨灰盒不算什么。唉，现在又不能扒开老爷子的坟，让大伙看看。可是你又要做生意，不可能一直待在村里，这事是有些麻烦。"

范老头的儿子没想到会发生这样的事，急得焦头烂额。江春水说："这样吧，干脆你就在你父亲坟前建一小屋，请人帮你看着，反正你又不在乎这两个小钱。"

范老头的儿子一听，来了精神，说道："这倒是一个法子，可、可谁愿意为我看守祖坟？"

江春水说："的确，一般人肯定不会干的，这不是一件光彩事！不过我们村上老卜两口子倒有这个可能。你答应一个月给他们三两百块钱看护费，这事就包在我身上了。"

一个月三两百块对范老头的儿子来说是小钱，他当然愿意，于是对江春水千谢万谢后，说他马上请人建屋，后面的事就得麻烦江书记帮忙了。

范老头的儿子走后，老周说："这下卜老汉两口子日子有着落了，只是他俩一瘸一瞎，能看住别人挖范老头的坟吗？"

江春水听了抿嘴直乐，说道："看什么看，你还真以为别人会挖范老头的坟？"

老周不解道："怎么不会？不都在传言范老头的骨灰盒是纯银镀金的，值好几万？"

江春水见四下无人，便凑到老周的耳边说："范老头的骨灰盒纯银镀金，是我让王强说的谣言！我早就想好了这主意，知道范老头的儿子一定会来找我！嘿嘿，果然不出我的所料⋯⋯"说着，他顿了顿笑道，"我根本就没打算让卜老汉去那房子长住，我在考虑那坟左边是一大片沙土坡，适合种西瓜；右侧有个大水塘，而且连着龙头溪，是活水，能养鱼虾，那房子夏天就是看瓜棚，冬天卜老汉两口子睡在那儿看鱼，绝对不会冻着。"

老周听了忙竖起大拇指，高兴地连声说："小江书记，你不愧是搞小品的，想的这主意，高，那实在就是高！"

这一天，江春水越想越高兴，回到家，又忍不住对老婆绘声绘色一说,听得老婆笑弯了腰,连声说江春水"狡猾狡猾的"。趁着老婆高兴的时候,江春水说,他今天遇见高中时一个同学了,这小子今年炒股赚了十多万!老婆也知道今年有不少人炒股炒基金发财了,可她不懂,加上胆小,不敢涉足。现在听江春水这么一说,心就痒痒了。江春水又趁机要老婆拿两万块出来,给他同学帮着炒炒。老婆想都没想就答应了。江春水这下心里可美啦!什么炒股炒基金呀,这是他想的点子,目的是从老婆那"骗"出钱来,他要帮王强养牛蛙!他本以为会费一番口舌,呵呵,现在看来他太低估了自己的智商了!

晚上,江春水做了一个梦,梦见自己来到王强的牛蛙养殖场,"呱——呱——"老远就听见蛙声一片……王强看见他来了,忙奔了过来,拉他去喝酒,说没有江书记,就没有他王强的今天!江春水笑着拒绝,说不要客气,你再怎么拉,我今天也不会在你这儿喝酒……

突然,江春水的脑瓜上挨了一巴掌,惊醒一看,只见老婆气呼呼地说:"你睡得好好的,学什么蛙叫!我捣你,你竟叫我不要客气,说再怎么拉,也不会在我这儿喝酒!我什么时候拉你喝酒了?做梦想得美!"

江春水醒了,越想越乐,好长时间睡不着。第二天天一亮他就起床,怀揣两万块钱,骑着他的破摩托,迎着朝阳奔驰在去龙洼的路上。江春水信心满怀,他坚信,要不了多久,龙洼村就会走上脱贫致富的大道。年轻人就会争相回来创业,龙洼村就会变成远近闻名的"牛蛙村"……

> 有人争着当贫困户？那就让他当吧！

争当贫困户

马凤文

张众是扶贫工作队驻村书记，没参加扶贫工作之前他从没想到扶贫会有多难，真正来到村里才知道，扶贫不是那么简单的事情。

共发村是典型的贫困村，张众来到村子的第一天就被十几个老百姓包围了。原来这些人说是扶贫的，都要争当贫困户。这让张众大吃一惊。张众只好好言相劝，说自己先了解情况，然后再制订扶贫计划。老百姓这才离开。

等人散了，张众来到办公室问村主任李彬了解村子现状。李彬叹了口气说："要说贫困户，我们村确实不少，但这里面很多人都是混水摸鱼的，见到肥肉都想咬一口。"

张众把贫困户名单拿过来一一确认。这时，李彬指着一个叫王民的名字说："就拿他来说吧，他家根本不贫困，非要村里把他列为贫困户，不答应就闹事。老百姓在他怂恿下也跟着起哄。"

张众有点生气，问："他这样不讲道理、目无法纪，为什么不报警呢？"

李彬摇头说："他又不触犯刑法，教育一下就放了，出来后还是一样。所以也就没人报警，只能好言相劝,但效果甚微。"

张众了解了整整一星期，把共发村的贫困户底细摸清了，然后又入户走访。这天正好来到王民家，刚一进院张众就大吃一惊，原来王民家的房子马上就倒掉了，进屋一看，破破烂烂，张众长这么大就没见过这样的贫困户。张众指着王民的房子问李彬："这样还不算贫困户？"

李彬呵呵一笑："你只看到了表面。"说着，他一指对面，说："那才是他家的房子，这是他的临时住所。"

王民来到张众面前，笑着说："张书记，别听李彬胡说，那房子是我的不假，但我家有外债，被我抵债了。"说完还拿出了证据。

现在张众都不知道该信谁的好了，问王民："我看家里只有你自己，还有别人吗？"

王民说："媳妇走亲戚去了，孩子在小学读书。"

张众点了点头说："既然你这么想当贫困户，我就答应你，把你列入扶贫名单。只是我有一个条件你也得答应我。"

王民一愣，原来为了这个贫困户他争了足有一个月时间，把原来的驻村书记都气走了。难道这位张书记这么好说话？看来是自己闹出效果来了。想到此，王民高兴地说："张书记英明，只要成了贫困户，我全家人都感念你的大恩大德！"

张众笑了笑说："我说过，有条件，从此以后再不能鼓动老百姓去村委会影响我们工作。"

王民连声答应。

一连走访近三个月，张众把整个共发村的贫困户情况调查得一清二楚，然后根据调查数据制定扶贫计划。在所有列入扶贫名单的贫困户中,王民的名字最刺眼。村主任李彬一直有意见,私下里说王众要么和王民有私交,要么就是卖人情。

王众怕影响工作,只能和李彬解释要顾全大局,并将一份通知书交给李彬,叫他天咱们把所有贫困户召集上来,开一次扶贫攻坚动员会,会场就选在前院的小学,并且让贫困户家的孩子也参加,要当场发放一批学习用品给这些孩子。

李彬不冷不热地提醒:"王民的女儿也在,是不是也叫来?"

张众连连点头:"对呀,一个都不能少!而且要让他的女儿发言。"

李彬偷偷白了一眼张众,甩袖子走了。

可就在当天下午,王民急匆匆地跑来找张书记。李彬冷笑一声对张众说:"怎么样?这就是喂不饱的狼,说不定又起什么幺蛾子,你解决吧。"李彬摆出一副事不关己的姿态。

没等张众问话,王民急切地说:"书记,马上把我的名单拿下来,我不当贫困户了,真的不当了。"

"你先前争着要当,现在怎么又不想当了呢?"张众疑惑地问。李彬本来躺在床上,一下子坐起来。

王民难为情地说:"今天中午,我女儿放学回家,高兴地对我说老师要让她发言,还有奖品,她说这些好处都因为我们家是贫困户,以后再也不考什么大学了,当个贫困户挺好。我一听这哪像话?我还想让孩子有出息呢!"

张众呵呵一笑:"当贫困户好处多多,你就不眼红?"

王民难为情地说:"我心眼儿小,贪小便宜,我自己清楚,但我不能让孩子走我的路。这些天我也看明白了,你们是真扶贫,我要是瞎搅和就遭人唾骂了。"

等王民走后，李彬一把握住张众的手说："书记，我明白了，你这是以退为进啊，佩服佩服！"

张众也松了口气说："我也就是赌一把，看来王民还是有药可医的。"

李彬问明天的会具体怎么开，张书记笑着说："改回村委会开，不要打扰学生，不能让贫困户的孩子背上贫困的精神负担。"

第二章 春风化雨 情暖人间

> 一只不值钱的花盆,为什么会有人那么宝贝,不惜用5000块钱去换回来呢?

藏在花盆里的爱

宾 炜

牛大富打小落下好吃懒做的毛病不说,手脚还不干净,如今三十多岁年纪了,依然光棍一个,家里要什么没什么。扶贫工作队到村里来了几回,回回都帮他想办法脱贫致富,可好好的事情干着干着他就撂手了,不是说太苦就是嫌太累。这回工作队给他"扶贫"了一头母猪,想让他好好喂养下崽,可工作队前脚才走,他转手就把母猪卖了,揣着三百块钱进城快活去了。

等到这钱花得差不多了的时候,牛大富才知道犯愁:回村去怎么交代啊?他左思右想,正巧碰到一个在工地上打工的老乡,便撒谎说自己欠了赌债,想找个地方躲一躲。朋友说正好工地上要找个临时做饭的,管吃管睡,牛大富一听,立马跟着就走。

这天牛大富做完饭,懒洋洋地躺在工地的沙堆上晒太阳,猛看到对面一幢住宅楼的二楼,一家摆满了花花草草的阳台上,突然走出个中年女人,把手里的什么东西埋进其中一盆竹子的盆底,还对着它喃喃地说了好一阵子话,然后才回进房间。牛大富心里一个"咯噔"：这女人在藏什么东西呢，莫不是金银首饰？对了，听说有的城里人怕小偷光顾，家里特别贵重的东西不放抽屉，就专门找旮旯里藏。这女人倒好，索性藏到阳台上来了。

一想到金银首饰，牛大富的手就痒了。这以后，他的两只眼睛有事没事就老爱往对面这家阳台上看，结果发现这女人天天都到阳台上来，给所有的花草浇过水之后，就独独捧着这盆竹子说上一会话。牛大富于是更加断定：这花盆里肯定有名堂！

牛大富实在按捺不住了，决定当晚就下手。天黑尽了的时候，他悄悄潜到对面这幢楼的楼底下，几乎没怎么费劲就蹿上了二楼的阳台，拎起那盆竹子就"吱溜"一下回到地面，躲进一个没人的角落，迫不及待地把盆倒翻过来，"嚓"地亮起打火机细瞧。可奇怪的是，花盆里什么都没有；他不相信，又把从花盆里倒出来的土用手细细滤了一遍，还是什么都没有。

难道是女人什么时候把藏在里面的东西拿走了？牛大富气得抓起花盆就要往地上砸，可转念一想又放下了。你想呀，女人把这盆竹子当宝贝，绝对不会是故意装给他看的，因为她不可能知道对面会有一双眼睛在盯着她看。牛大富灵机一动，决定还是明天先看看女人的反应再说，花盆动过她应该能看得出来。于是，他迅速把倒出来的土又重新装回盆里，送了回去。

第二天，牛大富看到这女人一到阳台上神色就变了，肯定是因为发现这盆竹子被人动过了。只见她先是慌张地四处张望，后来又拼命探头往楼下瞧。牛大富一拍大腿：看这女人紧张的样子，这只花盆里肯定有名堂。他又激动又纳闷，到了晚上，不甘心地又去把这盆竹子拿下来，一把土一把土地抓出来过滤，就差没用显微镜照了，可忙乎了半天，还是没有任何发现。牛大富没了辙，决定索性把它带回去，有机会找个高手问问。

当天夜里，牛大富在工棚里翻来覆去一夜憋得慌，就是想不明白到底是怎么回事。第二天，他再看对面阳台上，那女人正站那儿发呆。女人越是这样，说明花盆里的名堂一定不小，可到底是什么呢？

这天，牛大富有意无意转到对面楼下，突然看到那里贴了一张"告君子书"，上面写着：君子先生，我不知道你为什么挑中我家阳台上这盆普通的竹子？尽管它不值几个钱，可对我来说却非常重要，我求你千万不要损伤它，并且尽快给我送回来，我一定会给你一个满意的报酬。下面还有女人留下的电话号码，落款是：伤心的失主。

牛大富差点乐出声来：自己不就可以借这个机会好好敲她一笔吗？他转身跑到街上的电话亭里，照女人留下的电话号码打了过去，故意说："我捡到一盆竹子，不知道是不是你丢的？请问它既然是一盆普通的花，你为什么还要出钱找回去呢？"

电话那头传来女人惊喜的声音："啊，是被你捡到了吗？太谢谢了，麻烦你把它送来好吗？我愿意付你五千元报酬！"

五千元？五千元可以买回几头母猪了，自己还怕回去挨骂吗？牛大富乐得简直合不拢嘴。不过他还是留了个心眼，担心这是女人设下的陷阱，就不动声色地观察了几天，直到确信女人没有报警之后，才上门去。

女人开了门，一眼瞧见牛大富手里捧着的竹子花盆，立刻激动起来，像看见自己的亲人一样，伸手就要去接。牛大富赶紧一闪身，说："你还没给钱呢！"

女人一怔，眼角里闪着泪花，点点头说："好，请你先进来吧，我这就给你拿钱去。"

牛大富探头一看，屋里就她一个女人，谅她也玩不出什么花招，就大模大样地走了进去，一屁股在沙发上坐了下来。女人对他挺客气，给他倒了杯茶，然后当着他的面打开抽屉，从里面拿出一只信封，信封里是五张一百元的大票，女人全抽了出来。

"同志，我对你说实话吧！"女人在牛大富的对面坐了下来，"五千元的报酬是我故意说多了，因为我一心想要你把这盆竹送回来。其实不瞒你说，我只有这五百元，我儿子在上大学，我平时的工资也不高，家里就这点钱了。花盆是你捡到的，五百元应该也不算少吧？"

牛大富心里一阵冷笑，说："你要在街上对我说这话，说不准我还信，可你是住这栋楼里的，我早打听过了，这里住的十有八九都是当着官的，当官的会没钱？"

女人愣住了，缓缓地点点头，说："没错，我们家是有个当官的，可他是个穷官啊！"

牛大富差点笑出声来："你想蒙我？骗鬼哟！"

女人的眼眶红了："别说你不信，就连他儿子也不信，老子当着局长，可就一只几千元的电脑，他也掏不出钱来给儿子买。这些年，他去蹲点扶贫，心思都花在了那里，老拿自己的钱去办那里的事。有人扶贫只是做个表面文章，可他当真了……"

女人的眼光越过牛大富的头顶，直直地盯着对面的墙上。牛大富回头一看，愣住了："这……这是你当官的老公？他……他不就是黄局长吗？"

女人惊讶极了："你认识他？"

牛大富"刷"地低下了头，再不敢看女人一眼，因为这黄局长,就是带队到他们村去扶贫的工作队长啊!牛大富谁也不怕,就怕黄局长。为啥?因为黄局长对他太好了,牛大富拿扶贫款去赌钱,拿扶贫米去换酒喝,谁见了他都摇头,要把他从扶贫名单中开掉,只有黄局长没有放弃他,总是尽量挤时间找他说说心里话,要他好好做人。牛大富知道自己对不起黄局长,所以就怕遇着黄局长不好交代,没想这回竟撞到黄局长家里来了。

牛大富再也坐不住了,把原本紧紧抱在怀里的盆竹往桌子上一放,站起来就要走。女人把五百元钱塞到他手里,说:"我说话要算话,这是你的报酬,拿着吧!"

牛大富脸憋得通红,一脸羞愧地说:"这钱我不能拿。我不瞒你,黄局长我认识,他就是在我们那里扶贫的工作队长!"

女人惊愕地看着他。

牛大富结结巴巴地说:"其实,其实这盆竹子是我偷走的,我看见你往里面藏东西,以为……以为……"牛大富没脸再说下去了,转身就想走。

女人把他拉住了。女人捧起他送回来的这盆竹子,说:"你们那里其实是黄局长最挂念的地方,这些年他即使回来,也总是念念不忘那里的人,那里的事,如果能够看到你们过上好日子,我想这会让他更高兴。现在既然你来了,就请你把他带回去吧!"

牛大富不明白女人这话是什么意思,一面接过盆竹,一面问:"黄局长……他人呢?"

女人没有回答,沉沉的目光落在他手中端着的这盆竹子上。牛大富脑袋"轰"的一下,刹那间好像明白了什么,两只手不禁颤抖起来。

女人告诉牛大富，黄局长因为疲劳过度，已经永远地离开了这个世界。遗体火化后，她悄悄留了一些骨灰，埋在这只丈夫往日最喜欢的竹子盆里，想着从此能和丈夫日夜相伴。牛大富不知个中缘由，自然什么也找不到。

听了女人这番话，牛大富呆立半晌，突然"哇"地一声大哭起来："黄局长，我对不起你啊……"

关键词：辛辣讽刺

> 白条在手，万事不愁……

打张白条吧

万里秋风

靠山屯的李大文是个种植能手，他干了一辈子脸朝黄土，背朝天的活计，就盼望着独生子能上大学，以后找个体面的工作。儿子争气，考上了城里的大学，上的还是最热门的专业，叫啥"国际金融学"。但是李大文却开心不起来，原来是儿子的学费还没着落呢！倒不是李大文没有钱，而是他的钱都被打成白条"存"在了县农科站里。

一年前，县农科站到靠山屯来鼓励大家种植高丽参。农科站的高站长拍着胸脯说：“兄弟们啊，这高丽参产值高，再加上省里还有专项扶持经费，保证大家生财有道，奔小康！”

李大文一听，心动了。他积极响应，几个月下来眼看参苗长势喜人，但是上头的资金就是迟迟不到位。他只能去找高站长解决问题。高站长倒也爽快，他大笔一挥，给李大文打了一张白条，盖上农科站的大印，让李大文择日来兑现。

但是直到儿子入学注册，李大文也没兑上钱。死马当活马医，他只好领着儿子，带着农科站的白条去了儿子的学校。

到了收费窗口，李大文把钱和白条一起递了进去。

收费的是个年轻老师,他又把白条和钱一起给退了回来。

李大文见状忙赔着笑脸说:"老师,这不是普通的白条,你看这上面还有政府的印呢,三个月后我就把钱补齐。"

年轻老师笑了笑,坚持说:"我们这里不收白条的!"

这下李大文着急了,他忙解释:"这是农科站打给我的白条,我在帮他们试验无土栽培高丽参苗呢!现在营养品市场日益火爆,这高丽参物美价廉,销路不成问题。我肯定能筹回娃儿的学费!"

年轻老师还是摇摇头,但是他好心地告诉李大文:"如果你有困难,西边的教务楼里可以办理贫困生助学贷款申请,你去办个贷款手续吧,没有利息的。"

李大文赶紧带着儿子去办贷款的教务楼。

那里的工作人员看了李大文手里的白条,又笑了笑,说:"我们这里不用这个,只要有乡里开的特困证明就可以了。"

李大文一听有点蒙了,他红着脸不好意思地说:"老师,其实我家真没到特困的地步,只要农科站给了钱,立马就能还上学费的!要么先贷点款,别耽误娃儿上学呀!"

教务处的老师听听在理,立刻给领导打了个电话,得到首肯后又复印了李大文的身份证和县农科站打的白条,就给他填了表,然后给了一张贷款证明条。

李大文拿着证明条回到收费处,顺利地给儿子办了入学手续。

回到村里,李大文挺高兴,逢人就说:"现在大学好啊,没钱也没事,可以打白条的。我就是打了白条把儿子送进去的!"大家都很惊叹,以前都是政府给自己打白条,没想到现在政府也收白条了。

转眼过了年，省里的高丽参专项扶持经费经过审核，批了下来，农科站的白条也很快兑现了，农科站高站长亲自把钱送到了李大文手上。

李大文不敢耽搁，又赶紧跑到学校把儿子的助学贷款还上了。

第二年李大文仍然替农科站种高丽参，农科站依然给李大文打白条，李大文自然也得给学校打白条。如此循环了四年，李大文的儿子终于快要大学毕业了！

靠山屯里出的大学生不多，得知李大文儿子毕业在即，乡亲们都说李家出状元了。那几天整个靠山屯都喜气洋洋的。

儿子毕业回家当天，李大文按风俗高高兴兴地摆了两桌，请大家喝酒。

酒过三巡，村里德高望重的老人家提议："咱这小村子出个大学生不容易，把发的证书拿出来给大家开开眼吧，那可是国家发的凭证呢。"大家点头称是，李大文早就等着大家开口呢，趁势忙笑容满面地让儿子把毕业证拿出来给大家看。

儿子却似乎不太愿意，架不住大家三催四请，他终于掏出一张小小的条子：

"兹证明李小文同学是我校国际金融学专业学生，成绩合格，准予毕业。"

下面盖着学校的大印。这不像是毕业证书啊！

看着大家不解的表情，儿子解释说："学校为了提高毕业生就业率，让我们必须拿着单位介绍信才能回去领毕业证。如果找不到工作，就拿不到介绍信，学校也就不给毕业证。"

大家大吃一惊，没想到学校连毕业证也要打白条。乡亲们你看看我，我看看你，一时不知是安慰还是继续庆祝好。

就在这时，有人推门进来了："老李，我刚从村头过来，你今年的参苗种得相当不错啊，估计收入比前几年都得高啊。听说儿子毕业了，恭喜你啊！"

李大文抬头一看，来的正是农科站高站长！

高站长瞧瞧气氛不对，李大文和儿子垂头丧气，乡亲们干坐在酒席前，不由纳闷起来："大学毕业是大喜事啊，这酒席都摆了，怎么没人喝酒呢？来来来，我们兄弟干一杯！"

李大文哪有心情喝酒，他叹了口气，把儿子的事又说了一遍，最后拿出学校打的白条给高站长："看看，现在咋什么都能打白条啊？"

高站长拿着白条看了一会儿，哈哈大笑起来："我当是什么天大的难事呢！不用发愁。就冲你这几年支持我工作，我也帮你解决好！"

大家一听顿时转忧为喜，忙问高站长有什么好主意。

高站长自顾自抿了口酒，笃定地说："我们站每年都有临时工聘用合同，回头我多给你盖个章就是了，不就打张白条的事嘛！"

> 有个山里的孩子很爱画画,但他的老师发现,这孩子的功利心很重,他画画似乎是为了钱……

大美莲山

尘世伊语

大画家陆天青回国后的第一件事就是要到莲山村去。三十多年前,他凭着在莲山村画下的《大美莲山》一举夺得了世界金奖。

莲山村海拔高,终年云雾缭绕。对面屹立着的莲山宛若一朵漂浮在水中的莲花,山上隐约看得到房屋村民,好似人间仙境。当年陆天青被下放到这里,整天痴迷画画,多亏有淳朴善良的村长庇护。这次回国,陆天青的一个重要行程就是去拜访老村长。

三十多年过去了,老村长已满头白发。他带着陆天青参观村里的中学,感叹地说:"这里爱画画的孩子不少,可惜学校一直请不到正规的美术老师,孩子们都是自己乱涂乱画。"

陆天青想了想说道:"我这次回国,准备休息一阵,我可以留在这里当一段时间美术老师。让愿意学的孩子都交幅画来,我选一下。"

老村长听后激动地说:"那真是太好了!"他忙让校长张罗去了。

于是，陆天青在村里住了下来。这天清晨，他一人出门四处走走。《大美莲山》成为名画后，好些人都背着画板专门来莲山村采风。陆天青不觉走到自己当年写生的地方，那是山崖边的一块大石头。可他发现，石头边居然有人用绳子拉了隔离带。这是干什么？陆天青没多想，就准备大步跨过去。突然，一个声音叫道："不许过去。"陆天青吓了一跳，定睛一看，是个半大的男孩。陆天青奇怪地问："为啥不能过？"

男孩还没说话，边上一个游客说道："我知道了，这块石头是画莲山最好的取景点，小朋友有生意眼光，来，给你十块，可以了吧？"

陆天青这才明白，原来这男孩是要收钱。这时，有个村民在旁边小声说道："这是老村长家的儿子，想了法子赚钱呢。"

这男孩是老村长的儿子！陆天青回来后，还没有去过老村长家。这孩子看起来十五六岁，一定是老村长晚年得子，宠得不行。陆天青懒得再说什么，自顾自往回走了。

回到住处，校长正抱着一大摞画找他。陆天青翻了翻，好些都是模仿《大美莲山》画的，缺乏创意。陆天青翻看着，突然，一张画吸引了他的目光。这是一棵初春的榆钱树，在春风的吹拂下，白色花瓣漫天飘落。画面温馨淳朴，陆天青不由得点了点头。校长在旁说道："这孩子叫许小勇。"陆天青说："叫他来聊聊吧。"

校长出去了，一会儿工夫就带了个男孩进来。陆天青抬头一看，不是别人，正是那个占着石头要钱的男孩。陆天青拉下脸，问："这是你画的？"男孩脸涨得通红，连连点头。

陆天青话锋一转，说："也难怪，天天问人要钱，画出来都是满纸的钱。"许小勇没听明白，疑惑地看着陆天青。陆天青指着画说道："看看,这榆钱树上大大小小的都是钱,不是财迷是什么?"许小勇的眼泪在眼眶里打转,掉头跑了出去。校长疑惑地看着陆天青,陆天青说："画画是条清贫的路,光想着赚钱,肯定走不远。"

傍晚时,老村长带着许小勇来了。老村长对陆天青说了原委,他说,许小勇拉着绳子并不是要收钱,他是发现那里的山崖下有窝白鹭,刚孵出两只小白鹭,他怕游人多,白鹭会受惊,所以远远地拉了绳子。没想到后来有人主动给他钱,孩子一时糊涂,竟然收下了。老村长说,自己已经狠狠地教训了他,孩子认错了,保证以后再不会收钱了。

见老村长眼巴巴地看着自己,陆天青实在拉不下面子。他叹了口气,说:"让孩子先学着吧。"

陆天青收了学生后用心教导,过了一段时间,孩子们的进步都很大。这天,陆天青宣布说要带孩子们出去写生,但刚宣布完他就想到一个问题,这些山里孩子哪有钱买画板啊?不料写生那天,孩子们背着清一色的"神笔马良"画板来了,这种画板买起来可不便宜。陆天青觉得很奇怪,一问,孩子们异口同声,说是许小勇卖给他们的。陆天青一听,心里的火又冒了起来,这孩子太会钻营了!

写生的时候,陆天青问孩子们:"你们学画都是为了什么?"有的孩子说,要把最美的东西画下来;有的说,以后要当个画画老师……陆天青边听边点头。轮到许小勇的时候,他瓮声瓮气地说道:"我要成为你,我一定要拿大奖。"陆天青不由得皱了皱眉头,这孩子的功利心太强了,他拉下脸来对许小勇说:"你以后不用再跟我学画了,你父亲来也没用。"许小勇不知道自己说错了什么,委屈地转身跑了。

别的孩子都傻了，陆天青指了指他们的画板说道："许小勇是个做生意的料，不是画画的人。"一个女孩子怯怯地站了起来，说道："老师您误会了，这些画板，许小勇只象征性地收我们很少的钱。"

另几个孩子七嘴八舌地说："对,他说上次拉绳子收钱错了，就把收的钱买了画板，变着法子送给几个家庭困难的同学。"

陆天青没想到会是这样。

晚上，老村长还是来了，陆天青语重心长地说道："不管你愿不愿意听，别让孩子抱着出名得奖的目的去学画。"老村长愣住了，半晌才说："我从来没有这么教过他，这孩子有自己的想法。唉，其实小勇不是我的亲生儿子，原先他住在对面莲山上的白际村，他爸爸是我的远亲，家里很穷。前几年他父母去世后，我就把他过继过来了。"

陆天青愣住了，问道："白际村就是莲山村对面的那个小村庄吗？还像以前那么穷吗？"

这时，许小勇从老村长身后钻了出来，说道："老师，您画了《大美莲山》，莲山村就出名了。大家都来莲山村写生，莲山村通了公路，村民们都富了起来，可对面的白际村还是那么穷。我要学画，长大后画白际村，让白际村的人也富起来，这样我爸就不会因为看不起病去世了……"

陆天青的眼眶湿润起来，他摸了摸许小勇的头，说："孩子，我明天就去白际村画画，画好多画，给全世界的人看。"不料许小勇倔强地摇摇头："不，我说过的，我要成为您，我要自己把白际村画下来。"

关键词：足智多谋

> 谁会想到，一个巧妙的故事就能扭转乾坤……

第八座山峰

杨汉光

林树青是镇上河西中学的校长，这两年，他一直有块心病：学校的教学楼早就成了危房，全校师生天天在里面上课，太危险了。最近，林校长求爷爷告奶奶，几乎跑断了腿，才争取到一百万元建校款。

这天，林校长正忙着跟包工头商量怎样建教学楼，张镇长突然到访。当初争取建校款的时候，张镇长帮了不少忙，那一百万还在镇政府的户头上呢。此时，张镇长把林校长拉到操场边，有点难为情地说："这教学楼，暂时不要建了。"

林校长一下子着急起来，指着身后陈旧的教学楼嚷道："张镇长，你看这教学楼，地基都下沉了，墙壁也开裂了，随时有可能倒塌，不建新的怎么行呢？"

张镇长叹了口气，说："建教学楼的钱被挪去造山了。"

原来，离河西中学不远有一座奇山，山坡陡峭，山顶却像足球场般平坦，山顶周围立着七座小山峰，要不是南面有个缺口，在山顶搞足球比赛，那球都不会掉到山下来。更奇怪的是，山顶明明只有七座小山峰，当地人却祖祖辈辈把这座山叫作八峰岭。

八峰岭风光秀丽,是个旅游景点。前不久,县长陪同省城来的领导游览八峰岭。之后,县长就叫张镇长在八峰岭上再造一座山峰,让这座山名副其实。张镇长说镇里资金紧缺,县长说:"你不是刚争取到一百万建校款吗?可以先挪过来造山。"

听到这里,林校长气坏了,他着急地说:"难道师生的性命抵不上那座破山?你怎么不跟县长争取争取?"

张镇长一脸无奈地说:"我好话都说遍了,也说服不了县长。我还提议把八峰岭改成七峰岭,县长也不同意,他说八峰岭已经叫了千百年,这个名字既响亮,又吉利,改不得。"

两人在操场边琢磨了半天,也不知道怎样才能说服县长。

当天晚上,林校长发动全家人出谋划策,邻居们也来凑热闹。人多嘴杂,说着说着,大伙儿就开始骂人,有骂镇长的,有骂县长的,还有人骂起祖宗来:"怪就怪我们的老祖宗,连七和八都分不清,不知搭错了哪根神经,偏要起这个名字!"

林校长说:"不要骂祖宗,我估计山上原来是有八座山峰的,后来崩塌了一座,所以南面才有个缺口。南面山坡下,不是有一堆乱石吗?那些石头一看就是从山顶滚下来的。"

林校长有个儿子叫林文,是河西中学的历史老师,上课之余,他喜欢收集民间故事,他想了想,说:"我们可以用一个故事,顶替那座崩塌掉的山峰。那样就不用造山峰了,一百万可以继续用来建教学楼。"

林校长撇撇嘴,说:"人家张镇长磨破了嘴皮子都说服不了县长,你一个故事就能让县长回心转意?"

林文神秘地说:"只要县长喜欢我的故事,就不愁他不改变主意!"大伙儿一听,纷纷好奇地让他快讲出来听听。

林文当即讲了一个故事。大意是说，远古时候，这一带并无山岭，偌大的平原上只住着八户人家。有一年暴雨连绵，洪水泛滥成灾，把先民们的茅草屋都冲毁了。幸好他们的首领有先见之明，预先砌有八个大石堆，让八户人家爬到石堆上躲避洪水。不料洪水越涨越高，眼看着要把石堆淹没了。危急时刻，首领竟拆下自己家的石头，拿去加高别人家的石堆。此时，玉皇大帝外出巡游路过这里，看到了这一幕，首领的无私行为让他深受感动。玉皇大帝决定拯救这几户人家，他食指一弹，洪水消退，拇指一跷，八户人家居住的地方就隆起成高山，他们砌的石堆，成了山顶上的小山峰。原本应该有八座小山峰，因为首领拆了自家的石堆，所以只剩下七座。可为了纪念舍己为人的首领，人们还是把这座山叫做八峰岭。

这个故事并不新鲜，是当地古老的民间传说，只不过林文做了一些改动，让这个传说跟那七座山峰扯到了一块儿。大伙儿听到这里，都觉得这个故事太老了，县长不一定喜欢。

林文笑了笑说："那首领的名字叫王保民。"

大伙儿愣了一下，纷纷拍手叫好，说县长肯定会喜欢这个故事。原来，县长的名字叫王宝明，听起来跟那位首领的名字几乎一模一样。

第二天，林校长来到镇政府，把儿子编的故事告诉张镇长。张镇长觉得林文的主意不错，就带着林校长一起去找县长。

张镇长亲自把这个故事绘声绘色地讲给县长听，县长听完，果然非常喜欢，他想了想，说："如果我们把这个故事写到景点的解说词里，再根据故事的内容，做成雕塑、绘画、影像，那一定会大大提高景区的吸引力，对招商引资也很有帮助。"

林校长兴奋地问："那第八座山峰，是不是不用造了？"

县长沉吟说:"造山峰并非我的主意,是省里的领导开了金口的。解铃还须系铃人,我马上请示一下省里的领导。"

林校长的心立刻又悬了起来,他紧张地看着县长跟省里的领导通电话。拨通电话后,县长笑着说:"李书记啊,我要向您作检讨。上个月陪您游八峰岭,有个流传千年的故事忘了告诉您,今天我要专门给您讲这个故事。远古时候,我们这一带是没有山岭的,好大一片平原上只住着八户人家,他们选举出一位首领叫李勇……"

故事里的首领怎么改名换姓了?林校长和张镇长先是一愣,但很快想到县长是跟"李书记"通电话,两人不由得相视一笑。

县长添油加醋,把故事讲得更生动。只听电话里李书记哈哈大笑道:"王县长,你这哪里是作检讨啊?分明是将我的军。你的苦心我懂了,那座山峰确实不该造。谢谢你的提醒。"

通完电话后,县长说:"没事了,你们回去好好建教学楼吧。"林校长和张镇长都如释重负地出了一口气。

很快,被挪走的一百万还了回来。不久之后,一幢崭新的教学楼拔地而起。

> 我永远也忘不了那双眼睛，满怀纯情，双眼凝泪，痴痴地看着我……

风雨中的柔情

夏乐飞

多年前，我作为一名下乡干部来到离县城60里远的徐家村蹲点扶贫。到达村部，与村干部彼此见了面，村支书老严先把全村的情况大致介绍了一下，接着就安排我到村民小组长李木旺家搭伙，还说他家的房子比较宽敞，叫我干脆就住那儿。

李木旺的家离村部不到200米，上一道岭、下一条坡就到了。一架七成新的砖瓦房坐北面南地坐落在一片荒地上，门前是一弯丈把宽的小溪，房子周围种满了橘、桃、李等果树，房后面长着一蓬翠绿的竹林。走进院子，台阶上一位五十来岁的汉子立即满腔热情地迎上来，招呼大家屋里坐，随后握住我的手说："你就是县里来的夏同志吧？今后我们是一家人哩。"

吃午饭的时间到了，村干部和我都落了座。这天正好是李木旺50岁生日，桌子上七碗八碟的还算丰盛。正吃着，我忽然发现房门口有一位二十来岁的少女，躲在门口目不转睛地往我这边看。这女孩五官清秀，皮肤白皙，一袭红衣楚楚动人，唯觉遗憾的是那眼神有些呆滞。那女孩是谁？正想着，李木旺手捧菜盒走了进来。放下盒子后，他一把拉过那女孩，低声说：

"花儿,到你娘那去,你娘叫你呢。"那少女扭扭捏捏的,很不情愿地走了。

当晚,我就搬进了李木旺家,住的正是中午吃饭的西厢房。就寝前,我点上一支烟,凑着昏黄的灯光翻阅着一本书。突然,房门"吱呀"一声被轻轻地推开了,一个娇小的身影走了进来,我抬眼一看,正是中午见到的那个叫"花儿"的女孩,忙起身冲她客气地问:"你——还没休息?"那女孩定定地看着我,好一会儿,轻轻地说:"没哩。"随后,在我床前的椅子上坐了下来。我见状,只好放下书本,移身坐到床沿上。正想问话时,李木旺来了,他一把拉住女孩的手说:"花儿,客人累了,别妨碍人家休息,你娘叫你哩。"花儿用力一甩手说:"不哩。我要和文哥说话哩。我文哥好久没来了,我要和他说话哩。"

文哥?文哥是谁?!我惘然地望着眼前的父女俩。

李木旺一脸尴尬,又拉起花儿的手,加大了声音说:"花儿,这不是你文哥,他是县里来的干部。快回房间去,你娘叫你哩。"花儿一边挣扎,一边叫道:"他是文哥,就是文哥。"花儿娘闻声走进来,一同拉扯赖着不动的花儿,哄劝说:"花儿听话。这不是文哥,不是哩。"花儿叫道:"是,他就是文哥。以前文哥也戴着这样的眼镜,也爱看书。他就是我文哥。文哥,你说话呀!我是花儿,我好想你啊!"

李木旺夫妻俩见花儿越闹越不像话了,便连拖带哄地架起花儿往外走,一边说:"好好,他是文哥,是文哥。花儿呀,你文哥累了,别扰了他休息,有话明天再跟你文哥讲,好吗?要不,你文哥要生气不理你的!"花儿一听这话,立即就静了下来,转过脸对我说:"文哥,我不闹了,你别生气啊!我不闹了,我走。"

望着三个相拥而去的身影,我好像明白了什么,可又好像什么也不明白……正在这时候,李木旺叹着气来到我面前,抱歉地说:"刚才没吓着你吧,夏同志?我这女儿,唉——"他一屁股坐在床沿上,不停地搓着手。

我递过一支烟,为他点上火,探问道:"李大伯,花儿怎么啦?"

李木旺深深地吸了几口烟,沉默了许久,望着我说:"花儿疯了两年了。"接着便断断续续地向我讲起了花儿的事情。

三年前,徐家村来了一批地质队员,在这里作地质勘探。不久,有个叫王文的年轻人不幸患了肺病,地质队领导考虑到他住帐篷不便,就和村干部商量,把他安顿到李木旺家养病。那时,花儿正好高考名落孙山,在家帮母亲做些家务活儿,心情很苦闷,王文这一来,气氛就两样了。王文是个大学生,外面的世界懂得很多,他鼓动花儿温习功课,准备再去考大学。花儿呢,一边读书,一边帮王文熬药,并想方设法给王文弄好吃的。

一段时间后,王文的病好了,两个人好得也不可分了。不知为什么,地质队很快就撤离了。撤走的那天,两人相拥而泣,王文赌誓说,过不了多久,他就回来看花儿。可一星期,一个月,两个月……王文没有来。三个月后,花儿收到了一封信。信是王文那个当大官的母亲写来的。这封信写得毒辣,她骂花儿是狐狸精,并称王文已有新的女朋友了,是城里最漂亮的女孩,和王文是同学。她还把花儿送给王文的一张相片撕碎了寄了回来。

花儿当天回家后连饭也没吃就躲进房间大哭起来,哭了一天一夜都没停。第三天,花儿起来后就不读书了,整天站在路口,手里捧着那张被撕烂了的照片,痴痴地往大路的尽头看,嘴里喃喃地叫着"文哥,文哥"。打那后,花儿就疯了,而王文至今没来过。

多么痴情的女孩啊!我不禁同情起花儿来了。

李木旺噙着泪水说完这段心酸的旧事后,对我说:"往后花儿有不对的地方,你就多原谅她吧。"我点点头,心想:这不幸的女孩,倘若没有那段不幸的遭遇,或许早已是一名充满希望的大学生了。

第二天,我刚打开房门,花儿就端着一盆子热水走进房间,对我说:"文哥,你洗脸吧。"

我心里微微一热,不想拂了她的好意,就应付着说:"谢谢你了,花儿。"花儿一听脸就红了,嗔怪道:"以前我也这样做,就没见你客气过!"

转眼就是星期天了。我决定回县城看望父母,顺便带些生活用品。可出门不远,就听见身后传来一声满含悲伤的哭叫:"文哥,你别走,别走啊!"我不禁停下了脚步,回头看时,发现花儿跌跌撞撞地朝我奔来。正不知所措间,花儿扑到了我跟前,她双手死死地抱住我的腿,哭泣着说:"文哥,我不让你走……你别走!"我的鼻子一阵酸涩,恍惚间,我觉得自己就是花儿心目中的"文哥"了。一股侠骨柔情渐渐盈注了胸襟,我弯下身去,轻轻地扶起花儿,一边为她抹去泪水,一边轻声安慰说:"我没走,没走哩。你看,我的被子,我的书还在你家里,我是上县城汇报工作哩,后天上午我就回来的。"花儿哽咽着说:"你没骗我吧?你不会又不回来了吧?"我笑着拍了拍她的手:"真的哩,后天上午你看见汽车来了,我就回来了。回去吧,花儿,这样子人家要笑话的。"花儿不情愿地松开了手。汽车开出很远了，透过车窗，我看到花儿仍站在路口使劲地挥动着手臂。

到徐家村不到一个月，扶贫工作刚开了头，而另一件事却发生了奇迹：花儿的病明显好转了。随着身体的康复，花儿身体更丰盈，脸色更红润了，秀秀气气的像一株美丽的竹子。花儿知道害羞了，懂礼貌了。打从知道我的真实身份后，花儿再不会像往日一样没有分寸地缠着我了，但我依然感觉到，在她那含羞的心灵深处，仍旧隐藏着一泓深情。面对这样痴情的女孩，我只有用理智坚守自己感情的闸门，同时默默地为她祝福。我知道，这样的女孩再也受不了打击了。

花儿的病基本痊愈了，我建议李木旺说："让花儿重新读书吧。"李木旺迟疑着说："隔了三年了，又生了这病，花儿能行吗？"

我说："试试吧。"不久，花儿在多方努力下回到学校读书了。在高一试读了一个月后，老师根据她的成绩表现，决定让她重回高三就读。一次家访，花儿的班主任对我和花儿的父母说："花儿已恢复了从前的记忆，现在的成绩已跨入全年级的前列了。"

正当我为花儿感到庆幸时，谁知我自己却不幸被病魔击倒。当年冬天，我染上了肝炎，住院一个多月仍不见好转。李木旺和花儿来医院看我，带来一把草药让我试试，吃了之后，效果不错，我就干脆出院，回到村里专吃草药了。花儿一有空就带上小锄上山挖药，并一定要亲手煎好看着我喝下去。浓郁的药香，在冰寒的冬季显得更加温馨、诱人，我发现，我开始喜欢花儿了。

这年冬天，雨水特别多，可花儿仍然风雨无阻地上山采药。一天，天又下雨了，我对花儿说："今天就别上山了，一天不吃药没关系的。"花儿嗔怒似的瞪我一眼:"不行。我听说了,你这病耽搁不得的,时间久了会坏事的。"说完,她不顾我再三劝阻,穿上雨衣上山去了。没想到花儿这一去就再也没回来。傍晚时分,当我们找到她时,她已血肉模糊地躺在高崖下的一堆乱石上,她那苍白的右手还紧紧地握着一束新鲜的草药……

　　花儿下葬的那天,天空纷纷扬扬地下起了大雪。我立在坟前,任凭寒冷的雪花落满全身。李木旺和村干部又是拉又是劝的,可我纹丝不动。面对被白雪覆盖着的坟茔,我仿佛看见花儿此时在另一个荒凉的世界里,如生前一样满怀纯情、双眼凝泪,痴痴地看着我……

关键词：与爱同行

> 如今，很多大学生下乡当村官，这些年轻人头脑灵活，又有知识，帮农民致富，所以一时还真成了宝贝疙瘩……

古泉钟声

叶晓星

古泉村在大山深处，偏僻落后。这天一大早，古泉村支书赵德柱就等在乡政府门卫室门口。乡长王进宝见到他，诧异地问："老赵，啥时候来的？"赵德柱说："鸡叫就动脚了。"王进宝知道赵德柱没说瞎话，那地方王进宝只去过一次，是赵德柱派人来用竹轿抬进去的，尤其是进村的那个独木桥山涧，村里两个壮小伙子，连拉带拽才保护着王进宝爬过去。

进办公室一坐下来，赵德柱递给王进宝一枝烟，就说："听说县里要安排一批大学生村官，能不能给古泉村争取一个？"

一听要村官，王进宝烟都没点就一口回绝："老赵，不瞒你说，我们乡真有两个名额，但你那里去不了！"

赵德柱知道乡里是嫌他们村太远，就急着表态："王乡长，我会用竹轿抬，他只要想回家，我愿意每个月，每个星期地抬。"

"不是这个意思，老赵，"王进宝站起身，客气地说，"你休息一会儿，中午吃了饭回去，我要去参加个会，不陪你了。"

见王乡长要溜，赵德柱站起身，打算跟过去，这时一个戴眼镜的高个青年，进来对王进宝说："王乡长，派我去吧。"

进来的小青年叫高坚,名牌大学毕业,去年由县组织部被分流下来,在乡里快两年了,除了写写总结、报告外,一直默默无闻。赵德柱一听高坚的话,眼睛顿时放光,他来乡里开过会,认识高坚,所以连声说:"好,好!我们那里太需要大学生了!"王进宝想想,这倒是一举两得的事,让高坚下去锻炼锻炼,或许这能对古泉村有帮助,当时就拍板答应了。

时间过得很快,高坚随赵德柱去了古泉村,一晃就过去了近一年。在此期间,乡长王进宝断断续续听赵德柱说起过,说是觅到宝了,高坚真是个人才。这天,王进宝接到县里领导的电话,点名要高坚立即到县组织部报到。王进宝就打电话给乡邮电所邮递员小宋,叫他赶紧去一趟古泉村,把高坚叫回来。古泉村是目前全乡唯一没通电、没通电话的地方,小宋半个月去送一次报纸和信件,乡里有什么事,都由他代为传达。

小宋匆匆赶去古泉村,第二天凌晨回来后,立即打电话给王进宝:"王乡长,高坚和赵德柱都失踪了。"这一句话惊得王进宝险些从床上摔下去。想起领导交办的任务,他立马穿好衣服,让小宋陪着去古泉村。

小宋心里不愿意,可又不敢拒绝,只得又叫了两个壮小伙子。一切收拾妥当,他们上了路。

古泉村地处海拔近四千米人称天牛山的半山腰。相传宋朝有一位王爷为躲避皇室杀戮,带着全家老小,包括幕僚、家丁、丫环数百口隐居于此而逐渐繁衍至今。这位王爷当时是保住命了,但他的后人从此进进出出却要饱受攀登翻越之苦。

王进宝他们是下午出发的,走走停停,到半夜了还没看见古泉村。他们打着火把裹着棉大衣往山上走,黑夜里看到许多绿眼睛,那是狼群,因惧火不敢靠前。陡峭的山坡乱石林立,磕磕绊绊中的王进宝一边骂娘，一边又感悟出古泉村人确实不易。

天快亮时，一行人终于爬到了进村的独木桥前，山风瑟瑟，王进宝等人忽然听到几声沉闷的钟声。

王进宝到过古泉村，知道那口古钟是传说中的王爷留给古泉村唯一的遗产，它挂在古泉村最高处的一个石窟内，本是作为有敌来犯时的提醒，但后来古泉钟声被古泉村人赋予了特殊意义，重大祭祀和丧礼，钟声沉闷而婉约；新年祈福和庆祝，钟声激昂而豪放。王进宝等人循声望去，就见独木桥两边的山涧边白影闪闪。

王进宝他们又走了一段路，突然看到山涧两边的空地上，跪着数百个穿了孝衣的村民。这时山涧对面的山道上，又出现了一支长长的出殡队伍，有人在前面举着火把，一具厚重黝黑的棺椁被八个壮汉高抬着，一步三磕，看得出，古泉人是用最隆重的礼节送着棺中的逝者。王进宝心里一个咯噔，会不会是高坚出事了？

王进宝正胡思乱想着，小宋眼尖，指着出殡的队伍喊："王乡长，你看，高坚。"

王进宝举目一望，心头顿时松了口气，真是高坚！只见他戴着重孝，手捧牌位，坐在两人抬着的竹轿上。年纪轻轻的，干吗还要人抬着？王进宝纳闷了。

按古泉村的风俗，逝者是古泉村的守护神，尤其是高规格的葬者，那就必须葬在山涧外边的高地上。看得出，眼下那八个壮汉，要将这沉重的棺椁不着地的抬过独木桥。

随着一声喊，有个小伙举着火把率先走过独木桥，跪在涧边。然后高坚捧着牌位，由别人背着也过了独木桥跪下。接着八个壮汉开始交换位置，他们将四根粗粗的抬杆垫到棺底，八个人一字排开，棺椁前后各两个，还有四个人趴到棺底用背将棺顶起，棺椁就在他们的身躯和推拉下缓缓在独木桥上移动。这时又一声苍凉的悲号在队伍中响起，山涧内外呼应起浑厚而深沉的和声，所有的古泉人此时不约而同地哼出心中的悲歌，在天牛山中久久回荡……

王进宝见送葬队伍都过了桥，就赶紧过去打招呼，并询问是谁过世了。当村民们说出那个人是谁，王进宝一下就愣住了，死者竟是古泉村的村支书，赵德柱。

天色完全放亮后，出殡仪式结束了，人们一一叩别赵德柱，开始陆续回村，赵德柱的妻子和独生女玉秀趴在坟前久久不愿离去。而高坚捧着牌位又坐到竹轿上，绕坟数周，嘴中一遍遍高声悲喊着："爹，回啊！回啊，爹！"

王进宝吓了一跳，难道高坚入赘赵家了？这到底唱的哪出戏？他不敢再想下去，赶紧把上面的话传给了高坚。

高坚一听，非常激动，大声说："王乡长，我不回去！我那天看见赵书记急切要人的样子，我心动了。尤其到了古泉村后，我觉得古泉村真的太需要有知识的人了，古泉村真的是一块宝地，只是没有人来考察发掘它。"

王进宝为难地说："这我可做不了主，这是上面的指示，我只有服从。"

高坚没有回答，只是让人抬着，带着王进宝他们来到古泉村的后山。只见陡峭的山崖上，人工开凿出了一条长长的水渠，崖下是一大块平整了的土地，而不远处是正在施工的盘山公路。

王进宝见高坚一直被人抬着，突然想到了什么，有些紧张地问："你的腿？"

高坚环顾四周，有些心酸地问道："王乡长，你知道赵书记是怎么死的吗？我的腿现在不能走路了，而赵书记为了不让我走路，竟献出了生命。"

高坚不会是大脑烧坏了吧，说的话王进宝根本听不懂！他让高坚带路，去找村民们了解情况……

原来，高坚随赵书记来到古泉村后，根据村民提供的信息，在天牛山的腹地找到了几眼泉水，经化验，它富含矿物质而且终年不衰，只要开发利用，天然矿泉水可以做出非常好的品牌。但古泉村无路，泉水根本运不出去，当然也就没人来投资了。这一年来，赵德柱带着大家在崖壁上开凿了水渠，将水引到山下的那块空地上，然后筑路架桥。在这一系列的致富行动中，高坚显示了自身的才华，他不但给赵德柱出谋划策，而且还身体力行，找到大学同学，拉来投资。眼见宏伟蓝图就要实现，可这时，一次与客商的谈判中，高坚的同学无意中透露消息，说上级要调高坚回去。这对赵德柱来说，简直就是晴天霹雳，每天吃不好睡不着，越来越担心，他就怕高坚在关键时刻被上级叫回去。

经过几天几夜的考虑，为了乡亲们脱贫，赵德柱决定走一步险棋！他们赵家藏有一个秘方：将一种草药放到酒里让人喝下，此人便会暂时的瘫痪，时间可随剂量长至一到两年，然后自愈。但它的配制很危险，必须有一个毒蜈蚣的唾液做药引。这种毒蜈蚣许多人都不敢碰，赵德柱为了能留住高坚，他还是冒险捉了一只，结果在做药酒时，不慎被毒蜈蚣蛰伤。在生命垂危时，他让高坚喝下了毒酒，然后讲出实情，并将女儿许配给了高坚。

当王进宝弄明白了事情的真相后，抓住高坚的衣襟不住地摇晃:"你为什么不劝他?这是犯法啊!"

　　高坚淌下泪,痛苦地说:"谁又能知道呢?他连老婆和女儿都没告诉,他就是认定县里不会要回一个瘫子,这样就可以留住我。王乡长,我不怪赵书记,他做梦都想着让村里脱贫。一想到全村百姓眼巴巴地看着我,我暂时吃点苦又算得了什么?"

> 有一个顺口溜说：俺村比较穷，交通基本靠走，通讯基本靠吼，取暖基本靠抖，治安基本靠狗……虽然这话有夸张的成分，但黄石村就是这么个穷村！

今晚有泥石流

吴宏庆

李四方是县里派到黄石村去扶贫的干部，说实话，他是不愿来这穷地方的，这里四面都是山，山上简直寸草不生，他能想得到的扶贫项目都跟这里靠不上边。偏偏村长马大棒是个暴躁脾气，见他来半年了也没出什么成绩，成天拿脸色给他看。眼见回城述职的日期就要来了，李四方心里急得不行。

这天傍晚，空气潮湿，天阴沉沉的，眼看就要下大雨了。李四方一早就准备上床，这时门响了，开门一看，见是马大棒。李四方有点怵他，这家伙脾气一上来，不管是谁，张口就骂，据说有一次把来这里"考察"的乡长骂得狗血喷头，从此不敢踏进黄石村一步。他问道："马村长，有什么吩咐？"

马大棒很着急地说："快，马上收拾东西跟我走！"

"走？上哪去？"他奇怪地问道。现在天都黑了，他要带自己去哪？

"别问那么多了，快！"马大棒把眼睛一瞪。李四方只好把随身的几件物品收拾好了，打了个包裹跟他出了门。出了门一看，大吃一惊，原来全村的人都出来了，扶老携幼，有扛着米袋的，有赶着猪羊的……李四方不解地问："村长，这是去哪啊？""要发泥石流了！不要啰嗦，跟着我们走！"李四方来这么久，还没见过泥石流，不过他在电视上看过，泥石流一来，势不可当，这东西可不是闹着玩儿的，忙跟他们上山去。

村里人似乎早就有这准备了，山上有搭就的简易帐篷，然后他们就坐等着泥石流的到来。

李四方一边紧张地看着山下，一边焦急地问："村长，这里每年都会发生泥石流吗？"马大棒点了点头，露出一脸的无奈。难怪这里这么穷，再好的底子也经不住这么折腾啊，李四方嘟哝道："难道就没有个方法可以控制？"马大棒低声骂了一句什么，说："要有方法还能等你说？"

李四方没话说了。不久天就下起了雨来，到后来雨越下越大，简易帐篷根本挡不住，衣服淋湿了，风吹到身上出奇的冷……

天快放亮的时候，雨才停下，但泥石流并没有发生，大伙儿陆陆续续返回村子，李四方跟在队伍后面走，觉得头轻脚重，这时他发现自己有点感冒了。回到房间，他往床上一倒，就什么也不知道了。

不知道过了多久，突然听到"咚"一声巨响，吓得一骨碌爬起来，一看，原来是马大棒踹门进来了，只听他大吼起来："怎么回事，叫你也不应，还以为你死了呢！"

李四方听了这话也生气了，也不客气地说："你知不知道什么是礼貌？我是县里来的干部，不是你想骂就骂的……"话没说完，马大棒一招手，上来两个小伙子把他夹住就走。马大棒则顺手拿起还没解开的包裹。

李四方跳道:"干什么,你们在干什么?绑架吗?"

"要来泥石流了!"

"又是泥石流,你别大惊小怪好不好?你把我放这,就是泥石流来了把我推走,也不关你的事!"

可是谁也没理他,他被两个小伙子架住,脚不沾地地上了山。到了那儿之后他又叫了一阵子,发现谁也没理他,没劲已,头又痛得厉害,没多久就迷迷糊糊睡着了。

不知过了多久,他被一阵巨响惊醒,猛地睁开眼睛,发现响声是在山下响起来的,虽然雨声很大,但是仍然挡不住这种巨响,轰隆隆的像巨兽在怒吼一样。这时有人"哇"一声哭了起来,哭声很有感染力,引来了一大片的哭声。他明白,泥石流真的爆发了。这个声音的速度并不快,但却又沉又稳、无所顾忌,把沿途所有挡住去路的东西都给吞噬了。一阵寒意袭来,他不禁打了个寒噤……

天亮后,黄石村的村民们已经找不到自己的家了。一眼望去,到处都是断瓦残垣,有人"扑通"一声跪了下来,捂着脸就哭,也有人表情麻木地收拾着露在泥上的木板、砖头。

李四方心里很不好受,他找到马大棒,说:"当务之急是要把灾情报告县里,你放心,我一定帮你们多要一点物资。"马大棒摇了摇头说:"要得再多有什么用,等我们把家建好,再等泥石流来毁掉吗?"他又说:"汇报是一定要的,但路已经毁掉了,我要翻过山走去。"李四方知道这鬼地方不通手机信号,就说:"我跟你一起去吧。"

"不用了,你留在这吧。"马大棒说着扭头就走。李四方赶了上去,说:"你以为我看到乡亲们这样就好受吗?来这半年,虽然没给乡亲们带来什么好处,但也有感情啊!县里有的人思想很复杂，没有我，捐助物资的事可能会多绕几个弯。"马大棒看了看他说："路已经没了，要爬山过去，很危险。"

"我不怕！"

马大棒点了点头，带着他出发了。昨天下的雨，山上很是滑溜，一不小心就会滚下去，幸好有马大棒带着。走了不知多少时间，李四方回过头来，这才看到他们仅仅只爬了半座山，而前方还有四座山。他实在吃不消了，嘴里直喘着粗气。来到一个地势稍微平坦一些的地方，马大棒停下了，说："在这休息一下吧！"李四方二话没说，立即一屁股坐在了泥地里。

马大棒说："其实也难为你了，这么个穷地方非要你来扶贫，哪有什么可扶的啊！"李四方喘了一阵粗气后说："其实我看泥石流都是你们自己造成的。你看这山，什么树也没有，大雨一来，不闹泥石流才怪哩。"

"你以为我不明白这个道理？可是这要时间和钱啊！老百姓最在乎什么，是家！一年年的，家被毁了，首要的事当然是建家。等到把家建起来，刚要去栽树，可是泥石流又把家给毁了，哪有时间去栽树啊！唉，如果哪一天脱去了这个穷帽子，我也会含笑九泉的！"

休息片刻，两人继续上路。走着走着，李四方的眼前突然有什么闪过，一看，原来是不远处有个发光的小石头，想到自己的儿子平时喜欢收藏一些奇怪的石头，不知不觉就走了过去，不想脚一滑，向后一倒，人"啊呀"一声顺着近乎直角的山坡向下滑去。

"小心！"走在前面的马大棒听到他的叫声，忙冲过来，他太着急了，以致滑倒跌落的速度比李四方还要快，一下子冲到李四方的下面。山上无遮无拦，又都是泥水，两人想要抓住什么,却什么也抓不住,一前一后地沿着陡峭的山坡急速地滑落。而山底下,是一片犬牙交错的巨石。

李四方绝望地闭上了眼睛。突然,他感到脚底踩住了什么,身子停住了,两只手忙四处寻找,终于找到两个岩石的角,他紧紧地抓住它们,稳住了。这才感觉自己的脚下踩到的是个圆圆的东西,试探地点了点,那东西还在上下动着。往下一看,这才惊异地发现自己踩在马大棒的脑袋上,忙又四处探了探,找到可以落脚的地方,才看到马大棒的两只手都在抓着两把草,而他的牙齿也紧紧地咬着一团草,全身的重力加上刚才李四方的重力都落在这三个点上,他脸上青筋毕露,眼睛鼓得像牛眼一样。李四方忙叫道:"村长,你抓住我的脚,把草放开!"

马大棒放开了一只手,去抓他的脚,但是在碰到他的脚的同时却又收回来了,也许他想到了,这样做两个人都会死的。他仍然抓住了那团草。李四方哭叫道:"村长我撑得住,你……"话没说完,马大棒手里抓的和嘴里咬的那三团草同时连根被拔出!

"村长!"李四方撕心裂肺地哭起来……

几天后,李四方带着很多民工扛着救援物资回到了黄石村,村里人正在为马大棒举行葬礼,他"扑通"一声跪在马大棒的遗体前,哭着说:"村长,你可以放心地去了,咱们黄石村有救了!"哭罢,他把那块从山上捡到的石头轻轻放在村长身上。

这颗石头他已经找人鉴定过了,是天然水晶。这一回他带来的人中就有地质专家,专家们说这里有一个含量丰富的水晶矿……

关键词：辛辣讽刺

> 学校里有张课桌，破得实在不能用了，可是没有新桌子，只能让学生将就着用，那么把它安排给谁呢？

课桌效应

林荣芝

小小红刚县，是出了名的贫困县。县里穷，下面就苦，最倒霉的是学校。

别的不说，就说县城那所中心小学吧，教师没有宿舍，学生的课桌大多会摇，连教室也是屋顶开天窗，墙壁有裂缝，全是危房。学校多次打报告要求拨款改造，但上面总说："唉呀，我们县是省里挂了号的重点扶贫对象，哪有钱造学校呀？再艰苦一下，将就着用吧！别急，总会好起来的。"

有一天，校长得到消息，说省里又拨下来一笔扶贫款，数目还不小，便直奔教委。教委说这事要找"扶贫办"，校长又厚着脸皮找到扶贫办，诉了一顿苦，求主任开恩，多少给一点，以解燃眉之急。校长的态度十分恳切，就差没有抹眼泪下跪了。

可是扶贫办主任却无动于衷，说："我知道你们学校有困难，但比你们困难大的还多着呢！省里最近是拨来一笔扶贫款，可这就像胡椒面，只能到处撒撒，如果拨给你们建房，其他地方咋办？"

听扶贫办主任这么一说，校长只得悻悻而归。可一路上他越想越生气，因为他知道，扶贫办主任就曾经拨了一大笔款子给他自己的老家修公路，说什么"若要富先修路"，还拨了一笔款子给一个朋友搞房地产开发，说是让一部分人先富起来，才能带动全县人民脱贫致富。校长刚才真想拿这些事去驳斥他，就是没敢说……

校长像泄了气的皮球回到学校，刚刚踏进校门，五(2)班的班主任就拉住他直诉苦："校长，我们班有张课桌已经破得实在不能用了，分给哪个娃都不要，你看咋办？"

校长没好气地说："那就给那些当官的娃，让他们体会体会。"

这本是校长一句气话，可五（2）班的班主任却真就那么干了，因为他觉得这办法好，可以减少干部子女的优越感。可是他们班里干部子女有七个，该让谁用这张破课桌呢？嘿，这班主任也真是有意思，他一查一比较，李长江同学的爸爸职位最高，"官"大为先，就让他用这张破桌吧。

也真是无巧不成书！李长江的爸爸，正好就是那位扶贫办主任。别看李主任平时盛气凌人，可他儿子李长江在学校里却表现很好，是老师和同学们一致公认的好学生，他分到那张破课桌后，啥也没说，挺乐意地接受了。

问题是那张课桌实在太破了，一条腿已经摇摇欲坠，如果写字的时候不用膝盖顶住，非倒了不可。你想想，一天到晚用膝盖顶着桌子听课做作业，那该有多难受？可他又不敢对爸爸说，因为他们这一个家是：他怕爸爸，爸爸怕妈妈，妈妈怕他。所以李长江只有趁爸爸不在时，把关于这张课桌的事告诉妈妈。

妈妈一听急了："你这孩子，为什么不早说？我找你们老师去。"

李妈妈心急火燎赶到学校，特地去儿子教室看那张课桌。看了以后心疼呀，找到班主任说："老师，怎么让我儿子用那样一张课桌？那么破的桌子，叫他怎么读书写字？"

班主任笑笑说："是啊，这课桌早该换了，要是校长能给一张新桌，这事不就解决了？"

李妈妈听出了班主任老师的言外之意，于是转身就去找校长。

校长朝她两手一摊，说："没办法，学校实在拿不出一张哪怕再好一点点的课桌来。而且，课桌好坏还算事小，学校里那些破教室塌了，事就大喽！"

"那你们为啥不打报告向上面要？"

"怎么不打？教委说没钱，扶贫办有钱，可就是不给我们。"

李妈妈一听校长说扶贫办有钱，鼻子里"哼"了一声，说："不行，再苦也不能苦了咱们孩子。我帮你们去说！"她转身就走。

瞧她那风风火火远去的背影，校长差点"扑哧"笑出声来：说不定这钱能要来咯！

再说李妈妈，回到家里，一个电话就打给丈夫："我说老李，你还要不要儿子？"

李主任丈二和尚摸不着头脑："我儿子怎么啦？"

李妈妈操着电话筒气呼呼地直吼："你儿子在学校里上课，用的是三条腿的课桌，教室的顶是漏的，墙壁是裂的，那样的地方能读书吗？"

"那是教委的事，我管不着呀！"

"怎么管不着？你不是当的扶贫办主任吗？学校那么穷，你怎么就不去扶一下？你这主任是怎么当的？钱在你手里，只要手头紧一紧，挤几万块钱给他们，有什么做不到的？事情办成了，儿子说你好，学校说你好，全社会都说你好。我就不明白，这样的好事你干吗不赶快去做？"

一番话，训得李主任只得连连称是："还是夫人有远见。好吧，你让我找个时间好好研究一下。"

"什么找个时间？我告诉你，你今天就得给我研究。问题不解决，你别想回家！"

真是"夫人出马，一个顶仨"！没过几天，一笔经费便拨到了学校。有钱好办事，危房和课桌椅都得到了修理，虽然没有解决所有问题，但教学环境有了很大改善，全校师生为之眉开眼笑。

事情一经传出，各校纷纷仿效，几乎所有的破课桌椅都安排给当官的子女用上了，有人戏称之为"课桌效应"，还说："课桌不怕破，就看怎么用！"

关键词：与爱同行

> 搞扶贫工作，往往只想到给钱给物，其实更重要的，是关心人们的内心所需。

暖心扶贫

获秋

小马头脑灵活，能说会道，进单位没多久就被调到办公室去了，他接到的第一个任务是扶贫。

原来，单位对点的扶贫对象，是扶贫村里一个叫耿老头的独居老人。这老头性子倔、脾气急，据说他妻子早逝，儿子失散多年，他倾尽家财也没能找回来，因此对政府很不满意。每年到了扶贫日，他拿东西时一点都不客气，嘴里还常常冷嘲热讽的，让领导们倍感头疼。

小马把事情了解清楚以后，跟领导说："这事也难怪耿老头，我们每年送他些什么？"

领导说："米三十斤，油一罐，慰问金五百。"

小马追问道："能用多久？"

领导眨巴着眼睛，没有说话，那耿老头腿脚不便，平时干不了什么重活，就靠这些扶贫金度日的话，确实熬不了太长时间。领导看小马一副胸有成竹的表情，就问："看你的样子，已经想好办法啦？"小马如此这般地把自己的想法说了出来，领导点点头，让他照办。

很快到了扶贫日，众人坐车赶去扶贫村。这回开的车可不一般，是几辆小货车，车斗里面装着一些挺重的物品。车子在高速公路上开的时候，领导指着不远处说："喏，那里就是耿老头的家。"

可等车子下了高速公路，左拐右弯地跑了好久，才到了耿老头家。这地方不算偏僻，可路真的太不好走了。众人兴冲冲地拿着慰问品去耿老头家，照样是慰问金五百，加上米和油。

耿老头非但没有一句谢谢，反而看着他们开的小货车，语带嘲讽地说："哟，领导新风气了？这回下乡不开奔驰宝马，改开货车了？真是太阳打西边出来呢！"

小马笑着说："耿老爷子，这货车是专门为你而开的。"他吩咐后面的工人，把耿老头家门口的一大块空地给整平、挖坑，然后从车上卸下好多橘子树，一一种上了。

耿老头纳闷地看着他们，问："你们这是干啥来着？怎么扶贫变成种树来了？"

小马笑而不语，让耿老头再认真看看那些树。耿老头留意了一下，这些树是本地特产的沙糖橘树，大概有几十棵，都已经有几年的树龄，估计明年可以挂果了。他突然想到了什么，问："你们难道是想……"

小马点点头说："没错，授人以鱼不如授人以渔。我们每年送那么一些东西，可能真的帮不上什么大忙，所以这回干脆点，帮你种上这些树，明年就可以挂果了，这样你就可以自力更生，不用光依赖那么点慰问金了。卖得好的话，生活就可以大大改善了。"

耿老头没有再说话，但从他的眼神可以看出来，他内心还是挺感动的。这一次扶贫，耿老头破天荒地没有继续对领导冷嘲热讽。

回来的路上,领导把小马好一顿夸奖:"这种形式的扶贫,简直称得上'暖心扶贫'!小马,干得好啊!"小马听了,不由得心花怒放,回城开车时,差点把车撞到隔离栏上了。

本以为扶贫工作做到这份儿上,已经是圆满完成了。万万没想到,第二年领导带着小马下乡,那耿老头见了他们,脸色黑得像锅底一般,冷哼一声,转身回屋,"砰"的一声把大门关上了。

这到底是怎么回事?要不是小马有点涵养,差点都想破口大骂了。领导也一脸的不高兴,让小马不管用什么办法,也得弄清楚这件事。

小马只好跑了老远,去问村主任。村主任是个老实人,他搓着手,说:"要说这事吧,也怪不了你们,这、这大家也不想的……"

原来耿老头凭空多了几十棵果树,开始是蛮高兴的,天天围着果树转。可很快他发现有些树叶开始枯黄了,就跑去问人,回来又是施肥,又是除虫,好不容易才将这些树救回来。可偏偏天公不作美,挂果的时候碰上了连续几日的暴雨,没几下就把树上的果子给打蔫了。剩下的一些小果、烂果,也没怎么卖出去。耿老头倒贴了化肥钱、除虫剂钱,又花了那么多人工,结果竹篮打水一场空,岂有不气恼之理?

小马听完傻了眼,不敢作声。领导则气哼哼地说:"你看,好心办坏事,好心办坏事啊,小马同志,这回你还有什么可说的?"

小马心里嘀咕:当初你不也同意这么干的吗?还说什么"暖心扶贫"来着,现在没达到预期效果,就是我的问题啦?

他看着落了满地的烂果，心里不服气，想着如何破解这困局，既不用耿老头有额外的付出，又能够可持续发展……

小马想了一阵子，突然兴奋地说："村主任，你不是说过，耿老头家里还有一块地，就在高速公路旁边，对吧？"

村主任点点头，说确实有这样一块地，老头原来把它让给了其他人种，但因为离村子太远，现在也没有人愿意去了。村主任不解地问："怎么啦？难道你还想去那里种果树？"

小马摇摇头，神秘地一笑说："到时你就知道啦。"

很快，在高速公路旁耿老头的那块地上，竖起了一大块广告牌，牌上是本地知名房产公司开发的楼盘广告。当耿老头接过房产公司老总亲自送来的厚厚的一沓钱时，不禁露出怀疑的眼神："这……这钱是给我的？"

小马笑着说："耿老爷子，你不用怀疑，他用了你的地做广告，当然要给你钱。放心，以后他每个月都会派人来给你送钱的。"

竖个广告牌就得每个月付那么多钱，这个公司岂不是很吃亏？耿老头这么想着，一旁的房产公司老总看在眼里，哈哈笑着说："这高速公路南来北往的，车流量非常大，在这里做广告很有影响力。说起来，我该感谢小马给我这么好的提议呢。"

耿老头听完，看了看小马，眼里第一次充满了感激之情。

回程时，领导有点不解："这广告牌不是每年给定额租金的吗？你干吗让房产公司每个月给他送钱，那不是挺麻烦的？"

小马解释说："按月给，耿老头才好省着用。一下子给他几万块钱，他可能就会把钱乱花了，说起来还是领导您给的好提示：暖心扶贫嘛！"领导听了，满意地笑了。

不过这事还没完，过了两个月，耿老头居然跑到市里来找小马了。他一改往日的暴躁脾气，低眉顺目地问："小马，我、我想给广告牌换个内容行不行？"

小马吃了一惊，说："那可不行，我们跟房产公司那边是有协议的，一年未到期，可不能随意换。"

耿老头急得直搓手："那、那我把钱全部退还给他行不行？我一定要把这内容给换了。"说着，他几乎要给小马下跪了。

小马连忙拦住他，问到底是怎么一回事。耿老头声泪俱下地道出了真相，小马听完，不禁被感动了，说："原来是这样，怪我们考虑不周。好吧，我马上替你跟领导反映。"

很快，在高速公路旁村主任的一块地上，又竖起了一块大广告牌。广告牌上面没有任何公司的广告，只有耿老头和他儿子小时候的一张合照，旁边写着一行字："耿德深，你爹爹喊你回家……"

这耿德深，正是耿老头失散多年的儿子。

小马看着远处的广告牌，感慨道："南来北往的车子会把这个信息带到全国各地去，相信很快，耿老头就能找回他的儿子了。看来，这才是真正的'暖心扶贫'啊！"

领导点点头说："没错，我们以前搞扶贫工作，往往只想到给钱给物，却没有关心他们的内心所需。现在才算是真正的扶贫呢……"

> 慈善捐赠原本是件好事，可当受赠人拿到实物后，竟出现了意想不到的状况……

奇怪的捐赠

一 杰

这是什么

村里有个红旗小学，里面只有一个老师，姓李，已年过半百。这天，村委何主任经过学校，捎给他一袋东西，说这是上海一家公司捐给他们的。

李老师乐呵呵地打开一看，怪了，原来是几根二尺来长的透明管子，不像玻璃，也不像塑料。他拿起来横看竖看，又敲又捏，弄不懂这是啥玩意。管子上没有任何说明，何主任又走得急，连这东西是什么都没有说就走了。

李老师知道人家给他们捐这东西肯定有它的用处，可就是猜不出来。他心想，要是小关老师还在就好了。小关是大城市来的志愿者，曾在他们学校教过一年。这丫头懂得多，这奇怪的东西她一定知道怎么用。

一晃过了一个月，这天李老师刚到学校，就见学生们叽叽喳喳地围着一个背着背包、挂着相机的小伙子。小伙子笑着自我介绍，说自己是个拍客，喜欢到处跑，喜欢拍照，网络上的名字就叫"任我行"。这次是无意中来到这儿的，想在这里拍几张照片。

见是远道而来的客人,李老师急忙把他请进自己的房间,然后拿了个碗,给他接了碗水回来。任我行喝了一口,眉头一皱,差点把水喷了出来。

李老师抱歉地说:"不好意思,我们这里的水不好喝,都是接天上的雨水存起来,有点怪味。"

任我行勉强把嘴里的水咽了下去,点点头,然后抓起相机说:"李老师,麻烦你带我去看看,我想把这里全都拍下来,特别是孩子们的生活条件方面。"

李老师带他转了一圈,任我行十分关注学生们的生活环境方面,对着他们的集水池以及学生们喝水做饭的地方拍了好多照片。

拍完后,两人回到房间,任我行忽然发现桌子底下有什么东西,便弯腰捡了起来。李老师一瞧,原来是之前何主任给他的那些奇怪的管子。

任我行一脸诧异,说:"这个……怎么放在这儿?"

"这是人家捐的。"李老师高兴地说,"村里转交给我们,也没说清楚是什么东西,正好,您知道这东西怎么用吧?"

任我行若有所思地拿着管子敲了敲,说:"我……也不懂。这样吧,我们去村里问问就清楚了。"

李老师不好意思拒绝人家的一片热心,于是安排好了学生,就带着管子上村委去了。

到了村委一看,何主任正趴在桌上打盹。李老师把他叫醒,向他介绍了拍客任我行。何主任热情地说:"欢迎,欢迎啊!"他笑哈哈地请他们坐下,端上来两杯水。

任我行拿起杯子喝了口水,又像上次那样眉头一皱。何主任一看，不好意思地说："我们这里的水难喝呀，你们大城市来的人，肯定喝不惯。"

任我行摆摆手，皱着眉头把水吞下去，然后拿着那个杯子左看右看。那杯子也没啥特别的，也就是个普通的一次性纸杯子。何主任见他盯着杯子看，脸上有些不自然起来，咳了两下，问李老师来这儿有什么事。

李老师忙把管子拿出来，尴尬地说："何主任呀，您上次转交给我的东西，我没见过，也不知道是干什么用的……"

何主任一看，顿时怔住了。

一路探寻

任我行忽然把杯里的水一口喝干，说："其实它是用来装杯子的。"说罢，把手里的杯子放进了管子里。

"装杯子的？"李老师愣了愣，现在还有专门用来装杯子的东西！

任我行微微一笑，给他演示了取出杯子的过程。看到这儿，李老师明白了，这管子真的是用来装杯子的东西，可没有杯子用来干什么呢？他疑惑地望着何主任。

任我行笑着问何主任："这些捐赠的东西是乡里转下来的吧？人家捐了装杯子的管子，应该还会有些杯子吧？"

何主任脸红红的，沉默了半晌，叹了口气说："唉，是还有些杯子的。那天乡里派人送来，来了人，水总得请人家喝一口吧？可咱这里连个像样的杯子都没有，碗又脏兮兮的，就先拿了几个杯子用。后来想，以后乡里还会来人的，就把剩下的杯子留在村委了……"

一听是这么回事，李老师愣了愣，接着苦笑着摇摇头说："其实,有没有杯子都一样,咱们这里的水用碗喝跟用杯子喝,没什么两样。"

两人走出村委,任我行突然说:"李老师,咱们到乡里去一趟吧。"

李老师疑惑地问他去乡里干啥。任我行说他想去见见乡领导,而且只会对他们学校有好处。李老师心动了,他觉得这个拍客有点神秘,又好像有很大的能力,或许真能给他们学校带来点好处。

一个小时后,两人来到乡里,进办公室一瞧,只有个胖大姐坐在桌子前嗑瓜子。任我行说他想找个领导说件事,胖大姐一打量他,觉得来头不小,热情地招呼他们坐下,迅速从饮水机接了两杯水过来。

李老师拿起来喝了一口,感觉甜丝丝的,扭头一看任我行,这回也不皱眉头了,反而赞道:"这水真好喝!"

胖大姐呵呵笑着说:"这不是自来水,是买的桶装水。"

任我行左看右看,最后眼光落在那台饮水机上,说道:"这饮水机是新款啊,得不少钱吧?"

胖大姐说不是她经手的,不晓得,说着出去找领导了。过了一会儿,她领着一个戴眼镜的男人回来,介绍说:"这位是我们郑副乡长。"

一看领导来了,李老师急忙站起来。刚要问好,哪知郑副乡长严肃的目光在他们身上来回一扫,脸竟沉了下来,冲他说道:"李老师,你来一下。"

李老师惴惴不安地跟他走到楼梯口,郑副乡长转身严厉地盯着他:"李老师,你怎么能这样?"

"我、我……"李老师摸不着头脑,"我怎么了?"

"你有意见，可以反映啊！"郑副乡长气愤地说，"你怎么就不能考虑一下大局，你知道你这样做会带来多大的负面影响吗？"

李老师完全傻了，愣愣地看着他。郑副乡长的目光恨不得把他吃了："你不声不响就带个记者来，你存心要整我们呀！你明摆着要跟乡里作对啊！"

李老师吓得一哆嗦："他……他不是记者……叫什么拍客。"

郑副乡长手一挥："拍什么客？你别说了，回去等着处理吧！"说罢手一背，气哼哼地往回走。

李老师蒙了，晕头转向地走到办公室门口，只见郑副乡长对任我行冷冷地说道："对不起，我们现在不方便接受采访，你请回吧。"

"我不是记者。"任我行急忙解释说，"我就是想来问个事而已。"

"问什么事？"郑副乡长咄咄逼人，手一指旁边的饮水机，"我知道你想问这个，我可以告诉你，是我们留下了，乡里经费困难，连个饮水机都无法购置，所以暂且把几个饮水机留在乡里作招待用，这是乡里讨论决定的……"

原来如此

门外的李老师听到这儿，头脑忽然清晰了：怪不得自己糊里糊涂挨了一顿骂，原来乡里的饮水机也是人家捐给他们的啊！

李老师默默转身走下了楼。刚出门口，任我行从后面追上来，说道："李老师，你知道我为什么叫你来乡里了吧？"

李老师苦笑着摇摇头说："我不知道你是不是记者，但我谢谢你了,不过也请你不要追究了。其实就算我们有了饮水机,有了喝水的杯子,那又有什么两样?水还是一样的水。"

"我真不是记者。"任我行笑着说,"但我有权利弄清楚这件事。"

任我行这才告诉李老师,他就是捐助他们学校的那家公司的人,公司派他暗中调查捐助物资的情况,所以他才没有公开身份。

李老师用力握了握对方的手,露出一脸苦笑:"谢谢你们的好意了!不过,事情弄清楚了,就算了吧……有没有饮水机,用什么东西喝水,我们也不介意。"

任我行摇摇头,也不说话,他打开身上的背包,从里面取出一张图纸,递到李老师面前。李老师看了看,上面印着一套机器设备。

"这是我们公司捐赠给你们学校的直饮水设备。"任我行说,"有个姓关的志愿者曾在你们学校任教,她在网上呼吁帮助你们解决饮水困难,所以我们公司给你们捐了这套设备。"

李老师的眼睛顿时瞪圆了,呼吸也重了起来,直愣愣地盯着图纸上的机器。

任我行指着图纸上的设备,告诉他,这是什么,那是什么,这套设备价值三万多元,经设备处理出来的水可直接饮用,可供三百个学生饮用和做饭。

李老师越听,眼睛瞪得越大,双手更是微微颤抖。"这、这些设备呢?"李老师指着图纸上的设备,声音都哆嗦了:"在哪儿?"

任我行没有回答,而是把目光投向了通往县城的道路方向,半响才默默地说:"都怪我们,只图省事,早应该想到,这套设备从省里到市里,再到县里……"

李老师眼眶都湿了,猛地一拉任我行的手:"走,我们这就到县里去!"

"算了。"任我行拉住他,"找到了又能怎么样呢?我会向公司报告的,争取再给你们捐一套,到时我一定亲自押送,交到你的手上。"

李老师站住了,怔怔地望着县里的方向,心里无比高兴,却又分明想哭。

关键词：与爱同行

> 村主任带着全村人民过上了好日子，只剩自己一户还没脱贫，就在这节骨眼儿上，他的房子却被村民烧了，这是为什么呀？

奇特的纵火案

黄廷洪

无情大火

这天下午，坎子村村主任李幸福和妻子马翠花正在山上干活，突然看见村子里升起了一股浓烟。

"天哪！那是我们家！"

马翠花大喊一声，撒腿就往山下跑，李幸福腿快，几步就把老婆甩在身后，等他气喘吁吁跑回家时，自己家房子的明火已经被扑灭，现场一片狼藉：墙倒了，房顶塌了，椽子、桁条和几床湿淋淋的棉絮还在冒着烟。乡亲们从火中抢出来的老式木箱和几件破旧的家具堆放在门口，周围弥漫着一股浓烈的焦糊味。

大伙见了李幸福，默默为他让开一条道。他走到废墟前，看着眼前的一切，腮帮子动了两下，痛苦得揪着头发，蹲下了身子。

看着这场景，大伙心里都不是滋味，八十多岁的五炳大爷拄着拐杖，颤巍巍地走到李幸福跟前，说："你要想开点，天灾人祸，谁也躲不过。这些年你带着大伙过上了好日子，就剩你自己还没脱贫,眼下你遭了灾,大伙也不会不管的,啊?"

大伙纷纷跟着劝慰李幸福。

运输户石锁这段时间刚建好房子,也来到现场,挤到跟前大大咧咧地对李幸福说:"幸福叔,房子烧就烧了,旧的不去,新的不来。我新建的房子正好多出三间,还围着一个单独的院子,你和翠花婶就住进去吧!"

五炳大爷狠狠剜了石锁一眼,想:你小子这几年是发了,真是站着说话不腰疼,幸福这么硬气一条汉子,怎么会去住你的房子?可村里现如今数李幸福家日子最难了,眼下翠花又生着重病,就算他李幸福这些年来扛起了坎子村的一片天,这天上砸下来的大石头他能怎么扛?

就在这时,一辆警车"呜呜"叫着开过来停下,乡派出所所长老王带着一位民警从车上跳下来,径直走到石锁面前,板着脸说:"石锁,有人电话举报是你故意放的火!请跟我们走一趟。"

石锁看看两个警察,丝毫没有争辩的意思,那神态分明是认了。在场的人都大吃一惊,站在他身旁的两位小伙子一个甩手给了他一巴掌,一个抬腿就给了他一脚,石锁的奶奶这时正拄着拐杖站在旁边,一听说孙子竟做了如此大逆不道的事,抡起拐杖便向石锁的头上敲去,边打边骂:"打死你这个畜生!"

石锁捂着头,痛苦地叫道:"奶奶,别打了!"

周围的群众根本不理会他的喊叫,一拥而上,拳脚交加,雨点般砸向石锁。两个警察连忙一人抓住石锁一只胳膊,将大喊大叫的石锁拖上警车,发动车子,又"呜呜"叫着开走了。众人又跟着警车跑了一气,又是跺脚又是吐唾沫,老半天都不解气。

拷问良心

这时不知谁突然发出一声惊叫："翠花婶！"原来谁也没注意，马翠花不知什么时候回来了，更不知什么时候晕倒在自家房屋的废墟旁。大伙急忙七手八脚将马翠花抬到村里的卫生所，医生给她又是打针又是吊盐水，忙碌了好一阵子，马翠花才渐渐醒来。李幸福赶紧将一条热毛巾敷在马翠花的额头上，却被她一把扯下来，狠狠扔在地上。

李幸福流着泪，说："我知道你心里不好受……"

他的话还没说完，马翠花"哇"地一声就哭了起来："李幸福啊李幸福，你为大伙劳神受累这么多年，吃了多少苦！如今大家日子好了，你落得了什么？到如今连遮风挡雨的几间破屋都没了。那猪狗不如的石锁，当年你帮他还少吗？老天爷啊，你说说人的良心都到哪儿去了？"

旁边的人有的听得落了泪，有的跺着脚骂石锁忘恩负义，真不是东西。

要说李幸福帮扶石锁，那事儿真能编成一出戏。这石锁打小父母双亡，和奶奶一起生活，染上了偷鸡摸狗的坏毛病，长大后不务正业，经常扰得四邻不安，村里人把他当成一个祸害，提起他没有不摇头的。李幸福当上村主任后，像爹一样整天跟着他，形影不离，硬是不让他有干坏事的机会，跟一帮子混混断了来往，然后又自己拿钱把他送到县城学开车，等石锁学好后又出面到乡信用社给他担保贷了款，让他买了一辆农用车跑运输。几年工夫，石锁的农用车就换成了两辆大卡车，成了坎子村的富裕户，盖上了新房，娶了漂亮媳妇。村里几个像他一样不务正业的小混混，在他的示范下也都走上了正道。

大伙怎么也想不明白，这石锁怎么就下得了手，放火烧李幸福的房子……

无言结局

再说在派出所里,所长老王怎么也不相信火是石锁放的,他又查了查电话上的来电显示,发现举报者用的是手机,便到外间屋子拨了那部手机,想跟举报者再核实一些具体细节。

电话很快通了,但没人接,一听,刚才办传讯手续时让石锁交出的手机,正在桌子上"呜呜"地响,拿过来一看,上面显示的正是派出所的电话号码。显然,举报者是用石锁的手机打的电话。老王很奇怪,便进去问石锁刚才把电话借给谁用了,石锁咧嘴一笑,说:"你是想知道举报电话是谁打的吧?告诉你吧,就是我打的!"

老王简直蒙了,这石锁放火烧别人的房子,然后再打电话举报自己,他脑子里哪根筋出了毛病?想到这,老王指着石锁的鼻子骂道:"你小子良心是不是给狗吃了?李幸福对你那么好,你竟干出这种伤天害理的事情来。你还算是人吗?"

石锁沉默不语。

老王吼道:"你说话呀!"

石锁还是一声不吭。

这时,传达室门卫送来一封信,信封上写的是"王所长收",下方的落款竟然是"石锁寄"。老王看了眼石锁,将信拆开,信上这样写着——

王所长:

我实在看不过去了!我决定做一件犯法的事:烧掉村主任李幸福的房子!当你收到这封信时,我肯定已经把这事干了!

这些年来,李主任拼死拼活带领乡亲们脱贫致富,如今大家全都奔上了小康，只有他还住在几十年前的旧房子里，我拿脚踢了好几回，那房子扭扭歪歪的却偏偏踢不倒。这次我专门为他们盖了三间新瓦房，几次劝他们去住，但他和翠花婶却说什么也不肯。所以，我决定烧了他们的房子，然后把我的三间新瓦房赔给他……

老王看了这信，简直哭笑不得。他点上一根烟，一口接一口抽着，直到一根烟抽完，才说："石锁啊，你可真糊涂。你这是犯的纵火罪，要被判刑坐牢的，你知道吗？"

这时，一直不说话的石锁流泪了："我当然知道后果。可老王你知道不？翠花婶她得了重病，已经快不行了。"

老王一惊，问："翠花怎么了？"

石锁蹲在地上抱着脑袋哭了起来，边哭边说："翠花婶她得的是癌症，肝癌！现如今只瞒着翠花婶一个，大伙全都知道了。"

石锁接着说："老王你想想幸福叔现在多难受呀！翠花婶如果就这样走了，不仅是剜了幸福叔的心，还会为翠花婶内疚一辈子。要是能让翠花婶最后住上敞亮的新房子，幸福叔心里多少也会好过些。所以我想把新建的三间新房送给他，但他们死活不要。所以，我实在是没法子，只好烧了他们家的房子，再让法院把那三间新瓦房赔给他们家。只要他们能住上新房子，再大的罪我也愿意受！你赶紧把案子送法院吧，赶紧让法院把我家新建的那套房子判给幸福叔……"

老王又点上一根烟，啥话也说不出了。

当天傍晚，村主任李幸福来到派出所，他带来一份"保释申请书"，要求保释石锁，申请书上面按着全体村民的手印，密密麻麻的，鲜红一片……

> 老师，用吉他能把我们寨子里的歌弹出来吗？

去北京采风

金十三

大学毕业后，我来到了川西一个羌族寨子，当起了支教老师。支教的生活有苦也有甜，但最让我难以忍受的，却是夜深人静后的那份孤独感。幸好，我带了一把心爱的吉他。

这天，夜幕降临，我坐到床上，弹起了吉他。在这黑漆漆的夜里，在这只有山风和着松涛的山顶小学，一首首校园歌曲，为我消散了不少的孤独感。

然而，我没想到，就是这把吉他，给我惹来了许多麻烦。

第二天一大早，一群学生跑到我的寝室，围在我的床边，催我起床。我一看，傻了，我的学生们全都穿着节日的盛装，一个叫阿吉的学生说："老师，昨晚寨子里天降梵音，我阿爸叫我今天上完课后到山上去拜谢神灵。"

我听了，差点从床上掉下来，急忙跟他们说，这不是天降梵音，是我昨晚在弹乐器。说完，我指了指靠在床头的吉他。孩子们一愣，阿吉怯生生地问："金老师，这是汉人的琴吗？"

"这是吉他，当然，你们也可以叫它六弦琴。"

阿吉便伸出手去摸它，可一不小心拨动了琴弦，"嘣"，他吓得赶紧把手缩了回去，后来看我微笑着看着他，他才又高兴地嚷了起来："我弹响它了，我弹响它了！"其他孩子羡慕得不得了，于是，我告诉他们，每人可以拨动一次琴弦，但必须排好队。孩子们马上就按高矮次序排好了队伍，一个接着一个走上前来，拨响了琴弦。

从这以后，每天课间休息的时候，我都抱着吉他到教室里，给孩子们弹一些儿童歌曲、校园民谣。孩子们听得很用心、很陶醉。

六一前夕，一个北京的艺术团来县城义演，学校里争取到两张票。校长经过一轮评比，把票给了阿吉和一个叫阿岩的孩子。两个孩子高兴极了，一大早便骑着马下了山……不料第二天回来，两人却蔫蔫的，我问他们怎么回事，他们说，没什么，就是心里不舒服。

然而，有一次，阿吉和阿岩突然问我：金老师，用吉他能把什么歌都弹出来吗？

我说是啊，阿吉紧接着问："那我们寨子里的歌呢？"

我一愣，不知该如何回答了。他说的"寨子里的歌"，是指羌人世代口耳相传的民歌，它没有现成的曲谱，而我呢，又是业余得不能再业余的吉他手，他们的问题一下把我给难住了。

阿吉和阿岩看我不说话，眼神里满是失望。我只好使了个缓兵之计，说："我是真的不会弹寨子里的歌，不过，你们以后可以学着弹。"两个孩子听了，顿时高兴了起来。

几天后，我去县教委拿资料，下午回来后，我发现我的吉他断了一根弦。吉他断弦其实很正常，我的包里就有备货，可是，我不能容忍的是——当我不在的时候，竟然有人偷偷拿我的吉他，不行，这样下去那还得了？

我走到教室里，装作很生气的样子责问学生："你们谁碰过我的吉他？"学生们低着头，没人承认。我的喉咙更响了："好啊，你们不承认？没关系，反正吉他也坏了，以后大家都没得听了！"说完，我气呼呼地转身走了。

那天正是星期五，我和同来支教的同学早已约好到他那里玩，所以也没顾得换琴弦，便骑着马去了。到了星期天下午，我回到学校，走进寝室，竟然看到我的小床上摆着一把崭新的吉他，吉他下面压了张纸，上面写着："对不起，金老师，是我弄坏了你的吉他。我阿爸去镇上卖了猪，到县城里买了一把吉他回来赔给你。我阿爸说，你给寨子带来了知识，带来了山外的快乐，请你千万别生气。阿吉。"

原来是这小子。唉，现在正是猪长膘的时候，卖猪划不来呀，再说，我的吉他压根儿没坏呀！我的心里很是过意不去，当即决定明天把吉他还给阿吉，让他阿爸退掉，再把猪换回来。

就在这时，忽然听到校长在外边喊："是金老师回来了吗？"

我急忙出来，问他这会儿去哪儿，校长叹了口气，说是去阿岩家。他说，阿岩家是寨子里的贫困户。今年春上，家里的老牛跌下山崖摔死了，家里就指望剩下的一头牛犊长大好干活。谁知在前天，阿岩从学校回家，哭着说，他不小心把老师的吉他弄坏了。他阿爸心一横，就瞒着他阿妈把牛犊牵到镇上给卖了，到县城买了把吉他，想赔给我。他阿妈知道这件事后哭得不得了，这会儿正在闹呢。

坏了，这真的坏事了，原先只以为是阿吉弄坏了吉他，让他家卖了猪，现在可好，阿岩也牵扯进来了，还把牛卖了，这……这可如何是好？我随即深深地自责起来，没想到自己仅是一时气话，弄得两家人牺牲这么大。

校长看我低着头不言语,就说:"金老师,你别难过。我们羌人就是这样直,做错事就会负责任,他们毕竟弄坏了你的吉他呀!"

"可是……可是我的吉他并没有坏。"我的声音小得连我自己都听不清楚。校长一听,眉头立刻皱紧了,早知道吉他没坏,这两家何苦去卖猪、卖牛呀!

第二天上课的时候,阿岩将一把新吉他拿给我,说:"对不起,老师,是我弄坏了你的吉他。"

话音刚落,阿吉赶忙站起来:"不,是我弄坏的!"在他们的争辩中我才知道,两个孩子上回看了北京那个艺术团的演出后不高兴的原因。

原来,来县城义演的那个北京艺术团里,也有很多少数民族的孩子表演的节目,其中有一个维吾尔族的孩子,一边敲架子鼓,一边演唱自己民族的歌曲,赢得了台下排山倒海般的掌声。这个节目完了以后,主持人来了个互动,恰巧就找到阿吉和阿岩,他让两个孩子也演唱一首自己民族的民歌。两个孩子就唱了羌人的《祝酒歌》,可因为没有音乐伴奏,演唱的效果很差,唱完后只听到象征性的微弱鼓掌声,这让两个孩子很受打击。

阿吉和阿岩回来后,就问我:吉他能不能弹奏寨子里的歌。我不明就里,就说让他们以后自己学。可是,两个孩子的家庭都不富裕,哪有余钱去买吉他呢?那天中午,他们看我不在,便想试着弹弹,却不料用劲过大,把琴弦弄断了。而我呢,又想着吓唬他们,便故意说吉他坏了,没想到两个孩子都认为是自己的错,于是让两个家庭跟着折腾起来,卖猪卖牛……

我满心歉疚,对他们说:"吉他只是断了琴弦,没有坏。

你们赶紧把吉他拿回去退掉，把猪和牛犊赎回来。我不应该吓唬你们，你们能原谅老师吗？"

两个孩子没想到事情是这样，呆在那里不知该说什么。可是第二天，校长带着着阿吉和阿岩的阿爸来到学校，原来，县城的琴行有规定，乐器卖出，不是质量问题就不能退货。这可怎么办？我当时才上班，身上也没多少钱，根本不够赎回猪和牛犊。

正当我为此内疚不已、不知所措的时候，阿吉的阿爸说："金老师，你别太自责了，是孩子们有错在先。这琴不能退就不退了，孩子们也该有自己的琴呀，你放心吧，家里的事，寨子里的乡亲都会想办法的。"阿岩的阿爸也说："孩子们喜欢琴，你能好好教他们吗？让他们完成自己的理想——去北京采风。"

"去北京采风？"我糊涂了。阿吉和阿岩告诉我，那天看演出时，主持人问那个维吾尔族小孩："为什么会来我们这里演出？"那小孩说："我是来献爱心的，同时来大山里采风。"阿吉和阿岩不明白"采风"是什么意思，但他们很向往像维吾尔族小孩一样，能弹着吉他，表演自己民族的民歌，然后去北京演出，让所有的人都知道羌人的歌是多么的美丽、动听。

我的眼泪已经在眼眶里打转，羌人的善良和大度让我久久不能自已，而孩子们的理想又让我激情满怀，对，我要帮他们完成"去北京采风"的理想。

这以后，我带着"赎罪"般的心情，竭尽心力地教阿吉和阿岩，同时，还请教了不少当地的音乐人。他们听完两个孩子的故事，很受感动，便经常来山里教孩子们。阿吉和阿岩本身就有音乐天赋，在努力之下，很快便掌握了弹奏吉他的要领。

又到了六一，县城里举办了一台晚会，其中有两个神奇的羌族孩子，弹着吉他，唱着《祝酒歌》。歌声醇厚，琴声悠扬，打动了台下无数的人，当然，他们就是阿吉和阿岩了！有一位远道而来的音乐学院的教授，听过之后，便要两个孩子到省城去表演。他说，如果表演得好，他们很快就可以去北京演出。孩子们笑了，他们的梦想不再遥远，"去北京采风"，终有一天会实现的……

关键词：善有善报

> 楼道里有个奇怪的小男孩，说是要等一个不在家的人，结果等了整整一天一夜，他会不会是小偷？

守门的小男孩

付秀玲

王先生住302室，这天中午，他听见有人在敲对面301室的门。他开门一看，只见一个十三四岁的小男孩站在那里，看穿着，像个乡下人。

王先生问："你找谁？"

小男孩回过头，怯生生地问："张云龙是住这里吗？"

王先生点点头，说："他是住这里，不过出差去了，明天才回来，你不用等了。"小男孩一听，下了楼，可走到院子门口，想了想，又折回来，回到301室门口，双手抱腿坐了下来。

下午，王先生去上班，一开门，看见小男孩还在301室门口坐着，心里一抖，忙回屋把窗户关好，把晾在外面的衣服收回来，这才把门反锁好，一边下楼，一边嘀咕道："不知道谁又没好彩了。"原来这幢楼最近闹小偷，有好几家住户被人偷过。楼里其他上上下下的人见了那个陌生的小男孩，也多加了防备。

傍晚，王先生下班回家，见这个小男孩仍坐在301室门口。王先生有点生气了，提高嗓门说道："告诉你张云龙出差去了，要明天才回来，你干吗还不走？"

小男孩低着头说:"我不走,我要等他回来。"

"等他回来?那你晚上怎么办?"

"晚上我就在这儿坐着。"

这个小男孩可真是蹊跷!

天渐渐黑了,王先生越想越不放心:小男孩在这里坐一夜,这幢楼就一夜不得安宁,如果是小偷,谁知道他会什么时候下手?

王先生想报警,王太太拦住他说:"如果人家小男孩真是等人呢?你不是冤枉了他?"

王先生想想也是,自己又没有证据,警察凭什么相信男孩是小偷呢?弄得不好,还要遭人报复呢。

王太太倒是个好心人,惦记着小男孩还没吃晚饭,给了他三个面包和两片蚊香,小男孩说声"谢谢",狼吞虎咽地把面包吃了。可这一夜王先生却没睡踏实,生怕小男孩偷了自己家的东西。

第二天早上,小男孩还在,他果然在301室门口守了一夜。

直到中午,王先生回家,才发现小男孩不见了。王先生不放心,敲敲301室的门,主人张云龙开门出来,原来他已经出差回来了。

王先生探头往屋里张望了一下,然后小声问张云龙:"那个小男孩……见到你了吗?"

张云龙点点头:"见到了。"

"他走了?"

"走了。"

王先生又问:"你家没丢什么东西吧?"

张云龙露出迷惑的神情:"没有呀!你为什么这么问?"

王先生说："小心点好呀，那个小男孩挺古怪的，是你的亲戚？"

张云龙摇摇头："不是。"

"是你朋友的小孩？"

"也不是。"

"那——"王先生的好奇心越来越强了，"他怎么会认识你呢？"

张云龙微微一笑，说："三年前我下乡扶贫时，给过这小男孩二百元钱读书，他们一家人还念着恩。他们村里有个人叫二狗子，我认识，前两天，二狗子说要到城里来向我借点钱花，小男孩家里人怕我不知道二狗子现在是个骗子，大老远地让小男孩从乡下赶来，在这儿守了一天一夜，等我回来告诉我，二狗子是个骗子，叫我千万别借钱给他。"

"哦？"王先生听得愣住了，好半天都没有说出一句话来。

> 在我眼里，从来没有一个坏孩子，我们一样爱他们。

我们一样爱他们

张春风

天堂村小学地处偏远山区，交通不便，偶尔才有慈善家跑来捐款。每次，全校师生都会倾巢出动：学生们站在山岭上，手舞野花一路欢迎；而校长方子儒会亲自带队，用一个树藤扎成的土轿子抬客人上山。

这天，天堂村小学迎来了一个特别的客人。这个年轻人不声不响，独自走了两个小时的山路。由于道路崎岖，他沿途还摔伤了膝盖。当他一瘸一拐地出现在方子儒面前时，完全没有了城里人的光鲜形象。

"对不起！"年轻人显得有点尴尬，"我……想资助你们10名特困生。"

方子儒非常高兴。这里是全县出了名的贫困乡，这送上门来的好事，正求之不得呢。可是，他为什么要说对不起？方子儒殷勤地招呼道："要不，您先洗漱一下？我让学生们列队欢迎？"

年轻人慌乱地摆摆手："千万不要……我不想耽搁，捐了款就走！"

方子儒点了点头。

15分钟后,方子儒恭敬地送上了一份资助名单。

年轻人看也没看,说:"校长,我想您误会了!"

方子儒愣了愣,以为他突然变了卦,着急地说:"可是,这是我们千挑万选出来的学生。他们品学兼优,将来一定是国家的栋梁之材!"

年轻人沉默了一会儿,说:"校长,我能亲自挑选资助对象吗?"

"当然!"方子儒长舒了一口气,"这是您的权利!但……他们绝对是最好的学生!倘若您不信,可以翻看他们往年的成绩单!"

年轻人笑了:"我当然相信,但请给我所有贫困生的名单!"

方子儒虽然感到奇怪,但还是找来了所有30名贫困生的名单。年轻人要了一张白纸,小心地撕成一张张小纸条。然后,年轻人开始在纸条上写上每一个贫困生的名字,写完一张,就揉成团丢在一个盘子里。

方子儒终于看出了端倪,疑惑地问:"您……是想抓阄决定资助的对象?"

年轻人点了点头:"是的,我觉得那样才公平!"

方子儒着急地说:"不行,那样你会不小心抽到坏孩子的。他们生性顽劣,整天爬树打架,几乎每门功课都考不及格!"

年轻人停下手中的笔,问:"那他们逃过学吗?"

方子儒想了想,说:"这……倒没有!他们只是功课不好,其他,没什么两样!"

年轻人坚定地说:"在我眼里,从来没有一个坏孩子,我们一样爱他们。谁又能知道,调皮捣蛋的孩子将来一定不会有所作为呢？他们一样天真无邪，他们的心里一样编织着最美丽的梦想……"

3分钟后，年轻人抽出了10个名字。果不其然，其中有4名学生原本不在方子儒的推荐之列。

方子儒执意要举行一个公开的捐赠仪式，这是学校的惯例。年轻人却摇了摇头，说："校长，能否替我向其他的20名贫困学生道歉？"方子儒的脸上满是惊愕，以为自己听错了。

年轻人的眼睛有些湿润，满怀歉意地说："对不起，我还没有能力资助所有的贫困生。他们之所以没被选上，并不是不够好，只是运气差了些！总有一天，我会回来弥补他们的遗憾。"

年轻人没有告诉校长，在15年前的一个穷山沟，他也是这样幸运地得到一位老华侨的捐助。当时，他是村民眼中不折不扣的坏孩子。可是，老华侨的一句话改变了他的一生："在我眼里，从来没有一个坏孩子，我们一样爱他们！"

> 土老帽有个洋亲家，洋亲家要来土老帽家里拜访，可愁坏了土老帽……

洋亲家

曾拥军

这天，张老橘接到远嫁法国的闺女打来的电话：公公戴高曼先生要来中国开三天会，结束后会顺道来拜访张老橘，尝尝他亲手种的橘子。

张老橘放下电话，有些发愁。原来，张老橘曾在闺女的婚宴上出过洋相，他担心洋亲家吃橘子也有啥讲究，生怕再出洋相！

于是，张老橘去找村长王思良讨主意。王思良是个大学生村官，是村里数一数二的"秀才"。

张老橘一进村委会，就见村里的巧芝姑娘在流眼泪。巧芝家是村里的困难户：她爹死得早，娘有病，弟弟还要读书，巧芝靠着一双巧手编花篮卖，勉强维持着一家人的生计。今天她是来找王思良，打听救助款的事的。

王思良叹了口气说："你再等等，最近乡里资金紧张，没那么快审批下来。"

巧芝抹着眼泪走了。张老橘才向王思良说明了来意。

王思良认真地想了想，才说："听说洋人吃东西，不能直接用手碰食物！"

张老橘立马紧张起来，问："那我要是直接用手剥橘子皮，把橘瓣递给亲家公，就是冒犯了洋规矩？"

王思良肯定地说："那当然，这是很不礼貌的。"他想了想说，"你得用刀叉剥橘皮！洋人吃东西都是用刀叉的。"

"用刀叉来剥橘子皮？"这可把张老橘彻底难住了。

王思良又给他出了个主意："你就递给他一副刀叉，让他自己看着办。"

张老橘却把头摇得像个拨浪鼓："这不好！人家一个外国人，不远万里，来到咱中国，哪能让他自己动刀剥橘子呢？再说，戴高曼可能从没吃过咱中国的橘子，到时他问我怎么吃，我还是得用刀叉示范啊！我可不想再丢脸了。"

接着，张老橘叹了口气，红着脸说出了去法国参加女儿婚礼时，自己的丢脸故事：

那天开饭前，每人面前都放着一碗热气腾腾的茶，茶水里还漂浮着几片橘瓣似的水果。张老橘没多想，端起来就一饮而尽。等他放下茶杯，才发现所有法国亲戚都愣愣地看着自己。事后，女儿告诉他，他刚刚喝的，根本不是茶，而是用来洗手的水！在法国的正式宴会上，开饭前会先上一碗洗手水，放在里面的橘瓣似的东西是柠檬，用来去味除菌。当时，张老橘真想钻到地底下去。

王思良听张老橘说完，也认真起来，他说："看来，我们还真得好好学学这洋规矩。这样吧，我陪你去省城，那里有专门教授西方礼仪的学校。我们一起去上上课。"

于是，张老橘跟着王思良来到省城，几经打听，找到一家挂着"西方高端礼仪咨询"招牌的会所，一问：学费一个小时要两千。张老橘吓得直咂舌,对王思良说:"要不,咱找家便宜点的?"

王思良摇摇头,说:"你不知道,只要沾上一个'洋'字,都便宜不了!"

张老橘咬咬牙,交了两千。咨询师问张老橘具体要学什么礼仪,张老橘掏出随身带的橘子,说:"就学怎么用洋人的刀叉来剥橘子皮!"

那咨询师二话没说,接过橘子,又从一旁拿过两只盘子和一副刀叉,就开始演示。

只见咨询师先用刀将橘子的顶端切平,然后用叉子利落地将橘子翻了个个儿,让橘子已切平的顶端变成底端,稳稳地"坐"在盘子上。接下来,她又用叉子固定住橘子,并用刀小心地侧切橘皮,最后,八片侧切的橘皮像花儿一样绽放开来,露出了中间的橘瓣。咨询师再次用叉子,小心翼翼地取出整个橘瓣,放到另外一只盘子里,然后用刀将整体的橘瓣一分为二,再沿着各片小橘瓣间的缝隙,将小橘瓣一片一片地切开来。整个过程中,她的手完全没有触碰过橘子。

张老橘完全看傻了:天呐,这咋学呀?剥个橘子整得这么眼花缭乱,我看都没看清呐!

这时,咨询师递给张老橘一副刀叉,示意跟着她一步步学。张老橘哆哆嗦嗦地一手拿刀、一手执叉,真是要多别扭有多别扭!

一个小时很快过去了,桌上的计时器"嘀嘀嘀"地叫起来,提示时间已到!张老橘差点哭出来:他可啥也没学会啊!

在外面等候的王思良看见张老橘垂头丧气地出来,知道他肯定没学会,就安慰说:"洋学校收费贵,让您自己掏钱继续学,划不来！我们还是去乡政府，请他们帮帮忙。戴高曼先生是远道而来的贵客，乡长一定不会坐视不管的！"

张老橘便跟着王思良去了乡政府。乡长听张老橘把前因后果那么一说，大手一挥，说："你接着去省城学。学费的事，乡里给你解决！"

王思良在一旁插话说："乡里拿得出钱来吗？前不久，我帮巧芝来申请救助款，您还说乡里资金很紧呢。"

乡长不满地瞪了王思良一眼，说："乡里的资金是很紧，但再紧，外国友人来了，咱也得好好接待，这可关系到咱国家的面子。亏你还是个大学生，怎么连这点觉悟都没有？"

张老橘见乡长这么重视，也觉得特有面子。不过，他一转念，又苦笑起来："戴高曼马上就要来了，用刀叉剥橘子皮的活儿，忒难学，我短时间内根本学不会呀！"

这话让乡长和王思良都皱起了眉头。突然，王思良大叫一声："我想到了一个法子。不如咱换个巧手的姑娘，她短时间准能学会。到时，让美女为戴高曼剥橘子，他肯定高兴！"

乡长立马说这办法行。王思良又说：要论巧手姑娘，全乡的大闺女小媳妇，谁也比不过咱村的巧芝姑娘！很快，他把巧芝姑娘叫来。巧芝一听是为了这事，当然满口答应。

接下来，张老橘就安安心心等着戴高曼的到来了。

这天，张老橘正在橘园摘橘子呢，就见王思良领着一个洋人走进了自家的橘园，后面还跟着一堆看热闹的小屁孩！

张老橘定睛一看：这不是戴高曼吗？啊呀，现在巧芝还在省城学剥橘子呢！

这时，那帮小屁孩却一拥而上，抢了张老橘手里的橘子，一个个用脏兮兮的小手剥了橘子皮，然后又直接用脏手掰下橘瓣，往嘴里塞。

张老橘面露窘色，他一边尴尬地向戴高曼解释："小孩子家，不懂规矩，不懂规矩！"一边将王思良拽到一旁，让他赶紧联系巧芝，回来"救场"！

王思良却努努嘴，示意张老橘朝戴高曼那边看。

张老橘转过头一看，顿时愣住了：只见戴高曼正麻利地用手剥着橘子！他见张老橘看着自己发愣，便用手指指那帮小屁孩，用蹩脚的汉语说道："跟他们雪（学），恨（很）简单的。"说着，戴高曼又直接用手掰下一片橘瓣，塞进了口中，一脸夸张地赞叹道："哇，正（真）甜！中国的橘子它（太）好吃了！"

张老橘赶紧让王思良去报告乡长，就说戴高曼先生提前来了。

王思良却说："来不及了，戴高曼先生跟我说了，他马上就要走了。"

张老橘搓着手，一边搓，一边懊恼地说："这怎么行呢？回头我咋向闺女，咋向乡长交代呢？"

王思良拍了拍张老橘的肩，说："乡长那里就由我来向他解释好了。实话跟你说吧，一听说你的洋亲家要来，我第一时间就和你闺女联系上了，别忘了，你闺女和我是大学校友呢。你闺女说了，我们咋吃橘子，就让戴高曼先生也咋吃！你闺女还告诉我，那次你将洗手水当茶喝下去后，戴高曼先是一愣，随即也拿起面前的洗手水，喝了下去，其他的法国亲戚见状，也纷纷将面前的洗手水喝了下去——戴高曼先生那样做，就是不想让你觉得难堪！其实，规矩、礼仪，首先还是要让人感觉自在！"

张老橘立马嚷嚷道："那你咋还要我去省城学洋规矩？"

王思良狡黠地一笑，说："你去学了，才知道难学，然后我才好趁机让巧芝代替你去学啊。"

张老橘更加不解了："为何要巧芝代替我去学呀？"

王思良解释说："巧芝可不是去学什么'用刀叉剥橘子'的。这会儿，她正用乡里拨付的一万元接待费，在洋学校里学习全套的插花技艺呢！巧芝以前只会编花篮，卖给城里的小花店，现在她学会了插花，就可以向高端人群提供服务，收入可比卖花篮高多了！"

张老橘终于恍然大悟："原来你小子一开始就给我设了套，什么洋人吃东西不能用手碰啦，撺掇我上洋学校啦，都是为了巧芝姑娘啊！"

王思良不好意思地笑了笑，说："我也是被逼无奈，谁让乡长一直拖着，不肯给巧芝发救助款呢。后来，我听说你的洋亲家要来，就灵机一动，想了这么个'曲线救国'的法子。"

张老橘还想埋怨两句，这时戴高曼凑了过来，鸡同鸭讲地说了一句："你们中国人对老外，就想（像）热情的傻馍（沙漠）！"

张老橘被洋亲家逗得前仰后合，把什么国际礼仪和王思良给自己设套的事，都抛到了脑后。

> 副乡长去扶贫，可是帮扶对象却说不要别的东西，只要一只计数器……

一只计数器

陈 靖

故事发生在这个世纪初，龚立伟在一个偏远乡镇挂职副乡长的时候。那是在旧历年底，按照惯例，乡领导要到村屯走访、慰问贫困群众。说白了，就是到帮扶对象家，送些大米、白面、豆油，放下一二百块钱，再说上几句拜年、祝福、鼓励的话，很简单。因为已经搞了几个年头了，过程和做法都已程式化，所以领导同意龚立伟单独去慰问。

龚立伟帮扶的对象是个四口之家，年迈的阿婆、岁数不大的夫妻俩和一个五六岁模样、眼里盛满恐惧的小姑娘。阿婆从不言语，夫妻俩老实木讷，除了不停地说"谢谢领导"，就只剩下了笑，因而一切都变得更为简单。

离开的时候，夫妻俩送了出来，直到龚立伟要上车，男人才鼓足勇气开了口："领导，俺、俺想要件东西。"这可真是天大的意外，龚立伟一愣，还没等说话，女人抢过话头："领导，他没说明白，俺们不是想再要啥，俺们的意思是领导送来的那些东西，包括那些钱，俺们都不要了，能不能求领导帮俺们换件东西，换个能计数的东西。"

原来，夫妻俩准备年后离家外出打工，孩子只能留在家里，由年迈耳背的老母亲照看。可是孩子却不同意，一心想跟着父母。他们再三劝说，男人甚至还动手打了孩子两巴掌，才让她安静下来，可孩子很快就问他们啥时候能回来，是不是像隔壁小月的爸妈一样，一走三年没回来一趟。

男人告诉她很快，等她数到十万个数，爸爸妈妈就回来了。小姑娘眼睛一亮，说她一定天天都数，还求父母帮她找个能计数的东西，就在这时，龚立伟他们到了。夫妻俩知道龚立伟是从大城市来的、念过大书的人，人又和气，所以就壮着胆子提出了这个要求。

龚立伟笑了笑："很简单，一只计数器就成了。我很快给你们送来。"

女人咬咬嘴唇："领导，那啥，俺、俺们想要个坏的就成。"

龚立伟一愣："为什么？好的也不值几个钱，我送你们。"

女人的脸涨红了，说："领导，俺们不是那意思。说实话，俺们也不知道啥时候能回来，能不能挣到钱不说，要去的地方又太远，来回一大笔费用，扔在路上不划算。可孩子可怜，她爸就编了那个十万个数的谎，因为她现在连十个数都数不全。谁知道她当真了，俺们怕她有一天真数到了闹腾，所以就想弄个坏的，让她永远也数不到十万，不知道领导能不能帮俺们？"

看着夫妻俩那期盼而又痛苦无奈的表情，龚立伟鼻子一酸："放心吧，三天之内，我一定亲自送来！"

两天后，龚立伟把一只崭新的电子计数器和一大包电池送到了小姑娘的手中，并手把手地教她，只要用手轻轻按一下计数器上的按钮，显示屏上就会出现"0"，再按下去，就会"1、2、3"地显示，并且有自动存储功能，即使头一天关机了，第二天打开来仍会自动显示前一天累计的数字，再按，数字会自动累加。

孩子很聪明，很快就学会了，兴奋得又叫又跳。看着孩子欢快的身影，龚立伟心里五味杂陈，想到自己在计数器上做的手脚，不知道是该高兴还是该悲伤。

过了春节，乡里的事情多了起来，龚立伟渐渐地就把这件事给忘了。第二年年底，正好赶上他外出，慰问的事儿由别人代办，所以直到第三年年底，龚立伟才再次来到那个小村，见到了那个阿婆和小姑娘。

"你骗俺！"小姑娘用满是愤恨的话迎接了龚立伟，"你给俺的计数器是假的，只能计到49999，再加一个就又成'0'了，还得从头开始，永远都到不了十万！"

龚立伟一愣，虽然知道这一幕迟早要发生，但他还是觉得有些手足无措，他尴尬地解释说："这是电子产品，高科技，不会错的，肯定是你太想爸爸妈妈，记错了！"

小姑娘把计数器拍到龚立伟面前，上面赫然显示着49999，随后，她又打开角落里的一只大箱子："这是50001个，你看好了，1、2、3……"

龚立伟走过去，是满满一箱野菜根一样的东西，不由问道："这是什么呀？"

"是婆婆丁根,村里有个老话,说婆婆丁根泡水喝能治咳嗽。孩她妈气管不太好，她就总去挖，说既能计数，等她妈回来了又能治病。"阿婆回了一句，扭头看着窗外昏沉沉的天，摇摇头，"娃呀！"

龚立伟拦住小姑娘，连连说："不用数了，叔叔相信你。你爸爸妈妈今年会回来的，要是他们不回来，叔叔送你去见他们！"

小姑娘一扭头，狠狠地看着龚立伟，满脸都是泪水："你是个大骗子，出去！"

阿婆急忙阻拦，其他人也过来劝阻，可小姑娘像疯了一样，拼命把龚立伟推出门，又使足了力气，把他带去的米、面、油统统扔了出来，包括那二百块钱。龚立伟使劲儿敲着门："孩子，你听叔叔说，咱们现在就走，叔叔带你去找你爸妈！"

"三年前用数骗俺，现在想用啥骗俺？你以为俺还会相信你们这些大人吗？"说着，门一开，一个黑影"嗖"的一下射了出来，正是那只计数器，狠狠地撞在墙上，砸了个七零八落。

龚立伟慢慢弯下腰，一点点捡起残片。可是身后，那扇门却永远地关死了，他再也没有叫开。

第二天，龚立伟离开了乡镇……

现在，龚立伟已经是一个大公司的老总，有三千多员工，都是农民工。龚立伟为他们每个人都做了安排，让夫妻住在一块儿，孩子也和他们生活在一起。那个小姑娘，已经成了龚立伟的助手，每天和他一起打拼，为事业、为农民工，也为所有人更好的生活。因为龚立伟深深明白了一个道理：对于每个人，特别是普通老百姓来说，日子就是实实在在的每一天，再庞大、再美好的数字，也不能代替生活。

第三章 以文化育 善作善成

关键词：辛辣讽刺

> 三个不同单位的人，一起去一个村里扶贫，难免会有攀比心理。你瞧，这就比上了……

单位的车子

刘志平

大刘、小钟和小田，来自三个不同的单位，一起到赵家集扶贫。小田三天两头请假，到时总有一辆桑塔纳小汽车来把他接走。组长大刘对此很有看法，就找了个机会问他，到底是怎么回事。小田红着脸道出了实情，原来他已经30岁了，至今还没个对象，开车的是他表弟，几次接他回去，都是为了相亲。

大刘是个宽宏大量的人，很能理解小田。但为了掩人耳目，以后大刘就对村里说，是小田单位有事，来接他回去的。

谁知这么一说，惹出了麻烦。因为这个地方有句俚语，叫作：年龄大小看胡子，官大官小看车子。村干部认为小田既然有资格坐小车，一定是单位里掌握实权的干部，或者至少是提拔对象。于是有什么事本来该找组长大刘商量的，现在都去找小田，就连吃饭喝酒，也都把小田请到正座上。

大刘倒没说什么，可小钟看不惯了，心说：一辆轿车有什么稀奇，值得这么巴结？他琢磨着，怎么能让自己单位也派辆轿车来接，在村里风光一下，让那些村干部另眼相看。

那天一早，小钟来到村里的代销店，把一张纸条递给代办员,捏着嗓子说:"我这几天嗓子发炎,说话不方便,麻烦你照纸上写的,给我们单位打个电话。"

代办员一看,只见纸条上写着:你单位的钟泉得了急病,请立刻派车来接他回去。代办员就依样画葫芦地照着说了。

中午吃饭的时候,小钟故意当着村干部们的面,对大刘说:"组长,我们单位有点急事,我得回去一趟。"大刘问:"什么时候走?"小钟说:"下午就走,单位来车接。"

村委会主任一听,顿时来了精神,忙给小钟倒酒,问他:"来什么车?"小钟故意轻描淡写地说:"最起码是'奥迪'吧。"

村委会主任马上问:"我能不能跟你沾个光?我那在师专上学的闺女早就来信说没钱了,我想搭你的车去给她送点钱。"小钟不假思索地说:"当然可以,别说你一个,再加上两个也没问题。"

他这一发扬风格,一边的村支书马上说:"我媳妇老早就想到城里去看望她姑妈,让她也坐坐你的车吧?"小钟说:"没问题。不过我回单位后还有许多别的事情,回来你们可得自己想办法。"村委会主任和支书都赔着笑脸道:"那是自然,那是自然。"

正说着呢,只听院里传来一阵汽车马达声,有人高声叫道:"车来了!"小钟得意扬扬地带着大家走出门去,却看见一辆"120"救护车停在门外,上面下来两个穿白大褂的人,抬着副担架,急匆匆地跑过来问:"钟泉在哪里?"

大家都大吃一惊……

关键词：辛辣讽刺

> 扶贫没扶出成果怎么办？本想买点鸡送乡亲凑凑数，没想到却有了意外收获……

扶贫成果

刘少鸿

这年春上，县委宣传部的年轻科员徐勇被抽调到县扶贫工作队，去一个偏远小山村蹲点扶贫，时间是三个月。

那个小山村叫石琼沟，从县城出发，坐两个小时的汽车，还要翻山越岭走十五里小路，才能到达。下去之前，徐勇作了足够的思想准备，可没想到了那里一看，贫穷的情况远远比他想象的要严重得多。放眼望去，村里全是烂泥路和茅草房，山上不长树，地里不产粮，家里没副业，村里不办厂。再一了解，村民每人年均收入满打满算还不到二百元，他们平时就靠养几只鸡、几头羊过日子。

石琼沟穷到如此地步，这扶贫该怎么扶？徐勇刚参加工作不久，根本没什么经验，碰上难题就只有开会。可是光开会有什么用？大家挠破头皮也挠不出致富的门路来。

一晃三个月过去了，徐勇算是扶贫结束，要回县城去了。自打他来这里，村民们都把他当"救命菩萨"，指望他能带领大家脱贫致富，所以开口"徐同志"、闭口"徐同志"的，亲亲热热地叫了三个月。可现在这徐同志啥名堂也没搞出来，大家不免有点失望。

其实，徐勇自己心里也不好受，没完成好任务，回去怎么交账不说，就是对这里的乡亲们，他也怀着深深的歉意，毕竟一起生活了三个月，有感情了嘛！

怎么办呢？徐勇左思右想，终于想出个办法，他自掏腰包去买了百余只小鸡，特地给自己三个月的房东石大爷留了十只，其余就这家三只、那家五只地分送给了村里特别困难的人家。徐勇告诉他们说："别看这鸡崽小，这是洋种鸡，洋种鸡土养，不但长得快，而且长得壮实，一只可以长到十几斤哩，肉也特别好吃，市场上很卖得出去的。你们把它养好了，明年的日子就要好过多了，山外面人家靠养这种洋鸡致富的不少呢！"

乡亲们听了，感动得热泪盈眶。

不过走的那天早上，徐勇是悄悄离开石琼沟的，因为他觉得自己工作没做出成绩，非常不好意思。临走之前，他拉着房东石大爷的手说："大爷，请你转告乡亲们，我徐勇不会忘记这里，我会经常回来看望大家的。下次来的时候，我还会请养鸡专家一起来，给大家作技术指导。你们把养鸡事业发展起来以后，如果资金上有困难，告诉我，我一定想办法帮助解决。"

徐勇的一番话，说得石大爷眉开眼笑："好，徐同志，等把这些鸡养大，我捉一只最大的给你送去过年。"

石大爷依依不舍地一直把徐勇送到了村口。就这样，徐勇回到县城，又开始了每天早九晚五的机关生活。刚回来那阵，他倒是常想着石琼沟，逢人就说那里怎么穷怎么苦怎么需要去扶一把，可日子长了，他嘴巴里这样的话就渐渐少了，等办了婚事住进了新房，那个叫石琼沟的小山村就彻底被他忘在了脑后。

转眼到了这年的年底,眼看着迎新年了,家家户户都忙着置办年货,一箱箱、一袋袋、一筐筐、一车车地往家搬吃的用的,城里人好不热闹。这天中午,徐勇正在和新婚不久的妻子商量还需要再添买些什么,突然传来一阵敲门声,徐勇开门一看,门外站着一个衣衫褴褛的瘦老头儿,手里拿着一根棍子,肩上背着一个篓子,像是要饭的。

徐勇不由沉了脸,说:"你找错门了!"说着,他就要关门。

不料老头儿却顶住门说:"徐同志,你不认识我啦?找到你我可不容易啊!"

徐勇一听老头儿称自己"徐同志",不由一怔,瞪眼细瞧,这才认出原来这个老头儿竟就是自己扶贫时候的房东石大爷,徐勇很尴尬,赶紧把石大爷请进屋。

徐勇客气地给老人让座泡茶,问道:"大爷,你大老远的到城里来,是办年货来了?"

石大爷说:"嘿呀,什么年货不年货的,我这是特地给你送东西来的。"说着,他从背篓里捉出一只大公鸡,又拎出一只羊腿,"快过年了,乡亲们牵挂你,都说要捉了鸡让我带来。我说我哪背得了那么多,再说你们小两口也吃不了,你说是不?"

徐勇一听愣住了,山里人的古道热肠,使他顿时想起了那三个月的扶贫日子,他很感动,甚至有点激动,连声道谢。

可是石大爷却显得很平静,说:"看你说的,这又不是什么好东西。你临走时我说过,要送只大公鸡给你过年的,咱山里人说话算数,所以今天我把自己这只给你送来了。"

说者本无心,听者却有意。石大爷这番话,让徐勇立刻想起当初离开石琼沟时自己对石大爷的许诺,禁不住羞愧万分。

他愣了好一会儿，问道："那……大爷，乡亲们还好吗？那些洋鸡……"

石大爷说："好，都好，所以大家都忘不了你的情义。"

徐勇一听，这才觉得心里好受些。他想了想，掏出五十元钱给石大爷，说："大爷，这点钱你拿着，就算是……"

石大爷顿时变了脸："怎么，真把我当要饭的啦？那我走！"

徐勇一看石大爷真不肯收，于是一边硬按着他坐下，一边吩咐妻子赶紧下厨房搞几个菜。他对石大爷说："大爷，你一定要走，也得吃了饭再走。你先喝点茶，我去去就回，你等着我。"

徐勇急匆匆地出去，是到街上去买糕点糖果，他想让石大爷带回去，却不料买了东西回家一看，石大爷早自个儿悄悄走了。徐勇追到汽车站，可惜迟了一步，班车刚刚开走，徐勇只得作罢。

回到家里，徐勇见妻子正在门口杀鸡，周围邻居围了一大帮，在听她有声有色地说着这鸡的来历。妻子的声音很得意："这只鸡放了血还有六公斤，啧啧，头一回见有这么大的鸡！知道它是从哪儿来的吗？嗨，是我们家'那个'上半年去山里蹲点扶贫开发来的！他用自己的钱买了几百只小鸡送给当地老百姓喂养，只半年多点时间，居然就长到这么重了！这种鸡卖得出价钱，村里的老百姓现在都发财啦！所以今天他们特地派人给我们送来一只，还有一只羊腿……"

妻子的话里其实有不少水分，但此刻徐勇突然觉得，这件事说起来，多多少少也可以算是自己下乡蹲点的"扶贫成果"了，于是第二天便去向领导作了汇报。领导一听很高兴，认为这是个不错的典型哩，要徐勇过了年马上去石琼沟全面了解，写一个详细的汇报材料。

于是春节一过,徐勇又一次风尘仆仆地直奔石琼沟。

事有凑巧,在离石琼沟还有半里路的山坡上,徐勇碰到了石大爷的孙子石娃。徐勇知道石娃年纪虽小,羊放得很好,可他今天却没有放羊,在山坡上挖地。

徐勇觉得有点奇怪:"石娃,还认识徐叔叔吗?你怎么今天不放羊了?那几只羊呢?"

谁知石娃愣了愣,说:"羊?什么羊?噢——"他突然回过神来,"你就是当初住在我们家里的徐叔叔啊!可羊……羊早就杀了,统统杀掉卖肉了。"

徐勇一听,心里猜想:一定是石大爷准备发展洋鸡土养,才顾不上放羊了。于是就饶有兴趣地问:"石娃,告诉徐叔叔,你们家里的鸡养得好吗?"

"鸡?"谁知石娃一听徐勇提到鸡,又是摇头又是摆手,"没有了,哪还有鸡啊,连鸡毛也找不到一根了。徐叔叔,你送的那些洋鸡有瘟病的,你走了没几天,那些鸡就全都瘟死了,把村里原来养的土鸡也全给传染上了。"

"什么?你说的这些可当真?"徐勇猛吃一惊,但又不愿相信,"石娃,你别是在骗徐叔叔吧?你爷爷过年前不是还特地来给我送过一只你们自己养的大公鸡吗?"

石娃一听徐勇说他骗人,急了:"徐叔叔,我没骗你,骗你是小狗。爷爷送你的大公鸡,是用卖羊换来的钱特地去买来的。爷爷说,你买了那么多小鸡送给大家,花了钱,操了心,不管怎么样,说过送你一只鸡就一定要送,再穷也不能说话不算数。你要不信,就去问我爷爷!"

听石娃这么一说,徐勇惊呆了,当时他离开石琼沟时拉着石大爷的手告别的情景,突然就浮现在眼前。是啊,自己当时信誓旦旦地对石大爷说,要请养鸡专家来给大家作技术指导,要给大家解决资金困难的问题,可是后来自己……自己干了些啥呀?

现在徐勇可进退两难了:进村吧,见了乡亲们怎么开口?回城吧,又怎么向领导汇报?他瘫坐在山坡上,怎么也站不起来……

关键词：辛辣讽刺

> 县里的领导紧急召见村主任，不知是为了什么，难道是扶贫款子到了？

紧急召见

宾 炜

这几天暴雨不断，把小李村村主任老李忙坏了。一直忙到下午，他急急忙忙赶到村办公室，正要给镇上打电话汇报险情，正好这时电话响了，一接，是刘镇长打来的，说："老李，你马上到镇里来，县里黄局长来了，要快！"

老李刚说了句正在忙，刘镇长就打断他的话，说："我不管，我给你一个小时的时间，你务必赶到镇上来。"一说完，镇长就挂了电话。

老李想，那黄局长和咱村结着帮扶对子，天气这么糟，还亲自跑过来，肯定有非常重要的事，不然也不会这么急着要见他。如果不是为这场雨灾送慰问，就是上次说的那笔扶贫款子到了！

这么一想，老李十分兴奋。

从小李村骑车到镇上本来十来分钟就够了，但现在大雨冲断了道路路基，只能步行。虽然不算远，可中间要过一条河，这几天河水猛涨，大水淹没了桥面。老李找了好一会才把桥的位置认出来，他试探着走了两步，河水就到了腰间，他吓了一跳,脚步一滑,身子就被大水冲倒了,他眼疾手快,一把抓住河边一丛荒草。刚好这时村里的老山头到河边找家里走失的猪,见老李这模样,大吃一惊,急忙寻了根粗些的树枝让老李拉着上来了。

老李捡回了一条命,惊出一身冷汗。老山头说:"你不想活了?这桥怎么能过?"老李焦急万分地说:"不行啊,我得马上赶到镇里去,黄局长来了,刘镇长命令我一个小时内赶过去!"

"哦,是黄局长来了呀!"老山头马上明白这肯定是大事,也跟着急得团团转。后来他想了个办法,两个人手上牵着根粗树枝一起过桥,这样就不会被水冲走了。

老李一想也没有其他办法,只好同意了。好不容易趟过河,老山头一个人也回不去了,就说:"干脆我陪你到镇上走一趟吧,这天昏地暗的,多个人也好有个照应!"

不想两人走到半路,老山头一不小心被横在路上的石头绊了一跤,把脚扭了。老李扶着他走,越走越慢。老李急了,弯下腰说:"来,我背你!"

老山头却一个劲摇头,说:"不不不,你别管我了,先去把正经事办了,别让领导等急了!"

老李左右为难,想了想,把老山头扶到前面一座破旧的土地庙门口,说:"你在这等着,我从镇上回来就接你!"

老李心急火燎,深一脚浅一脚地往镇上赶,眼看快到镇子了,不料路全给大水冲坏了,他走得太急,滑了一跤,竟跌到路旁的沟里,脑袋碰到沟里一块大石头上,他头部一痛,伸手一摸,满手是血,急忙用手紧紧捂着脑袋,一身泥一身水跑到镇上,一头撞进镇卫生院,大声嚷道:"快,快给处理一下!"

医生跟他熟，给他的伤口缝了五针，上了纱布，接着要给他打点滴，老李心急火燎地说："不行，县里来人了，我得到镇政府去！"

医生一把拖住他，说："再急的事也得先把命顾住！"不由分说，硬给他挂上了药水。

滴了一会药水，老李脑袋有点迷糊了，眼睛差点要合上，这时他猛地想起刘镇长命令他一小时内务必赶到，惊得一下跳起来。一看表，刚好一个钟头。老李赶紧从架子上摘下药水瓶，用另一只手举着，急急忙忙往镇政府走。

进了政府大院，看到黄局长那辆黄色小汽车还停在院子里，老李这才心里一宽。他走到刘镇长办公室，"咚、咚、咚"地敲着办公室的门，过了一会儿，门开了，刘镇长探出头来，一看，满脸惊讶地问："老李，你怎么这个样子？"

老李一手高举着药水瓶，大声说："刘镇长，我、我来了！"

刘镇长说："你怎么现在才来呀！呵呵，来迟了，没你的份了啊！"

"刘镇长，到底、到底……"他话未说完，就隔着刘镇长看到了办公室里面的情景：黄局长和他的司机坐在一张小桌子前，另一个座位上坐着上河村的陈主任，桌上摆着一副散开的扑克牌。老李的脸顿时变得惨白，后面的话说不出来了。

刘镇长"哈哈"一笑，说："黄局长下乡，路过咱们镇，因为雨下得太大，就进来避一避，想来场'斗地主'，还差一个人，想来想去，只有你老李离这儿最近，就叫了你来。没想到你迟迟不来，就把上河村的老陈喊来了……"

关键词：干部带头

> 扶贫的干部和看婆家的媳妇同时到来，到底应该哭穷还是装富呢？

苦楝树作证

傅昌尧

旺发老汉一早就和村主任吵得撕扯不开。

原因很简单：村子穷得全县有名，村主任扛着这块穷牌子，每年都能从上面得到很可观的资助。今天县里又有扶贫的财神爷要来考察，村主任和往常一样，弄些衣衫褴褛的老人、孩子在村口路边等着，以此打动来宾，指望救济。没想到，这回差点被旺发老汉坏了好事。

旺发老汉的儿子在城里教书，几天前，忽然捎信回来，说找了个女朋友，今儿要来看看。旺发老汉和老伴又喜又悲：喜的是儿子有了女朋友，悲的是家里穷得是甩手打着墙，抬手摸着梁。老两口一合计，去镇上磕头作揖租了冰箱、彩电等几样家用电器，装装门面。

县里的扶贫财神爷要来，而旺发老汉的家又在村口，要是让他们看到这些租来的家用电器，那就说不清楚了。村主任直着嗓门嚷："这是全村的大事，坏了大事，我让老少几百口子把你这身老骨头砸碎了吃！"

旺发老汉也不示弱："这是我们家一辈子的事，坏了我的家事,你不吃我,我也死给你看!"

难分难解之际,村会计"小诸葛"出了个主意:"我看这样,安排几个壮汉在旺发家屋后猫着,然后再派个人在村口放哨。如果是财神爷来了,马上将电器搬出屋子,藏在草垛里;如果是小媳妇来了,再快速将电器搬进屋,两全其美,互不打架。"

村主任闻听有理,对小诸葛说:"你脑子快,眼睛尖,就安排你在村口放哨。如果是财神爷来了,你就学驴叫;如果是小媳妇来了,你就学狗叫。我这头听你的叫声行事。"

旺发老汉又不干了:"凭啥我家儿媳妇来了,就让狗叫?不干!"

村主任息事宁人地摆摆手:"好好好,改过来,小媳妇是驴叫,财神爷是狗叫。"

于是,负责放哨的小诸葛来到村头的苦楝树下,不时地瞪着眼睛向远处眺望,可是一直等到快晌午了,还不见人来,昨晚打了一夜扑克,正困着哪,小诸葛不知不觉就靠着树干迷糊着了。

突然,有人喊:"来人了!"

小诸葛猛然惊醒,来不及多想,就扯着喉咙学狗叫。叫了几声,他定睛一看,路上来的好像是个陌生的女子,又赶紧改口学驴叫。

这边,村主任带着几个愣头青刚将电器搬出屋,忽听狗叫改了驴叫,旺发老汉大叫:"快!快搬回屋!"又赶紧搬进屋。刚刚摆放妥当,还没来得及喘口气,忽又传来小诸葛"汪汪汪"的狗叫声,村主任急坏了:"快,搬出去!狗日的小诸葛,看我怎么收拾你!"

原来,村头的小诸葛原先以为那年轻的陌生女子是旺发家的儿媳妇，没想到那女子上前来打听村干部怎么找，再一问，说是从县里来的。毫无疑问，是来扶贫的财神，小诸葛赶紧发信号，学狗叫，弄得那女子捂着嘴直想笑。

小诸葛说："我知道村主任在哪儿，我领你去。这回，能给咱村多少钱？"

女子一愣："给钱？"

小诸葛到底精明，立即站住，问："你不是来扶贫的？"

女子笑了笑："你先领我去旺发家吧，我和他儿子是同学。"

闻听"旺发"二字，小诸葛心里一激灵：我说哪有这么年轻又是一个人悄悄来扶贫的干部？得，肯定是来暗访的小媳妇！倘若耽误了旺发家的好事，他们非找我拼命不可。

小诸葛不敢怠慢，又扯着脖子改学驴叫，吓得那女子满脸煞白：怎么刚进村就碰到个脑子有毛病的人？

小诸葛领着女子，两个人一前一后刚走到旺发老汉家的篱笆墙边，就听到屋里传来撕心裂肺般的哭喊声。原来，几个负责抬电视机的冒失鬼被小诸葛的叫声弄得晕头转向，一失手，将崭新的电视机摔在地上，又恰巧地上有个大石墩，租来的电视机屏幕被砸了个粉碎。老两口一下子吓傻了，旺发老汉眼一黑，瘫倒在地，他老伴哭得死去活来。

村主任和大伙也吓呆了，一架大彩电两千多块钱，别说旺发家赔不起，就是村里也拿不出钱啊！

看着苦了一生的老两口，看着摔坏的电视机，再想想一贫如洗的村子和自己这种窝窝囊囊的样子，村主任鼻子一酸，"哇"的一声哭了起来。几个闯了祸的愣头青见村主任这样，也抱头哭成一片汪洋。

人们三三两两朝旺发老汉家围拢过来，小诸葛明白这灾祸与自己,不,与这女子有关,他瞪着悲愤的眼睛大叫道:"你到底是来扶贫的,还是来看婆家的?"

看着这里的一切,女子似乎明白了什么,她拿出介绍信,说:"我既是扶贫干部,也是你们村未来的媳妇。惭愧的是,我今天不但没给你们带来一分钱扶贫款,还给你们造成了损失。"

她上前搀起旺发老两口,抹去老人脸上的泪水,对全场的人说:"但我发誓,倘若两年后,谁家娶媳妇还买不起一台电视机,我就吊死在村头的苦楝树上!"

全村的人都愣住了,定定地看着她,因为总算见到了一个和过去不一样的扶贫干部。

关键词：辛辣讽刺

> 上级给村里拨来的扶贫款，应该给困难家庭，但什么才算是困难呢？

困难户

陶百军

上级给向阳村拨来 8 万元扶贫款，村里专门召开村民大会，确定救济对象，申请补助的困难家庭可以在会上发言。

第一个发言的是坐着轮椅的锁柱："我的情况乡亲们都知道，自从六年前出了那场交通事故，我就丧失了劳动能力。现在我的低保金每月 200 元，基本就是全部收入，勉强度日。现在，我家的房子也该维修了，是不是能给我一点照顾？"

接着提申请的是养鸡户大壮："前些日子，咱这里闹禽流感，我的 4000 只鸡全部被扑杀，现在，我的养鸡场缺少再生产的资金……"

第三个提出申请的是翠花："今年春上，我家的四轮车被盗了，到现在案子还没有破，那可是两万多块钱的新车啊！"

这三人一说，大家以为没人再说了，想不到，这时老韩站起来，要求补助，让大伙儿大出意料。原来这老韩自己开着米面加工厂，每年至少有一两万元收入，几年前他儿子考上大学时，村里给孩子送去 5000 元助学金，老韩硬是不要："村里困难的娃娃还有很多，我家这个大学生，我可以供他念完！"他今天这是怎么了？

老韩未曾开口，先抹了把泪："我供儿子读四年大学，他去年毕业，在省城买了套60平米的房子，70多万，我出了10来万的首付款，花光了所有积蓄，剩下60来万块，都是银行贷款，儿子每个月把工资全贴上还不够，还得我补齐。这几十万的债，哪是个头啊……"

老韩一席话，把在场的村民全打动了。最后，锁柱、大壮、翠花一致表示：坐轮椅的困难、禽流感的困难、被盗的困难，和老韩家在城里买房的困难相比，都是小困难，救济金应该发给老韩……

关键词：呕心沥血

> 洛半鱼的出现，总是伴随着洪水。它既是罕见的美味，又是灾难的化身……

美味洛半鱼

黄耀珠

在广西十万大山深处，有一个坐落在山冲里的洛半村。每逢暴雨年份，山冲里总是积水成河，把所有的庄稼都泡烂了，洛半人谁不苦盼着能有一条通往山外的排洪沟？洛半村后有一口恶龙潭，只有洪涝时节，潭里才会涌出一种圆滚滚、肥嘟嘟的鲶鱼，咬一口甘甜嫩滑，回味无穷，被称为"洛半鱼"。

十几年前的一次洪灾，大水冲垮房屋，压死了现任村支书华树干他爹。当时，华树干就发誓：此生一定要扫除村里的水患，以告慰爹的亡灵。他的办法是"以鱼治水"，从此，华树干就不停地提着洛半鱼到乡里、县里进行公关。有人算过，十多年来，他送出去的鱼起码能起三幢五幢的楼房。尽管这样，收效却不大，毕竟修通排洪工程，需要几百万的经费。

国庆期间，市扶贫办贾主任和秘书小刘开着越野车奔向洛半村。贾主任曾在洛半村所属的县当过领导，和华树干交情极深，对洛半人的境遇深为同情。如今，他掌握着一方扶贫资金，就想帮帮洛半村的忙。

临近村口，贾主任感到内急，跳下车冲进路边的一间茅厕。

半晌，只见他从茅厕里冲出来，憋得脸色通红，大口喘着粗气："妈呀，都什么年代了，还有这么脏的茅厕。"话音刚落，他一下跳起来："啊呀，蛆虫都爬到我脚上来了。"

这时，得到消息的华树干带着村委一帮人迎上来，一番客气后，华树干当场表态："我保证领导们吃不了兜着走。"贾主任一听，眉开眼笑："你们的鱼我不白吃，今年一定帮你们修好排洪沟。"都是老熟人了，贾主任直接被拉到饭桌边。桌上两盘清蒸鲶鱼，两盘油炸鲶鱼热气腾腾，香味扑鼻。

贾主任吃了一口清蒸鲶鱼，止不住地夸道："万般皆下品，唯有洛半鱼啊。"小刘半信半疑，也吃了一口，立即大叫："确实好吃，难怪名扬一方。"

大家吃得正欢，华树干老婆下地归来，贾主任忙招呼："嫂子，快上桌吃饭吧。"华树干老婆脱口说："不了，我一见鱼就恶心。"华树干一听，气得大骂："臭婆娘，你胡说什么？"华树干老婆连忙解释道："主任，老华他天天吃鱼，我闻着味都反胃了，你好好吃吧。"

大家吃着，贾主任忍不住感慨道："现在鱼是越抓越少了，整个洛半村，只有村后的恶龙潭有鱼。别人用尽法子，也很难在不发水灾的时节捕上一条洛半鱼。但是华支书，一根钓竿，一夜能从恶龙潭里钓上近十斤。"

"真的？"小刘听得都呆了，"那不是神钓吗？"

贾主任心思一动，说："老华，教教我吧，退休了我也去钓鱼解闷。"

华树干头摇得像拨浪鼓："这是家传秘方，不能外传的。"

贾主任想了想说："那你带我去，让我看看你的钓鱼神技。""不行，"华树干还是回绝，"我都是独自去的，这是规矩！"

贾主任心里不高兴了，想我为你拉项目，看看你钓鱼也不行？他仗着酒劲，说："我一定要看，否则项目免提！"

华树干愣了一下，终于嗫嚅着说："那，那今夜去吧。"接着，他倒了满满一碗酒："主任啊，我们的排洪沟有着落了，我敬你！"

贾主任在官场上混久了，他看出这里有诈，但还未开口，华树干已仰起脖子，"咕咕咕"将酒一饮而尽。果然，华树干很快醉了。这天晚上，贾主任也自然没看到神钓的绝技。

第二天，日上三竿，华树干才过来请贾主任他们去吃早饭。贾主任无不遗憾地说："昨晚可惜了。"华树干连连点头："谁说不是呢，也不知你几时能再来。"说着，他提起一个装满鲶鱼的塑料桶，往贾主任手上递。

这不是下逐客令吗？贾主任生气地说："你想撵我走呀？"

华树干一愣，连声说："哪敢，就怕你公务繁忙要赶回去嘛。"贾主任不依不饶地说："现在是假期，我还不想走，今晚你要带我去钓鱼啊。"

华树干又是一愣，最终苦笑着点点头。

贾主任在村里百无聊赖地又呆了一天，小刘从外面回来，神秘地说："主任，我觉得华支书昨晚醉得蹊跷。"

贾主任呵呵笑了起来："可不是嘛，看来他真不愿露招啊，能够学到他的一丁点皮毛，我也知足了。"

小刘在旁献计："主任，我们明着来不行，来暗的。今夜他怎么都要去钓吧，要不明天拿什么送我们？我们暗中盯他的梢。"

贾主任连声说好。当天晚饭，两人绝口不提钓鱼的事，闷声喝酒，"醉歪歪"地走回村委，中途直奔恶龙潭，在潭口的草丛中埋伏下来。

果然，没多久，华树干扛着鱼竿，提着鱼篓过来了。他用手电扫射了一阵潭口，确认无人跟踪，才下到潭底放钩钓鱼，还不时地回头张望。

恶龙潭三面都是峭壁，只要守住潭口，别人根本看不见他在潭下的举动，难怪无人见过他的"神技"，贾主任和小刘只能继续隐身等候。

两三个小时后，华树干上来了。走过两人身边，他一脚踩空摔到地上，手里的鱼篓甩出几米远。好家伙，鱼篓竟是空的，他一条鱼都没钓着！

华树干四下瞅了瞅，急忙捡起鱼篓，大步走下山去。

第三天，吃罢早饭，华树干却奉上满满一桶鲶鱼："我说过让你们吃不了兜着走的。"

贾主任气得不行，嘴里不由说："好你个老华，竟敢耍弄我。刚刚接到电话，国庆回去我要调任其他单位，不能帮你挖沟了。"

"真……真的……吗？"华树干一听，急得跳起来。见贾主任点头，华树干长叹了一声，痛苦地说，"我都年近七十了，一辈子的心愿、心血全白费了。"他身体猛地一颤，摇摇晃晃地跌倒在地，双目紧闭，脸色苍白。

"老哥，我骗你的，醒醒呀。"贾主任吓坏了，赶紧和小刘叫上华树干的老婆把他扶到车上，叫小刘立马开车："快，送医院。"

贾主任把华树干的头靠在自己肩膀上，喃喃地说："老哥，你要挺住啊，要不我会终生内疚的。"

华树干老婆瞪了他一眼，抽噎着说："主任，我家老华为了修排洪沟，是掏了心掏了肺的。你前天也口口声声说能为我们挖沟的,今天怎么改口了?他能经得起这种打击吗?前天为了回避你,他和你们折腾一夜。昨夜他怕你们起疑,假装到恶龙潭走了一遭,天亮才回家。两个晚上没睡好,他多累啊……"

贾主任惊呆了,忍不住问道:"老华今天送给我们的鱼是哪来的?"

看着昏死的丈夫,华树干老婆泪如雨下,不住地埋怨丈夫:"我叫你别拿自己家养的这种鱼去骗人,你总说不这么干,领导们不会关注洛半村,庄稼是用大粪种出来的,庄稼都没有毒,我养的鱼就不能吃吗……现在遭报应了吧?"

刹那间,贾主任明白了,华树干的"洛半鱼"是养出来的。鲶鱼是肉食性鱼类,华树干用来喂养它们的,是第一天在茅厕里爬到他脚上的蛆虫。贾主任顿时肠胃翻滚,心中更是五味杂陈……

关键词：辛辣讽刺

> 干部来扶贫，居然送了一只狗，要贫困户好生养着，这是怎么一回事？

人仗狗势

曹景建

扶贫奇招

李二憨是个老光棍，脚又瘸，干不了重活，只好和家里的土狗旺财相依为命，拾荒为生。

谁知这天，几辆小车停在了李二憨家门口，一个干部模样的胖男人领着一队人马，风风火火进了院门，吓得旺财"汪汪"直叫。

李二憨还没弄明白，来人便大步上前，握住他的手，亲切地说道："二憨同志，我是副乡长，姓吕。你是乡里重点扶贫对象，虽然资金紧张，但我们还是要把你这个贫困户给扶起来。"

这时，吕副乡长身边的马干事说道："李二憨，还不赶紧谢谢吕副乡长？他可是专门为你想了个致富的奇招呢。"

吕副乡长却摆摆手，道："马干事，别嗦了，赶紧办事吧。"说完，扭头回车里去了。

马干事立刻回头抱出一只肥嘟嘟的东西递过来。李二憨眯眼一看，吓了一跳：我的妈呀，这玩意长得可真丑嘞，浑身滚圆、满脸褶子，大嘴巴还是个地包天，眼看就要包不住满嘴的哈喇子了。

马干事赶紧解释:"这是我们吕副乡长的爱犬,来帮你脱贫!"

李二憨听糊涂了,马干事又解释说:"它可是纯种的英国斗牛犬,还大着肚子呢,下个月就要生了。刚生下来的小狗都起码值三千。我们吕副乡长已经发话了,这狗最近就交给你养,等生出小狗来,给你留两只!"

李二憨一算,两只可就是六千块呀,自己要是捡破烂攒这么多钱,那得要多久啊!他立刻拍着胸脯道:"请领导放心,我一定好好服侍它。"说完,小心翼翼接过斗牛犬。

马干事听了,满意地点点头,扭头走了。临上车,他还不忘交代句:"记住,这么好的差事,可是专门照顾你的,管住嘴,别逢人就说!"

娇贵之物

自从得了这只斗牛犬,李二憨心里又是欢喜又是愁。欢喜的是,每当他看到斗牛犬的时候,就觉得自己看到了一沓厚厚的人民币;愁的是,这狗是洋玩意,自己见都没见过,别说知道怎么养它了。

李二憨想了一宿,忽然两眼一转,就按服侍孕妇的方法服侍斗牛犬。他赶紧熬了一锅上好的小米粥,往锅里打了两个鸡蛋,这才把斗牛犬搂在怀里,想要一勺一勺喂着它吃。谁知斗牛犬连闻都不闻,翻了个白眼,伸出小爪子,把小米粥打翻在地。

李二憨那个心疼啊,却见旺财狂奔过来,在地上舔个不停,气得他一脚踹过去,骂道:"你个狗东西,这玩意老子平时都舍不得吃,你凑什么热闹!"这一脚踹得旺财嗷嗷直叫,低着脑袋跑开了。

眼看着斗牛犬一个劲瘦下去，李二憨心里直发急。说来真巧，马干事来了，这回还带了个兽医。只见兽医端出一台仪器，在斗牛犬肚子上扫了好一会儿，回头微笑着对马干事说："请放心吧，胎儿一切正常。"

马干事这才松了口气，把好几罐东西往桌上一放。李二憨偷偷瞥了一眼，里头全是些精巧的小饼干，便憨憨地说："马干事，客气了，你来就来了，还带啥饼干来。"

谁知马干事白了他一眼，说："你以为是给你吃的啊？想得美。"说完指了指斗牛犬，道，"这是狗饼干，进口的，专门针对它这样怀孕的小狗，用来调剂口味，补充营养的！"

李二憨听得瞠目结舌，半天才结巴道："好……好家伙，这可是比我们村里女人怀孕还金贵啊。"

原来如此

还别说，自从有了狗饼干，斗牛犬果然食欲大增，可没多久，狗饼干就吃光了。李二憨没辙了，他狠了狠心，拿出仅有的积蓄，托人从县城里买些狗饼干。

几天后，马干事再次上门来了。李二憨立刻挺直了腰板，准备邀功："马干事，你看看，这斗牛犬是不是被我养壮了？"

谁知马干事一声不吭，挥手就让人把斗牛犬抱走。李二憨急得快哭了，拉着马干事的手说："你们这是干啥啊？眼见它就要生狗崽了，我还指望它脱贫呢！"

马干事冷冷一笑，说："脱什么贫？现在没这个必要了。"说完，把手一甩，上车走了。

李二憨气得一屁股坐在地上，怎么都想不明白这是为啥。

接下来，他把自己关在屋子里，好几天没出门。这天大早，他忽然觉得院门被拨开了。一瞧，是旺财。只见这家伙饿得皮包骨头，怯怯地探进脑袋，低声"呜呜"直叫。

李二憨连忙抹了把泪，把旺财唤进院子，摸着它的脑袋，一边摸一边说："老伙计啊，亏得你还肯跟我亲近啊！我对不住你，看把你饿的……"

只听这时，门外又是一阵刹车声，一群人走进了李二憨的院子。李二憨仔细一看，这里头有吕副乡长，还有那个马干事，可为首的那人自己却不认识。

只听为首的那个人笑着说："老吕啊，前段时间我就对你说过，要来看看你们乡的这个困难户，可太忙了，计划取消了。今天忽然想起来，还麻烦你陪我来一趟。"

吕副乡长抹了抹额头上的冷汗，心虚地望了一眼马干事。只听那人又笑着对吕副乡长说："前不久我就听小马说过，你隔三差五下基层，连困难户家的狗都认得你，和你亲热着呢。"

听到这儿，李二憨才明白过来，什么用小狗来扶贫，那都是忽悠他的幌子。这个姓吕的是想早早把他的狗安插在自己家里，为的就是等上级来视察的时候，看出那狗跟他姓吕的亲，以显示自己勤政爱民。

谁都没有料到，旺财此时突然从李二憨身边蹿出去，狠狠地扑向吕副乡长和马干事。只听院子里一阵犬吠，接下来又是一阵嗷嗷直叫。只有李二憨最明白，吕副乡长和马干事把斗牛犬送来的那天，旺财就和他们结下梁子了。

关键词：辛辣讽刺

> "送温暖"对政协委员来说，只是个任务，其实被"送温暖"的人，却并不觉得温暖。

送温暖

香 溪

阿P通过多年打拼，成立了"绿海乳业"公司，当上了董事长。不仅如此，从去年开始，阿P还成功当上了市政协委员。

政协委员是荣誉也是义务，这不，政协主席找到阿P，对他说，从今年起，每个政协委员务必为社会做一件有意义的事。于是，阿P开始思量怎么做这件有意义的事。

这天，阿P看见报纸上有一条消息——某某艺术家送戏下乡。阿P顿时有了灵感，他想：别人能送戏下乡，我阿P为何不能送温暖下乡呢？

大柳树乡是本市最贫困的乡，乡长韩大龙和阿P是大学同学，阿P决定就去那里送温暖。于是，阿P打通了韩大龙的电话，对他说："我想到你那儿考察一下。"韩大龙以为阿P要来投资，忙答应下来。

妻子小兰听说阿P要到大柳树乡考察，也要跟着去玩玩，阿P只好当司机，开着路虎和小兰一起去大柳树乡。一路上，小兰见大柳树乡牧草丰富，自然环境良好，就问阿P："为什么不在这里投资，建个牛奶场呢？"

阿P说:"你不知道,这里交通不便,如果建牛奶场,我还要配套建个冷链保鲜厂,投资上千万。所以,我决定只送温暖不投资。"

小兰问阿P:"那你准备送什么温暖?"阿P对小兰说了送温暖的内容。小兰一听,忍不住叫道:"你这么做,是不是太缺德了?"

阿P忙解释:"我这还不是替公司着想?一举两得嘛。"

两个人边走边玩,直到下午四点钟,才来到大柳树乡政府。下了车,就见一个三十多岁乡干部模样的人走过来,看看阿P的路虎,问阿P:"你是P董吧?我是大柳树乡办公室主任袁显富。"

阿P见韩大龙没来迎接他,就问:"韩乡长呢?"

袁显富说:"韩乡长去市里开紧急会议,让我负责招待二位贵宾。"阿P点点头,袁显富又说:"P董,请你先跟我到宾馆去休息吧。"

袁显富把阿P两口子引到一座三层楼的宾馆前,阿P一看宾馆大门前的名字,有些奇怪地问:"这个宾馆为什么叫'温暖宾馆'呢?"

袁主任说:"自从上面提出'送温暖下乡'的口号,我们乡的接待任务骤增。人家来送温暖,我们要尽到地主之谊,乡里财力有限,就用这些团体捐的物资建了这座'温暖宾馆',为送温暖的团体和个人提供食宿。"

阿P点了点头,心想:原来"温暖宾馆"是这么回事呀!

袁主任把阿P夫妇带到"温暖宾馆"201房间,对阿P说:"这是我们宾馆最好的房间,相当于城里大宾馆的总统套房。"阿P和小兰看了一下,卫生间挺干净,床上的被褥全是新的。阿阿P和小兰用冷水洗了把脸,来到餐厅,就听见袁主任正在呵斥厨师,说:"这次来的是大人物,你们一定要看清保质期,超过日期的一定要扔掉,不要像三天前一样……"

阿P听袁主任称呼自己为大人物,很是高兴,忙问袁主任:"三天前发生了什么事情?"

袁主任尴尬地笑笑,说:"没什么,我说师傅的手艺差了,让他今天一定要把饭菜做可口。"

吃过饭,阿P和小兰回到房间。阿P去洗澡,小兰打开电视,刚看了一会儿,就听见阿P在浴室里发出杀猪般的嚎叫。小兰马上跑到浴室门前,想打开门,不料门被死死地锁死,怎么也拉不开。小兰在外面紧张地问:"出什么事了?"

阿P说:"热水器的水阀坏了,冷死我了。"

小兰听了,马上跑到外面,高声叫道:"袁主任,快来开门。"

袁主任当晚也住在宾馆里,听见小兰的声音,马上跑了出来。他来到阿P的房间,用手拉浴室门,没有拉动。他对阿P说:"P董,你站开些,我把门踹了,救你出来。"

袁主任气运丹田,一脚踹开浴室门,这才把阿P救了出来。阿P一个喷嚏接一个喷嚏,忙钻在被窝里,给袁主任和小兰讲述了刚才的恐怖经历:他走进浴室,把水调好,就站在莲蓬头下冲洗。突然,水变得像开水一般滚烫,把阿P烫得大叫。阿P忙去关水阀,可稍一用力,水阀就断了,水全变成了凉水,一股脑儿地浇在阿P身上。阿P在短短一分钟内经历了冰火两重天。他想逃出浴室穿衣服,可浴室的门锁死了,怎么也打不开。

阿P讲完,问袁主任:"你们这宾馆,什么质量呀?"

阿P话音未落,突然屋里一片漆黑,灯全灭了。袁主任在黑暗中说:"可能是宾馆的变压器又坏了。"说着他忙去找了两支蜡烛,把房间照亮。等房间里有了亮光,袁主任才说:"唉,P董,让你受苦了。这宾馆里的东西,全是上面'送温暖'送来的。热水器是泰东公司送来的,门是思索公司送的,变压器是美点公司送的……"

阿P一听,哭笑不得,说:"这真是产品如其名,热水器'太冻',门是'死锁',变压器'没电'。"

等袁主任走后,小兰就着凉水,草草洗漱了一下。也许是折腾了大半夜,阿P和小兰睡得很香。第二天早上,小兰睁开眼,对阿P说:"懒虫,快起来。"突然,小兰吓了一跳,只见阿P脸上全是一点一点的红斑。阿P一看小兰,小兰也是一脸的红斑。两个人忙检查全身,身上也都布满红斑。

袁主任也被阿P和小兰的样子吓傻了,忙把两个人送到市医院。医生检查后,说是皮肤过敏引起的。医生说:"有些床上用品,含有对人体有害的化学原料,容易引起皮肤过敏。"

阿P问袁主任:"你们那床上用品是哪来的?"

袁主任低下了头,说:"是灿烂床上用品公司送温暖送来的。"

阿P摇摇头,说:"难怪我身上这个样子,全身'灿烂'了。"

医生要阿P夫妻住院观察,就把他们送到住院部。来到住院部,阿P看到大厅里有个人挺眼熟,仔细一看,竟然是大柳树乡的乡长韩大龙!阿P忙上前打招呼,问:"大龙,你不是在市里开会吗,怎么在这儿?"韩大龙看到阿P也很意外,说:"我今天就出院,你怎么来医院了?不是让你在乡里等我吗?"

阿P知道,他住院的事,袁主任还没来得及向韩大龙汇报,就问韩大龙："你也在住院,什么病?"

韩大龙叹了口气,说:"几天前,我陪下乡送温暖的客人吃饭。有客人想喝橙汁,我就把头两天'痛快'饮业公司捐给小学的橙汁拿出来喝。没想到喝了橙汁以后,个个上吐下泻。检查后确诊是食物中毒,一看橙汁的日期,是过期产品。唉,这送温暖下乡的东西,可真让人温暖不起来。"韩大龙说完,摇了摇头,又问阿P:"P董,你这次到我们乡准备考察什么?"

小兰正准备说话,阿P忙给小兰眨眼,拦住小兰的话。阿P对韩大龙说:"我准备在贵乡建个牛奶基地,带动农民脱贫致富,为小学生提供放心奶。"

等韩大龙走了,小兰对阿P说:"你总算有点良心,做了件好事。"原来先前,阿P在路上对小兰说,准备把库存快过期的一批酸奶送给大柳树乡,这么做既减少了库存,又完成了办实事、送温暖的任务。

阿P苦笑着说:"这次到大柳树乡,我自己吃了'送温暖'的苦头,还能没有教训吗?我回去后,一定要写个提案,别让'送温暖'变成任务,不要把乡下当成倾销垃圾的地方。"说到这里,阿P不由得又得意起来,因为他这次真的尽到了政协委员的义务。

关键词：辛辣讽刺

> 为了填个表，差点丢了性命，真是可悲可叹！

填表惊魂

杨汉光

张伟明是临江县一名年轻的扶贫干部。他酷爱硬笔书法，写得一手好字，他把自己的特长运用到工作中，用楷体填写扶贫手册，一笔一画十分认真。省长来视察时，看到张伟明填写的扶贫手册，赞不绝口，特意叫人复印了一份，带回省城，向全省扶贫干部推荐。一时间，张伟明成了全省的榜样，可谓前途无量。

可眼下，张伟明却遇到了大难题。他刚接到通知，低保人员的待遇提高了，凡是享受低保的贫困户，手册上填的数字都要修改。然而省里规定，扶贫手册一律不得涂改，否则会通报批评，那就意味着要把手册重抄一遍。

与张伟明对口的三家贫困户，每户都有两本不同颜色的手册，红本放在农户家里，蓝本放在张伟明那里。这三家贫困户都是低保户，所以六本手册都必须重新填写。

县扶贫办的马主任打电话给张伟明叮嘱道："两天后省督查组会来临江县，你对口的三家贫困户是必看户，一定要细心做好迎检工作，特别是你的扶贫手册，必须做到十全十美。"

张伟明不敢大意，立刻重新填写那三本蓝色的扶贫手册。虽然他万分小心，中途还是写错两处，每错一处，就要重填一本。一直忙到半夜，他才把三个蓝本填好。

此时，外面电闪雷鸣，下起了瓢泼大雨。张伟明对口的三家贫困户住在一个江中小岛上，没有桥梁相通，上岛只能坐船。那段江水深流急，涨水时，岛上十几户人根本不敢过江。

第二天一早，大雨依旧下个不停，张伟明冒雨来到江边，想过江填表。此时，江水已经涨了起来，浊浪滔天，远远望去，只见一只小木船系在对面的大树上，随波浪漂荡。树下坐着一个人，正是与张伟明对口的一家户主，名叫周大海。

张伟明大声喊："大海，快把船撑过来，我要去你家里填表。"周大海回道："水太大，危险。你先回去，等水退下去一些再来。"张伟明心急如焚，却也无可奈何。大雨一直下到傍晚，才渐渐停住，但江水已经涨得很高了，看来今天是没法过江了。

当晚，马主任打电话给张伟明，问扶贫手册填好没有。张伟明实话实说："蓝本填好了，红本一个字还没写。江里涨水了，过不去。"

马主任着急地说："明天早上督查组就到了，到时江水至少退去一半，督查组正好过江看你的手册，顺便慰问岛上受灾群众。"

张伟明慌忙问："那怎么办？"马主任口气坚决地说："我不知道怎么办，我只知道明天早上八点钟前，你必须把红本填好，不能出任何差错，不能有任何涂改，要和以往一样，写得工工整整。别忘了，你是全省的标兵！"

听马主任这么一说，张伟明只好连夜来到江边，打电话叫周大海撑船过来。周大海说，晚上比白天危险得多，更加不能过江。张伟明央求说:"我今晚不过江填表,明天就挨处分了。大海哥,求你快点撑船过来。"周大海听他说得这么严重,这才答应了。

过了好一会儿,周大海才艰难地把船撑了过来,他双手划桨,嘴里咬着手电筒,衣服都被江水打湿了。张伟明将几本空白的新手册装在塑料袋里,裹得严严实实,然后上了船。周大海叮嘱张伟明坐稳,然后奋力划动小船。小船在波浪中上下颠簸,张伟明顿感天旋地转,连方向都分不清了。

突然,周大海大叫一声"不好",话音未落,小船仿佛被抛上山顶,再扔下深渊。张伟明还没反应过来,就掉到了水里。

周大海赶紧用手电筒照向江面寻找,喊了一阵,也没有回音,他吓坏了,立刻打电话找人支援。很快,十几个人从岛上出来,一起往下游寻找。大家找了将近一个小时,才发现张伟明趴在江边一棵凤尾竹上,已经奄奄一息。张伟明手里还紧紧抓着扶贫手册,可惜塑料袋破了几个洞,手册已经被水泡烂。

周大海把张伟明背回家,给他换上干净衣服,冲一碗姜糖水让他喝下去后,正想扶他去房里休息,张伟明却强撑着说:"我……我要填表。"

周大海没好气地说:"你连命都快丢了,还填什么表?"张伟明有气无力地说:"我不是没死吗?没死就要填表。天快亮了,时间不多了,把你的扶贫手册给我。"

周大海只得扶张伟明在桌旁坐下,拿来红色的扶贫手册,摆在他面前。张伟明找了半天,也没找到自己带的新手册,就问:"我装在塑料袋里的手册呢?我记得最后还抓在手里的。"

周大海说:"被水泡烂了,扔了。"张伟明叹气道:"唉,只能涂改了。"

张伟明用涂改液把低保的旧数字涂掉，再写上新的数字，不到三分钟，就完成了。周大海惊讶地问："你冒着生命危险过江，就是为了改这几个数字？"

张伟明解释说："原本要将整本重抄一遍的，现在万不得已，才涂改。"周大海不以为然地说："涂改和重抄不都一样清楚嘛。"

张伟明忧心忡忡地说："涂改得再清楚，也是触犯天条，要通报批评。唉，我还要去改另外两户的手册。"说完，他站了起来，可脚步还没迈开，就两眼一黑，不得不重新坐下。

周大海赶紧说："你别动，我打电话叫他们拿手册过来。"不一会儿，那两家的手册就拿来了。张伟明虽然头晕目眩，但依然用楷体，一笔一画地将新数字写好。

此时，天已经快亮了，折腾了一夜，张伟明虚弱到了极点，周大海扶他去房里休息。这时，张伟明的手机响了。周大海接了起来，是马主任打来的，问张伟明人在哪儿，扶贫手册填好没有。周大海说，他在睡觉，手册已填好。

马主任不放心地问："他是重抄一遍的吗？"周大海毫不犹豫地说："我亲眼看见伟明用新手册认认真真抄了一遍。"

马主任说："你叫张伟明别睡了，两个小时后，省督查组就到你那里了。"周大海心想，就是玉皇大帝来，我也要让伟明好好睡一觉。

两小时后，马主任陪同省督查组的人来了，周大海这才把张伟明叫醒。督查组的刘组长问了一些情况后，就开始检查扶贫手册。他一页页翻看，开始还频频点头，当他翻到涂改的地方时，脸色突然变了。负责拍照的人像发现宝贝似的，兴奋地对着扶贫手册上每一处涂改的地方，拍了又拍。

忙活了一阵，督查组走了。马主任故意落在后面，低声呵斥张伟明:"你竟敢涂改九处,找死啊!"张伟明吓得脸色煞白,喃喃自语:"完了,完了。"

周大海见状,立刻跑出去追赶督查组,大喊:"等一等。"刘组长转身问周大海有什么事,周大海气喘吁吁地说:"我要举……举报马主任。"

刘组长诧异地问:"举报他什么?"

周大海说:"马主任差点害死我家的帮扶干部张伟明。"接着,他把张伟明昨夜被马主任逼迫、冒险过江填表的事,详详细细地告诉刘组长。

刘组长震惊不已,当即斥责马主任:"你怎么可以这样逼干部填表?人命关天啊!我看你这扶贫主任是不想当了。"

马主任小声辩解说:"如果上面不逼我,我也不会逼下面……"

刘组长一时语塞,沉默片刻,就吩咐负责拍照的那个人:"把刚才拍的都删了吧。"

打那以后,再也没有人因为涂改扶贫手册,而被通报批评了。

关键词：辛辣讽刺

> 老科长扶贫工作干得不错，但他每次扶贫都不进困难户的家门，这是为什么呢？

为啥不进门

孝 友 搜集整理

老张是镇上的老科长了，专门负责帮困工作。这段时间，镇上有个重点照顾的困难户，是王婶家。王婶是个苦命人，丈夫得急病去世了，自己身体一直不太好，儿子还在读中学，家里就靠低保生活。

老张这人好心，经常来她家里送这送那的，这让王婶感激涕零。街坊邻居也是交口称赞："看看老张，多好的领导啊，王老头在天之灵也会安息了。"

可是让大家纳闷的是，老张每次拎着大包小包跑来，总不进屋，就在门外大声地嘘寒问暖。

终于有一天，街坊邻居晒太阳闲聊时，大家提起了这个话题。有个邻居神秘兮兮地对王婶说："听说，老张的老婆才去世不久，他会不会是对你……有那个意思？"经这么一提醒，王婶不禁一激灵，脸上泛起了红晕。

就这样，街坊邻居的称赞逐渐变了味儿："看看老张，多好的男人啊，王老头这下可以放心了。"

这话让王婶心里很不是滋味儿，决定找个机会，问个清楚。

转眼年底到了,这天午后,老张又来了,傻傻地站在门外,说快过年了,问王婶还有哪些没准备。王婶不好意思,不敢直视老张,吞吞吐吐地说:"没、没什么需要了,谢谢你!"老张见状,忙问:"大妹子,遇到啥麻烦事了吗?说出来吧,我尽量想办法帮你!"王婶这才小声说:"我想问您一个问题,请您一定如实回答我,好吗?"

老张鼓励王婶道:"你大胆说!"

王婶这才鼓足了勇气,问:"您每次来关心我们母子俩,都不进屋里歇息,到底是为啥?"

老张开怀一乐,然后很认真地说:"大妹子,不瞒你说,我是代表镇政府来的,我得把政府的温暖'晒'给大伙看啊!因为,现在就流行这个,'晒'这、'晒'那的……"

这一下,正在晒太阳的大伙儿都愣了。

关键词：歪打正着

> 厂长慰问职工时，把一个提兜忘在了职工家里。职工一看，里面都是用信封装好的钱，信封上还写着市里领导的名字……

慰问金

晨 雨

年关快到了。这天晚上，化工厂职工姜明正在家里坐着，忽然，门帘一挑，厂长吴铁进来了。他大概在哪里喝了酒，走路有些一晃一晃的。只见吴铁舌头打转说："姜、姜师傅。听说你前段时间病了，我顺路看看。"说着掏出100元钱："你买只鸡补补吧。快过年了，晚些时厂里还会给你们发点救济金。现在厂里穷，将来形势会好的……"

姜明接过那100元钱，心里热乎乎的，钱虽不多，但厂里总算还没忘掉咱。

直到深夜，老两口还在那里议论，说吴厂长也不容易，受大形势影响，厂子说走下坡就走下坡了。姜明正要关门睡觉时，老伴却发现桌腿边放着个破提兜，就说："姜明，吴厂长把提兜忘拿了。"

姜明接过提兜一看，就说："明天给他送去吧，反正也不会有啥贵重东西。"他把提兜随手往破沙发上一扔。

老伴说："你咋知没啥贵重东西呢，万一里边有现金什么的，放咱这儿丢了，岂不惹下大麻烦？"

老姜一听也对，就把提兜哧啦一声拉开了，只见提兜里放着几个大信封，他拿出一个，只见上写：刘市长。他抓住信封向下一倒，哗啦飞出一沓百元大钞，一数1000元。他眉头一皱，把提兜里的信封全拿了出来，数了数一共六七个，里边个个装着现金，多的数千元，少的几百元。每个信封上面都标有名字，除了主管单位，就是市里领导。

钱的总数有两三万之多。

老伴吓坏了，她哪见过这么多的钱，催姜明赶快给吴厂长送去。

"送去？"姜明横眉竖眼，"送去让他送给这些当官的，好保他升官又发财？"老伴说："那怎么办呢？明天吴厂长肯定来咱家里讨。"

姜明说让我想想。他说，咱肯定不敢昧下这钱。但也不能还给他，还给他就是犯罪，这是工人们的血汗呀。老伴说，那就交给司法部门让司法部门处理他。姜明说，那样能否处理他还不一定，但这钱作为赃款可就得先充公了。这事我得找厂里几个朋友商量商量。姜明就跑到街上去打公用电话。

接到姜明的紧急电话，老王、大李、邱胖子就赶来了，三个人一看那信封那钱就火了。邱胖子摩拳擦掌，立马就要去找吴铁算账。姜明和老王一把拉住了他，姜明说："你真是有勇无谋，怪不得办事常吃亏。我今天找三位哥儿们来，就是想商议个办法，咋让吴铁既吃了亏，又如哑巴吃黄连，有苦吐不出。"

开始，商量来商量去无好办法，把钱送到上级部门，又怕官官相护，既扳不倒人家大厂长，工人的血汗钱又打了水漂。

最后，老王说："我有个办法，那就是这钱咱四人一分不留，连夜分给全厂困难工人。即使将来厂里查起来，我们也干干净净，一分也没贪污。给当官送礼的钱，估计他也不敢查。"大家一听都说这办法好。

于是，四个人就在那里造起表来，正好四个人在四个车间，车间困难工人他们都数得过来。他们把钱数了一遍又一遍，一共26000元，四个车间，共130来名困难工人，基本够一人200元。

他们四人立即分成四路，带着钱拿着表，一家一户地敲门，发给了谁，还让谁签字按手印。

职工弄不懂了，问："怎么夜里发开了钱？"

他们说是紧急救济款。有的工人虽疑惑：难道厂里会计换人了。但因是发钱又不是收钱，所以也就没有多问。他们跑东跑西，上楼下楼，直忙到天大亮，才把钱发完……

第二天一大早，吴厂长就来敲姜明家的门，问见过提兜没有，姜明忙摇头。

吴铁满脸沮丧，直拍脑袋："坏了大事了。"姜明暗乐：着你的急去吧，我们把它借花献佛了。

腊月二十八上午，姜明正在收拾屋子，忽听有人敲门，他开门后，只见吴铁和厂里的其他领导站在门口，吴厂长说："老姜，本来早就该来看看困难职工，可我一时疏忽，把市领导和上级捐给咱厂的慰问金弄丢了，我东借西借好不容易才把钱凑齐，所以直到现在才来。"

姜明蒙了，什么？那笔钱是捐款，不是行贿红包？

直到厂领导一行人走了，姜明才算明白了怎么回事，他连声说："坏了，坏了，错怪厂长了，这可怎么办？"他连忙去找老伙计们那里商量，刚走到门口，正遇上老王、大李、邱胖子来找他，原来他们已知道了这件事，几个人后悔得要命，不知怎么办好。

忽然老王对姜明说:"快把上次发款的清单找出来。"姜明就找来了,他从姜明手里接过清单,说,走,追厂长去。几个人边跑边喊:"厂长,慰问金我们替你发过了!"

关键词：辛辣讽刺

> 现在，社会上流行做慈善，不过您可得睁大眼睛瞧仔细了，别让有些人利用了您的善心。

我想做善事

东 关

我是一家小工厂的老板，正当生意做得风生水起的时候，却遭遇了一场车祸，差点把命丢了。在鬼门关前走了一趟，我对钱财看淡了不少，心想：自己一个人又用得了多少，倒不如拿点出来，多做点善事。

可做什么善事呢？想着，想着，我忽然灵机一动，想起了贫困的老家靠山村。老家穷啊，当初我出来闯荡的时候，曾经发誓将来一定要衣锦还乡。可这些年忙于生意，把这事给忘到了脑后，现在正好捐一笔钱给老家的乡亲，既做了善事，又光宗耀祖，一举两得。

想到这里，我立刻给靠山村的村委会写了封信，表达了自己想要捐款的愿望。

几天后，我就接到了村长的电话，村长很热情，说："太感谢了，你致富不忘乡亲，我代表全村老少，向你表示感谢。"

我连忙说："应该的，你们有什么事需要帮忙的，尽管开口。"

村长说："村里穷啊，日子苦啊，用钱的地方太多了。钱多的话可以铺马路、修学校，钱少的话可以资助老弱病残。"

村长问,"你准备捐多少?"

我说:"要不这样吧,我先出个几千块。"

村长想了一下,说:"那就先资助失学的孩子吧。这样,我合计一下,看看哪个孩子最需要帮助,你以后就直接把钱寄给他,你看这样行不行?"我连声说行。

过了两天,村长帮我联系了村里一个叫云鹏的孤儿,这孩子今年考上了大学,可没钱去读书,正着急呢。我一看这情况,当即决定资助他读完大学,此后我便开始定期给他寄钱。

也许真是应了那句"好人有好报"。这之后,我的生活都很顺利,生意也越做越大。这样到了第二年,我就寻思着再给村里做件善事,便又联系上了村长。

村长非常高兴,说:"如今全村父老乡亲都念叨你的好呢,这样吧,村里还有对老人,膝下无子无女,生活很困难,你可以帮帮他俩。"

我连声说:"行,从今往后,他们的生活费我全包了,你马上让他们跟我联系。"这样一来,那对老人也成了我定期资助的对象。

行善这种事,好像也上瘾。又一年后,我决定再接再厉,再帮助一位贫困乡亲。

这一次,村长介绍的是位大姐。这位大姐惨啊,男人跟她离了婚,儿子也不管她,她自己身体还有病,如今连看病拿药的钱都没有,就这么硬撑着。我听了,十分同情。

过了几天,我特意买了东西,准备去看看这位大姐。谁知,我刚回到村里,村长就来了,一个劲儿地拍着我的肩膀说:"你说你这么忙的,还特意跑回来干啥!"

"没什么,我就是想来看看那位大姐,顺便带点钱过来。"

"哎呀,你来得不巧啊,她今天被我逼着去医院了。"村长一脸遗憾地说,"要不这样吧,钱我先替她收下,改天等她好些了,我让她去看你!"

我连忙说不用。

"要的,要的,"村长连声道感谢,"你不知道啊,你可是帮我们村解决了大问题啊,你看,村里的'老、弱、病、残',前三样都让你一个人资助了。"

这一句话提醒了我,对呀,"老、弱、病、残"四样,就剩下"残"的没资助了,我忙问:"村里还有残疾的吗?有的话,那我明年再出钱资助一个。"

村长高兴地说:"那就说定了,我提前代表大伙谢谢你。"

此后,我和村长经常通电话,村长说,那个残疾的资助对象还在物色。

过了些日子,我的工厂招了一批新工人,巧了,恰好有一个是从老家靠山村来的。看到老乡,我很高兴,特地把他叫到办公室,问起村里这些年的情况,日子过得可好。

老乡叹了口气说:"村里还是穷啊,这么说吧,除了村长家,家家的日子都很艰难。"

我奇怪道:"村长家过得还行?"

老乡说:"是啊,村长去年刚盖了两层小楼,在村里首屈一指。不过,别看村长手里有钱,其实他也很惨啊,几乎都家破人亡了。"

我吃了一惊:"有这事?"

"是呀。也不知为啥,前年,先是他儿子考上大学后,跟他脱离父子关系;去年,他爹妈也和他一刀两断,搬出去单过;今年,他老婆又跟他离了婚,让他打了光棍。"老乡一边说,一边连连摇头。

我一呆,觉得有些不对劲,忙问:"他老婆是不是有病?"

老乡奇怪道:"你咋知道?大家都这么传,可就是没见她去过医院。"

我顿时明白了,原来,这"老、弱、病",都是村长自家的人啊。我气得拿起电话,就要找村长问个清楚。

老乡一把拦住我,说:"你别打了,村长肯定不在家。"我忙问:"他到哪里去了?"

老乡说:"在医院住院呢。"我问:"他怎么了?"

"哎,"老乡同情地说,"前些日子,村长从房上摔下来,住进了医院,听人说,有可能成残疾呢!"

我一听,傻眼了。看来啊,这人还是要多做些善事,多替别人着想,不能老想着自己占便宜啊。

关键词：辛辣讽刺

> 作为困难户，又是个单身汉，为什么要想尽办法搞四套房呢？

我有四套房

孙凡利

马正是乡民政所所长，这天他刚到单位，就从会计室取了五百块钱，然后骑车外出了。马所长要去哪？去柳东村找柳老蒯。柳老蒯是谁？是柳东村的困难户。

柳老蒯今年六十岁，一直单身，平时就靠捡垃圾为生。去年捡垃圾时摔断了一条腿，走起路来一跛一跛的。村里看他可怜，就向乡里申报他为困难户。马所长拿的五百块钱，就是困难户的补助。

很快，马所长就到了柳东村，在村主任的带领下，找到了住在村头的柳老蒯。此时，柳老蒯正一个人在院子里整理垃圾。其实，屋子是个废弃的机井房，柳老蒯用玉米秆围了一圈，算是有个临时的家。

看见村主任来了，柳老蒯急忙从地上站起来，因为腿有残疾，差点没站住。马所长上前一步，扶住了柳老蒯："您老慢点。"马所长随即又掏出五百块钱，递给柳老蒯，说："大叔，这钱是政府补助您的，看您腿脚不利索，给您的生活费。"

马所长毕竟有文化，他握着柳老蒯的手嘘寒问暖了一番，临走时说:"下个季度我还来,看您有什么变化没有。"随后,村主任就带着马所长走了。柳老蒯在院子里掏出五百块钱,自言自语地说:"政府待俺这么好,俺一定要多活几年。"

很快,三个月过去了,又到了给柳老蒯送补助金的时候了。这次,因为知道了路线,马所长没有提前通知村主任,就一个人摸过去了。到了村头,发现柳老蒯的小院用玉米秆绑了个门,门上挂着一把锁头。马所长不由笑了:"这柳老蒯知道锁门了,看样子变化不小。"

可马所长在门口等了个把小时,柳老蒯也没有回来,实在等不及了,马所长只好去村委会找村主任。村主任告诉马所长,柳老蒯自打上回接受了补助,第二天就背着袋子去捡垃圾了,而且还破天荒地"装修"了自己的家,打了一扇屋门装上,自己扎了一个大门,还特意买了一把好锁。

在村委会待了半晌,两人又去村头找柳老蒯,可依然铁将军把门,马所长嘀咕道:这个柳老蒯,知道我最近要来送补助,咋还故意躲我呢?马所长正要走,从附近走来一位村民,上前对村主任说:"柳老蒯今天出门时特意提醒我,说有人找他,去柳西村村头。"

柳西村就在西边不远,大约有五六里的样子。柳老蒯跑那里干什么?看看天就要黑了,村主任陪着马所长一起去了柳西村。刚进村口,就发现了柳老蒯,柳老蒯正在村头的废弃机井房拾掇呢。原来,在十几年前,每村都修有机井房,后来井坏掉了,机井房也就没用了,大多沦为乞丐的临时住所。

柳老蒯看见马所长,笑呵呵地迎上来,说:"这是我的新房子,今天我不回柳东村了。"新房子?马所长来了兴趣,没等柳老蒯邀请,就一步进了机井房。其实,机井房的面积拢共不过五六个平方，柳老蒯安了一张大木床，上面还铺了一层海绵垫子。

柳老蒯这时也挤进来，抬手按了按海绵垫子，对马所长说："软乎着呢，你试试。"马所长摆摆手，感到好奇："花了不少钱吧？"柳老蒯伸出三个手指头："三百块，还让了我五十呢。"

一个老光棍，花了三百块钱买床，太不可思议了。看来，有了政府的关心，人就会对生活充满希望。马所长问他为什么搬家，柳老蒯笑着说："方便，有时在这边捡垃圾，就不回柳东村了。嗬，房子多了就是好。"

马所长也没多耽搁，掏出钱，交给了柳老蒯，就回了所里。

马所长回到民政所很有感慨，和乡宣传科做了沟通，一致认为，可以写一篇报道，题目就叫《一个老光棍的晚年生活》，以此体现政府对民生的关心。说干就干，没过几天，宣传科就派人，带着摄像机，让马所长带路，直奔柳东村去采访柳老蒯。

因为提前打了招呼，村主任特意先去柳老蒯的住处通知一下，让他接受采访。可来到村头，发现柳老蒯没在家，不用说，肯定又去柳西村小住了。村主任刚要去柳西村，马所长一行赶到，于是他坐上宣传科的车，一起朝柳西村开去。

不到五分钟，车子在柳西村头的机井房旁停下。一看，机井房也被柳老蒯围成了一个小院，乍看上去，虽然简陋，却很温馨。宣传员小王打开摄像机，围着机井房拍了一圈，等转回来，马所长和村主任正在敲门，见没动静，又喊起来。咦？现在是早上，柳老蒯不会这么早出去捡垃圾啊！马所长顺着秸秆围成的院墙缝往里瞧，发现机井房的房门已被锁死，显然，柳老蒯没在这里。

这就怪了，柳东村没有，柳西村也没有，柳老蒯到底去了哪里？看来一时半会儿也找不到，马所长和小王只好打算暂回乡里，以后约时间再来。

几个人还没有上车，村主任的手机就响起来了，村主任接完电话，他惊喜地对马所长说："柳老蒯刚刚打电话问我补助款的事呢，他现在在柳南村，正等着咱呢。"

柳南村离柳西村六里地，他怎么跑那去了？几个人上车往柳南村赶，没一会儿就到了目的地。

到了村口，发现柳老蒯正站在路边，几个人走上前去，村主任问柳老蒯："您怎么在这？"柳老蒯"嘿嘿"一笑："我又弄了套房子。"

几个人一听，都笑了，柳老蒯却板着脸，指着路旁的机井房说："瞧，这就是。"又是间闲置的机井房，不过，一看就是被"装修"过了。于是，一行人就往机井房走，马所长对柳老蒯说："宣传科今天来采访您，过两天就登报。"

小王这时打开了摄像机，开始拍摄，马所长心头疑惑，问柳老蒯："您都有两套'房子'了，咋还这么贪呢？"柳老蒯撇嘴一笑，"哼"了一声："我这还嫌少呢。"说着他指了指东北方向："过几天，我还要去柳北村拾掇拾掇呢，那是我的第四套房。"

这个怪老头，闲置的机井房都让他霸占了。几个人都看着柳老蒯，无奈地笑起来，一个老光棍，也就不和他认真了。

小王却进入了角色，让柳老蒯谈谈自己的幸福生活，柳老蒯便打开话匣子讲起来："自打乡里给了我补助，我的心情是一天比一天好。别看我现在腿脚不好，我还想活到九十岁呢。"

小王来了兴趣，问："你有什么长寿秘诀？"柳老蒯吸了两下鼻子，对小王说："你闻闻，有味吗？"小王眯着眼，抽了下鼻子："没味呀！"

"没味就对了……你们或许会奇怪，我为什么要四套房。"柳老蒯指着不远处说，"看见了吗？那是一家新建的工厂，盖起来一年多了。这一年多，几乎每天都冒出难闻的气味。我今天在这里住，是因为这两天刮南风，正巧不受怪味的刺激。我想好了，我这四套房子，以后就根据不同的风向，选择住宿。村民们的房子虽然大，但不能挪走，所以，我觉着比他们幸福。"

听柳老蒯说完，几个人都呆了……

关键词：形式主义

> 完不成夜访任务，就得受处分，但是农户晚上不在，这可怎么办？看来，只有把白天变成黑夜了！

夜访农户

杨汉光

  小李在镇政府上班，前阵子下乡时扭伤了脚，休息了大半个月才好。
  这天刚回单位上班，镇长就对他说："小李，你总算回来了，全镇就差你还没完成夜访农户的任务。明天，县里要派人来检查我们镇夜访农户的情况，今晚你必须到帮扶的农户家去，记住，一定要拍几张照片。"
  小李立刻答应了，说马上就跟张大姐联系。
  张大姐是小李对口帮扶的农户，丈夫病死了，她一个人抚养两个孩子，生活非常艰难。
  小李打电话给张大姐，请她今晚一定要在家里等他，不料，张大姐一口拒绝："你白天来过很多次了呀，晚上就不要来我家了。"
  小李向张大姐解释："明天县里就要来人检查了，我还没有到你家里夜访过呢，白天去一百次都不算数的。"
  张大姐不解地问："为什么一定要夜访？"
  原来，夜访农户源于一位领导。这位领导也帮扶着一个农户,那户人家每天都要到很远的地方干活,领导去了几次都没见到他们。后来,领导改在晚上去,终于见到了那户人家,那家人感动得热泪盈眶。

打那以后,领导就提出:"夜访农户就是好,我们既做了帮扶工作,又不耽误农户干活。这种工作方法值得推广。"

于是,全县很快推广了夜访农户的工作方法,并硬性规定,每个帮扶干部每个月必须夜访农户一次以上。县里还成立了检查小组,到各乡镇检查。

现在张大姐问起来,小李也不好意思跟她讲那么详细,只是告诉她:"今晚不到你家里夜访,我就要挨处分。你放心,我只是到你家坐一坐,照两张相,不会耽误你很久的,十分钟就行。"

张大姐为难地说:"可我今晚没空。我下午要去省城,一点钟的车,车票都买好了。"

小李一下子慌了,请张大姐把车票退掉,明天再去省城。张大姐不容商量地说:"那怎么行?今天我有事必须要到省城去。"

张大姐一旦去了省城,小李就无法完成夜访农户的任务了。他吓得六神无主,赶紧向镇长求救。

镇长淡淡地说:"小王联系的农户,原本是在外地打工的,他都有办法请农户从外地赶回来,配合夜访工作。张大姐还没出发,你就急成这样?小李啊,现在正是考验你的关键时候,我相信你不会比小王差的。"镇长说完,拍拍小李的肩膀,就走了。

镇长提到的小王,和小李一样,都是副镇长的候选人,两人正暗暗较劲呢。小李心想,绝对不能输给小王,必须把张大姐留到天黑。

于是，小李再次打电话给张大姐，请她无论如何留到晚上七点钟，并许诺，天一黑就立刻夜访，快速拍照，七点零五分，他亲自开车送张大姐去省城。张大姐还是不肯答应，说她必须在六点钟之前赶到省城。

六点钟之前到省城，路上还要花三个小时，这样一算，小李就必须在三点钟之前完成夜访任务。三点钟还烈日当头，怎么夜访呀？小李想得头昏脑涨，也毫无办法。

回家吃午饭时，小李让妻子帮忙一起想办法。妻子摇摇头说："夜访夜访，晚上才能进行嘛，张大姐白天就要去省城，就算诸葛亮再世，也无法解决这个难题，除非你能把白天变成夜晚。"

"对呀，我可以把白天变成夜晚！"小李一拍脑袋，高兴得叫了起来，"我有办法了！"他赶紧打电话给张大姐，问她在哪里。张大姐说她刚上客车。

小李着急地说："请司机等一等。"张大姐说等不了了，车子已经出站了。

小李吩咐妻子："你快去把车子开到楼下。"妻子一秒都不敢耽搁，跑到楼下去开车。

小李则冲到阳台，一把抓起野外过夜用的帐篷，从楼梯飞奔而下。待小李跑到楼下，妻子刚好开车到达。

小李把帐篷扔到车上，说："我开车。"妻子赶紧让出驾驶座，小李屁股还没坐稳，就一脚踏向油门，车子绝尘而去。他边开车，边让妻子跟张大姐联系。

张大姐搭的是普通客车，开得很慢，一会儿就被小李追上了。小李跟司机谈妥，客车在路边停留五分钟，给司机两百元。

小李让妻子拿钱给司机，自己则在路边快速支起帐篷。张大姐下了车，小李和她交代了几句后，两人就一起钻进了帐篷。外面烈日当空，帐篷里却漆黑一片。帐篷很矮，人在里面必须蹲着。

等妻子也钻进来后，小李就将一个本子，摊在膝盖上。张大姐打开手机里的电筒，照着本子，和小李一起装模作样地翻看。小李的妻子则抓紧时间拍了几张照片，夜访农户的任务就算完成了。

小李送张大姐返回客车，并一再感谢她的配合。待客车开走后，小李才长舒一口气，收拾起帐篷，和妻子回家了。

第二天早上，小李把照片交给镇长，应付县里的检查。镇长看了看照片，颇感意外地问："你们怎么把本子放在膝盖上看？"

小李早就想好了应对的话，毫不犹豫地说："昨天晚上，我正和张大姐制订致富计划时，电灯突然灭了，我们索性用手机照明，在膝盖上看计划。"

镇长连声称赞："好，好，真是太好了！这张照片，要当作我们镇夜访农户的典型。你再写一份夜访农户的心得体会，和这张照片一起参加县里的评比。"

小李心虚地说："我恐怕不行，镇长还是另请高手吧。"

镇长坚持说："你是我们单位的笔杆子，别推辞了，马上去写。"

小李连夜写了一篇夜访农户的心得体会，镇长亲自把小李的心得体会和照片，送去参加全县夜访农户的评比，结果获得了第一名。县长亲自给小李颁奖，小李成了全县夜访农户的典型。

关键词：群众认可

> 新官上任，准备去慰问县里的困难户，那去哪户人家比较好呢？最好挑会哭的！

一条流产的新闻

杨 璇

民政局的王局长新官上任，准备去慰问一下县里的困难户，他不太了解情况，就问秘书小李，慰问哪些人家比较好。小李不假思索地说："最好去水源冲慰问张二叔。"

水源冲是全县最偏僻的地方，王局长一听就皱起了眉头："为什么去那么远？附近难道没有困难户？"

小李神秘地说："附近是有困难户，但没有一个比得上张二叔。"

王局长好奇地问："莫非这张二叔有什么与众不同之处？"

小李解释说："张二叔最懂感恩。只要领导送东西给他，不管领导是大是小，也不管东西是多是少，哪怕只有几斤米，他都会感动得热泪盈眶，握住领导的手一个劲地说谢谢。记者们最喜欢报道领导慰问张二叔，所以他经常跟领导一起上报纸上电视，去年还上了省电视台的新闻呢。"

这确实是一个绝佳的困难户。第二天一大早，王局长就带领小李和电视台的记者，向水源冲出发了。他们坐车一路颠簸，翻山越岭，中午才来到张二叔家。

不料,张二叔不在家,二婶热情地接待了他们。吃过午饭后,还不见张二叔的身影。王局长有点不耐烦了,问张二叔什么时候才回来。

二婶望着门外的大山说:"说不准,也许过几分钟回来,也有可能两三天不回来。"

小李不解地问:"昨晚我特意打电话给二叔,请他今天在家里等一等,他为什么还要出去呢?"

二婶淡淡地说:"家里有人就行了,把东西给我也是一样的。"

小李下意识地看了看二婶的脸,只见她一脸平静,连一丝激动都没有,更不可能热泪盈眶。王局长舍近求远,大冷天跑到山沟里来,就是要见眼泪的。他们只好把东西留在车上,继续等。

还好,又过了十几分钟,张二叔回来了。大家早已等得如坐针毡,见到张二叔就像见到救星一样。小李迫不及待地把慰问品从车上搬下来,让王局长交给张二叔。电视台的记者扛起摄像机,将镜头对准王局长和张二叔。

奇怪的是,张二叔接过慰问品后,只平平淡淡地说了声"谢谢",就放到一边去了,脸上一点不激动,眼睛也是干干的。

王局长用眼睛瞥了一下小李,心想,这家伙怎么和你昨天介绍的大不一样?小李赶紧过去提醒:"二叔,快感谢领导呀!"

张二叔淡淡地说:"刚才不是谢过了吗?"

小李说:"你刚才说的话太平淡了,要像往年一样,激动起来。"

电视台的记者说得更露骨:"二叔,眼眶里要饱含热泪,我给你和王局长来个特写镜头,说不定能再上一次省电视台的新闻。"

王局长也希望在电视上露一回脸,就掏出一个红包,双手递给张二叔。

不料,张二叔竟然把红包推回来,说:"谢谢你们的好意,红包和慰问品我都不要了。"

小李诧异地问:"为什么?"

张二叔反问道:"你以为眼泪是自来水龙头,拧一下开关就能流出来?"

小李想了想,问:"可往年,你的眼泪怎么说来就来?"

张二叔叹了口气,说:"因为我知道,只有我激动得流眼泪,你们才会年年大老远地跑到山沟里来慰问我。老实告诉你们吧,我的激动是装的,眼泪也是抹清凉油呛出来的。往年家里实在太穷,我也是没办法才这么干。今年不一样了,我意外得到了一个远方亲戚的一大笔遗产,所以我现在不需要装了,不需要流眼泪了。我只想直起腰板,堂堂正正地做人。"

大家一个个听得面红耳赤,尴尬极了。他们哪里还好意思待下去,王局长挥了挥手,一帮人赶紧上车。可刚上车,张二叔就提着慰问品追过来,大声喊道:"等一等。"

小李叫司机快开车,别理这个不知好歹的家伙。王局长却探头到车窗外,问张二叔还有什么事。

张二叔举起慰问品,真诚地说:"山沟里面还有一家人,姓刘,穷得连棉被都买不起。我早上送点腊肉给刘兄弟,他感动得一个劲下跪,拉都拉不住。我想请你们把这些东西送给刘兄弟,他一定会下跪流眼泪的,而且保证是真心流出的眼泪。那样的话,刘兄弟有点东西过年,你们也能拍到好新闻、上电视,一举两得。只是再往里就不通车了,路很难走,不知领导愿不愿意去？"

王局长伸出双手，握住张二叔的手，感叹道："张二叔，跟你相比，我们真是问心有愧啊！"

王局长叫小李和记者把身上的钱都借给他，然后请张二叔带路，去慰问刘兄弟。记者兴奋地说："我还没见过群众给领导下跪呢，这回可要好好拍一拍。"

不料，王局长却摇摇头，说："把摄像机留在车上。"

记者疑惑地问："不带摄像机，怎么拍新闻？"

王局长神色凝重地说："今天只看望困难户，不需要报道。"

> 有个成语叫"占山为王",说的是霸占山头满足私欲。但也有一个老板,他铆足了劲,要承包一个山头,只为造福他人……

这个山头我包了

汪培君

有一个姓古的老板,他出生在一个小山村里,靠着自己拼搏,挣到了上亿的财产。他多年没有回过老家了,最近老是梦见小时候在后山森林里粘知了、掏鸟窝的趣事。有一天,古老板终于坐不住了,开车回到了老家古塘镇。

然而,古老板一到家,几乎不相信自己的眼睛:只见后山上的树木花草全部被破坏,成了一座秃山。古老板那个心疼啊,他察看了一天,当即做出一个决定:承包下后山,自己投资,恢复植被!

古老板的本家二叔是这个村的村委会主任。古老板想自己人好说话,便直接找到二叔,说:"我想和您商量个事。"

二叔笑呵呵地说:"哟,我有出息的大侄子回来了!有事你尽管说,在咱这个村,没有二叔办不到的。"

古老板听了,赶忙说了自己的想法。

二叔听完,激动得连声说好:"这山都是乱采乱挖糟蹋的,早就该治理了,只是村里没有钱。大侄子,你这是回报家乡的善举,我一定会大力支持。"

古老板想趁热打铁，又说："既然二叔这么痛快，不如咱们现在就把合同签了。"

二叔抓了抓脑壳，笑着说："大侄子你太心急了，如今讲民主，有些程序该走的咱还是得走，比如开村委会，征求村民们的意见，你等着吧，一有消息我就通知你。"

古老板回到城里，一等就是半个月，二叔那边竟然没有任何消息。古老板就有点想不通了，按道理：这不仅是对乡亲们有利的事，还是二叔的一笔政绩，他不会不上心吧？又等了半个月，古老板主动打电话给二叔，了解情况。

二叔一听是古老板，就抢先说道："大侄子，你等急了吧？实在对不起，这一段时间村里的事多，我们还来不及研究哩，你再等几天吧。"

放下电话，古老板虽然不解，但也只好等着。过了几天他再打电话去问。二叔又说，他把几个村干部叫到家里，杀了鸡，买了酒，边请他们吃喝边研究，可惜没有把意见统一起来。

古老板立刻明白了，二叔这是让自己请客呀。古老板心里有点不痛快，现在是自己出钱造福乡亲，难道还得请客送礼才能办成？古老板真想放弃算了，后来想想乡亲们，他只好忍了。

古老板又耐心地等了半个月，仍然没有消息，只好再打电话问。这一次二叔告诉他，通过三番五次地做工作，村干部和绝大多数村民已经同意把后山承包给他，之所以还没有通知他，是因为……说到这儿，二叔有些口吃了："我、我真不知道该怎么开口……"

古老板有点不耐烦地说："二叔，你有什么事，直说吧！"

于是，二叔说道："大侄子，咱爷俩不是外人，我就直说了吧。村民们说，你不可能做亏本的买卖，你一定是明里打着恢复植被、回报乡亲的旗号,暗地里另有所图,是为了挣大钱。所以你付承包费外,村民们还想让你再出点钱……"

古老板听到这里,只觉得头"嗡"的一声炸开了,自己一片好心,乡亲们竟然不理解,还以为自己是借机做生意。一种屈辱感袭上古老板的心头,他气愤,他无奈。但是,事已至此,如果就此放弃,反倒会被乡亲们误解。

古老板冷静之后,问二叔:"主任,您倒是说说,他们说我图啥?"

二叔也不再遮掩,直言不讳地回答:"乡亲们估计这山上有矿,你是为了采矿才承包这座山的。"

古老板一听,好呀,既然大家这样猜想,那我就证明给你们看看。于是,他出钱请地质部门去勘查,出具了此山没有金属、煤炭等矿物质的报告。

古老板把报告交给二叔。

二叔没想到古老板这么顶真,他翻了翻报告,拍着胸脯说:"都是些无知的村民……这回行了,有了这份报告,我就好做工作了。这事包在我身上,大侄子。"

然而,古老板一等又是很多天。后来这事不知怎么传到了镇长那里,镇长亲自给古老板打了电话。

古老板像是找到了知音,一股脑把自己的想法和遭遇说给镇长听。

镇长呢,则告诉了古老板一件出人意料的事。原来,最近镇里接到了村民的举报,说村主任为了一己之利,百般阻挠古老板的承包。如今政府要插手这件事了,为了抓紧时间,古老板先投资干着,签合同的事,由镇长找村主任落实。

古老板一听,高兴坏了,立刻雇用了乡亲们,又请来了专业技术队伍，在山坡上挖鱼鳞坑，修建环山渠，筑坝拦截山沟，想尽办法把雨水留在山上……

这一天，有人报告古老板，说挖环山渠时，真的有人挖出了一块矿石，好像是含铅，也不知道让谁拿走了。

古老板已经请有关部门勘查过了，山上根本没有矿石，所以并没有在意。

不料当晚，古老板就接到了二叔的电话。他又提到了矿石的事。

古老板无奈地反问二叔："你不是看过有关部门的地质报告书吗？"

二叔"嘿嘿"一笑，打断了他："别蒙人了，你财大气粗，什么样的报告搞不到手？"

古老板见自己怎么解释都没用，便索性问他："你到底想怎么样？"

二叔说得挺干脆："你吃肉，我喝汤！"接着告诉古老板，如果挖出矿石来，得分给他百分之十。

古老板见二叔已经财迷心窍，懒得再与他争论，就说："如果真挖出矿石来都给你。从现在起，你就天天去山上看着，看到底有没有矿石吧！"

转眼到了第二年的春天，山上的工程已经完成了不少，可是承包合同还没有签下来。二叔的意思是，古老板只管投资，工程由村里来完成。

经过了这么多事，古老板再也不相信二叔了，把钱交给他，自己实在不放心，可如果老是不签合同，工程就不合法。

古老板正为难哩，突然听乡亲们说，村委要换届选举了，古老板心里突然一亮，有了一个大胆的计划。

古老板将手上的大部分工作转给副手，又派人到村里大造舆论，他相信凭自己的人品和财力，只要参加村主任竞选，就一定能成功。他发誓：自己一定要当上村主任，带领乡亲们治山治坡，尽快让他们脱贫致富！

关键词：扶勤不扶懒

> 县长带人来家里扶贫啦，这不是天上掉馅饼了吗？

致富之路

郭振宇

牛家村是个贫困村。这天，县长带着一行人来牛家村检查扶贫工作，他看见一所房子非常破烂就走了进去，这是村民牛三的家。

县长进屋一看，牛三正躺在炕上睡觉。县长皱皱眉，村主任赶紧过来解释，说牛三身体不好，有心脏病，干不了重活。其实牛三什么病都没有，只是懒。

县长听后，对牛三一番问长问短，让牛三注意身体，问牛三有什么困难。牛三这时来了机灵劲，说一直想买个猪崽，却没钱。

县长拍拍牛三："好说，我给你买一头，算我个人送你的。"县长的话还没落地，秘书早已跑出去。

集市离这二里地，很快秘书把猪崽买了回来。县长又在村里转悠了两圈，然后走了。

第二天，牛三还没睡醒，村主任就来了，他叮嘱牛三："这猪崽你可要好好喂啊！"牛三连连答应。

这以后，村主任三天两头来看猪崽，慢慢地，牛三牛了起来，跟村主任要猪饲料，还要酒，不给就不喂猪，把猪饿得"嗷嗷"叫。村主任只得要什么给什么，没办法，乡长早就撂下话了，牛三的猪一定要养好，这工作比什么都重要。

猪逐渐长大，越来越能吃，牛三越来越不爱伺候，索性把猪赶到了村委会，于是，猪便在村委会安了家。

几个月后，乡长来看牛三的猪，见猪长得肥壮，很高兴，他告诉村主任："县长升了，当市长了，我们一定要打好猪这张牌，让猪尽快下崽，崽再下崽，很快形成规模，形成一个大养猪场。市长送猪一头，几年成了一个养猪场，这就是一段佳话啊！"

村主任苦笑："也没地方啊！"

乡长看看村委会的院子，说："这里就可以嘛，你们都搬出去，这里建养猪场，记住，猪重要。"

村主任的脸色更加难看："猪拿什么养啊？牛三肯定一分钱不出，村里也穷。"

乡长说："有困难克服克服嘛，不要指望牛三，就是砸锅卖铁，也要养出个模样来。一年后我再来，带记者来，到时好好宣传宣传。"

第二天村委会真的搬了出去，猪场也很快建了起来，不久便有了一窝猪崽。一年后，猪已发展到五十多头，乡长带着各路记者如约而来，报道很快见诸报端网络：市长精准扶贫，昔日送猪一头，经过下崽繁殖，现已发展成一个养猪场。

牛三牛了起来，天上掉下来一个养猪场，凭着猪场，他还说上了媳妇，和媳妇高高兴兴去城里度蜜月了。

一个月后，牛三度蜜月归来，他来到猪场，这里的景象让他大吃一惊：猪场没了，村委会恢复了原貌，院里只剩下孤零零的一头猪。牛三赶紧跑去问村主任:"我的猪场怎么成了这样?我的猪呢?"

村主任冷眼看了看牛三,说:"猪卖了,钱都还债了,这两年都是我到处借债养的猪,现在好了,终于不用再养了。"

"不养了?这可是市长送我的猪。"

村主任冷笑道:"别再提市长了,他已经进去了。"

这话让牛三心里有点发凉,他缓缓神,说:"可猪是我的。"

村主任指指院子:"你的猪我们没卖,院里那头就是,你赶紧弄走,要不然我们把它杀了吃肉。"

牛三急了:"我说的不是一头,是所有的猪,这里的猪都是我的猪下的崽子,应该都是我的,你们怎么可以卖了呢?猪卖了钱也应该给我,给我钱,否则我要去告你们!"

村主任"哈哈"大笑:"你的猪下哪门子崽?你的猪是一头公猪!"

上海市民修身系列读本

中国好故事

CHINA GOOD STORIES

X

上海文艺出版社
上海故事会文化传媒有限公司

上海市民修身系列读本
中国好故事
编写委员会

主 任
潘 敏

副主任
蔡伟民 李 刚

编 委
范伟成 王延水 夏一鸣 王 雁
匡 煜 陈 萍

目录
Content

第四章　自强不息　天道酬勤 …………………… 1
- 死磕 ………………………………… 顾敬堂　2
- 背着奶奶下馆子 …………………… 周海胜　7
- 吃呼 ………………………………… 顾敬堂　11
- 大头菜养鸭 ………………………… 周秋兰　16
- 第二次面试 ………………………… 范淑军　21
- 感恩的回报 ………………………… 储召良　25
- 过河读书去 ………………………… 王中云　30
- 绝路逢生 …………………………… 姚伦良　34
- 君子之交清如水 …………………… 蔡美美　39
- 南瓜饼和红枣糕 …………………… 方冠晴　46
- 年年有余 …………………………… 张省如　51
- 穷人的大学 ………………………… 陶　娟　54
- 三棵树 ……………………………… 吴治江　58
- 什么样的钱最值钱 ………………… 宾　炜　63
- 细节之王 …………………………… 马海涛　68
- 一路反常 …………………………… 侯晓琪　72
- 砸白菜 ……………………………… 陆惠明　79
- 最佳博主 …………………………… 赵青子　83

第五章　富而不骄　乐善好施 …………………… 87
- 麦客行 ……………………………… 廖　华　88
- 百年巴扎的秘密 …………………… 侯晓琪　95

目录
Content

百味鸡 …………………………………… 李　健　99
非常手段 ………………………………… 赵松岩　106
绝招 ……………………………………… 郑长林　112
来者不善 ………………………………… 张磊生　116
良心公司 ………………………………… 刘祖光　121
麦草事件 ………………………………… 张果夫　125
摸秋 ……………………………………… 方冠晴　130
母亲的足浴 ……………………………… 张开山　138
女当家 …………………………………… 王喜成　143
三杯美酒敬亲人 ………………………… 顾敬堂　147
十八野味宴 ……………………………… 姚国庆　152
一锅鸡蛋汤 ……………………………… 侯晓琪　157
有一套 …………………………………… 孙国彦　164
最高明的营销 …………………………… 童树梅　169

第六章　正风敦俗　扶危济困……………… 173
夜半搭车 ………………………………… 吴　港　174
大叔拍视频 ……………………………… 曾凡洪　177
赴宴 ……………………………………… 郑小亮　181
改变命运的夜晚 ………………………… 王乃飞　185
合格的"路霸" …………………………… 大刀红　191
加个好友吧 ……………………………… 宗　琼　196
李屠户择婿 ……………………………… 查老三　199

目录 Content

两手面 …………………………… 孙灿灿 203
媒人嫁女 ………………………… 徐嘉青 207
起名字 …………………………… 罗　丹 210
赏菜 ……………………………… 顾敬堂 214
柿子风波 ………………………… 赵尉琪 219
是谁报的警 ……………………… 张国心 223
瘦身水饺 ………………………… 陶　琦 227
歪招连连看 ……………………… 吴　滨 232
我是十号美容师 ………………… 王瑞霞 237
一毛钱改变一生 ………………… 时英友 243

第四章 自强不息 天道酬勤

> 有个人从监狱里出来,打算用碰瓷来赚钱,殊不知,碰瓷早就被人玩烂了,已经是臭大街的行当……

死 磕

顾敬堂

吴大疤横行霸道了半辈子,监狱那是几进几出,不知不觉到了玩不起的年纪,却混得穷困潦倒、身无分文。

这天,吴大疤出狱了,他思来想去,还是老本行来钱快。前段时间,他在监狱里听新进的狱友说过"碰瓷儿",虽说他蹲了十多年监狱,很多"专业技术"没能与时俱进,但毕竟功夫底子在那儿呢,一听就明白了:这不是和我十几年前玩的一个路子嘛!

说干就干,吴大疤兴冲冲地直奔大街而去。他不知道,狱友说的"碰瓷儿"也早就被人玩烂了,已经是臭大街的行当。

吴大疤蹲在一家酒店门口守株待兔。晚上八点多钟,一个大老板模样的人摇晃着出来,上了一台奔驰。说时迟那时快,在奔驰刚刚启动的时候,吴大疤飞快地冲了出去,在车头上撞了一下,然后顺势躺在地上,扯着嗓子哀号起来。

大老板开门下车,打量了他几眼,掏出一百块钱扔到地上,冷冷地说道:"滚!"

吴大疤当时就恼了:"酒驾还敢这么嚣张,打发要饭的呢?"

大老板指着身后说道:"我这是右舵车,睁大你的眼睛仔细看看,我带着司机呢!"

吴大疤顿时傻眼了,他哪见过方向盘在右侧的车呀,先入为主地以为对方是酒驾。但是开弓没有回头箭,服软可不是自己的性格!吴大疤咬咬牙,屁股往前挪了几下,把腿伸到车底,然后猛地站了起来,只听"咔嚓"一声,一条腿被硬生生地扭断了。

吴大疤惨叫两声,对着大老板伸出巴掌:"一口价,五十万!"

"够狠!"大老板冷笑着抱了抱拳,回头对司机说道,"报警。"

警察很快来了,经过调查发现,虽然车里有行车记录仪,但吴大疤倒在地上以后,处在摄像盲区,他自己扭断腿的细节没有拍到,很难判断他的腿是不是被车撞断的。警察问要不要调解,大老板一口拒绝:"我不差这两个小钱,但绝不向敲诈妥协,咱走司法程序吧。"

保险公司很快派人到了现场,但最后如何赔偿还得以交警部门的责任认定书为准。按照惯例,吴大疤被送往医院进行救治。躺在救护车上,吴大疤脸色苍白着笑了,他觉得自己赢了第一步棋。

一般来说,小腿骨折得做手术打钢板,然后经过七八天消炎愈合,拆线后回家慢慢休养,三个月后就能下地缓慢行走了。而大多数人遇到"碰瓷儿"这种事情,都会选择和伤者协商:您看要多少钱?我一次赔偿,您回家慢慢养着去,没必要便宜了医院。

吴大疤打的就是这个算盘,想等大老板撑不住了再提条件。可大老板绝口不提这事儿，还派手下人来告诉吴大疤：你安心住院，该吃吃该喝喝，啥时候住够了，出院以后咱再商量。

吴大疤不由得暗呼失策，"碰"的这个老板太有钱了，根本不在乎他每天两三千块钱的住院费。但事已至此，他说啥也不能出院了，那就死磕吧！

一个月过去了，这天主治医生来到病房对吴大疤说："你的手术很成功，继续用药已经起不到什么作用了，我建议你出院，回家静养。"

"我哪儿都不去！"吴大疤火冒三丈地嚷道，"有人给老子拿医药费，我就在这儿住着。"

医生皱着眉摇头道："住院就必须有治疗行为，如果不用药就算'挂空床位'，制度上是不允许的。可是继续用药，对你的肝脏肾脏都有损伤，你可要想好了。"

吴大疤眯着眼恶狠狠地说道："少来吓唬我！你是不是被大老板收买了？"

医生摇了摇头，一句话不说，扭头走了。没办法，他每天尽量开一些对身体无关痛痒的药物给吴大疤注射。又过了两个月，这次是护士不干了，对医生说："这个姓吴的手脚都扎烂了，已经没地方下针了。"

医生来到病房给吴大疤做了检查，只见他的手背、脚背、脑门上都布满了密密麻麻的针眼，无论从哪扎进去，药物都不往里走了。

医生摊摊手，无奈地说道："兄弟，实话跟你说吧，你遇到狠人了，人家根本不差钱，你就是在这儿住一辈子他都不在乎。可是你这状态，再住下去恐怕连命都没了。听我一句劝，另外想想办法吧，和人家商量商量，哪怕少赔点钱呢，也胜过在这里受罪。"

吴大疤躺在床上喘了半天粗气,终于挣扎着下了地,一瘸一拐地走出医院,打车去交警队询问事故认定的事儿。

当时出现场的交警好不容易认出浮肿的吴大疤,吃惊极了,说道:"认定书早出来了,你不但全责,而且涉嫌敲诈,是赵董放弃了追究的权利。"

"啊?"吴大疤傻眼了,"凭什么认定我全责?"

交警有些厌恶地看了他一眼,在电脑里找出了一个视频文件,说:"对面商店有监控,我们看到了事情的全部经过!"

看着清晰的视频,吴大疤呆若木鸡,被教训了一通之后,失魂落魄地离开了交警队。他又打了一辆车,决定到赵董的公司去问个明白。

出租车在一个大门前停下,门上刻着四个大字——恒星汽贸。吴大疤走进门,立刻有销售人员热情地迎上来,说:"先生,您看车呀?有中意的品牌吗?"

吴大疤闷声说道:"去告诉你们赵董,就说我叫吴大疤,你问他敢不敢见我!"话音刚落,就听身后有人大声说道:"咋的?药费不够了?"

吴大疤猛地转身,身后站着的不就是赵董吗?

吴大疤神色复杂地看着赵董,开口说道:"我就想来问问你,为什么宁愿花二三十万让我在医院干躺着,也不肯赔我一分钱?你们有钱人的心可真黑!"

赵董脸色冷了下来:"我原本一分钱都不用花,就可以把你送进去的!"

吴大疤咬着牙说道:"我琢磨明白了,你不就是仗着有钱耍我玩吗?"

赵董"哼"了一声道:"我的每一分钱都是光明正大辛苦赚来的,凭什么白白花在你身上?我就是为了给你治病!我不明白,一个人能狠到把自己的腿说掰断就掰断了,为什么没有勇气好好生活!你住了三个月的院,还没想明白怎么回事吗?不就是坐过牢吗?实话告诉你,我也坐过!但我知道错就改了,你呢?"

吴大疤这才明白,赵董恐怕早就调查了自己的背景。他张了张嘴,喃喃道:"你……你也坐过牢……"随后他叹了口气,虚弱地辩解道:"我蹲过监狱不说,还没啥文化,哪有人肯要我呀?"

赵董指向厂区的一侧厉声说道:"出力会不会?去售后学维修!实习期三千管吃住,干得好,月月还有奖金提成!想闹事,有法律!想回医院,我接着提供药费!想继续靠耍横死乞白赖地活着,门在那边!"

吴大疤几个月的药物没白注射,全部变成眼泪从眼眶中淌了出来,他生平第一次低下头来,给赵董深深地鞠了一躬。

关键词：诚信为本

> 有个"站大岗"的年轻人，在这一带还挺有名，要问为什么，因为他每周六都背着奶奶下馆子。

背着奶奶下馆子

周海胜

张强今年20岁出头，是"站大岗"的，在这一带还挺有名气。所谓"站大岗"，就是每天带着工具在劳务市场里等零活儿。

张强从小与奶奶相依为命，他上高二时，奶奶得了一场重病，失去了劳动能力，张强就辍学养家糊口。后来，他看"站大岗"这活儿时间灵活，既能赚钱又能照顾奶奶，就决然地在这一行扎了根。

张强平时有活必接，只是每周六下午，他都要休息，因为这半天他有一个特殊任务，就是背着奶奶下馆子，这才是他出名的真正原因。

奶奶在这几十年里，没什么喜好，就爱吃三道街上的"张三拉面"。小时候每到周六，奶奶总是带着张强去那里。一碗毛细拉面，几片牛肉，再拌上红红的辣椒油，张强总是吃得津津有味、满头大汗。在回家的路上，张强总会拉着奶奶的手，说："等我长大，考上大学了，工作挣钱了，天天领着奶奶去吃拉面！"每当这时，奶奶就笑着说："好、好，奶奶就盼着这一天！"

如今，张强长大了，奶奶老了，张强没有考上大学，也没有找到好工作、挣到大钱，但是，领着奶奶吃拉面这一愿望却实现了。

张三拉面馆门前有九个台阶，自从奶奶得病，就无力走上这个台阶了。起初，张强把拉面打包拎回家，可奶奶说："打包就不是那个味儿了！"于是每周六下午，张强都要打个出租车，拉着奶奶来到三道街，然后背起奶奶，走上九个台阶，进到拉面馆里，左手靠窗户的小桌子总是被擦得干干净净，好像在等待这祖孙俩。天长日久，张强背着奶奶下馆子成了这一带独特的风景，张强因此出了名。

这天，张强又背着奶奶下馆子，一碗面吃完，他刚要背着奶奶离开，拉面馆的老板走了过来，说："兄弟，我这有点活儿，不知你能不能做？"

原来，张三拉面馆要在九道街开分店，房屋已经租好，要设计装修，老板想请张强帮忙。张强一听，急忙说："这我干不了，我不是木匠也不是瓦匠，不会装修，没法做。"

老板说："不用你自己做，我这里太忙，离不开，我想找个靠谱的人替我去监工。我知道你平时站大岗，名气也响，所以想让你帮忙。用料你去购买，工人你去雇用，一切费用我出，交工后再给你五千元劳务费，你看行不行？"

张强一听，这是天上掉馅饼啊，哪有不干之理呢？第二天他就进入了角色，亲自量尺寸、算面积、找工人、谈价钱、买材料、订计划。本来不算大的工程，张强做得有板有眼，细致入微。价钱压到最低，材料选得最好，计划定得最周全……不到半个月，一个破烂不堪的空屋焕然一新，与原来张三拉面馆的装潢一个模式，但看起来比那个更明亮，老板看了非常满意。

交工那天，拉面馆老板带着一个西装革履的中年人，把张强请到了一家高级酒楼。老板对张强说："张强，其实我也是打工的，我叫李思，这位才是我们真正的老板。"原来，"张三拉面"是一家全国连锁店，张强和奶奶常去吃的，不过是一百多家面馆中的一家而已。这位中年人才是"张三拉面"的创始人：董事长张三。

张三先生的事业正是如日中天，他掏出一张银行卡，递给张强，说："兄弟，你的劳务费。"

张强接过卡，说："谢谢！"

"张强兄弟，"李思插话说，"你知道这卡里有多少钱吗？"

张强说："不是五千吗？"

李思笑着说："兄弟，这里是五十万！"

"啊？这么多钱？我可不能要，我就要五千元。"张强吃惊地说，同时把那张银行卡推回张三面前。张三和李思都"哈哈"大笑起来，李思说明了原因。

原来，李思看张强每周六都背着奶奶来吃面，被他的孝心感动，所以每到那天，不管客人多少，他都让服务员把左手靠窗户的小桌子擦得干干净净，给他们祖孙留着。半年前，董事长张三来这个城市搞调研，李思把张强的情况和他说了，张三很感兴趣，立刻派人详细地调查了张强，最后决定让李思出面，请张强帮他装修店面。在这期间，张三一直暗中观察张强，他发现张强不但孝顺，而且聪明、诚实。所以他对张强更加有好感，决定帮助他，这才有了今天的会面。

张三说："小兄弟，这里的五十万是'张三拉面'分店开业的注册资金。"

张强更糊涂了："这些钱你应该给李哥呀，怎么能给我？"

"小伙子，我已经暗中考察你半年多了。你能一直坚持背着奶奶下馆子,这种孝心,太不容易了!在这次装修过程中,你的聪明已经展现出来了。最主要的是,装修时你完全可以动动手脚,多捞一些钱,可你没有这样做!因此,我想请你加入我们的创业团队,那个新装修的店面就交给你了,这五十万是启动资金。不过,这钱可不是白给你的,五年内你要还清……"

李思说:"兄弟,这可是天赐良机呀,好事让你遇到了!"

"可是……我不懂经营,更不会拉面手艺……"

张三说道:"这都不是问题,我们总部全程跟踪指导,还包教技术,关键是你孝顺、讲诚信,再加上你聪明,我相信新店的生意很快就会火起来。"

"还有……我要是全身心投入面馆,就没人照顾奶奶了。"

"这事儿呀,我早就想好了,咱们那个店不是二层楼嘛,底层开面馆,二层你和奶奶住,这样你就不用背着奶奶去吃面了,她随时能吃上热乎乎的拉面!"

一个月后,九道街"张三拉面"正式开业,还是那熟悉的味道,生意做得红红火火。每个进店的顾客,都能看到墙上挂着两个大牌匾,东边写的是:百善孝当先;西边写的是:万业诚为本。

> 在东北有一种特殊的结账方式,叫作吃呼,现在很多人都忘了这一回事,但有个人却永远忘不了……

吃 呼

顾敬堂

在东北,一帮人聚在一起,看到卖冰棍的,就有人喊:"吃呼啦!"所有人立刻一拥而上,七手八脚地掀开箱子往外掏冰棍,咬得"咔嚓咔嚓"的,一根没吃完又拿一根。

为啥大伙儿都这么踊跃呀?这就是"吃呼"的游戏规则,卖冰棍的小贩会根据这些人的表现决定和谁要钱——不能向那些积极张罗的人要钱,必须"呼"表现不积极的,找他结账。

现在,很多人都忘了这个游戏,但罗德却永远忘不了。

那年暑假,罗德爹干活的时候摔坏了腰,家里生活有些困难,罗德被迫出去打工赚点学费。

那时,罗德刚考上重点高中,本来想在暑假放松一下,却遇到这样糟心的事,无奈之下,他只好顶替他爹去建筑队当小工。

建筑队里有好几个小工,他们都是罗德邻居家的孩子,和罗德年纪相仿,但都早早辍学当小工了,个顶个的能干。罗德就不行了,他以前没干过活,俩不顶一个,没少受人奚落。幸好建筑队的头头赵大叔和罗德爹关系不错,处处照应着,这才勉强把罗德留了下来。

一天又一天,罗德的手磨出了泡,破了之后变成了老茧。他暗暗咬牙发誓:"上高中后说啥也得好好学习,将来找个好工作!"

这天,房子上了瓦,东家结了账,赵大叔给大家开了工钱。那个时候大工一天二十块,小工一天八块,罗德干了二十五天,正好拿到了两百块。头一次拿到辛苦钱,他心里别提多高兴了。

这时候,赵大叔提议道:"大伙今天高兴,一起去喝两盅!"一个大工问道:"打平乎还是吃呼?"打平乎就是现在说的AA制。几个小工挤眉弄眼道:"吃呼,吃呼!吃呼有意思!"

七八个人进了一家苍蝇馆子,拍着桌子吵吵嚷嚷地点菜。老板娘一看就明白咋回事了,这些人是准备吃呼了。吃呼特别考验老板的智慧,收钱的时候一定要找准人,让大多数人满意。

这帮人你点一个锅包肉、我点一个香辣肉丝、他来一个红烧明太鱼,都争着点好菜。罗德好不容易插上嘴了,吭哧半天就点了一盘豆腐泡,他从没自己下过馆子,对饭店的菜不熟悉。

大伙哈哈笑着,啤酒白酒轮番往肚子里灌。罗德更傻眼了,喝酒也不是自己的强项,他越想越紧张,连话都说不出来了。

大伙吃饱喝足后,赵大叔把老板娘喊过来,一边剔牙一边问道:"老板娘,你看今天呼谁?"老板娘早观察明白了,伸出手指转了一圈,最后一指头点到罗德头上:"呼他!"工友们狂笑着拍桌子、吹口哨,比着大拇指说:"呼得好!"

罗德头上冒着冷汗,脸上挤着难看的笑容,掏出四十块钱结了账,他的心在滴血——这可是他五天的工钱呀!

一回到家,罗德就放声大哭,痛骂这些人不是东西,做好套让自己钻。罗德的爹听完原委之后,便开导他:"你干活不行,却和别人拿一样的钱，还不是大伙帮衬着你？请顿饭也是应该的。"

此后，为了供罗德读书，爹娘没少吃苦，爹拖着伤腰又回到了工地，娘也出去打零工了。罗德挺争气，三年后考上了不错的大学。罗德又咬牙坚持了几年，大学毕业后，他留在省城参加工作，家里日子才慢慢好了起来。

转眼二十年过去了，罗德人到中年，已经成了一家公司的老总，他数次要接爹娘到省城享福，爹却不干，说在小地方活得舒服。

这天，罗德接到爹的电话，让他务必回去过中秋，说是有重要的事。罗德也没多想，买了些礼物就开车回老家了。

快到家时，罗德又接到了爹的电话，让他直接去龙凤大酒店，说在那订了座。罗德心里发笑，这老头难得奢侈一回，会生活了！

罗德来到酒店，推开包间的大门，不由一愣。屋里除了爹娘还有七八个穿着朴素的人，一起笑眯眯地看着他，纷纷招呼道："罗德回来啦，快来坐。"

罗德打量了一圈，认出这些人正是当年和自己一起干活的工友，坐在首席的是赵大叔。他顿时想起了当年的事情，心里有些不痛快，不冷不热地打了声招呼，找个地方坐下，开口问服务员："点菜了吗？"

服务员把菜单递过来说道："点了，您看一下。"罗德冷笑着扫了一眼，挥挥手道："这都啥玩意，不要！上参翅鲍！"赵大叔打听道："参翅鲍是啥玩意？"罗德"哼"了一声："海参、鱼翅、鲍鱼！"大伙儿一听，纷纷摆手："不用不用，吃那玩意儿干啥，死贵死贵的，刚才点的就挺好！"

罗德不理他们，扭头问服务员："你知不知道啥叫吃呼？"服务员疑惑地摇摇头。罗德眯着眼睛道："等会儿结账时，你看谁张罗得差，你就找谁要钱。"

包房里的气氛顿时尴尬起来，几个工友对视一眼，一齐站起来，推开椅子就要往外走。

罗德爹猛地一抬手，狠狠扇了自己一个耳光："谁也不许走，今天就呼我！"

罗德被吓了一跳，赶紧上前阻止："爹，你这是干啥？"

罗德爹气得直哆嗦："干啥？四十块钱让你记了半辈子，恩情却都喂了狗，要是没有你这些叔叔和兄弟们，能有你的今天？"

罗德不解地说道："我有今天都是自己努力得来的，和别人有啥关系？"

罗德爹破口大骂："你个牲口，你赵大叔怕你有压力，一直不让我说，我憋了二十多年，今天就和你好好说道说道！当年，我腰坏了，干不了重活，你去工地的时候，大伙背后就商量好了，你干多干少就那么个意思。你第一次挣钱，大家哄着你掏钱吃了顿饭，你知道这是什么饭吗？人家这是为了给咱省钱、长脸！"

罗德听完，更糊涂了。罗德爹接着说道："那时候随礼就十块二十块的，可以全家跟着吃，你知道你上学后他们一人给了多少钱吗？每个人一百块！而且我要张罗酒席，人家谁都不来，都说你已经请过了！"

罗德爹眼泪哗哗往下淌，声音都哽咽了："等你上学之后，大伙又让我去一起干活。那时我腰不好，半个人都顶不了，可大伙谁都没嫌弃我，照样和我平分钱，这才好赖供你上了大学呀!你自己说,今天呼你冤枉吗?"

罗德使劲瞪着眼睛,眼泪却噼里啪啦地落下来,他抱着拳说道:"各位叔叔,各位兄弟,我恩将仇报地记恨了你们这么多年,白瞎了大伙一片仁义呀!啥也不说了,我给大家道歉,大伙今天一定往死里呼我!"

罗德说完,赵大叔喊道:"行,让咱呼咱就往死里呼,兄弟们,想吃啥?"

大伙一起扯着嗓子喊道:"豆——腐——泡!"

罗德"扑哧"一声笑出了鼻涕:"服务员,听见了没?上参翅鲍!"

> 大头菜失鸭，焉知非福。

大头菜养鸭

周秋兰

东海边上，有位鸭场老板叫蔡明，他皮肤黝黑，身材矮小，可偏偏长了个大脑袋，像棵大头菜，所以人们笑称他为"大头菜"。大头菜长得寒碜了些，人却聪明，而且善于创新。

最近，他养的鸭子销路越来越差，因为人们都喜欢吃散养的鸭子，这圈养的鸭子越来越不受青睐。可改成散养，这么多鸭子放到哪里去呢？大头菜正一筹莫展呢，他媳妇突然叫他去外婆家拜寿，大头菜一听外婆两字，人"噌"地跳了起来，顿时有了主意。

原来，大头菜从小就在海滩边上的外婆家长大，他知道海边是极为理想的养鸭场所。说干就干，大头菜请人在海滩边建好了养鸭场，然后把苗鸭赶到海边去放养。

这天一大早，大头菜见已退潮，就把鸭棚门打开，把鸭子往滩涂上赶。这些鸭子在鸭棚里关了近一个月，早已憋不住了，一到滩涂上就撒开腿跑。见了小鱼、小虾、黄泥螺就拼命吃，不一会儿，就吃得肚脯圆鼓鼓的。

而大头菜呢，对这些鸭子不闻不管，与几个帮工玩起了斗地主。玩得正起劲，忽听媳妇大喊："哎哟，闯大祸啦！"他忙问："啥事情，大惊小怪？"媳妇指着在海水里戏耍的鸭子说："你看，鸭子都跑到海水里去了，马上要涨潮了，几千只鸭子怎么赶回去？这下亏大了！"

大头菜若无其事地说："急什么，我有的是办法。"说完，收起扑克牌，从口袋里摸出哨子吹了起来。这些鸭子听到哨子声，就像战士听到冲锋号角，拼命往回游，往回跑。这是大头菜平时给鸭子喂食时训练出来的。哨子一吹，开始喂食。现在鸭子听到哨子声，以为是喂食了，哪有不跑的道理？

媳妇刚把心放下，又见鸭群里几十只鸭子"啪啪啪"地展翅飞了。媳妇又急得大叫："完了，完了，几十只鸭子飞了！"大头菜笑着说："好事，好事，说不定回去一数，多几十只鸭子哩！"媳妇不信，等所有鸭子进了鸭棚一数，真的多出二十多只。她奇怪地问大头菜："这到底是怎么一回事？"

大头菜仍笑着说："这有什么奇怪的。俗话说鸡冤家，鸭朋友。我家的鸭子在海水里戏耍，海鸭子见了，也要来凑热闹。我吹哨子让鸭子回家，胆大的几只海野鸭见我家的雌鸭长得漂亮，要谈朋友，就一起跟着来了。"大头菜的一番话把他媳妇也逗乐了。

就这样，大头菜根据潮汐情况，白天退潮后就将鸭子放出鸭舍，让鸭子自由地在海滩上觅食，等到涨潮时就在岸边吹哨子召唤回棚。海边滩涂上丰富的鱼虾蟹饵料已经让鸭子吃个七八分饱，回棚后又喂食一次。这些鸭子吃得饱，自然长得也快，加上每天还要在滩涂上跑上几公里，体格都强健，患病率也低，很快到了该出栏的日子了。

大头菜乐呵呵地对媳妇说道："媳妇，这些鸭子是吃海鲜长大的,几乎与野生的鸭子没有区别,今后就叫'野生海鲜鸭',卖 200 元一只。"

媳妇大吃一惊,说道:"大头,你不会昏头了吧?这些鸭子吃海鲜长大不假,可成本要比圈养的降一半多,人家吃稻谷长大的鸭子也不超过 100 元,咱这鸭子要卖 200 元一只,会有人买吗?"大头菜忙说:"别急,酒香不怕巷子深,咱的鸭子好,不愁没销路,愁的是销路一打开,怕供不应求哩。"

大头菜自信满满,可鸭子还没卖掉一只,鸭场却出事了。

这天早晨,媳妇焦急万分地在鸭舍里叫嚷着:"大头,不好了,我刚才数鸭子,发觉少了十只,一定是被贼偷去了!"大头菜听了却不紧不慢地说:"偷就偷了,有什么大惊小怪的?"说完转个身仍躺在竹椅上。

媳妇的火"噌"的一下就大了:"什么?被偷去了那么多鸭子还让我不要大惊小怪的,你倒是大方!"说完就一屁股坐地上哭了。大头菜却依旧不紧不慢地说:"鸭子是村东头的阿三偷去的。"

媳妇一听,一咕噜站起身,抹了抹眼泪说道:"既然你知道是阿三偷了鸭子,还不快去找他算账?"大头菜却在竹椅子上又翻了个身,笑呵呵地说:"没事,让他继续偷。媳妇啊,以后你看到阿三偷鸭子就装做没看见。""为啥?"大头菜神秘一笑:"天机不可泄露,到时候你就会明白。"

尽管媳妇心里是一百个问号,但她知道大头菜聪明,主意多,也就撇了撇嘴不做声。就这样,一晃大半个月又过去了,每次鸭子回到鸭舍里,大头菜媳妇都会逐一清点鸭子,发现每次都会少几只,她心里总有些不情愿,但想到大头菜的关照,也就只好忍了。

这天,大头菜家突然来了好几个客人。谁啊?就是镇上几家大饭店的老板。大头菜忙站起身:"哟,各位老板,是什么风把你们一起吹来了?来请坐,请坐……媳妇,快倒茶呀!""不坐了,你养的'野生海鲜鸭'果然名不虚传,食客们都说好吃。我们想要长期向你订购,这样吧,明天你到我们店里,咱们谈谈长期合作的事项。"大头菜一听乐得都合不拢嘴,大脑袋一个劲地在点。

这番话可把一旁的媳妇弄糊涂了,她一肚子的疑问再也憋不住了,老板们前脚刚跨出门,她就开门见山地问起了大头菜:"大头,你不是天天在鸭场养鸭子吗,啥时候去过大饭店推销鸭子呀?"

大头菜哈哈一笑,说道:"媳妇啊,我没去,可有人在替我去哩。""谁?""阿三啊,他其实是推销咱家鸭子的大功臣呢。"大头媳妇一听,差点没气岔过去:"什么?他偷了咱家的鸭子,这会儿倒还成了功臣?"大头菜见媳妇急红了脸,连忙走过去扶她坐下,然后说:"别着急上火呀,你听我说。"

原来当大头菜把一只鸭子200元的出栏价报出去后,无形中鸭子的身价就涨了。这些价格不菲的鸭子也会被人觊觎,比如村东头的阿三。

阿三以前在厂里跑过销售,头脑灵,路子广,不料脑袋一热,侵吞了一笔资金,吃了官司。出来后被人瞧不起,找工作也到处碰壁。这么聪明的一个人如果有人拉一把,那他就前途无量。于是大头菜想了个一举两得的办法,就是故意不去巡视鸭场,给阿三造成松懈管理的错觉。果不其然,阿三到底还是来偷鸭子了,结果被大头菜抓了个正着。阿三急着求饶,大头菜非但不追究,反而又送了几只给他,但要求一定要把鸭子卖给大饭店，并且200元一只，少一分不卖，卖的钱都归阿三，但如果偷去自己吃，那等待他的就只有警察了。"

大头菜媳妇一听更加糊涂了："那你怎么知道阿三就一定能把鸭子卖出去呢？""你想啊，就凭他那十几年的销售经验，现如今推销鸭子不是易如反掌吗？"

夫妻俩正说着，突然门外进来一个人，正是阿三，他一把握住大头菜的手，眼里噙着泪，哽咽道："要不是你帮我，或许我还干着偷鸡摸狗的事。前不久我偷了你的鸭子，你不但不计较，还让我去帮忙推销鸭子，顿时，我觉得自己又是个有用的人了，所以努力把鸭子推销了出去，逢人便说是你养的野生海鲜鸭，现在客人们都喜欢吃你养的鸭子呢！"

大头菜也激动地说："其实你是个聪明人，有才干，不要因为暂时的失意就自暴自弃。如果你不嫌弃的话，就来我这工作吧。我养鸭，你搞销售，咱们一起把养鸭场办好，怎么样？"

阿三高兴地说："谢谢大头菜……哦，不对，蔡明哥，谢谢！"

关键词：自强不息

> 工作无小事，机遇常常隐藏在细节中……

第二次面试

范淑军

　　四年前，李铁刚从大学毕业，和许多穷人家的孩子一样，身上一贫如洗，只有一套蓝色的西服还能体面地穿出门。李铁希望很快就能找到一份工作，他最大的愿望就是能到大名鼎鼎的沃尔特公司去上班，所以就三天两头打听他们公司招聘的事，苦寻着能进公司的机会。

　　皇天不负苦心人，一个月后，李铁终于获知沃尔特公司要公开招聘了，而且负责此次招聘工作的，正是那个以善于选拔人才著称的赵尔先生。李铁抑制不住心中的狂喜，仔仔细细地把自己所有的应聘材料准备好，最后往身上瞅了瞅，狠狠心掏出口袋里仅有的几元钱，好说歹说请房东太太帮忙把自己那套蓝色的西服洗烫得平平整整，然后如期赶到沃尔特公司。

　　公司招聘办公室设在一幢陈旧的二层小楼房里，两张老式的办公桌挨在一起，就成了主考席，下面是几排木制椅子，其中有几张甚至已经十分破烂了。如此规模庞大、实力雄厚的公司，招聘办公室竟会如此简陋和寒酸，简直令人难以置信。

　　幸亏李铁事先做过功课，了解到这一切正是沃尔特公司的特意安排，当年公司创始人就是在这个会议室里慧眼识才，大胆任命并起用了赵尔先生；也正是由于赵尔先生的锐意改革和勇于创新，不拘一格任人唯贤，公司在十余年间迅速崛起，才有了如今这鼎盛局面。所以，这里对公司来说，是十分有纪念意义的地方，也自然成了招聘人才的最佳场所。

当第三个脸上不见半点兴奋的青年从招聘办公室里走出来的时候，李铁知道该轮到他进去面试了。此刻，他对自己很有信心，因为他早晨在镜中发现，那套被房东太太精心料理过的西服穿上身之后，他看上去显得越发风度翩翩，年轻而充满活力。他知道，临考之初，能先给考官留下一个好印象，有多么重要。

走进办公室，李铁看到主考席上坐着三男两女，中间一位他曾多次在电视上见过，就是著名的赵尔先生。李铁走上去，在赵尔先生对面的应聘椅上坐下来，尽管他看到这张椅子的扶手烂了一截，有一只生了锈的铁钉还狰狞地伸出头来，但还是毫不犹豫地就坐了上去，他早就在心中渴望能有机会与赵尔先生面对面了。

向李铁轮番提问的，一直都是坐在赵尔先生左右的几个人，李铁机敏地应答着，两只眼睛却不时瞅着赵尔先生。可令李铁遗憾的是，赵尔先生只是一味地翻阅桌上的材料，似乎连看李铁一眼的兴趣都没有，李铁心里的希望在一点点地消失。

眼看半小时的面试就要结束了，李铁意识到自己这次应聘即将失败，急得一下子站了起来。可就在此时，只听"嘶"一声响，他低头一看，是自己西服右手的袖口，被椅子扶手上那枚伸出头的铁钉挂出了一个一寸多长的大口子。

李铁真是又心痛又恼怒，但还是很快控制了自己的情绪，不失礼貌地对考官们说："也许，我今天到沃尔特公司来应聘，是一个错误，我早就该放弃自己苦苦寻求的理想了。请把我的资料还给我吧！"

赵尔先生旁边的一位女士拿起桌上李铁的资料，刚要递还给他，赵尔先生忽然抬手制止住了。赵尔先生上下打量了李铁一眼，说："如果你同意，请把你的资料留下，明天来拿吧。"

李铁不知道赵尔先生这话是什么意思，又不便多问，只好忐忑不安地离开了公司。

回到家里，望着破了袖口的西服，李铁发了愁：真倒霉，明天穿什么衣服再去见赵尔先生呢？没办法，他只好到房东太太那儿借来针和线，耐着性子缝补起来。

第二天，李铁就只好穿着这件打过补丁的西服坐到了赵尔先生的面前。赵尔先生看了李铁好一会儿，指着西服袖口上这块补丁问他："谁缝的？"

"我……我自己。"李铁不好意思地搔着头皮。

没想赵尔先生立刻对李铁说："你被录取了，明天就来公司上班吧。"

李铁还没来得及回过神来，坐在赵尔先生旁边的那位女士就吃惊地从椅子上跳了起来："不是还有两位比他更合适吗？"

"可是，就是他了。"赵尔先生解释说，"你们看，昨天他来应聘的时候，不小心把衣服挂破了。通常，人们在衣服破了的情况下会怎么处理呢？不外乎三种选择。第一种，把破衣服扔掉，出了问题就逃避，把问题扔在一边，这是不负责任的态度，大凡持这种态度的人，善于投机取巧，工作上就往往会拈轻怕重；第二种，破衣服破穿，出了问题不解决，对问题听之任之，这是一种漠不关心的态度，持这种态度工作的人，习惯画地为牢，固步自封，做事缺乏创造性；第三种，将破衣服缝补好了继续再穿，出了问题就解决问题，这是一种积极的态度，对工作具有高度的责任心，唯有持这种态度的人，才能在工作中充分发挥自己的聪明才智，不怕困难，勇于开拓进取。今天，他就是穿着缝补好了的衣服来的，所以，我决定录用他。"

赵尔先生这番话，赢得了在场所有人的掌声。

就这样，李铁幸运地成为了沃尔特公司的一员。

不久，闻风而动的新闻记者特地来公司采访，宣传赵尔先生这个选拔人才的"破衣"理论，文章中自然免不了要提到李铁，一时间，公司上下传得沸沸扬扬。

这一来，李铁心中十分惶然，那天他实在是因为换不出第二套衣服，没办法才硬着头皮将破口补补穿的，其实他觉得自己并不是像赵尔先生分析的第三种人那样，他总觉得自己愧对了赵尔先生的信任，很想对赵尔先生说点什么，可是几次碰面却又欲言又止。三番五次，赵尔先生看出了李铁的不安。终于有一次，他问李铁："你是不是想要跟我说些什么？"

"我，"李铁犹豫着，终于下决心说出了口，"赵尔先生，不，赵总经理，那天，我之所以穿那件补过的衣服，主要是因为我很穷，我身上只有那套西服。"

赵尔先生笑了："这说明，我并没有看错你啊！其实，当你第二天穿着打了补丁的衣服坐在我面前的时候，我就知道当时你的生活肯定很拮据，你迫切需要这份工作。至于破衣理论，那是我一时灵感所至。呵呵！关于应聘的事，你不用耿耿于怀，安心上班吧，你就是我要挑的人！"

事后，李铁常想：幸亏应聘那天我的衣服被挂破了，要不然，还真不知道自己什么时候才能跨进沃尔特公司的大门呢！

> 一对兄弟在一所厂里工作，两人性格不同，最后的结局也是天差地别……

感恩的回报

储召良

村里有对兄弟，哥哥叫大亮，弟弟叫小亮。小亮虽然比大亮小两岁，但比哥哥聪明，两人同时读完了高中。当时，高中生在农村尽管非常稀缺，但若没有关系，照样回家务农，这可急坏了兄弟俩的父亲，他四处求爷爷告奶奶，想为两个孩子找个体面的工作。

这天，省城的亲戚托人捎来信，说是省城一家机械厂招收高中学历合同工，截止到第二天上午。大亮家离省城有一百多公里，必须马上出发。可父亲在家翻来找去，也只找到八元钱，这仅够买一个人去省城的车票。

父亲说："大亮小亮，你们俩跟我一起去队长家说说，或许能借到去省城的路费。"

小亮推辞道："爸，我还有事，你跟大亮一起去吧。"于是，父亲带着大亮去了队长家。可他家是缺粮户，还欠着队里的钱呢，队长不批，大亮只好垂头丧气地随父亲一起回家。

到了家，大亮见桌上放着一张纸条，上面写着："对不起，大亮，我先走一步了。"原来，小亮早预料到队长不会借的，但他实在不愿失去这个难得的机会,怕夜长梦多,便拿了家里仅有的八元钱,独自一人上省城应聘去了。

到了省城,小亮一下车,便直奔机械厂,可招聘工作组已经下班了,有人告诉他明天早上再来。小亮只好折回车站,准备在那里过夜,他突然发现自己好几个月没有理发了,就这样蓬头垢面地去应聘,肯定要减分的。为确保万无一失,他决定去理发,可一摸口袋,一个子儿都没有,这可怎么办?

走着走着,一家理发店映入眼帘,小亮想了想,走进去坐到椅子上说:"师傅,理发!"一位小师傅走了过来,给小亮围上围布便开始理发。

理到一半时,小亮突然生气地说:"你会不会理发?手脚这么重,快把我的头皮给割出血来了!"小师傅一边道歉,一边轻手轻脚地继续为小亮理发。可小亮并不买他的账,反而更加大声地呵斥道:"拉倒吧,这么不会理发,我不理了!"

这时,旁边的老师傅停下手中的活儿,走过来对小师傅说:"让我来吧。"可老师傅没动几剪刀,小亮便跳了起来,直嚷嚷:"你们师徒俩手脚都这么重,我不理了!"这下,老师傅也来了气:"不理就不理,让你顶着理了一半的头发,走到大街上丢人现眼去!"

小亮也不管这些,抬腿便走,可没走几步,小师傅从后面撵了上来,拦住小亮说:"你身上的围布还没脱呢!"说着,他把小亮拉回了店里,让小亮脱下围布。

小亮早看中理发店墙上的一顶鸭舌帽,拿起帽子便戴在头上说:"理得这么难看,这顶帽子先借我,否则,我怎么面对大街上的人?"

老师傅默许了,他觉得这顶帽子跑不掉,到头来,小亮还得乖乖地跑回来，求他帮忙理完剩下的头发。

而小亮呢，则戴着帽子在大街小巷溜达。突然，他看见小巷深处有家简陋的理发店，一个师傅正闲坐着，便走上前去问："师傅，理个发多少钱？""五角。"师傅答道。

小亮追问道："那理半个头呢？"师傅一听，觉得好笑，头也不抬地答道："不收钱！"

小亮一听，一屁股坐到椅子上，高兴地说："多谢师傅！"那师傅一把掀开小亮头上的帽子，才知道上了这小子的当了，可话已说出口，也只好给他理发。理完发，小亮丢下帽子说："这个值五角钱吧，我不会让你白忙乎的。"

第二天一大早，小亮就往机械厂门口跑，那里早已围拢了黑压压的一大群人。他过五关斩六将，经过重重考核，最终被录取了。此时，小亮流下了激动的眼泪，心想：大亮，对不起，不要怪我，我实在不愿意在农村翻一辈子土渣。

当天下午，小亮来到集体宿舍，却发现了一个熟悉的身影，他走上前一看，高兴地跳了起来："大亮，你们跟队长借到钱了？"大亮摇摇头说："队长哪肯借钱给我们？""那你是怎么到省城的？"大亮长叹一声："说来话长。"

原来，面对这个千载难逢的好机会，大亮也不肯放过。当他看到小亮的纸条后，也不管自己有没有钱，抬腿就来到了镇上。见一辆客车来了，大亮二话不说便招手上了车。车子开了好一段时间了，售票员才过来问："去哪？""县城。"

售票员伸出手说："三元。"大亮的心怦怦直跳："不，不，不对吧，平时只收一元⋯⋯"大亮故意装结巴，想博取同情。

不料，售票员一声断喝："停车！"只听"嘎"的一声，车停了，售票员站起来说："到底是给钱还是下车？"眼看拳头就要落在自己身上了,大亮只好下了车。所幸的是,此时客车已经驶出快两站了。

就这样重复了三次,最后一辆车离县城只有一站了,大亮上车后,尽量躲在一个大个子乘客后面,但还是被眼尖的售票员发现了。好在这次是个年长的售票员,见他可怜兮兮的样子,起了怜悯之心,跟驾驶员好说歹说,总算带他到了县城汽车站,可那时已经是下午五点多了。

大亮跑到售票处一问,只有最后一班去省城的车了,而且乘客已经陆陆续续在上车了。之前的计谋再也不可能复制了,怎么办?

这时,大亮看见一个瘦弱的女人背着一大包行李,步履蹒跚地向客车走去。

大亮灵机一动,赶紧上前帮那女人背起行李,然后一起向客车走去。到了车旁,大亮上了车顶,女人在下面将行李递给了他,大亮说:"你上车吧,我会帮你把行李绑好的。"

女人以为大亮是车站的工作人员,便放心地上车去了。见没人注意,大亮将自己埋在车顶的行李堆里,用网兜兜好。就这样,大亮总算来到了省城。

小亮听完,惭愧道:"哥,是我不好,不该独自一人拿走了钱。"大亮坦然一笑:"多亏你先走,要不,咱俩谁也到不了省城。"

于是,两兄弟就开始在这机械厂上班了。机械厂的合同工每月工资只有十八元,若转为正式工,工资就是五十元。因此,两兄弟平日里刻苦钻研技术,憋着一股劲儿,争取早日转正。可每年转正的名额只有十名,而且九名是国家户口的合同工,仅有一名留给农村户口。小亮头脑灵活,学啥会啥,在全厂合同工技能大赛中，三次夺魁。大亮尽管十分刻苦，但只得了一次冠军，他今年要想转正，简直比登天还难。

然而，到了年底，厂办却通知大亮去办转正。小亮心里那个窝火呀，直接找到办公室主任质问道："你们没弄错吧，那是我哥大亮，我才是弟弟小亮。"

主任却说道："没弄错呀，我们找的就是大亮。"他抽出几张报纸，递给了小亮，"你好好看看，好几篇都是报道大亮的，他这个人不仅技术过硬，而且人品好，特别懂得感恩，他不仅为自己赢得了他人的尊重，同时也为我们厂争光了，让这样的人转正，顺理成章呀！"

原来，大亮进厂后，每月省吃俭用，直到第五个月，才凑满了八元钱，直奔县城汽车站。他找到车站领导，要归还自己来省城的车费。后来，这事被省报的一名记者知道了，写了篇报道登在省报上，之后又被省内外多家报纸转载，这才引起了厂领导的高度重视。

> 生活就像河流,只有意志坚强的人,才能到达彼岸。

过河读书去

王中云

有人老是抱怨命运对他不公。其实,命运对待每个人都是公平的,有时,它在南边把门关上,却在北边打开一扇窗户。

这几天,水漂一直为上学的事跟父母磨来磨去,因为家里穷,父母却不想让他上学,而是把他当半个劳力使。看着小伙伴一个个背着书包欢欢喜喜上学去了,水漂心里痒痒的。这天,为了打动父母,水漂"通"地跪在他们面前,父亲走到哪里,他就跪到哪里,最后人挺不过,竟晕了过去,父母的心一下软了。

母亲把水漂轻轻抱起来,说:"孩子,你上学吧。"

就这一句话,水漂却像打了强心针似的,立即站起来,向学校跑去,他要先去看看学校到底啥样。走出村子二里来地,水漂被一条河挡住了去路。河宽水深,他顺着河边走了几里地,才找到一个渡口。他怯生生地问艄公,过河要多少钱,听明白后,心陡然凉了下来。

虽然钱不多,但水漂每天一去一回得过两次河,日积月累,这笔钱就不是小数目了。上学要缴费,过河还得给船钱,水漂不想让父母再增加负担。他坐在河岸上,望着流淌的河水,犯起愣来了：如果不坐渡船的话，怎么上学呢？游过去？可自己不会游泳！村里的孩子多数会游泳，可不知咋的，偏偏自己一沾水就害怕，好像河水是个大吸盘，随时都有可能把自己拖下水。

水漂想，无论如何自己要学会游泳，这样就省下了坐船的钱！回家后，他偷偷找了村里一个最会游泳的小孩教自己，在一个水浅的地方，他咬紧牙关下了河。

水漂确实有恐水症，但没想到咬紧牙关后，这种症状却一点点消失了，而且他学得出奇的快，半个月后，上学的日子到了，他已经能轻松地游到河对岸了。

上学这天，父母给水漂船钱，叮嘱他一路小心。水漂收好钱，把笔和本子，还有午饭饼，装进母亲做的书包，背上就出发了。

来到河边，水漂脱个精光，拿出预先准备好的麻绳，把衣服和书包捆在头顶，线绳在下巴系结实，下了河就游起来。

游到对岸，衣服和书包只是溅上几滴水珠，水漂非常满意。他解开麻绳，穿好衣服，背起书包，高高兴兴地向学校奔去！

从此，水漂经常利用星期天和假期在山上挖药材，卖了钱就把省下的船钱加上，一起交给父母。他怕父母担心，一直没敢告诉他们自己游泳过河的事……

一晃一个学期接着一个学期过去了，水漂虽然喜欢上学，并且学习很努力，但学习成绩总是提不上去，而且每次考试都是后几名。读完三年级，父母想让水漂休学，水漂一听，泪水一下子就下来了。

父亲说："水漂，爸爸也不是不想让你上。看你学习这么吃力，反正将来也不会有啥出息，干脆咱不遭那个罪了。"水漂一边流泪一边说："俺要上学。"父亲问："为啥？"水漂说：

"俺喜欢读书。"

水漂的话让父母很感慨。他们想：儿子既然喜欢读书，就让他继续读吧，到小学毕业，他就会死了心。因为村里的孩子一般小学毕业后就不读了，他们认为这点墨水足够了。

水漂为了不让父母失望，学习更加刻苦了。

很快，四年级也要读完了。这年夏天，学校要举行一次游泳比赛，老师告诉同学们，到时候有个吴教练要来观看比赛，吴教练从前也是从本校毕业的，现在在省游泳队工作，他想从家乡挑选游泳苗子。如果同学们表现出色的话，这是一次非常难得的机会。此话一出，大家一个个摩拳擦掌，群情振奋。

比赛地点就定在村外的大河里，按要求，每个选手在河两岸往返三次。比赛这天，由于关系到孩子们的人生大事，许多参赛选手的家长都到现场观战，村里去了不少看热闹的村民。

水漂虽然也参加比赛，但他觉得自己获胜的可能性几乎不存在，因为光自己村里就有一个五年级同学比他游得快很多，更何况还有其他村的同学来参赛！但是水漂不想放弃，他觉得自己无论如何也要搏一次。

发令枪一响，小选手们"扑通、扑通"争先恐后跳下了河，个个挥臂摆腿，河里顿时水花四溅！比赛结果，水漂游得既不算太好也不算太坏，名列第五。

看热闹的人群散了，有好事者到水漂家里，把比赛结果告诉他父母。水漂父母听了大吃一惊，他们不知道儿子啥时学会了游泳。过了很久，水漂还没有回来，父母有些着急，担心儿子出事，正要出去找人，水漂却回来了，一见母亲，叫了一声"妈"，就扑到母亲怀里哭了起来。

母亲搂着他，轻轻安慰道："孩子，没选上也不要紧，咋过不是一辈子呢？"

儿子激动地说："妈，俺被选上了！"

父母不相信，因为刚才村里还有人来说，水漂是第五名。

原来，比赛结束后，那个吴教练找到水漂，问他啥时候开始学游泳的，又让他单独在河里游了一个来回。最后，吴教练说录用他了，水漂不敢相信这是真的。有老师问，为啥放着游得快的孩子不要，反而要第五名？吴教练说，成绩是可以慢慢通过科学训练提高的，水漂之所以名次不算太好，是因为他的游姿有问题，但是水漂的水感很好，天生是块游泳的材料，只要假以时日，日后必成大器。吴教练还开玩笑说，水漂这名字起得好，能在水上漂着不下沉，又能像掷石子打水漂一样在水上飞。

父母知道水漂为啥会游泳后，搂着儿子泪水直流，水漂能被吴教练慧眼选中，这是老天对水漂孝心和爱读书的回报！如果水漂不会游泳，哪能获得这样好的机会？如果水漂中途辍学，他也就失去了参加选拔的机会。

母亲忽然想起了什么，问水漂：大冷天你没再游泳吧？母亲担心水漂冻坏身子。可水漂却告诉母亲，他本想冬天不游了，后来想起课本上有介绍冬泳的文章，于是就坚持游了下去。一开始，他跳到河里就浑身直抖，可后来就渐渐适应了，反而锻炼了身体，几年下来，他连一次感冒都没得过……

据说，数年之后，水漂不仅获得全国自由泳冠军，后来还获得亚运会冠军。

关键词：自强不息

> 好男儿须经磨练，"生于忧患，死于安乐"，是千古不变的真理。

绝路逢生

姚伦良

新桥村有个出了名的年轻人，名叫许仁清。他家世代酿酒，传到他这一代，手艺更是青出于蓝而胜于蓝，经他手做出的米烧，不但味道香浓，颜色清亮，而且价格也公道。所以每到出酒那天，顾客就像买紧俏商品一样，在他家院子里排起了长龙。

生意做得这么好，许仁清决定扩大生产，他向信用社贷了十万元钱，在河坡上建起一个三百平方米的厂子，开始红红火火干了起来。可就在这节骨眼上，一场百年罕见的洪水滚滚而来，把许仁清的厂房冲得片瓦不存。洪灾过后，望着河坡上这一片废墟，许仁清欲哭无泪。现在，他一贫如洗，成了一个穷得叮当响的光棍汉。旧债未还，他哪敢再向银行贷款？

可一技在手，许仁清又不死心，想来想去，还是硬着头皮跑去向亲朋好友借钱。他相信只要能把厂子重新建起来，自己的酿酒事业完全可以东山再起。可谁知求了九九八十一个主儿，人家一个个都把头摇得像拨浪鼓。为啥？毕竟建厂子不是一个小数字，万一再来一场洪水，这借出去的钱不就有去无回了吗？

怎么办？许仁清寻思了三天三夜，别无他法，为了生存，也为了能尽快攒钱再操旧业,他收拾了几件换洗衣物,悄悄离开故土,挤上南下的火车,加入了千百万打工者的队伍。

来到城里,放眼街头,满世界都是人,许仁清提着他那个小小的布包,找了无数家工厂,问了几百号路人,可连个掏厕所的活儿也没找到。跑了十几个小时,许仁清又累又饿又渴,掏掏口袋,一枚钢镚儿都没摸着。渴了还好解决,路边免费的自来水管喝;累了也不是大事,往墙角一靠,天当被,地作床,还有布包作枕头;可肚子饿却令他头疼万分。

这天半夜,许仁清饿得实在受不住了,他摇摇晃晃地朝路灯下那个垃圾桶走去,可是没待走近,只觉得两眼一黑,"扑通"一声就栽倒在了地上。

等许仁清恢复知觉的时候,已经是第二天早晨了,他发现自己躺在一张席梦思床上,床前坐着一个打盹的老人,太阳从窗子里射进来,把他满头白发照得闪亮。

许仁清挣扎着坐起来,老人立刻惊醒了。老人去厨房里端来一碗冒着热气的稀饭,对许仁清说:"年轻人,你是饿昏在我家门口的,赶快吃吧。"

许仁清一连吃了好几碗,只觉得肚子也饱了,人也精神了,于是便和老人攀谈起来。三言两语,他就弄清了这个救自己命的恩人姓林,儿子和女儿都在国外,老伴两年前就去世了,老人一人守着偌大一幢房子,一个人过日子。不过巧的是,老人的六十寿诞就要到了,国外的儿女都要回来,邀亲朋好友喝寿酒的喜帖也发出去了。老人留许仁清在他家再休息两天,许仁清觉得闲着也无聊,便帮老人一起做寿宴的准备,忙得满头大汗。

这天中午吃饭时,老人抱出一坛"老白干",倒了两杯,对许仁清说:"年轻人,留你反而辛苦你了,白酒这东西,专治身子疲乏,灵得很,这我还是上个星期刚买来的,今儿个咱俩喝一杯。"之后,他一仰脖子,半杯酒便进了口。

可哪知酒未落喉,他"哇"的一下全吐出来了,气得直摇头,连连叹道:"这些赚黑心钱的,这哪是酒呀,简直跟药一样。"

许仁清见状,也端起酒杯抿了一口,眉头立刻结成一团。他这个酿酒的行家,一抿就知道这酒是酒精和水勾兑成的,不但口感苦,而且还刺激喉咙,喝过量的话更伤身体。

许仁清见老人还要去拿其他坛里的酒品尝真伪,忙阻拦道:"大爷,您不用开封了,这些酒如果是一批买来的,哪买的还退哪去吧。我来帮您做几坛好酒,包管您做大寿那天能派上用场。"

"你会做酒?"老人惊异地问。

"不是吹牛,我家祖辈都是酿酒出身。大爷,您放心好了,我开个单子,您照方去把配料买齐就得。"许仁清说干就干,随即写了张单子交给老人,然后就着手做起酿酒的准备来。

一晃,老人寿诞之日如期来临,开席的时候,几张大圆桌坐满了客人。许仁清抱着一大坛他精心酿制的米烧上了场,他自我介绍道:"各位朋友,你们好,我是乡下人,来城里打工不着,昏倒在街头,幸亏大爷相救。我无以为谢,特地做了这坛米烧,取名'月月红',借此祝大爷福如东海,祝各位来宾高升、发财!"

一番话,说得众人热烈地鼓起掌来。

许仁清于是便一一给客人们洒酒。他不用壶,提着酒坛,依次而来,只见酒出坛口,宛如一根细丝,无声无息流入客人杯中,一股奇特的酒香随之飘溢而起,在屋子里弥漫开来。

那些客人简直看呆了,对许仁清这招洒酒的绝活佩服得五体投地，待老人招呼才回过神来，纷纷举杯相碰。不得了，酒一沾唇，满口浓香，在座宾客人人竖拇指，个个称赞不已。

酒至半酣，来宾中一位穿西服、打领带、年纪四十上下的男人走到许仁清面前，说："敝人姓刘名风，是搞副食品生意的。年轻人，此酒果真出自你手？手艺非常独特，可否介绍一二？"

谈到酿酒，许仁清的话滔滔不绝，他从白酒的起源、酿制过程和民间配方，一直谈到喝酒对人体的利弊以及目前酿酒行业的不正之风，甚至酿酒市场的前景及走向，都讲得头头是道。

刘风怎么也想不到，站在面前这位貌不惊人的年轻人，居然对酿酒领域的情况会分析得如此透彻。他拍着许仁清的肩头说："年轻人，真不简单！你这样一个人才，还要去打什么工？你明天就到我那儿去，我出资金，你出技术，咱办一个'月月红'白酒公司，我负责销售，利润嘛，咱们五五分成，或者我每月给你一万元。怎么样？希望最迟明天十一点之前，能够得到你的答复。"

见刘风的眼神里那种对自己热切的渴望，许仁清真以为自己是在做梦，他掐掐大腿，钻心的疼，这才意识到幸运之神真的来到了自己的面前。这样的好事他怎么会不答应呢？不禁兴奋地点点头。满场宾客情不自禁地再一次为许仁清鼓起掌来！

老人的兴致也很高，六十大寿之际，由于自己的一个善举，无意中续出这段佳话，所以他心里特别高兴。酒席散尽，他亲自把许仁清送上了刘风的轿车。

日月如梭，一晃五年过去了，如今的许仁清鸟枪换炮，再不是当年那个穷困潦倒、流落街头的穷小子了，出厂小车送，回来有人接，"月月红"白酒源源不断地流出国门，流向世界。

据说，目前许仁清正在和刘凤商议，他想尽快把月月红白酒分公司办到家乡去哩！至于他和老人的这段情缘，随着日月的推移，那真是比酒更浓，更醇香。

> 立志当如山，坚定不移；行道当如水，百折不回。

君子之交清如水

蔡美美

品水结缘

周倩是个海外华人，虽然年轻，但已是个颇有名气的品水师。最近，周倩决定回国发展。一下飞机，她就受到了国内一家饮用水企业的盛情邀请。

宴会上，这家公司的老总李同亲自为她斟酒，举杯说道："周倩小姐，咱们曾在一次国际饮用水展会上有一面之缘，算得上君子之交。人说君子之交淡如水，可今天是你的接风宴，水不足以表达我们的盛情，咱们还是喝酒吧。"

周倩闻言一愣，她觉得李同说的"君子之交"用在这里并不准确，不过也不好说穿，她给自己倒了一杯矿泉水，举杯说道："多谢李总盛情，不过品水师这一行，舌头是吃饭本钱。为了保持味蕾的敏感度，是不能沾酒的，我还是以水代酒吧。"

席间，周倩说起自己回国发展的计划，李同一拍大腿："周倩小姐，咱们是英雄所见略同啊，国内高端饮用水市场刚刚起步，咱们强强联手，一定能打响品牌。"

周倩笑了笑说："我这次回来，还有一个重要目的，我要参加今年在中国举行的国际品水师大赛。这次大赛有一个要求，每个品水师必须推荐一种新发现的饮用水。我想在中国——自己的故乡找一种满意的饮用水，不过中国那么大，我还不知道从哪里找起呢。"李同听后连连点头，当即表示愿意提供方便。

第二天，周倩去了李同介绍的一个水吧，水吧不大，但门口挂的牌子吸引了周倩的注意。牌子上写着："如果你能在本店品出三种以上的水，就可以免费享受本店所有饮品。"

周倩一下来了兴趣。店主是个年轻小伙子，名叫王鹏，听说周倩要挑战，他拿出几个杯子，里面都是透明的液体，从外观根本分辨不出水的种类。周倩端起第一杯尝了尝，肯定地说："这是纯净水。纯净水虽然很'干净'，可在过滤有害物质的同时，也过滤掉了对人体有益的物质，所以并不适合长期作为日常饮用水。"她又拿起第二杯水，放在鼻子前嗅了嗅，说："这是苏打水。"见王鹏脸上露出惊讶的神色，她微笑着端起第三杯，呷了一口说："这是来自意大利阿尔卑斯地区的矿泉水。现在，我可以免费享用贵店的饮品了吗？"

王鹏连连点头，忍不住问起周倩的职业，听说周倩是品水师，他一脸羡慕："我的理想就是当个品水师。"周倩扬了扬眉毛："哦，那我可得考考你了。"她拿出自己带的一瓶水，倒了一杯给王鹏。王鹏仔细品了品，肯定地说："这是深层海洋水，它洁净、富含矿物质、极易吸收，是真正的'绿色'之水。"

这一次，轮到周倩惊讶了：这个小伙子竟有如此敏锐的味觉，对水的品种也十分了解。两人惺惺相惜，越谈越投机。周倩说起此行的目的，发愁自己找不到好水。王鹏犹豫了一下，说道："我知道一眼泉水，不过，咱们得先订个君子协定，你不能向别人透露水的位置——"

泉水叮咚

于是周倩跟着王鹏去了他的家乡。这里是山区,快到村子的时候,周倩见山脚下有一条小河,水流浑浊,散发着一股怪味。周倩不由得皱起了眉头——这样的地方,能有好水?王鹏看出了周倩的想法,说:"这条河原来很清澈,前些年上游开了一个矿,水就变成这样了。"

王鹏的家住在半山腰,王鹏的母亲是个腿脚不方便的老太太,见儿子带回来一个漂亮女孩,高兴得嘴都合不拢,忙着端茶倒水。周倩心里暖乎乎的,不过,她对那泡茶的水实在不敢恭维,这又一次加深了她的疑问:这个地方,真能找到好水吗?

第二天,两人出发去找水。山路陡峭难行,也不知道翻过了几个山头,王鹏终于停了下来。周倩累得一屁股坐在地上,问:"到了?"王鹏说:"还没呢。肚子饿了吧,咱们先搞点吃的。"说着,王鹏跳到土坎下,从地里掏出来几个土豆。

周倩好奇地问:"这地是你家的吗?"王鹏说:"不是。"周倩说:"那你不就是偷菜了?"王鹏笑道:"咱们这里,这样不算是偷。我小时候放牛,午饭都是这么解决的。"

王鹏又在山上摘了几个野山椒,生起一堆火,又变戏法似的掏出一个纸包,打开一看,里面是一块黑乎乎的东西。周倩问:"这是什么?"王鹏说:"腊肉,出门时我妈特意塞给我的。"周倩皱了皱眉头:"这些东西能吃?"王鹏嘿嘿一笑:"别担心你的味蕾,我从小就吃这些东西,现在还不是一样能品出水的好坏?"

王鹏把几样东西放在火上烤着,不一会儿,香气四溢。周倩禁不住诱惑咬了一口土豆,这一咬就再也停不下来了,她觉得自己尝到了平生最好吃的东西——撕破皮就往外冒香气的烤土豆、脂香四溢的烧腊肉、还有那让舌尖跳舞的野山椒……

吃过饭，两人又上路找水，终于，王鹏在一片长满荒草的岩石前停了下来。"就是这里，我找了好几年，才找到这眼泉水。"周倩四处张望，却什么也没发现，王鹏让她把耳朵贴在石头上。终于，周倩听到了细微的水声，原来水在石头下面！

王鹏拨开草，石头下面露出了一个洞口，洞口很小，仅容一个人弯着腰进去。王鹏做了一个请的手势："周倩小姐，敢陪我深入地下探险吗？"周倩挺起胸脯："有什么不敢的？我连南极的冰川都去过，还怕这个小小的地洞？"

一进入洞口，一股凉凉的水气就扑面而来。周倩吸了吸鼻子："好水！大家都说水无色无味，其实水是有味道的，有时我仅凭鼻子，就能嗅出水的好坏。"

洞口下面原来是个溶洞，幽深曲折，水声时有时无，王鹏打着手电，二人摸索着前进，走了好久，终于看见了那股泉水。泉水从石缝中喷涌而出，直接流入了地下暗河。

王鹏的眼睛在黑暗中放光："品水师，试试这水怎么样？"周倩拿出取水用的瓶子，小心地接了点泉水，轻轻抿了一口，她的嘴角立刻扬了起来，似乎有点不敢相信，她又抿了一口，眉头舒展开来："好水！这是我尝过的最好的泉水。"

出洞后，周倩说："我想把这水带去参加品水师比赛，你同意吗？"

王鹏摇了摇头："你得遵守君子协定，不能透露泉水的位置。"周倩不解："为什么呢？这太可惜了。"

王鹏问："你喝过我们家的水了，那水怎么样？还有我妈的腿，你也看见了。"周倩笑了："你家的水实在不敢恭维。你妈的腿——和这水有关系吗？"

王鹏叹了口气，说："以前，村里的水不是这样的，这些年味道才变了，村里生病的人也越来越多，都是腿关节肿大。大家都说，是因为开了矿，矿渣污染造成的。我这些年一有空就到处找水，终于发现了这眼还未被污染的泉水。我想攒够了钱，就把水引到村里去。"

周倩说："从这儿到你家那么远，引水得花多少钱啊？你得多久才能攒够钱？"王鹏低下了头："是很难，但我相信有一天能办到。"周倩说："你可以和有实力的企业家合作啊，比如李同，我这次回来，受到了他的热情接待，我觉得他是个不错的人。"

王鹏苦笑着摇摇头："周倩，你知道那个矿是谁开的吗？就是李同！矿渣污染水源的事，村里找过他多次，可他就是不理。他的生意做得很大，现在又想染指高端饮用水的领域，听说我发现了一眼好泉水，他亲自找过我，开出了诱人的条件，但我没有同意。如果泉水落到李同手里，一定会全部开采出来卖高价，到时候，村里人就再也喝不上这么好的水了。"

周倩想了想说："我相信你，尊重你的想法。"

好水无价

周倩回到城里不久，李同就亲自来找她。见她正在收拾行李，李同吃了一惊，问："周倩小姐，这么快就要走了？品水师大赛就要开始了，你不参加了吗？"周倩说："这次下乡，没有找到好水，我准备放弃这次大赛了。"李同哈哈一笑："原来是这样。正好，我的公司通过多年开发，找到了一种优质矿泉水，请你先品尝一下吧。"说着，他拍了拍手，有人端上来一瓶水。

周倩品了品那水，脸上露出惊讶的神色。李同问："怎么了，这水不好吗？"周倩摇了摇头："不，这是我尝过的最好的水。"李同哈哈大笑："好极了。周倩小姐，如果你能在品水师大赛上把这种水推广出去，我将用你的名字来命名它，我们强强联手，一定能成功！"

国际品水师大赛如期开幕。周倩凭着超凡的品水技能，一路过关斩将，进入了决赛。大赛的最后一关，是推荐一款新的饮用水，周倩向评委们推荐了李同提供的那瓶水。她在介绍中说："这是一款来自中国的矿泉水，它的口感、酸碱性，对人体有益的微量元素含量都恰到好处——"

评委们品尝后，对这种矿泉水做出了很高的评价。在热烈的掌声中，周倩获得了品水师大赛的冠军，但领奖时，她出人意料地说："其实，我并不是这款水的发现者，这款水的真正发现者名叫王鹏，他没有经过任何专业训练，却有着非同凡响的品水天赋。为了给水源受到污染的乡亲们寻找饮用水，他在荒山野岭里找了几年，他愿意同有诚意、有信用的饮用水企业合作，开发这种水，但有一个前提：必须保证村民有足够的饮用水，并能分享到开发的好处。"

从领奖台上下来，周倩被李同拦住了，李同愤怒道："你没有按我们的约定办事！这是我提供的水，我要告你，让你声败名裂！"

周倩冷笑道："李总，这水真的是贵企业开发的吗？那天我一尝，就知道这是王鹏发现的那眼泉水。我想，你一定让人跟踪我们了吧？还有，我去水吧，也是你精心安排的吧？你真是煞费苦心啊！可惜，我今天当着这么多媒体公布了水源的真正发现者，你的阴谋再也不能得逞了。"

李同悻悻地走了。周倩打电话向王鹏解释:"对不起,我没有信守我们的君子协定……"却听电话那头王鹏兴奋地说:"没关系,我已经知道李同派人跟踪我们的事了。就在刚才,已经有几家知名企业联系我,要共同开发饮用水。地方政府也和我取得了联系,他们也很支持,村里人有好水喝了,我不知道该怎样谢你……"

周倩笑了:"那么,我们再来一次君子协定吧,希望下次我回国的时候,你能请我喝你开发的饮用水,可以吗?"

"一言为定!"

> 与其在他人脚下乞求，不如自立进取、白手起家……

南瓜饼和红枣糕

方冠晴

夏薇刚刚大学毕业，正在找工作，可她读的是普通大学，专业又偏，转悠了两个月，工作还没着落。夏薇急啊，她家的日子挺难的，母女俩租住在小区一户人家的车库里，她是靠妈妈当清洁工供她念完的大学，心想等自己毕业后参加工作了，也好帮妈妈分担一点，可现在工作都没着落，还怎么分担？

小区里住着一位张老板，开着一家挺大的公司，正在招人。夏薇也去试过了，但人家嫌她读的学校太次，拒绝了。夏大妈也上门去求过人家，人家还是没答允。

人微言轻，关键是她们和张老板攀不上交情，人家是大老板，自己是穷百姓，天上飞的，地上爬的，哪里攀得上什么交情呀！

这一天，夏薇无意中看到，张老板从外面回来时手里提着一袋南瓜饼，她的眼睛一下子亮堂起来：妈妈做南瓜饼最拿手了！她赶紧回家，将这个消息告诉了妈妈。夏大妈一听，也觉得这是一个能和张老板搭上话的机会。

夏大妈赶紧去菜市场买回一个大南瓜，又提回两袋糯米粉、面粉，母女俩就忙活起来。等做好了，尝一口，脆香生津，比外面卖的南瓜饼强多啦！夏大妈赶紧找来干净的食品袋装了，亲自给张老板送去。

这南瓜饼连续送了七天，张老板那边还没动静。

第七天，夏薇出门，正碰见张老板匆匆从家里出来，他下了楼，经过身边的一个垃圾桶时，将一个沉甸甸的食品袋扔进垃圾桶里。夏薇眼尖，一下认了出来，那食品袋就是她妈妈用来装南瓜饼送给张老板的。等张老板走远，夏薇走过去，冲垃圾桶里望了望，只见头天晚上妈妈送给张老板的南瓜饼，全原封不动地扔在垃圾桶里呢！夏薇赶紧取出来，因为有食品袋裹着，还是干净的，打开袋子，香气扑鼻。

就在这时，一个小伙子跑了过来，从夏薇手里接过那只袋子，笑嘻嘻地说："暴殄天物啊，这么好吃的东西给扔了，多可惜。给我吧，咱可别浪费了。"说着，小伙子拎着袋子上楼去了。

傍晚，夏薇回到家里，妈妈又在那里忙活着做南瓜饼，忙得满头大汗。夏薇看着，眼里发酸，走上前将东西都收了，说："别做了，人家根本不吃，全扔了。"

夏大妈知道情况后，想了好久，说："再好吃的东西也架不住天天吃，他们是不是吃腻了？咱得换换花样。有一次我看到张老板买红枣糕呢，也许……红枣糕人家爱吃？"夏大妈说完，又匆匆跑出门，去市场上买红枣去了。夏薇真想拦住妈妈，但她知道，拦不住。

打那之后，夏大妈又开始给张老板做红枣糕了。夏薇多了个心眼，每天早晨留意观察，看张老板会不会又将红枣糕给扔了。还好，一连三天过去，没见张老板扔。夏薇和妈妈很高兴，也许做红枣糕，对路了。

第四天,夏薇刚出门,迎面碰上那个曾经拿走过南瓜饼的小伙子,小伙子迟疑了好半天,然后跟夏薇说话了:"别让你妈给张老板送东西了,人家不吃的。他们现在没好意思白天扔,都改在晚上扔了。"

夏薇愣住了:"为什么?"

小伙子说:"有一次,我听见他们夫妻俩说话,其实呀,不是东西不好吃,是他们不敢吃。"小伙子吞吞吐吐的,最终还是说了原因:"你妈是扫地的,他们怕……怕东西不干净。"

夏薇脑子里"嗡"地响了,这真是莫大的侮辱啊!她和妈妈做南瓜饼和红枣糕的时候,真的比做贡品都要讲究,每一次都是将案板抹得一尘不染,手洗了又洗、净了又净,人家居然嫌她们做出的东西脏,就因为妈妈的地位卑微、身份低贱!

看见夏薇眼里湿漉漉的,小伙子解释说:"其实也怨不得人家,我就租住在张老板家的楼下,每次都听到了,他是坚决不让你妈妈给他送东西的,是你妈妈太想给你找份工作,执意要送的。"

这一天,夏薇非常伤心,她躺在床上蒙头大睡,整个情绪沮丧到了极点。就在她自怨自艾的时候,那个小伙子不请自来,他主动介绍了自己的情况,说他叫程凯,也是个刚刚大学毕业的学生,想找工作,可找了两个月,还没着落。

相同的经历让两个年轻人有了共同语言,夏薇这才坐起来与人家聊开了。一谈起找工作的艰难,两个人都唉声叹气。

聊着聊着,程凯突然产生了个想法:"既然找工作这么艰难,我们不如自己创业好了。你妈妈做的南瓜饼和红枣糕那么好吃,我们干脆卖南瓜饼和红枣糕。"

一提到南瓜饼和红枣糕,刚刚振作起来的夏薇顿时就没了精神头，她连连摇头。

程凯问："你是嫌卖南瓜饼和红枣糕丢人？你要是嫌丢人，由我出去卖，你和你妈妈负责在家里做。"

夏薇叹了一口气："我不是嫌丢人，我是想，我们那么上心地做出来的东西，张老板都嫌不干净，现在上街去卖，还不会招人嫌弃？"

程凯的双眼放起光来："这倒给了我们一个很好的创意，我们干脆做个玻璃房子，透明的，让人家从外面都看得到我们是怎么做糕点的。大家不都担心食品安全问题吗？我们就明明白白地经营，眼见为实，顾客会信任我们的，我们的生意会好的。"

程凯的话让夏薇有了信心，两个年轻人热火朝天地规划起来。

一个月后，夏薇和程凯通过创业贷款建起了一个流动玻璃房，他们的糕点店开张了，可别说，这样透明的经营还真被顾客认可了，他们的生意火爆得不得了。两个人忙不过来，夏大妈也辞了清洁工的工作，来搭手了。才短短两年的时间，夏薇和程凯已经开了三家分店，成了小老板。朝夕相处，两个人也相爱了，已经登记结婚了。

结婚的前夕，两个人将各自的东西搬到了一处。夏薇在为程凯整理东西的时候，无意间看到了一张聘用通知书，那是一家大公司寄给程凯的，时间正是两年前他们计划着创业的那个夏天。

夏薇愣住了，她扬着那张通知书，问程凯："你那时候不是说你没找到工作吗？这张聘用书又是怎么回事？那时候已经有公司要聘请你了！"

程凯笑了笑:"是的,那时候我是找到工作了,但你没找到工作呀!我不能撇下你,一个人去上班,否则你咋办?"

夏薇打趣起来:"可那时候我俩并不熟呀,难道那时候你就暗恋上了我,所以不愿撇下我?"

程凯的头摇得像拨浪鼓:"别臭美了,我那时候会暗恋你?你那么消沉,还真入不了我的法眼。"

夏薇不相信:"你说谎,你要是没爱上我,干吗放弃好好的工作不干,跑来帮我?"

程凯解释说:"因为南瓜饼和红枣糕。"那时候,他租了房子找工作,但两个月过去了,工作没着落,钱却花光了,到后来,连吃的东西都买不起,只能饿肚子。就在他饿得眼冒金星、认为自己快撑不过去的时候,他无意中发现张老板将夏大妈送的南瓜饼全扔进了垃圾桶。这以后很长一段时间,他就是靠那些南瓜饼和红枣糕度日的。张老板前脚将那些东西扔进垃圾桶,他后脚立马从里面拿出来,当食物。

程凯动情地说:"我听到过张老板夫妻间的谈话,知道他俩嫌弃你们做的食物,但我一直没有说破,因为我需要那些食物。直到我接到聘用书了,我才告诉你。那时候我是真的打算去公司上班的,但看到你那么消沉,我有些不忍心,毕竟咱俩境遇差不多,更何况是你们让我挨过了最难挨的日子。没有你们的南瓜饼和红枣糕,我只怕真的会饿死,我不能不知道感恩……"

听着,听着,夏薇哭了,她紧紧地抱住了程凯,哽咽着说:"你……是好人。"

"我们都是好人,懂得不依赖,懂得自立自强的,都是好人。"程凯俯下身来,深情地吻着夏薇,她已经成了他真心的爱人。

关键词：天道酬勤

> 追逐财富的过程中没有免费的午餐，勤劳才是金。

年年有余

张省如

柳湾村的柳娃和妻子彩云，自从承包了后山坡上的一口堰塘养鱼之后，家中境况就如同"腊月三十贴年画"，年年旧貌换新颜。他们家只"年年有余"了没几年，就一跃成了村里的首富。

手中有了钱，柳娃的腰杆硬了，气也壮了，便决定改换门庭，建栋房子风光风光。他把想法和彩云一说，彩云连连拍手叫好。想当年彩云嫁给柳娃时，彩云父母嫌柳家穷，投的都是反对票；后来彩云铁定了心嫁给柳娃后，都好几年了，彩云父母嫌柳娃那几间茅草屋太寒酸，竟没上门来看过一次。如今有钱了，终于能盖栋房子，把父母接来美美地住上一段日子，也让老人宽宽心。

夫妻俩心往一处想，劲也就使到了一处，两个人立马就去请来帮工，挖土采石、修路伐木，忙得不亦乐乎。

没想这天，柳娃在放炮采石时，竟炸出一股泉水来。那泉水不浑不浊，优哉游哉地从石头缝中汩汩地流出。更让两口子惊喜的是，随着泉水，竟还流出许多鱼来！那些鱼虽然小，却都是活蹦乱跳的，十分逗人喜爱。

晚上，柳娃和彩云躺在床上兴奋得怎么也睡不着，两口子扳着指头一算，若是每天都能流出这么多鱼来，把它们卖到市场上去，一年下来不知赚回多少钱哩！

可才高兴了没一会儿，柳娃就叹了口气，说：“这事儿好是好，可惜美中不足，鱼儿太小，卖不出好价钱呀。”

彩云一想，说：“对呀，兴许里面有大鱼，咱不如把泉眼开大些试试？”

柳娃一听彩云这话有道理，于是立刻从床上一跃而起，拿了钢钎就借着月光直奔泉水边，彩云也紧跟其后。

柳娃将钢钎插入石缝，使出吃奶的劲儿撬掉石缝边的一块石头。啊呀呀！那流出的泉水果然立刻就大了，随之流出的鱼儿也大了。夫妻俩开心得不得了，彩云立刻去家里拿来一只大竹筐，放在泉水下面接着，到天亮时，竟接了满满一筐子鱼。

这奇事儿哪还瞒得住啊，不多久就像长了翅膀，迅速传遍全村，村里的男男女女、老老少少于是就都来看稀奇。柳娃和彩云一见这阵势，不由慌了手脚，他们害怕村里人来抢鱼，就弄来好多树枝，把它们挡在泉眼上。

村里有几个年轻人见柳娃和彩云这副德性，心想：这些鱼又没写你们名字，凭啥就被你们两口子独占？他们越想越生气，就跑到泉水边，掀掉挡在上面的那一大堆树枝，大模大样地在流出的泉水下接起鱼来。

村里人见这几个年轻人这么干，当然就跟着学起样来，都一拥而上，抢的抢、夺的夺，一时间，搞得水花四溅，鱼儿乱蹦，吵闹声、谩骂声、厮打声乱成一片。眼看着泉眼被越凿越大，鱼儿也越流越多，到后来全村人都出动了，你一筐、我一筐,整整大战了五天五夜。

就这样,到了第六天头上,泉眼里的水终于流干了,鱼儿也没了,而村民们却仍然久久不肯离去。柳娃和彩云呢,已经躺倒在床上好几天了,茶不思、饭不想,他们原本想发大财的,结果竟成了一场梦。

这天早晨,夫妻俩突然想起自家堰塘里的鱼儿已有多日没喂养了,就急急忙忙赶了去,一瞧,险些吓昏过去:堰塘里干得没一点水,鱼儿也不见了踪影。

彩云急得一屁股跌坐在地上号啕大哭,嘴里大骂道:"哪个缺德鬼,放了俺的水,偷了俺的鱼,叫他吃了烂肚烂肠烂屁股……"

柳娃也怔在那里好半天,缓过神来后立刻就下山到镇派出所去报案。

派出所的同志经过实地查看,并请来有关专家勘察,最后认定:堰塘里的鱼不是被人盗走,而是柳娃放炮炸跑的;所谓的泉水,就是堰塘里的水,那些鱼自然也就是原本养在堰塘里的鱼了。

派出所的同志见柳娃和彩云不信,就在水里撒上麦糠,从堰塘底部一个溶洞里灌进去,结果不一会儿,那些麦糠和着水便从泉眼里流了出来,看得柳娃和彩云说不出一句话来,唏嘘长叹,涕泪直流。

那几个带头抢鱼的年轻人得知此事后,觉得心里很过意不去,便动员村里人将卖鱼的钱如数还给柳娃。柳娃夫妻俩感动得只顾抹眼泪,他俩这才明白:盼望"年年有余"的梦想没错,但在追逐财富的过程中绝没有免费的午餐,勤劳才是金哪!

关键词：自强不息

> 强者在困境中守望转机，在挑战中寻求未来……

穷人的大学

陶 娟

王教授是电脑编程界的泰斗，最近，受几家著名的 IT 公司委托，他组织了一次大规模的青年编程比赛，获胜者不仅有一笔可观的奖金，还有望直接被这几家企业录用，诱惑力实在不小。

赛事通知发出后，王教授直接给自己的学生李大海打了个电话。

王教授向来是个举贤不避亲的人，这李大海是他的研究生，刻苦加上天分，年纪轻轻，已在编程界小有声誉。王教授给他的指示是：只能拿第一。

李大海哪里敢含糊，连忙动手准备参加比赛，每天大把大把的时间都耗在电脑前。谁知人算不如天算，就在比赛前一周，李大海在和几个同学去溜冰的时候，不小心摔了一跤，右手骨折，左手软组织严重挫伤，双手全打上了绷带。这件事把王教授气得脸发青，他痛骂了李大海一通，又心疼地让李大海赶紧住院治疗，尽快恢复健康。

没了李大海，这比赛还得继续，王教授就集中注意力，想看看能否有别的青年才俊从中脱颖而出。

比赛这一天,王教授早早来到考场,这是个很大的机房,足足能够容纳二百多人同时上机操作。这"编程",说得高深点,就是人和计算机交流的过程,王教授凭着多年的经验,几乎能够从人操作电脑的神态、动作,判断出一个人编程水平的高低。

比赛开始后,王教授在二百多人的考场中不断巡视着,很快,他发现了一个不错的选手,那选手编程的速度以及神态、举止都能充分证明,他比其他人的水平高出一大截。

果然,规定的时间刚过一半,这个年轻人站了起来,举手示意自己已经完成了任务。王教授来到那年轻人操作的电脑前,认真看了看,惊讶地发现他编程的指令准确、清晰、高效、简捷,看来真是塞翁失马焉知非福啊,李大海没能参加比赛,却冒出了这么个百里挑一的佼佼者!

王教授把这个年轻人叫到隔壁的办公室,问他是从哪个学校毕业的,那年轻人支吾了半天才说:"老师,对不起,我没上过大学。"

王教授十分惊讶,正在这时,助手匆忙进了屋,凑到王教授耳朵边耳语了半天,从王教授的表情来看,助手告诉他的事很不一般。果然,等助手走出屋子后,王教授的脸就严肃起来了:"你要实话告诉我,你是不是还有个弟弟,不过今天没来参加比赛?"

年轻人点点头,接着不安地把头低了下来。

王教授的语气这才缓下来:"你叫李大江,我有个学生叫李大海,你们是不是亲兄弟?"

见王教授已经猜到了,那年轻人也没遮掩,点头称是。

王教授疑惑地问:"可你说你没上过大学,那这编程是谁教的？李大海？"

年轻人连声说"是"，接着娓娓道来，这一说，就把王教授给惊呆了。原来，弟兄俩差了一岁，当年哥哥上学晚了一年，结果两人同一年参加高考，而且都考上了大学。可他们家地处西北，缺水少地，穷得叮当响，怎么可能两人都上大学呢？最后商量来商量去，决定让弟弟去上学，哥哥做点牺牲。

穷人家的孩子有时是没有什么选择余地的，弟弟李大海就背着一捆破被来到了学校。新学期开始后，李大海突发奇想：难道一定要坐在教室里头才叫上大学吗？难道在家里好好学习就不是上大学吗？有了这个想法，他就认真听课，笔记做得十分详细，每隔一个月，他都会坐上那趟最便宜的绿皮火车回到小山村，然后赶紧给哥哥讲课，就这样，四年大学他火车票攒了厚厚的一摞。哥哥李大江一边在家务农，一边认真听课。大二那年，李大海用奖学金给哥哥买了台二手电脑，哥哥就可以在电脑上编程了。兄弟俩就这样一路坚持，共同完成了大学学业。

听到这里，王教授感慨万分，问："你怎么会想到来参加比赛的？"

李大江神情有些黯然，他说："虽然我没上过大学，但我相信自己比大部分在校大学生学得还要投入，但来到城里才发现，没有文凭，我连份像样的工作都找不到。有些单位电脑都舍不得让我碰，说我不懂，别给弄坏了。这次，正好有推荐工作的机会，我弟弟说无论如何也要让我来参加比赛，说不定会有个好工作的。"

王教授动情地点点头："你虽然没有文凭，但你毕业于这个世界上最伟大的大学。放心，你的工作推荐我来写，凭你的实力，没问题的。"

有了教授的许诺，李大江开心极了，连忙起身，说是要去医院看大海去，王教授站起来，主动给他开了门。

在一个安静的病房里，李大海正在焦急地等待着，突然，门开了，哥哥满脸喜色地跑了进来，李大海顿时一激灵："是不是成功了？"

哥哥李大江激动地点点头。

李大海这才长长地吐出了一口气，不急不慢地说："哼，你要是没考个第一回来，怎么对得起我这两只手？咱老家缺水，挑着水桶在冰上走，我从来没滑倒过，那天我故意去摔了一跤，才摔出一个右手骨折、左手软组织挫伤啊！"

这时，哥哥李大江轻轻握住了李大海受伤的胳膊，两双充满青春活力的眼睛，全都蒙上了一层晶莹的泪花……

> 与其悲叹自己的命运，不如相信自己的力量。

三棵树

吴治江

杨林村是个小山村，村里有个叫郑志的少年。前年，他父亲因车祸丢了命；去年，母亲改嫁到外地。爹死娘嫁人，他默默地跟年过六旬的奶奶相依为命。

这天上午，郑志接到母亲的电话。母亲先说给他和奶奶寄了生活费，叫他去取，又说一个月前她生了个男孩，说他有了弟弟。郑志一听，猛地挂了电话。他越想越憋屈，越想越痛苦，于是手提镰刀，气喘吁吁地跑到自家林地里，一下扑倒在地上，大叫："我不要弟弟——"

在地上躺了半天后，郑志起了身，把锋利的镰刀尖狠狠地刺向树皮。平时他擅长画画，就用镰刀在白杨树上雕刻起了画。

第一棵树上，他刻了个女人头像，这是他妈妈，下边是一双充满怨恨的眼睛，这是他；第二棵树上，他刻了一个男人的头，这是后爹，还有一个小孩的头，这是弟弟，他还画了一条绳索，把两人牢牢地捆在这树上；第三棵树上，他刻了一座高楼，楼的周围飘洒着数不尽的钞票。

刻完后，郑志把刀一扔，躺在地上望着天空，泪水顺着眼角流到了地上。眼泪流干后,他爬起来大叫:"我不要你们的钱,我自己挣,等着瞧吧—"

可是,大人挣钱都不容易,何况一个嘴上无毛的小孩。四年后,他上了高中。几年间,他个子越长越高,日子越过越难,可母亲寄回的钱却没增加。起先,他难免有些怨言,慢慢懂事了,他知道弟弟渐渐大了,母亲的负担也越来越重,这么一想,他便坦然了。

有一天,郑志接到同学罗亮的邀请,去参加生日聚会,他最不喜欢这种活动,可罗亮很真诚,他不好拒绝,便买了个小礼物前去。

聚会很热闹,郑志应付一会儿后便来到阳台看花,他很喜欢一盆叫不出名字的红花。

正在这时,同学李康走了过来,说:"这花几百块钱一盆呢,喜欢吗?"郑志说:"还行。"他不想和李康多说,这家伙有钱,看人总是向下看的。

"还行?几百块一盆的花你说还行?好像你挺有钱似的。"李康一脸的不屑。郑志说:"我哪有你有钱?可你除了钱还有什么?"李康生气地说:"你不就成绩比我好吗?那有屁用!"说着,他伸手推郑志的肩,郑志向后一闪,突然感到肘部撞到了什么,紧接着,便听到"砰"的一声响,探头一看,花盆已被撞到楼下,摔得粉碎……

事后,郑志郑重地对罗亮表示自己必须赔那盆花,罗亮说不必,可郑志在心里发誓:卖血也要赔!

几天后,郑志打听到那盆花值五百,花盆一百。他手头只有一百多块,于是,他利用周末时间去建筑工地干活,一个月后,好不容易凑足了六百块。

一个星期天，郑志敲开了罗亮家的门，掏出六百块钱，郑重其事地交给罗亮的父亲，说："罗叔叔，我摔坏了您家的花，对不起，这是我赔偿的钱，请您收下。"

罗父赞许地拍拍郑志的肩，说："事情我都知道了，你的心意我们领了，赔偿就不必了。"郑志非赔不可，看样子不接受赔偿还真不行，罗父只好象征性地收下五十块钱，还一定要留郑志在家吃饭。饭桌上，罗父说："那花盆和花不稀罕，稀罕的是那养花的土。"

郑志不解地问："土有什么稀罕的？到处都有土。"

罗父告诉他：最好的天然花土是一种叫"牛屎炭"的土，这是一种泥炭，是天然沼泽地里经过几千年风化沉积形成的，但这东西正宗的比较难买，去年他托了几个人才买到十斤。

几百块一盆的花，有钱人才玩得起，郑志没把这花放在心上，可"牛屎炭"这名字却在他心里扎下了根。

这天是周日，秋高气爽，郑志又一次来到被他雕刻得伤痕累累的白杨树旁，树上的画基本上还能看清模样。他躺在地上，看着树叶飘落，又想起远方的母亲，觉得自己就像那离开树的叶子。

胡思乱想间，郑志忽然想到罗父说的"牛屎炭"。他查过资料，"泥炭"就是按不同程度分解的植物残体堆积物，既然这样，那树叶和泥土经过一定时间的风化、沉积，不也可以成为花土吗？要是那样，不值钱的树叶和泥土不就值钱了吗？

郑志兴奋地跳了起来，马上回家取来了锄头、筛子和刀，在这三棵树前挖了个坑，先铺了一层细土，又铺一层切细的树叶，适当洒一些水，就这样，一层土一层树叶，把坑填满了。

第二年春天，郑志刨出了他自制的"牛屎炭"，装了一小袋，直奔罗亮家。

罗父问了这土的来历，又仔细地看了、闻了、捏了，拍着郑志的肩，说："这虽然不是正宗的'牛屎炭'，但也是营养丰富的上好花土，我先用它试着种花，有了效果再告诉你，小伙子真不错！"

三个多月后的一天，罗亮叫郑志到他家，说他父亲有事。郑志忐忑不安地到了罗家，罗父一见他就说："小郑，我好多位养花的朋友试用了你那花土后，都说好，要买，这个星期天你回家带几百斤来。"

星期天，郑志装了几袋花土，租三轮运到县城。在罗父的指导下，按不同重量分装成很多小袋，然后拉到一个花土销售处，大半天时间便卖完了，得了八百多块。郑志非常高兴，要分一半钱给罗父，罗父坚决谢绝了，看着郑志，他欣慰地说："小郑，人小志大，你以后定有出息。这花土还可以进一步改进，加油！"

郑志衷心地向罗父鞠躬致谢："谢谢罗叔叔！"

这以后，郑志经过学习、钻研，在树叶和泥土的选择上做了进一步的改进，他制作了三坑花土，卖了两千多块钱。这次成功令他信心大增，在罗父的指导下，他制作了各类有机花土，并上网销售。

郑志高三这年，和罗父共同成立了一家花土公司，成了学校有名的小老板。可贵的是，他在创业的过程中，没耽误过一天的学习。

一眨眼，临近高考了。一天放学时，郑志突然接到了母亲的电话，母亲关心地询问了他的学习情况，还说打算回老家来陪他考试，顺便看看他是怎么制作花土的。郑志突然情绪激动地说:"妈,您别、别回来,千万别回来!"说完,他立即挂了电话。

这时,罗父正好在郑志身旁,便关心地问为什么不让他妈回来,郑志说不想让她回来看到那"三棵树"。罗父越听越糊涂,问起"三棵树"的故事,郑志说,等高考完后带他去看。

高考后的一天,郑志带着罗父来到了他家的山林里,走到了那三棵树前。

罗父看了三棵树上那些还能勉强分清模样的画,奇怪地问:"这些画是什么意思?"

郑志这才说出了他的身世和这些画的意思。罗父看着那三棵树,又看看郑志,说:"当初,怨恨、自卑、嫉妒,是你心中的三棵树。如果任这三棵树疯长,撑破的就是你的灵魂。现在,你让它们上面的叶子落下,变成泥土,变成肥料,心中开出的就是鲜花。"

郑志满眼泪花,说:"罗叔叔,您说得真好!"

一个多月后,郑志收到了大学的录取通知书。离开家乡时,他带上了两包花土:一包带到母亲那里,一包带到大学里。他相信,美丽的鲜花人人都喜欢,种花就要花土,他的花土已经注册了商标,名字就叫"三棵树"。

关键词：天道酬勤

> 对一个人来说，最宝贵的品质是勤劳，最可恶的品质是不劳而获。

什么样的钱最值钱

宾 炜

省城有个年轻人，叫马小猴，好逸恶劳，活不下去，竟然走上偷窃的道路。

这天，马小猴在车站瞄上了一个民工汉子，三十来岁，一只手提着个破麻袋，另一只手不时地捂着左胸。马小猴猜想他身上准有肥水可捞，就赶紧跟着买票上车，挨着他坐下。可汉子的警惕性很高，车上三个多小时连个盹也不打，马小猴手段再高明也无法下手。车子开到县城，汉子马不停蹄又坐上一辆开往乡里的班车，马小猴不甘心，也跟着坐了上去。汽车颠颠簸簸开了两个小时，那汉子依然头不晕、眼不闭，连呵欠也不打一个，马小猴始终找不到下手的机会。下了车，汉子迈开大步就走，马小猴已经跟到此地，不说别的，光车费就花了几十元，他哪能干赔钱的买卖？于是一不做、二不休，咬咬牙又跟了上去。

不一会，天就黑下来了，前面的路越走越窄，四周看不到一个人影。马小猴心想：此时不抢，更待何时？就甩开大步赶上汉子，气急败坏地骂道："他妈的，你想把老子累死啊？

快,自己把钱拿出来。"汉子说:"我知道你老人家从省城跟到这里很辛苦,可是大哥,我真的没钱啊!""没钱?你蒙谁哪?"马小猴鼻子里"哼"了一声,他指指汉子的左胸,"这是什么?你瞒不过我!"

汉子解开胸前的衣服扣子,让马小猴看:"大哥,这回你真的走眼了。你看,我这儿长了一个脓疮,城里治不好,我这是回乡下用草药来治啊!"马小猴亮起打火机一照,汉子的左胸口果然贴着一张狗皮膏药,他扫兴至极,大骂晦气,又不甘心地在汉子身上反反复复搜了好几遍,结果只找到几块钱。

马小猴顿时气得破口大骂:"你奶奶的,从城里回家就带这几块钱?"汉子叹口气说:"大哥息怒啊,我在城里打工不假,可老板拖着不给工钱,这一路的车费我还是向别人借的呢!"马小猴一听,心里直叫苦:这下可怎么好,自己剩下的那点钱都不够回去的路费,落在这荒山野岭,真正是两头不着岸啊!

汉子见马小猴半晌不语,小心翼翼地说:"大哥,害你白跑一趟,我心里也过意不去,事到如今,你不如到我家去住一晚,明天再作打算?"马小猴左思右想,也只有这么办了,他气呼呼地关照汉子:"你明天去给我弄一千块钱来,老子可没有空手回去的习惯。"汉子连连点头:"行啊,我老婆在家里养了两头猪,明天我就去集上把它卖了,给大哥做车费。"说完,便领着马小猴继续上路。

不知走了多远,终于进了一个村子,马小猴盼咐那汉子:"到家你别想玩花样,就说我是你朋友……"没想他话音还没落地,那汉子突然一闪身消失在黑暗之中,嘴里还使劲地喊着:"来人啊,抢劫啦!"马小猴还没回过神来,村里那些开夜工还没睡觉的人就拿刀捏棍地纷纷跑了出来。马小猴吓坏了,慌不择路一头撞进路边一个小棚子,身子还没站稳,忽然脚下一滑,"扑通"一声掉了下去。他不知道,这棚子其实是个茅厕。

村民们一看马小猴这副狼狈样子,乐得哈哈大笑。后来,总算有个人把他拉了上来,用水给他冲了十几遍,把身上冲洗干净,然后把他扔进了一个空屋子。马小猴想想自己竟落得如此下场,心里头那个恼呀!这深山野岭本来就是天高皇帝远的地方,这些村民可都是惹不起的人,万一要治自己个死罪,那可真是死得太不值了。

马小猴正在担惊受怕时,先前那个汉子来了,马小猴"扑通"一声跪在汉子面前,告饶说:"大哥,你大人不记小人过,就放我一马吧!"那汉子笑了:"快起来吧,我来,就是想放你走的。""当真?"马小猴不相信汉子这么轻易就会放走自己,看他真没再说什么,于是就千恩万谢地出了门,撒开脚丫子没命地跑。

可是跑了一阵,马小猴忽然发觉有点不对劲:怎么跑来跑去还是这段路呢?他掉转头又往回走,结果没多久又绕回了老地方。马小猴心里一沉:要是跑不出去,被困在这山里活活饿死,怎么办?马小猴顿时就慌了,像只没头苍蝇,在山里转了大半天,愣是见不到一个人。山里蚊子多,马小猴全身上下被咬得没有一处是好的;遇上野猪他还以为是老虎,吓得尿都出来了。幸亏这时候他遇上了一个放羊回家的小孩,那小孩把他带回了村里。

汉子见马小猴又回来了,不明白是怎么回事。马小猴苦着脸说:"大哥,你好人做到底,送我到镇上吧,我不认路,走不出去呀!"汉子一听皱起了眉头,对马小猴说:"不是我为难你,我送你出去一趟至少要四个小时,来回就是一天,这几天正是农活紧要当口，气象预报马上就要下暴雨了，时间实在太紧。这样吧，你干脆在我家住几天，等忙过了这一阵，我保证送你走。"

马小猴一听这话，差点就掉了眼泪：古往今来，哪见过像自己这么倒霉的打劫啊！可现在是虎落平阳，只能听任人家摆布了。于是就这么着，马小猴在汉子家住下了，每天早早起床上山下地，顶着烈日面朝黄土背朝天。他在城里什么时候干过这种脏活累活啊，没几天，手上就全是血泡，脸晒得像是黑包工。

苦熬了两个星期，汉子家里的活儿差不多都搞掂了，马小猴终于盼来了回城的这一天。然而此时此刻的他，已经和当初完全换了个样子，光体重就减了十多斤，穿着打扮完全像个山里人了。

临行前一天的晚上，汉子和他老婆特意买酒杀鸡为马小猴送行，这些原本在城里吃腻了的东西，今天在马小猴的嘴里变得味道特别香。待马小猴吃饱喝足之后，汉子小心翼翼地从口袋里摸出五十块钱来，说是给他做路费。马小猴连连摆手说："我不能要你的钱，我知道你家也不富裕，你今天这么待我，我已经感激不尽了。你放心，只要你送我上了车，车费就不会成问题。"

汉子听马小猴这么说，叹口气道："老兄，不是我说你，你怎么还要去干那事儿？你想过没有，那些被你偷走了钱的人回去怎么办？就像我们出去打工的，哪一分钱不是辛辛苦苦挣来的？都是血汗钱，不易哪！至于这五十块，你倒是真应该拿去的，这是你这些天的劳动所得。只是我们这地方穷，工价太低，我只能给你这么多，不好意思啊！"汉子一边说着，一边就把五十块钱重新又递给了马小猴。不知为什么，马小猴接过钱来的时候，两只手竟微微颤抖起来。

第二天，汉子送马小猴到镇上，搭上了回城的班车。终于可以脱离苦海了，可马小猴却怎么也高兴不起来，老想着在山里过的那些日子。

这时候，一个人拍拍他的肩膀说："同志，请买票。"马小猴当即将昨晚汉子给他的那五十块钱从口袋里掏出来，理直气壮地递了过去。因为，这是他第一次辛辛苦苦挣来的钱！

> 只要肯用心，谁都能成为细节之王。

细节之王

马海涛

这天早上，有个叫唐力的年轻人匆匆踏进一家五星级酒店，要去会议厅听一个讲座。这个讲座的主题是探讨如何观察和把握细节，主办方特意请来了欧洲素有"细节之王"美誉的史密斯先生。

会议快开始了，唐力直奔电梯间。他正想关电梯门，见一个头发花白的外国人也挤了进来，便礼貌地示意对方先按按钮。外国老者伸手按了一下，紧接着发现按错了，歉意地笑了笑，又重新按下15楼的按钮。刚好唐力也要去15楼，他便估摸着对方也是来听讲座的。

外国老者对唐力笑笑，用中文问道："你是来参加讲座的？"唐力点了点头，老者主动伸出了手，说："你好，我是史密斯。"

唐力大为惊讶，没想到提前碰到了大名鼎鼎的"细节之王"，赶紧友好地跟对方握手。史密斯习惯性地打量了他一眼，又问："如果我没猜错的话，你曾经当过兵，现在可能是名警察吧？"

唐力更加吃惊，问对方怎么看出来的。史密斯笑了笑，一口气说出了他身上的很多特征：挺直的身板，炯炯有神的目光，还有握手时那满手的老茧……唐力暗暗佩服，会议还没开始，就被史密斯先上了一课。

讲座开始了，史密斯的演讲深入浅出，让在场的人受益匪浅。到了交流的环节，台下有人提问："史密斯先生，您对各类细节都研究得这么深，平时应该很喜欢阅读吧？"史密斯却回答自己平时太忙，没多少时间阅读，楼下的信报箱总是塞得满满的，都来不及去取。话音刚落，令人吃惊的一幕出现了，史密斯好像突然感到身体不适，捂着胸口倒了下去……

全场的人都惊呆了，工作人员立刻冲过去将他扶起。工作人员正准备打急救电话，史密斯却摇了摇头，费力地抬起手臂指向窗外："我就住在对面的涉外公寓，我太太那里有急救药。"他接着补充道："我们在一单元……"但话没说完，他就昏了过去。

工作人员情急之下，朝着话筒大声喊道："我们需要照顾史密斯先生，现在人手不够，有谁赶紧去对面的涉外公寓一单元，找史密斯太太拿药？"

有三名年轻人高呼："我们去！"他们立刻跑出了会议厅，唐力一听，也毫不犹豫地跟了出去。

等唐力赶到一单元公寓楼的大堂，只见两个年轻人无可奈何地站在那里，另一个却不知去向。他上前一问，才知道大家都太着急，却还不清楚史密斯究竟住几楼几号，这一个单元有30层楼，而且每层还有不少房间，所以另一个人已经先去物管处打听了。

这时候，出去打听的人匆匆跑回来，说物管那里查不到史密斯的名字。一个年轻人脑子一转，有了主意："我们一人负责十层楼，挨家挨户去敲门，一定能问出史密斯先生的房间。"

三人顾不上唐力，一下子全都冲进了电梯。

唐力站在那里凝神想了想，突然一拍脑袋，也迅速走进一部电梯……

此时的酒店会议厅，却是唐力他们完全没料到的场景：四人的所有举动都出现在大屏幕上，是公寓物管处传来的监控画面。早已恢复的史密斯正站在屏幕旁，给观众讲解着对面发生的一切。史密斯的昏倒其实是精心策划的，他早就准备把人们的临场反应作为案例，给大家进行分析。

史密斯指着一人去物管处询问的画面，说："想法是对的，可惜他并不了解这座公寓是对外出租的，物管那里只有业主的资料，没人认识我。"

他见三个年轻人又去每个楼层打听，更是叹了口气："我们那里住的大多是外国人，我又喜欢独来独往，除非刚好问到对的楼层，不然也是浪费时间。"至于唐力，史密斯认出之前在电梯里见过，但看他也直接进了电梯，便摇了摇头，没作评论。

接着，史密斯转过头看着大家，眼神中透出一丝狡黠。他提醒道，自己之前的讲话中故意透露了一个细节，如果这几人留意过并且先静下心思考，就能大大节省时间，或许真能"救"自己一命。秘密就是自己楼下的信报箱是塞满的，别人的都比较空，刚才四个人在大堂内走来走去，却没人注意，其实只要去信报箱那里查看，就能很快找到正确的房间。观众全都恍然大悟，不禁佩服史密斯设计的巧妙。

这时，会议厅的大门突然被推开，唐力平静地走了进来，高举起手中的药丸："史密斯先生，您的药我已经带回来了。"原来他早就回到了现场，刚才一直在门口听着，直到史密斯讲完话才现身。史密斯大为吃惊，赶紧让唐力走上台，问他用了什么法子,居然那么快就找对了房间。

"答案就在今天早上,我跟您在电梯里遇见的时候。"唐力解释说,史密斯进电梯后先按错了楼层,他注意到那是八楼。唐力寻思人们随手会按下的楼层,一定是每天都习惯去的,很可能不是上班的就是回家的楼层,而史密斯演讲中说过喜欢在家里办公,这让他更确信史密斯的家就住八楼。因此他刚才直接上了八楼,敲开第一户人家的门,得知史密斯就住在隔壁,于是马上找到了史密斯太太。

史密斯对唐力的解释大感意外,赞叹道:"如果当初我没说错,你肯定是名警察,而且还非常优秀!"

谁知唐力谦逊地一笑,回答自己其实是这家酒店的一名普通保安,今天利用休假专门来听课。不过他自豪地说,史密斯说对了自己曾经是名军人,而且因为工作认真细致,还多次立功受奖。

史密斯竖起了大拇指,拉着唐力一起面对全场观众:"唐先生的精彩表现,无疑是对我今天演讲主题的最完美诠释,没有谁是真正的细节之王,只要肯用心,谁都能成为细节之王!"

关键词：天道酬勤

> 有时候，没成绩反而是最大的成绩……

一路反常

侯晓琪

心有不快

朱凯警院毕业，进了铁路公安处，入职培训期间他表现极佳，处里上下都认为他会被机关留用。谁知调令下来，他被分到了乘警支队。朱凯一下子泄了气：乘警嘛，跟乘客打交道，无非维持秩序、调解纠纷，还不如刑侦反扒，跟犯罪分子真刀真枪干得来劲呢！

朱凯带着闷气到队里，刚报了到，之后立马被安排跟车了。在出勤值班室，他见到了值乘搭档——一个头发花白的老乘警。

听说这老头姓桂，在行内还有点名气，有"空警"之称，意思是他值乘的列车，这些年基本上没案情，他的报警登记本上，总是空空的。不过抓不到罪犯，就出不了成绩，没成绩，也难怪他这么大岁数了还是个基层民警，但他资历可熬够了，警衔跟队长平级。

朱凯想到这儿，嘀咕道："怎么称呼您呢？依咱们处惯例，都是姓氏后挂职务简称，比如王处、张科，看警衔叫您桂队吧，可您又没职务。"朱凯心里不痛快，口气也暗含不逊。按行规，他可以管对方叫师父,可想让他开口叫师父,对方得有两把刷子才成。没想到对方脾气挺好:"得,你就跟列车上的老乘客一样,叫我桂老警吧!"

桂老警带着朱凯办完出勤手续,就搭车到了车站。接车时,不断有列车长以及列车员来与桂老警合影。没想到他人缘倒不错,朱凯正感叹着,突然,不远处传来一阵吵闹声——有个民工打扮的瘦小老头,背个小竹筼,筼里满是大条的熏干腊肉,老头登车时把竹筼抱在胸前,一不小心,油汪汪的腊肉顶在了前面一个胖小伙的登山包上。

胖小伙像被蜜蜂蛰了似的,猛一回头,小老头呢,眼见胖小伙的包被蹭出了几道醒目的油渍,便赶紧赔不是。胖小伙不耐烦地一摆手,道:"算了,算了。"人家这样大度,小老头更觉过意不去,于是忙不迭地伸手去擦包上的油污,可他刚归整过腊肉,手上全是肥油,这样横涂竖抹,把包擦得更花了。

胖小伙不乐意了,吼道:"你有完没完!"这一吼,吓得小老头擦得更起劲了。胖小伙气得举起拳头,朱凯忙上前拦住了对方:"冷静!"见惊动了警察,小老头哭丧着脸,车也不敢坐了,他正要离开,被桂老警拦住了:"车快开了,都上去说!"

这趟车的终点站是花市站,途中在隆苗站会有一次停靠。上车落好座,朱凯就看见桂老警和小老头聊上了,只听桂老警说:"咦,你这腊肉不错。"小老头不好意思地说,他老家在方果县,他和儿子进城打工好几年了。这次过年,儿子在工地上还有点活儿,就让他带年货先回家。两人东拉西扯,听得朱凯直冒火:天啊,以后工作要是这么个状态,那可乏味透顶了。

好容易桂老警起了身,带朱凯开始例行巡视。这一圈下来足有两个多小时,朱凯正累得扶腰,桂老警一回头,道:"帮我查查从花市到方果县的长途汽车时刻表。"朱凯用手机一查:"早七点首发,晚九点末班车,怎么了?"

桂老警远远望着小老头,叹道:"列车到花市站十点半,看来那老头出站后要天亮才能搭上回家的班车,其实他完全可以坐别的车次啊……"

半信半疑

还挺会替乘客着想!朱凯正哭笑不得,一抬眼,见那小老头朝他们走来了:"我手机丢了!"

桂老警和朱凯问明情况,三人来到车厢连接处。朱凯一边挨个扫视车厢内的乘客,一边心里盘算:车厢里的人都在,多数都在打盹,也没人离开,手机肯定还在车厢内。不过,列车几分钟后将停靠隆苗站,到时上下人流一乱,赃物就可能被转走。小老头怯怯地说:"要不请警官帮忙拨打我的号码看看?我那手机铃声大……"

朱凯嘀咕道:"晚啦,小偷得手后肯定先关机了。"一旁的桂老警想了想,对小老头说:"一会儿停车了,跟我去车站派出所报案,就说是在车站丢的,这样他们立案了好找,不然你跟我说也没用!"

这时,好些乘客都被吵醒了,纷纷朝这边张望,小老头点点头说:"好,我听你的。"

好哇,把案子踢给车站派出所,这样就把自己的责任摘干净了。他这个"空警",原来是这么混出来的!朱凯皱起了眉,说道:"列车只停三分钟,报案加笔录时间太紧,搞不好会误车的。"

桂老警闻言,眼一瞪:"误了,我陪他赶下一趟!要是我执乘的列车出了案子破不了，我的名誉损失谁负责？"

过了一会儿，列车停了，桂老警拉着小老头下了车。三分钟后，一声长笛，列车启动了，桂老警和小老头果然误了车。

渐渐加速的列车上，朱凯正摇头苦笑，突然车厢内响起了洪亮的手机铃声，一回头，只见桂老警举着手机和小老头就站在身后。朱凯一下子明白了：刚才八成是桂老警欲擒故纵，故意当众带小老头下了车，造成误车假象。偷手机的贼见了，放松了警惕，忍不住开机，把玩起到手的猎物。不料桂老警带小老头又从别的车厢上了车，小贼猝不及防，想关机也来不及了……

朱凯冲上前去，将正举着手机的胖小伙连人带行李，带到了餐车上。胖小伙却大叫冤枉："我睡得迷迷糊糊的，只觉腰硌得慌，伸手一摸，还没看清是啥呢，它就响了呀！"

朱凯正想加大审讯力度，桂老警一摆手："搜他的包。"朱凯把胖小伙的包翻了个底朝天，包里只有几套衣物。桂老警拿起空包，往里嗅了嗅，就丢回给了胖小伙："可能贼见动静太大，也可能嫌这手机不值钱，所以趁乱把它抛在了你的座位后。好吧，谢谢配合，你可以走了。"

这么轻易就放走了疑犯，朱凯有些不服了："这胖小伙说是出差的，包里洗漱用品、替换内衣都不见带，没拆封的运动外套倒是背了好几套，还有，他全身上下就裤兜里几张零钱，手机、钱包都没有，不可疑吗？"

桂老警笑了："刚才我在包内闻到了腊肉味，他不是没钱、没手机，而是被'老朋友'掏去啦！"

朱凯半信半疑："难道——"桂老警点点头："先别打草惊蛇。"

夜深了,列车到达花市站。小老头随人流下了车,没想到在月台一角,被胖小伙拦住了:"老家伙,拿出来!"小老头一脸委屈:"小胖哥,你说啥?"

胖小伙强按着小老头的脖子,正搜他的身,就听背后一声嘲讽:"行啦,你搜错地方了。"一回头,是桂老警,他和朱凯带车站派出所的人围了上来。

控制好疑犯,桂老警从小老头背篼里拣出一条干腊肉,用刀切开,那干硬如柴的腊肉中间竟是空的,里面藏着钱包、手机、金银首饰以及几张银行卡。

如此反常

回程列车上,朱凯接到了车站派出所的通报,不出桂老警所料,小老头和胖小伙,一个是列车大盗,一个是流窜的入室盗窃犯。

朱凯按捺不住兴奋,问道:"您是怎么瞧破的呢?"

桂老警淡淡一笑:"反常!"

桂老警说,小老头背着腊肉一出现,他就觉得不对:过年了,回家带年货是人之常情,可老头却从打工的城里把熏好的腊肉往乡下老家带,这等于把石头往山上背嘛。此外,小老头说要回方果县过年,却选择了时间最不合适的一班车,实在可疑,于是桂老警一路紧盯小老头,察言观色,旁敲侧击,看出了破绽,终将其绳之以法。

事实也证明,腊肉是小老头的作案工具,他故意用肉去蹭别人的包,观察对方的反应,再以替人擦拭油污为由,趁机打探包内东西的价值,并伺机作案。

"胖小伙就被老头盯上了,老头碰了他的背包,他很警惕,但并不想多事。他在我们搜包时才发现东西被窃了，却反常地忍气吞声不张扬，说明失窃物来路不正。"桂老警说，"小老头呢，瞧瞧得手的'丰厚'赃物，便判断出胖小伙是同行。他本想在隆苗站就逃下车，可被我盯得紧紧的，不得已才行险招以图侥幸脱险，他故意用手机来栽赃，就是想到胖小伙心虚，即便受了冤枉也会息事宁人。"

朱凯边听边点头，理着思路说道："老头一开始就希望我们拨打手机，当场拿住胖小伙，因为列车就快到隆苗站了，依常规，乘警会把疑犯控制住，到站后移交处理，这样老头就摆脱了胖小伙。后来，您说要带他先下车，他正巴不得呢，可没想到您又把他带回来了！"

朱凯说得眉飞色舞，桂老警也跟着笑了，朱凯忽然想起什么，又说道："今天还有一事反常！"

桂老警来了兴趣："怎么说？"

"虽说您是队里的名人，可大家一起共事，抬头不见低头见，也没必要逮着您就合影，除非……"朱凯说，"您要离开这岗位了？"

桂老警点头，道："是，我要退休了。队里人手紧，便要我跑这最后一班岗，好带带你们这些年轻人。本来我对你确实有点不放心，但现在瞧着你，我觉得能行。"

朱凯还有些不解："您一眼看破俩贼，为什么不当场拿下？"

"要说，也是因为你。"桂老警一扬眉，"你来队里报到，竟连怎么称呼队友都没想好。满嘴'王处张科'的，说明你脑子里尽是机关领导，全没把乘警队放在眼里。我刚才故意放纵疑犯，一方面看看你的反应，另外也想让你知道，不法分子诡计多端，我们要懂得利用专业进行反制。所谓术业有专攻，任何行当都不容小觑！"

见朱凯脸上腾起了红云，桂老警又笑了："说起来，你被分到乘警队也是反常，但也许这是领导器重你，想给你考验呢？"

朱凯听罢暗自点头，良久，他问："桂老警，您虽有空警之名，但没实在成绩。就像这次，功劳全被车站派出所得了，您不遗憾？"

桂老警乐了："傻小子，没成绩才是我这辈子最大的成绩啊！"

朱凯听到这儿，忍不住站起身，"啪"地敬了个礼，道："师父！"

> 你一定知道草船借箭是怎么回事，那你听说过木船砸白菜吗？

砸白菜

陆惠明

三年困难时期，村前的河岸上种了好多大白菜，大白菜成熟后圆鼓鼓的，非常喜人。这天，队里安排老王和林一峰去市里卖大白菜。

平日里，大伙儿进城办事都是摇船，这次也不例外。大白菜装了满满一船，船很沉，虽然天很冷，但两个人都摇得出了汗。几个小时后，船进了市区。就在这时，河面上突然蹿出来一条船，"砰"地一头撞了过来。老王见势不妙，急忙用篙子去撑。可没想到，对方船上一瘦一矮两个人，拉着老王他们的船不肯放，非要叫他们赔钱不可。

那年代谁的口袋里会有钱？林一峰说："真是笑话！你们撞的我们，况且船又没有损坏，还要我们赔钱，哪有这种道理？"

瘦子见老王他们不肯赔钱，立马破口大骂。林一峰见对方蛮不讲理，就跟他们对骂起来。

双方越骂越凶，瘦子叫嚷着让矮个子上船教训一下林一峰，自己还朝老王他们船上砸起了小石子。老王之前一直没加入"骂战"，可这一下，他突然抓起手边的大白菜砸了过去。

林一峰见状，也跟着抓起大白菜砸过去，一时间，大白菜像雨点似的砸向对方。突然，一棵大白菜飞向瘦子，只听到"啊"的一声，瘦子就倒在船舱里了。

林一峰吓了一跳，老王趁机将船撑开，迅速摇走了。

进了市区，老王他们顺利将大白菜卖给了收购站。回来的路上，经过之前吵架的地方，林一峰说："不知道那个被砸的人怎么样了……"不过很快，他又气呼呼地说："是他们活该！"老王想了想，说："应该没啥问题……"

回去后，林一峰常跟大伙儿说起他们用大白菜砸人的"壮举"，并以此为傲。

多年后，改革开放的春风席卷全国，村办企业应运而生。老王这时已当上了村支部书记，他也想办企业，让村里人富起来。老王多次找到镇上办事处的主任，主任被老王打动了，很上心，没多久就说，市帽子厂要办一个分厂，厂里挑了好几个村进行考察，让他早做准备，能不能成功就看他们自己了。

老王听说几个村都在筹钱建新厂房，可他们村哪有钱建新厂房啊？他想来想去，最后决定用礼堂来改造。一切准备就绪，就等帽子厂的人来考察验收了。

没多久，帽子厂来了三个人，带头的是刘厂长。刘厂长转了一圈后挺满意，但说最后结果要看其他几个村的综合情况。

不管怎么说，第一关总算过了，老王很高兴，非要在家里设宴招待刘厂长他们不可。刘厂长他们觉得盛情难却，就去了。老王还叫来林一峰作陪。大家落座，老王和林一峰轮流举杯敬酒，刘厂长的目光一直不离这两个人。几杯酒下去，大家兴致都高了，纷纷说起了"想当年"。轮到刘厂长时，他说自己确实有一件忘不了的事。

刘厂长说,他年轻的时候家里很穷,啥吃的都没。有一天,他和兄弟又是几天没吃饭,他问兄弟想不想搞点吃的,兄弟饿得脸都绿了,连忙点点头。接着,他就把兄弟带到了一条空船上,他们等啊等,终于等来一条装满大白菜的船,他和兄弟拼命把空船撞了上去。

听到这里,林一峰看了看老王,老王却没啥反应。这时,刘厂长继续说:"那条装满大白菜的船上有两个人,其中一个就要起篙子把船撑开。我们好不容易等来这条船,怎么能轻易让他们跑掉?我和兄弟死死地拉住那条船不松手,硬要叫他们赔钱,他们不赔,我们就破口大骂。后来,我故意用事先准备好的小石子砸他们,还让兄弟到他们船上去撒泼。其实我做这些啊,就是想惹怒他们,好让他们用大白菜砸回来!我兄弟正要起跳的时候,那个年纪大点的人终于沉不住气,用大白菜砸了过来,接着,那个年轻人也跟着砸了起来。没一会儿,我们船上就积了一堆大白菜。最后,我假装被砸倒,吓得他们赶紧撑船逃走了。那些大白菜救了我们全家人,让我们度过了最艰难的日子。后来,我和兄弟都参加了工作,日子慢慢好了,但我心里一直记得这件事……"

林一峰听得目瞪口呆,刚想说那两个人就是他们,老王却摆摆手,不紧不慢地说:"那时候日子都苦,缺穿少吃是常事,也许他们知道你们有困难,故意将大白菜'砸'给你们,让你们救急的。"

刘厂长看看老王,笑着说:"是啊!不管他们是有意还是无意,真的很感谢他们的大白菜。"

刘厂长走后,林一峰直盯着老王,问:"你当时就知道他们是来骗大白菜的?你咋不告诉我?"

老王微微一笑，说："一条空船，平白无故地撞过来，两个年轻人瘦得跟猴子似的，一看就是饿几天了。他们想尽办法跟我们起冲突，甚至朝我们砸石子，肯定是想让我们砸回去呗！如果我当时就告诉你，他们是来骗大白菜的，你还舍得扔吗？后来，你又一直对这件事津津乐道，把它当作你的'英雄事迹'，我也就没好意思再提了。"

林一峰一时答不上来，但马上他又埋怨起老王："那刚才你为啥不告诉刘厂长那大白菜就是我们给的呢？如果刘厂长知道了真相，也许帽子厂的事情就能落实下来了。"

老王却反问道："你当初是用大白菜'砸'人家，还是想扔些大白菜给人家救救急？而且，如果刘厂长是个公平公正的人，我们说了也是白说。如果他念及此事而行了方便，那对其他村公平吗？所以我想，就当此事从来没有发生过。"

听了老王的一番话，林一峰羞得涨红了脸……

其实，那天考察完，刘厂长就怀疑老王和林一峰是当年砸大白菜的人，所以故意讲了当年的故事来试探，见老王没承认，他也就没再问了。不过后来，市帽子厂的分厂还是开在了老王他们村，这当然不是刘厂长行的方便，而是老王他们村努力争取的结果。

关键词：与爱同行

> 一位母亲思女心切，竟帮助女儿夺得了最佳博主的称号，这是怎么回事呢？

最佳博主

赵青子

杜玉是个拍摄短视频的博主，凭借精巧的构思、独特的嗓音和姣好的外貌，加之顺应了时事热点，她拍摄的短视频迅速走红。不久之后，杜玉进了一家新媒体公司，成了短视频拍摄一组的组长。

快过年了，杜玉却没空跟家里人打电话，更别说回家乡过年了，她正忙着和小组同事筹划年底新媒体方案。同事们七嘴八舌地讨论着，转眼又说起了八卦："内部消息，今年短视频平台会推出年终总结，王经理说了，要给今年我们公司播放时长最多的短视频博主包个大红包，还要给平台上观看时长最多的用户发神秘礼品呢！"

有人打趣道："那现在刷视频还来得及吗？播放时长最多的博主肯定是杜玉，我来刷个观看时长最多的用户，拿个神秘礼品总可以吧？"

之前那个同事回答说："你这相当于知道股市内幕，操纵股市，是犯法的哦！"大家哄堂大笑。杜玉却笑不出来，她知道，这是公司评选最佳短视频博主的重要指标，关系着来年是否能调到总公司任职。杜玉的短视频播放时长现在排名第一，但是排在第二的宋林是短视频拍摄二组的组长，咬得很紧，她可不敢松懈下来。

于是，杜玉拍拍手，把大家的注意力拉回来，朗声说："还是想想办法，巩固我们第一的位置吧！"

最后，杜玉决定采用关注抽奖的方案，只要她的关注人数增加了，播放时长自然就上去了。所幸这个办法卓有成效，杜玉短视频的观看人数有了明显的增加，她总算稍稍松了口气。

时间过得很快，到了开年终总结大会的日子。杜玉去茶水间时，正好听到小组同事说："我真是要气死了！这个宋林，不就仗着自己有背景吗？居然这么过分！"

杜玉警惕地问："他怎么了？"

同事气愤地说："我正要去和你说呢！刚才我听他们组的人说，之前看到宋林在刷观看时长，还用了软件自动刷播放呢！"

杜玉一听急了："这不是作弊吗？他要是这么得了第一，我可不服！"

同事忙安慰她："你先别急，宋林他这么明目张胆地作弊，王经理又是个公私分明的人，肯定会严肃处理的！现在最后的数据只有高层知道，你……"

正说着，王经理来到了茶水间，拍了拍手说："怎么还在聊天？年终大会就要开始了，各部门准备得怎么样了？"大家见状，都不吱声了。这时，杜玉的手机响了起来，是母亲打来的电话。杜玉知道，肯定又是催她回家过年，她叹了口气，抬眼看了看经理，立马按灭了屏幕，准备等大会结束再打回去。

总结大会开始了，王经理上台讲话，同事们又聊起了刚才的话题。那同事推了推杜玉，噘嘴指了个方向，担忧地说："你看，那个位子是留给观看视频时间最长的人的，现在还没人坐呢，别真是宋林吧？"杜玉咬了咬嘴唇，说："谁看得最多我不在乎，我只想知道，谁的视频播放时长更多……"

同事叹了口气，拍了拍杜玉的肩膀，言下之意就是宋林都刷到了观看时长第一，又怎么会刷不到播放时长第一呢？

杜玉深吸一口气，她想好了，要是王经理宣布宋林获得短视频播放时长第一，自己就站起来揭穿他，大不了搞个鱼死网破。

这时，王经理邀请观看时长最多的用户上台，杜玉不愿抬头看宋林得意的嘴脸，便低头盯着膝盖。

"感谢各位领导……"熟悉的蹩脚普通话语调响起，杜玉猛地抬头，竟看到了自己的母亲，她在台上拿着稿子，一字一顿地念着感谢公司的话。母亲竟是观看时长最多的人？杜玉震惊地看着台上，脑子里一片空白，连手机都用不太好的母亲，怎么可能光凭点击观看，就超过用软件刷时长的宋林呢？

"我感到非常惭愧，领导一直劝我来拿这个奖品，我一直不想，因为我是有私心的。女儿在贵公司上班，我不能影响她的工作，所以很少联系她，今年她又很忙，不能回家过年。所以我真的很感激公司给我这个平台，让我看看她，听听她的声音……今天是公司领导通融，给我报销车票，我才舍得来看看她，我刚刚才到的，女儿都没见到。我……这个奖品我真的不能要……"母亲的声音有点哽咽。

一时间，杜玉脑子里的各种念头全都不见了，只剩下母亲佝偻的身影。她伤心不已，泪水止不住地涌了出来。母亲这一年来，一定是没日没夜地看，才会超过宋林的啊，毕竟他是临时抱佛脚，最近才开始用软件刷观看时长的。

母亲下台后，杜玉紧紧地抱住了她，母女俩泣不成声。这一幕被杜玉组里的同事拍了下来，打码处理后发到短视频平台上，再配上前因后果，竟在短短几分钟里被大量点击，一举成为热门。毫无悬念，杜玉当选了本年度最佳短视频博主。公司对这个意外事件的爆红感到惊喜，不仅给杜玉包了双倍的大红包，而且决定将杜玉调到总公司任职，任命状即日生效。而这总公司，就在杜玉的家乡。

在回家的车上，杜玉搂着母亲，轻声说："妈，今后我年年回家过年！"

第五章　富而不骄　乐善好施

> 这是一场人力与机器之间的特殊较量,看上去有些冷冰冰的,实则充满着温情……

麦客行

廖 华

意外的邂逅

老王是个麦客,每年到了麦收时节,他就会走乡串户,帮别人割麦子挣钱。

这一年快到麦收时节了,老王给儿子王新打电话,说自己年纪大了,让他回来接自己的班。王新一直在外地打工,此时他一听就不乐意了:"爸,我在汽修厂干得好好的,为什么要回来?我可不想和你一样,做一辈子的麦客。"

老王一听火了:"做麦客怎么了?我就是做麦客才把你养这么大!无论如何你得回来一趟,做完这一趟,以后干不干由你!"老王气呼呼地挂了电话。知子莫若父,儿子从小鬼点子多,对机械类的东西有天赋,但正因为儿子太聪明,老王总觉得有点不踏实。再说儿子都快三十了,还没娶媳妇,让他如何放心得下!

转眼到了和其他麦客们一起出行割麦的那天,王新还没回来,老王生气地出了门,却在门口差点和儿子撞个满怀。王新一脸不情愿地说:"爸,我回来了。"老王把一套麦客家什扔给他："上路！"

一路上，不时有拉着大型收割机的拖车从身旁驶过。见儿子闷闷不乐，老王开导他说："咱农民做麦客挺好的，把自己地里活儿干完了，就去收麦子，既帮了别人，又挣了钱。今年麦子长得好，肯定能挣着钱。"

不料，王新却摇摇头泼冷水："我看啊，今年这活儿难找。"

到了目的地，老王看着那满眼金黄的麦子，恨不能挥着镰刀一头扑进地里，甩开膀子大干一场。可一打听却傻了眼，往年的老主顾们今年都不请麦客了，他们都请了大型收割机，收得快，还省钱。

一连找了两天，都没有找到活儿，老王急得嘴上起了泡，王新却有些幸灾乐祸地说："我说找不到活儿吧，你们偏不相信，也不看看都什么年代了……"

老王看着麦地里轰鸣作响的收割机，脚一跺，说："走，去麦子梁！"麦子梁接近山区，那里地块小、地势起伏，不适合大型机械作业。老王相信在那里一定能找到活儿。

麦子梁不通公车，老王他们只能走着去。半路上，只见一辆汽车陷在泥坑里，抛了锚。司机是一个长得挺水灵的姑娘，围着车急得团团转，见到他们，仿佛看见了救星："各位大伯大叔，帮帮忙，帮我把这车推出来。"

大家二话没说，都上去帮忙推车，只有王新站着没动。老王白了儿子一眼："站着干吗？快过来帮忙啊！"

王新懒洋洋地说："人家叫大叔大伯帮忙，又没叫我。"

姑娘听他调侃，不由得白了他一眼，自己动手推车。很快，大家喊着号子，把车推出来了。姑娘向大家连声道谢，王新却说："我看呀，这车推出来也走不了。"

姑娘瞪了他一眼,"砰"的一声关上车门,却怎么也打不着火。

王新得意地笑了:"我没说错吧。不叫哥,这车就走不了。"

老王大怒,举起手里的烟袋杆就要打儿子:"都什么时候了还尽说风凉话?还不快点上去帮忙!"

王新这才上去打开车头盖,摆弄了一会儿,那车一下就打着火了。姑娘没好气地说了声"谢谢",就开着车一溜烟走了。

老王见儿子露了这一手,顿时觉得很有面子。不过转念一想:人家小伙子看见这么俊的姑娘,早上去巴结了,偏偏自己儿子是这副吊儿郎当的样子,也难怪快三十了还娶不到媳妇,他不由得叹了口气。

到了麦子梁,老王找到一个名叫老李的老主顾,他家有好几十亩地。老李见他们来了,高兴地说:"今年麦子丰收,正盼着你们呢。"

老王说:"咱们还是按照去年的老价钱吧。"

老李却摇摇头说:"物价涨了,你们大老远来一趟不容易。我给加十块钱吧。"

老王回头对儿子说:"看见没有?咱们有活儿干了。这位老主顾多仁义。"

特殊的较量

很快,老王带着麦客们一头扎进地里,甩开膀子大干起来。正干得欢呢,身后响起了隆隆的机器声,回头一看,一个姑娘把一台小型收割机开进了地里。仔细一看,那姑娘不是别人,正是上午在路上遇到的那个!

正在这时,老李喘着粗气赶来了,指着那姑娘说:"这是我家丫头，名叫李菁，一直在外面做生意。今年不知道她玩的什么鬼花样，说是要用机器收麦子。我说已经请了你们，再说咱们这儿的地根本用不了收割机，她偏不听。"

李菁一见老王他们，顿时乐了："我爸说请了麦客，原来是你们啊。你们帮我推车，我还没好好谢谢你们呢，回头请你们喝酒。"

王新冷冷地说："妹子，你真要谢我们，就把你那机器弄走，赏我们碗饭吃吧，可别光说得好听。再说，我看你那机器不行。"

李菁白了他一眼，说："那可不行。我这台机器，是我朋友厂子里的新产品，专门针对这种小型地块的。这样吧，你说我的机器不行，咱们就比一比。你们全上，我这边就一台机器，要是你们赢了，我带着机器走人；要是机器赢了，我付路费给你们，你们回家，明年也别来了，公平吧？"

王新哈哈一笑："公平！不过还得加上一点，我们要是赢了，你得叫我一声哥！"一看见机器，老王心里就凉了半截，见儿子那么自信，心里不由得很奇怪。

老李苦劝不住，只得亲自挑了两块面积一样的地，供双方比赛。

比赛开始，麦客们立刻挥舞镰刀，麦子一片片被撂倒在地。那边的机器也隆隆发动，铲倒了一片片麦子。麦客们知道这场比赛关系着自己的命运，一个个都使出了吃奶的劲，拼命想要把机器甩在身后，汗水如雨点般洒进地里。但不一会儿，机器的隆隆声就渐渐近了，很快就超过了他们。

眼看着越落越远，老王心急如焚，手上越来越快，但瞟了一眼儿子，他不由得火了，原来刚才还卖力干活的儿子，这会儿却懒洋洋地走到一边休息了。老王的眼睛几乎要冒出火来：

"这就泄气了？还没分出胜负来呢！"

王新却淡淡地一笑："马上就分出胜负了，我们赢了。"

"你小子说什么胡话呢……"老王话音未落，只听那机器发出一阵难听的嘎嘎声，停了下来。麦客们士气大振，镰刀翻飞，很快就追了上去。原来，那台收割机趴了窝，李菁和司机忙得满头大汗，却怎么也发动不了。

王新喊道："妹子，刚才我听声音就知道，你那机器不行。要不叫声大哥？我就帮你。"

李菁红着脸说："你不是吹牛吧？你要真能修好，叫十声大哥都行。"

老王以为儿子开玩笑呢，没想到儿子扔下镰刀，真的去帮忙修机器了。不过眼下最重要的是抓紧时机割麦子，他也顾不上教训儿子了，只好催促着几个麦客手下加劲，剩下的麦子已经不多了。眼看胜利在望，突然，隆隆的机器声又响了起来。回头一看，机器重新发动，又追了上来，儿子还在一边指导呢。这小子真的吃里扒外了！

眼看机器越来越近，几个麦客虽然手里没停，但嘴里都在嘀咕。老王明白他们是在埋怨王新。其实他自己也是一肚子火，做好事也得看时候啊，要知道这次要是输了，明年可能就再也找不到活儿了！

这时，王新走过来说："爸，咱们别比了。她这个机器虽然还有好多需要改进的地方，可也比咱们人手快多了。"老王哼了一声，手没停下，前面就剩下那么小小的一片麦子了。

很快，那机器又追了上来，和麦客们并驾齐驱。机器的隆隆声震得老王头皮发麻，完了，看来这一次输定了。他正要扔下镰刀认输，突然，隆隆声消失了。抬头一看，机器停了下来。

原来，关键时刻，机器又趴窝了。

这一次，麦客赢了。李菁说话算话，第二天，她和那机器再也没有出现过。

幸福的约定

虽然是险胜，但人力战胜了机器，而且王新还大度地帮了对方一把，这让老王觉得很有面子。接下来，老王和麦客们心情大好，干活也分外卖力，两天后，就把老李家的麦子收完了。不过，唯一让老王放心不下的还是儿子，这几天，他干活不是很上心，还老是溜号。

这天，老王领了工钱，便把儿子叫来，把他的那份递给他，不料，王新却不接。老王说："嫌少？你以后踏踏实实地做麦客，就不会比大家的少了。"

王新摇摇头说："爸，我不是那个意思。这麦客啊，以后怕是做不成了。"

老王诧异地问："为啥？咱们不是赢了吗？那机器在这地方水土不服，还得靠咱们人力。"

王新微微一笑，拉着老王爬上一个山坡，说："你看看就明白了。"

老王放眼一看，不由得愣住了。山后那台机器正突突突地冒着黑烟工作，身后留下了大片大片空空荡荡的田野。

见父亲一脸的迷茫，王新解释说："那天，那台机器经我修理后，根本没有再坏。人家李菁是觉得咱们挺仗义，所以也就故意让着咱们。这些天，她带着机器，一直在山后给别人家收麦子呢！不过这机器设计有问题，还不是很适应这山地，老出毛病。我经常偷偷溜出去，是为了帮她搞定这机器。"

老王呆立半晌,叹了口气说:"你说得对,这麦客怕是做不长了。你还是出去修你的车吧。"

不料,王新笑了笑说:"不,明年我还来。这机器是我改进的,我已经和李菁说好了,要申请专利,和她的朋友一起推广这机器呢。明年,我还要做麦客,不过,是带着自己的收割机来做麦客。我要赚的,可不仅仅是收割麦子那点钱。况且这次出来,让我喜欢上了这里。"

老王一听,惊讶得张大了嘴巴。山下,李菁正对着他们打招呼。看着儿子和李菁对望的眼神,老王突然放心了,心里像吃了蜜一样甜。

> 在塔克拉玛干沙漠的边缘，有一个小镇，镇中有个土墙围成的集市，叫作百年巴扎。这个巴扎开了百年，是有原因的……

百年巴扎的秘密

侯晓琪

"巴扎"在维吾尔语里是"集市"的意思。巴扎里人来人往，热闹非凡，当然也少不了好故事……

赵军是个徒步旅行者，这天，他来到塔克拉玛干沙漠边缘的一个小镇。镇中有个土墙围成的集市，入口处悬着块铁牌，上面用彩色油漆涂着"百年巴扎"的字样。

赵军走了进去，这里除了各种牲畜交易点和日用杂货铺外，还有两个西瓜摊。摊主分别是一个鬈发小伙和一个白胡子老大爷。两人都戴着维吾尔族传统的小花帽，枯坐在瓜车后，好像生意都不太好。

烈日炎炎下的长途跋涉，让赵军干渴难耐。他不时望望那两个相隔不远的瓜摊，却迟迟没有勇气走过去。这次旅行挺艰苦的，他身上的钱已经不多了，得省着点花。

赵军正舔着嘴唇，望着瓜摊煎熬着，忽然那个鬈发小伙扫视了一下四周，然后从瓜摊上挑出一个大瓜，一言不发地随着人流，围着巴扎转起圈来。

赵军正惊奇，就见两个小孩从远处跑来，连蹦带跳地跟在了鬈发小伙的后面。接着,又有个年轻人也加入了队列。不久,随着更多的人加入,队列越拉越长。

这是干什么呢?赵军来不及多想,也好奇地跟在了队尾。

绕了一圈,鬈发小伙找了个阴凉处,紧抿着嘴唇抽出小刀,飞快地将西瓜切成了小片,放在地上,然后头也不回地回到了摊位上。接着,尾随的人们纷纷围上去,各人拿起一片瓜,大口吃了起来。

赵军跟样学样,也抢过了一片瓜,一边吃一边琢磨着。他看到吃完瓜的人,把瓜皮小心地摆放在地上,然后若无其事地散了,赵军明白了:鬈发小伙免费让大伙儿吃瓜,八成是在做促销广告呢!

吃过瓜后,焦渴稍解,但还不过瘾,于是赵军坐在墙角,继续紧紧盯着鬈发小伙的西瓜摊。

果然没多久,鬈发小伙又抱出一个瓜来。这回,赵军第一时间跳起来,跟在他的后头。绕了一圈下来,这次来吃瓜的人不多,赵军想着这回能多吃几片瓜了,他正暗喜,抬头发现鬈发小伙正一边切瓜,一边盯着自己看。

赵军被盯得有些心虚:自己光吃不买,明着占便宜,总是不光彩。他三两口啃完一片瓜,把瓜皮往地上一丢,红着脸正想离去,鬈发小伙却用不熟练的汉语开了腔:"站住!"赵军一怔,打了个哆嗦,鬈发小伙却笑开了:"阿卡,你是第一次来我们巴扎吧?哈哈,我看你连瓜皮都不会摆嘛!"

"阿卡"是维吾尔语"哥哥"的意思。听对方的语气并没敌意,赵军松了口气,他低头一看,别人吃过的瓜皮都整整齐齐地反扣在地,只有他的瓜皮被随便抛在一边。

见赵军疑惑不解,鬈发小伙诚恳地说:"我们这里四周是沙漠，如果有人从沙漠里刚逃出来，万一渴得快不行了，这时遇到一块瓜皮，就有救了。可是瓜皮朝上的话，太阳会把瓜皮的水分迅速晒干，所以，要把瓜皮扣在地上保住水分。这是我们这儿的习俗，你显然不知道，所以我看出你是从外面来的。"

在沙漠地区，一片瓜皮救一命，还真是这么回事。赵军想着，脸红了，他不好意思地把地上两片瓜皮反扣摆正，这时，两个小孩跑了过来，交给鬈发小伙两块钱。

见鬈发小伙笑着接过钱，赵军恍然大悟：人家刚才并不是免费促销，那是在整瓜零售呢！摊主抱着瓜在前面走，想吃瓜的排队跟着，到时切开西瓜，一片按一块钱算。

赵军难堪极了：一大片瓜，就卖一块钱，这生意做得实在。何况当地本就盛产瓜果，在这巴扎卖瓜着实不易，自己刚才却白吃了人家两次瓜！想到这儿，赵军把手伸进怀里正要掏钱，鬈发小伙却脸一变，将手中的两块钱塞到了赵军手中："快，达吾提大叔也抱瓜出来了。你去吃，我请客。"

也许是看鬈发小伙刚才的效果不错，那个白胡子老大爷达吾提耐不住寂寞，也抱着个瓜转开了圈，可尽管他抱了个大西瓜，排队想吃的人却寥寥无几。

在鬈发小伙的怂恿下，赵军稀里糊涂地跟在了队伍后，有了他的加入，又引得几个人排了队。

吃了达吾提大叔两片瓜后，赵军回到了鬈发小伙摊前，他掏出了四块钱递了过去："兄弟，大叔的瓜钱我自个儿给了，起初他还不肯收呢！还有，刚才在你这里吃的瓜，我也不能白吃，钱给你！"

鬈发小伙抬手拒绝了："你帮了达吾提大叔，就等于帮了我。知道吗，我们平时不常抱瓜切开卖，因为抱着瓜是不能回头的。

等摊主估计身后跟随的人足够了，就可以停下来分瓜。如果跟的人太少，那么绕巴扎一圈后，不管后面是两个人还是三个人，都得把那个瓜分给他们，而且每片瓜只能收一块钱。达吾提大叔那么大的瓜，如果只收几块钱，就亏惨了。"

赵军有些不明白："这巴扎上就你们两个卖瓜摊，你们是竞争对手啊！"

鬈发小伙挠挠头，说："怎么说呢，种瓜人最知道种瓜人的苦，所以我不忍心看着达吾提大叔亏钱嘛，再说，以前大叔也不止一次帮过我呢！"鬈发小伙的话，让赵军暗自赞叹，他正想把钱再往小伙手里塞，却见达吾提大叔拿着半个馕和半个西瓜走了过来，他把馕和西瓜递到赵军手中，做了个手势，让他把馕泡在西瓜里吃。

鬈发小伙也顺势把赵军递钱的手推了回去，他跑去和达吾提大叔笑谈了几句后，转过头冲赵军一挤眼，说："西瓜泡馕，这是过去招待贵宾的吃法哦！嘿，我们早就发现你望着瓜摊流口水了，见你打扮也像是客人模样，对远道而来的客人，我们总想做点什么，让你们记住这里，希望你们来了还想来！"

赵军捧瓜的手有些颤抖了，与此同时，远处高耸着的那块"百年巴扎"的大招牌，也在他眼中模糊了……

> 百味迎百客，想要获得成功，其中最重要的一味就是诚意。

百味鸡

李 健

"万家馆"是个小饭店，一个厨房，一个厅堂，饭店里没有什么华丽的装饰，平常得不能再平常了，可它却名震全城。为啥？只因饭店老板万有根将小饭店的招牌菜"百味鸡"做得绝妙，味道真是没得说，只要端上桌，那香味儿能把所有人的筷子都引到一处。

可万有根已经是个快要奔六十的人了，膝下没一个儿女，眼看着年纪一点点大了，他这绝活手艺传给谁去啊？所以这两年不知有多少人慕名找上门来，想重金买他这手绝技，想高薪聘他去做大厨，甚至提着礼品想来认他做干爹。可不管对方使出什么花样，万有根一概无动于衷，这些人只好一个个扫兴而去。

不过他们心里不甘啊，所以表面上按兵不动了，私底下却天天盯着万家馆观察动静。

果然这天，他们发现万家馆新来了个干杂活的，一打听，原来这个打杂的有来头，也姓万，叫万来福，是城里"金来福大酒家"的老板，论厨艺也是个顶尖高手。前不久，万来福曾慕名来万有根的万家馆吃过一次百味鸡,吃得心悦诚服,回去后就暗下决心要学会这一招。但万来福知道,万有根绝对不会轻易答应这件事,于是就心生一计,乔装打扮成一个打工仔,化名阿来,来万家馆干杂活。

这不明摆着是来偷艺的吗?这些人得知真情,不由捂着肚子暗笑:嘿嘿,这下可有好戏看了。

再说万来福,进店以后始终少说话多干活,哪里脏哪里累就往哪里钻,只几天工夫,就赢得了万有根对他的好感。但也仅此而已,因为万有根在厨房里专门搞了一个封闭的灶间,做百味鸡的时候,根本就不让万来福进去,只有等做完之后,才让他帮忙打扫。

没办法,万来福只好趁打扫的时候,留心看万有根放在灶间里的那些作料,可并没发现有什么特别之处。不过他毕竟是干这行的,心里清楚:做菜的关键,很大程度上取决于放作料的先后次序以及用量。怎么才能得到这些秘诀呢?万来福暗暗动起了脑筋。

万来福注意到,灶间里那些作料是放在硬塑盆里的,他不禁灵机一动,提议万有根把硬塑盆换成不锈钢的,又结实又容易清洗。

万有根一听,点头道:"好,这个主意好,这些盆子用了多年,是该换换了。"他当即就让万来福去办这件事。

按说,换盆就换盆呗,去商场买一套不就得了?谁知万来福却花了一个星期的时间,几乎跑遍了城里所有的商场。他为什么要费这么大周折呢?原来万来福配来的这套不锈钢盆子,里面大有文章,它们每一个厚度都不一样,因而敲击后发出的声音也各不相同。万来福在家里悄悄试验过多次,往盆里放上不同的作料后敲击，还让老婆在里屋敲，自己在外面听，分辨和熟悉它们不同的声音，又煞费苦心地在每个盆的里侧悄悄做上计量标记，然后才把这套盆拿去交给万有根用。

自打这以后，每次进灶间打扫，万来福就悄悄通过盆内侧那些只有他自己看得懂的标记，判断万有根怎么用料。加上灶间里用的是土灶，吹风机声音很大，万有根在里面一整个制作过程中怎么掌握火候，万来福在灶间外面只要稍加留心，就能猜出个八九不离十来，而且回家一试，果然味儿与那回在万家馆吃过的一样。

所以半个月之后，万来福就迫不及待地辞职走人了。

万来福满心欢喜地回到自己酒家，立刻打出了"万家百味鸡"的牌子。城里那些显贵挺爱吃百味鸡，就是嫌万有根的小饭店寒酸，现在见大酒家也做起百味鸡来，觉得既对了胃口又有了派头，于是纷纷光顾，每天晚上都把万来福的店堂坐得满满当当。

刚开始，万来福还有点担心，怕万有根会来找他麻烦，可几个月下来一点动静都没有，他一颗悬着的心便放了下来。

就在这时候，全市一年一次的精英厨师比艺大赛就要开始了，万来福觉得凭这道百味鸡，冠军宝座非他莫属，因为他知道，万有根是从来不参加这种比赛的。

果然，万来福在赛场上一路过关斩将，很顺利地就杀进了决赛圈。但让他万万没有料到的是，最后的对决，竟会是在他和万有根之间进行，而且两个人的决赛菜品都是百味鸡。

直到这时候，万来福才恍然大悟：怪不得万有根前阵子一直不吱声，敢情是在这儿等着自己呢。他不由在心里下了狠劲儿：我一定不能输掉这场比赛。

不过,万来福心里这么想着,见了万有根还是毕恭毕敬地叫一声:"万师傅。"

万有根在赛场上见了万来福倒也不吃惊,依然按着当初万来福在小饭店打杂时的称呼,叫他一声"阿来",说:"没想到,你是'真人不露相'啊!"

万来福一听万有根如此招呼自己,心里暗惊:莫非对方知道了自己真相?赶紧叫了声:"万师傅!"干脆直截了当明说道,"自古以来,'偷艺'不算丑行,我也是凭本事才成功的,还望万师傅不要见怪。"

万有根大度地朝他呵呵一笑,说:"你是很有本事,今天就让我见识见识你的本事吧,究竟有多高。"

为公平起见,比赛现场被隔起两个临时灶间,谁也见不到谁。

半小时后,两道几乎一模一样的百味鸡先后出勺。评委们先品尝万来福的,个个竖拇指;接着又品尝万有根的,谁知入口后没一会儿,个个脸上的表情就凝重起来。

万来福看在眼里,喜在心里:看来今天自己是稳操胜券了。

揭晓的时刻到了,一个胖胖的评委代表评委会走上台去,对万来福和万有根的两个参赛作品分别作了点评,最后总结说:"万来福先生的百味鸡,色香味俱佳,称得上是同类菜中之精品。"万来福一听,心中不免暗自得意。

谁知胖评委又突然话锋一转:"不过……万有根先生的百味鸡又高出一筹,不仅味儿鲜美,更有一缕清香押后,让人回味无穷。所以,评委们一致通过,此次大赛冠军,是万有根先生。"

评委会一锤定音,万来福输掉了比赛。

正当万来福耷拉着脑袋走出赛场的时候,万有根从后面赶了上来,微笑着招呼他说:"怎么,没想到吧?"

万来福连忙摇头:"不不不,万师傅,再怎么说,这道菜你是原创,冠军……冠军当然是你了。可……可我有点想不明白。"他说到这里停下了脚步,"我的做法、用料和火候,应该都和你一样呀,我差在哪里呢?"

"哈哈哈!"一声大笑过后,万有根对万来福正色道,"我先给你讲个故事吧。百味鸡其实也并不是我们万家原创,它起源于民间,是我太爷爷把它发扬光大起来的。我太爷爷当年也开了个小饭馆,后来却贪图浮名,进宫做了御厨,一度风光无限。可伴君如伴虎呀,不久皇帝吃腻了百味鸡,自然就冷落了我太爷爷,我太爷爷心里愤愤不平,于是就在背后说了些不恭的话,传到皇帝耳朵里,最后落得个身首异处的下场。"

说到这里,万有根拍拍万来福的肩膀:"说实话,你当初换盆的把戏我早看出来了,我是故意让你学的,可最关键的一招,你没有学到手呀!"

"什么……万师傅,你原来早看出来了?那……"万来福如坠五里雾中。

万有根朝万来福点点头:"你什么也别问了,跟我回店里去,我给你看一样东西。"

两个人于是就回到了万有根的小饭店,从后门径直走进厨房里那个神秘的灶间。万有根打开一个木箱,从里面拿出一把乌黑的木勺,递给万来福。

万来福刚接过手,立刻就感觉有一股清香扑鼻而来。

万有根告诉万来福:"现在的厨师一般都用金属手勺烹饪,可是你想,这百味鸡当初来自民间,是贩夫走卒、逃荒叫花子们创出来的菜肴,他们平时生活中哪有那么好的厨具?一把木勺已经很不错了。看，这一把是枣木勺。"他说着，又从木箱子里拿出好多把，"这是桃木的，这是桑木的，这是花椒木的，这……"

"啊……我知道了！"没等万有根说下去，万来福就若有所悟地大叫起来，"入口以后的那一缕清香，就是由这些木勺带来的！妙，妙，真是妙极了！万师傅，我当时只顾研究你作料的用量和火候的掌控，没想这玩意儿里面竟大有文章啊！"

可说着说着，万来福又打了愣神："万师傅，既然你本来一直用木勺和硬塑盆的，为什么还要采纳我的提议，改用不锈钢盆？你故意让我掌握用料和火候的诀窍，而且现在还把这天大的秘密告诉我，你……"

万有根没有言语，领着万来福径直走进前面厅堂，只见那里座无虚席，不过都是一些携家带口的平民百姓，甚至还有附近工地上的建筑工人，从乡下赶来的农民，一个个、一伙伙，在那里正吃得欢呢。

万有根指着他们，轻轻对万来福说："阿来，其实用什么勺子还不重要。你想，这百味鸡虽是菜中精品，但也不是十全十美，总有可以不断改进的地方，而最懂味道的，就是他们，根据他们的意见不断改进，菜的味道才会越做越受欢迎。你做菜是为了你的功成名就，而我是一心往他们中间走，我只有一个心思，就是要不断提高厨艺，让他们吃好、吃高兴。厨师要有厨德，我们可都不要学我太爷爷只贪图浮名呀……"

听了万有根这一番肺腑之言，万来福沉思良久，感慨道："万师傅刚才所说，是我一生都学不及的呀！可你明知我是来偷艺的，为什么还要这么教我呢？"

"呵呵，"万有根笑道，"我何尝不想把我这手艺传下去？

实话对你说了吧,这几年,我一直在寻找一个有德行、有灵性的徒弟。你来了之后,虽说做的是打杂的活,可我一眼就看出你是个厨师的料,我也悄悄打听过你,知道了你的底细之后我就决定将计就计,先给你机会,让你学艺,再通过这次比赛教你德呀!"

万来福没想事情竟会是这样一个真相,他感动得泪如雨下,双手抱拳,单腿跪地,恭恭敬敬地对万有根说:"万师傅,徒弟我给你行礼了!"

关键词：诚信为本

> 诚信不欺、表里如一，是事业发展之本……

非常手段

赵松岩

快捷运输公司的司机李达开着大货车行驶在滇川山间公路上，车上装的是川城物贸中心为属下一家子公司订购的一批电器用品，东西不怎么特别贵重，但却是急货件，对方等着要用，所以天亮前必须赶到川城。李达已经连续开了十个小时的车，此时也没敢松懈，依然高度紧张地集中着注意力。

李达身边的副驾驶座上，坐着一个搭车客，这个人是半个小时前在路边拦下李达的车上来的，他说他自己的车翻到沟里去了，他是好不容易才爬上来的。李达看他脸上跌得青一块紫一块的样子，也没多犹豫，就让他上了车。此刻，这个人已经睡着了，呼噜打得震天响，引得李达也一阵阵哈欠连天。实在熬不住了，李达只好把车停在路边歇一会儿，点支烟猛抽几口，给自己提提神，然后又开足马力加紧赶路。

到川城时天还没完全亮，李达把搭车客推醒，搭车客拿出一张百元大钞，表示要答谢李达。李达说："你是遇了难的人，我怎么能趁人之危收你的钱呢？你快把钱收回去。"

那人一愣："你是不是嫌我给得少呀？"

李达说："无论多少我都是不能收的。出门在外，谁没有个难处，你说是吧？"

那人这才释然，拍拍他的肩说："小伙子，但愿咱们后会有期！"说罢就下了车，很快便消失在茫茫晨色中。

其实对李达来说，这种事他平时做得多了，让人家搭个车算什么，自己又没少根毛发，所以根本就没把它当回事。他把车开到川城物贸中心，接车的人早在那里等着了，卸了货，清点结算完了，李达便在附近找了家停车场，把车停在那里，然后在早点铺里随便吃了点，就到隔壁旅店要了个铺位，倒头便睡。

一觉醒来，已近中午，李达匆匆结了账就去停车场，因为他还得到物贸中心去联系下一趟业务，干这一行，最怕返程时跑空车。李达在停车场找到自己的车，打开车门正要跳上去，突然一位小姐在背后叫住了他："大哥，这是你的车吧？"

"是呀！"李达说，"小姐有货要发？"

那小姐笑笑，说："这个，是我们老板的一点意思。"说着，就要把手里的一大包东西往李达手里塞。

李达惊讶地问："你老板是谁呀？"

小姐说："就是你昨夜搭救过的那个人呀！"一边回答，一边就硬要把东西塞到李达手里。

李达不肯接："这又何必呢，你们老板真是个费心的人。"

小姐说："你的车号我们老板都记下了，就是你，我不会搞错的。"她见李达真的不肯接，不由分说把东西往李达车上的副驾驶座上一放，随后朝李达呵呵一笑就走了，喊也喊不回来。

没办法，李达只好随它放在那里，自己赶紧发车，找物贸中心的老板要配货去了。

物贸中心的老板跟李达很熟,很快就给他介绍了一笔业务,这回是运一车大米,对方还指派了一个叫马一本的当押车员。车上了公路,马一本嫌刚才小姐给李达的那一大包东西占地方:"什么好东西,还舍不得放后面车厢里去?"

李达说:"人家送的,还不知道是什么呢!"

马一本说:"那打开看看。"

李达说:"行啊,我开着车不方便,你替我打开吧。"

打开包裹,里面是一大团棉花,马一本挺好奇:"什么稀罕玩意儿呀,怕摔了还是怎么的?"一边说一边就扯开棉花,里面露出了一个红绸包。

李达见状,忙说:"别动!""吱"把车停靠在了路边。他心里思忖:这么个包法,看来这就不是一个一般的东西了。

李达拿过红绸包,小心翼翼地打开,只见里面露出一只褐色的小鼎来,还有一张纸条,上面写着:多谢搭救之恩,这是一只青铜小鼎,送给你,以表谢意。

马一本是不是真识宝,李达不知道,一定是纸条上写着的"青铜小鼎"这几个字让马一本心里发了痒,他立刻朝李达喊起来:"见者有份,这可是文物,谁知道你是从哪儿弄来的,你要是独吞了,我就举报你。"

李达说:"看你那德性,你以为真要发大财了?我只不过是让他搭搭车,不值他送我什么文物,你不要一看写着'青铜鼎'几个字就大惊小怪的。再说了,这东西如果是真家伙,这里就一定有名堂!"

马一本傻眼了:"那怎么办?"

"报110,"李达说,"管它是真是假,咱听政府的。"说着,他拿出手机就拨起号来。

很快就来了几个警察，把李达和马一本连同那只青铜小鼎，都带回了公安局。经过专家鉴定，这只鼎不过是个做工精良的工艺品。不过公安局方面还是对李达的行为给予了充分肯定。

这么一来，运大米的行程就被耽误了不少，马一本把李达好一顿责怪，李达只是赔着笑，并不还口，因为他知道，客户可不能随便得罪啊！

两个人悻悻地走出公安局的大门，李达眼尖，看见门外不远处有个人正冲着他笑呢，不就是自己昨晚搭救过的那个人吗？李达立刻火气就上来了：谁知道这家伙葫芦里装的是什么药，明明是一个工艺品，竟煞有介事地说它是什么"青铜小鼎"，卖什么关子？这种人交不得朋友的！李达不想理会他，从他身边走过时，把手里捧着的那个青铜小鼎朝他怀里一塞，什么话都没说。

可那个搭车客却伸手拦住了他："兄弟，'高培公'这个人你不会不知道吧？"

"高培公？"李达一愣。

"对，高培公。"搭车客朝李达微微一笑，"我想对你说的是，我就是高培公。我想请你到我的公司来，运输部正缺个经理。请你考虑。"

"你就是高培公？"要知道，高培公是远近闻名的运输大王，信远货运公司的大老板，干开车这一行的，哪有不知道他大名的，要进他的公司做事可不是那么容易的事。不过李达惊奇过后转念就想：他不会又是在耍我吧？

这时，先前塞给他青铜小鼎的那个漂亮小姐，突然从停在高培公身旁的一辆加长林肯轿车里走出来,笑吟吟地对李达说:"请跟我们走吧,难道你不相信我们哪?"

李达说:"那你得先告诉我,你们到底在搞什么名堂?"

小姐先没说话,把手里一份日报递给李达。李达一看,第一版上正是高培公与外宾谈判签约的新闻报道,还附了大大的照片。这是昨天白天的事,所以照片上的高培公看上去风度翩翩,远比现在脸上青一块紫一块的样子要强不知多少倍。

小姐对李达解释说:"我爸爸被你搭救,当时就有意请你来公司做事,他特别看重有爱心的人,而且公司运输部门也正好需要一个经理人选。我爸爸有意想用你,可不知道你人品到底怎么样,一动心思,就把自己办公室的这个仿制商鼎送给你,想看看你会有什么样的反应……"

李达听到这里赶紧摇头,说:"能到大公司做事,当然求之不得,可我哪里能做什么经理,给高总开开车就不错了。"

高培公看李达松了口,高兴得连连说:"我不会看错人,我说你行就一定能行。再说了,你还没做呢,怎么就知道自己不行呢?走吧!"

"那不行,"李达说,"我已经接了任务,得先把这车大米给人家送去,然后再去你公司报到。"

"好小伙子!"高培公赞许地连声赞道,"我就是要你这样既有爱心又有责任心的人。放心吧,运大米的事其实都是我故意安排的。"高培公说到这里,指指站在一边的马一本,"不瞒你说,这个押车员也是我故意安排来考考你的。"

"你们……"

"不好意思,"马一本朝李达扮了个鬼脸,"有时候选拔人才就得用这种非常手段啊!"

一切真相大白！于是暖暖的阳光下，一辆装满了大米的货车紧跟着一辆林肯轿车，向高培公的信远货运公司驻地驶去……

关键词：辛辣讽刺

> 为了获得丰收，先要除去贪腐的"杂草"……

绝　招

郑长林

这天将近中午的时候，乡长陪着县上几个领导到灵沟村来检查工作，村委会主任梁伯灵请他们先到几个农户家转一圈，然后又组织一部分村民来村部会议室，和领导们座谈。

可谁知会议开始不到十分钟，就被一个闯进来的中年人给搅得不成样子。

这个中年人名叫辛勤，只见他这会儿浑身上下披麻戴孝，手里还拿了根绳子。闯进会议室之后，他气冲冲地从兜里掏出一张纸条，朝梁主任嚷道："村里三年前欠俺八百块血汗钱，到现在都没给，今天俺就非要你们给个说法不可。给的话，俺连个屁都不放，立马走人；要不给，俺现在就吊死在这里，反正俺是个穷光蛋，命贱。不过俺死后，俺那老娘得由你们领导给俺养着。"

好端端一个座谈会，县里乡里领导都在，却被这家伙给闹得，梁主任觉得自己脸上很没面子。他沉着脸，按捺住火，把辛勤拉到一边，说："你知道，我上任才三个月，好多问题根本都来不及解决，你得给我时间。不过你放心，我向你保证，会议结束之后,这事儿我一定立刻着手调查,尽快帮你解决。听我的话,你先把你娘安顿好,今天领导都在,你总一点不顾……"

可辛勤根本不理会梁主任这话,他不耐烦地晃晃手里的绳子,扯着大嗓门打断说:"哼,别说是县里乡里领导都在,就是省里的领导来了,俺也不管,反正你们得把钱给俺,要不俺就把命留在这儿了。"

梁主任本来是想给辛勤一个"缓兵之计",现在见他这副拼死不要命的样子,不禁有点害怕起来,决定还是先息事宁人的好,于是赶紧退一步说:"那这样吧,我先让村会计借你三百块钱,其余的随后清。怎么样?"

可辛勤弓拉得很硬,根本就没有商量的余地,撅着嘴连连摇头:"不行,少一分都不行。"

这下梁主任没了辙,他偷偷朝领导们坐的地方瞥一眼,发现他们个个脸色难看。他绷不住了,掏出手机,立刻给村会计打电话:"老孙呀,你现在账上能拿出多少钱来?"

一听对方说"五百",梁主任急了:"什么,只有五百?那……"他顿了顿,说,"这样,我一共要八百,马上就要,缺的那三百,你去我家,问孩子他妈要,就说是我让你去拿的……"

梁主任说了一通之后,总算把手机放下了。可这时候,县里的那个主要领导却皱着眉头站起来,对梁主任说:"我看你还是先解决眼前这个问题,座谈会以后再开。"说着就朝门外走去。

那些大小领导们自然紧紧跟上,待主要领导一走,他们就各自钻进自己的车,车屁股一冒烟,眨眼间也消失得无影无踪。

剩下一个乡长，气哼哼地对梁主任说："今天领导来，本来是想在你们这里吃午饭的，饭桌上还可以商量怎么帮你们把村里的农副产品宣传出去，没想半路上冒出个丧门星，一粒老鼠屎把一锅汤都搅坏了。唉，你看看你们村里这些人的素质，怎么搞的？哼，以后你们就是再请，我看他们也不想再来了。"乡长一边说一边叹气，最后也恨恨地上车走了。

会议室里一时沉寂无声，来参加座谈会的村民们都以为梁主任会对辛勤大发脾气，可不料梁主任却大笑着朝辛勤走去。

而辛勤此刻也完全和刚才判若两人，他三下两下把身上的孝衣脱下来，乐呵呵地对梁主任说："主任，俺的戏演得咋样？"

梁主任抬手朝辛勤捅了一拳，说："绝了，我看你这表演的水平，能去拍电影了。嘿嘿，牺牲你一个，幸福全村人，我说话算话，答应给你在养殖场安排工作，绝不含糊。"

哇，原来刚刚是在演戏啊？村民们突然明白过来了！

灵沟村的"两特一甲"在全省很出名。两特，就是两种特产，万寿饼和黄牛肉；一甲，就是甲鱼。正因为如此，所以三天两头总有一拨拨领导要来这儿"视察"或者"开会"。一个小村，哪经得起如此"狂轰滥炸"？原先在村里投资特产和养殖业的老板，都吓得纷纷要"撤退"，前任村主任也因为难以招架而引咎辞职。

梁主任上任后，下决心要彻底解决这个老大难问题，他认为只有把投资环境搞好了，村里的各项事业才有可能大发展。所以这次接到通知说领导们又要来视察，而且来的还是县里的主要领导时，梁主任就动起了脑筋。"打蛇打七寸，擒贼先擒王"，一定要抓住这次机会，不仅要让领导们失望而归，还要把事儿传出去扩大影响。这不，目的还真让他给达到了。不过，为了确保演出万无一失，事先除了辛勤，梁主任谁也没有透露。

真相大白，村民们都乐不可支地围着梁主任嘿嘿笑。

辛勤说："梁主任，有你这样的大导演带着，俺们以后不怕没好日子过！"

关键词：和气生财

> 俗话说"合则两利，分则两伤"，经商的最高境界，就是在双赢的合作中走向富强……

来者不善

张磊生

黑龙江和吉林两省交界处，有个金泉镇，镇上有好几家专门经营龙泉虹鳟鱼的餐馆，其中方子贵和他老婆腊梅开的那家，是镇上最早开业的，资格最老，也最正宗，所以生意特别兴隆。

这天中午，"正宗龙泉虹鳟鱼"餐馆里座无虚席，方子贵、腊梅和几个帮工从厨房到店堂，端鱼送酒，忙得脚不点地。就在这时候，忽见一辆轿车缓缓停在了餐馆门口，方子贵伸长脖子往外一看，呀，从车上下来的不正是半年前来过的那个人吗？他后面还跟着个虎背熊腰的中年汉子，看那块头儿，准是个保镖。方子贵心里不由"咯噔"一下……

按说店里来客是好事，方子贵为啥如此害怕？原来，来者是黑龙江省一家木制品公司的司机，叫文东，半年前他开车南下珠海送货，路过方子贵的餐馆，就在这里停车吃饭，却不料被方子贵用计灌醉了酒，车上几十张上好的装饰板被方子贵卸了去。现在失主上门，方子贵做贼心虚，自然就心慌起来。

只见文东将车停稳后就和中年汉子进了餐馆，像其他回头客那样，热情地和方子贵打起了招呼："方老板，别来无恙！

老规矩,来碗原汤虹鳟鱼。"

哦,他们是路过这里,顺便来品尝虹鳟鱼的,方子贵心里稍稍安定了些,忙把两人领进包房,然后冲着厨房高喊一声:"原汤虹鳟鱼一碗!"

"知道了——"腊梅在厨房里应着声,她手脚麻利地用鱼塘里的水将虹鳟鱼炖了,撒上自家特制的佐料,然后又烫了一壶酒,让帮工山子端上来。

方子贵见文东和中年汉子互相斟上酒,开始有滋有味地吃喝起来,便招呼说:"二位请慢慢用,需要什么,请尽管吩咐。"说罢,抬腿就要走出包房去。

见方子贵要走,文东抬眼看了看他,又环顾四壁,慢条斯理地说:"方老板,你这餐馆装修得好漂亮呀,用的都是国内一流的装饰板,有眼光,有眼光……啊,你先忙你的去吧,待会儿我会找你的。"

方子贵听出文东话里有话,尤其是那令人捉摸不定的目光,更使他如心头撞鹿。

走出包房后,方子贵径直来到厨房,把腊梅叫到一边,悄声说:"黑龙江那司机来了,还带着保镖。我看这小子今天来者不善,你快去和那几个帮工打声招呼,让大家都留点儿神。"

腊梅一听害怕了:"他们要是撒起野来咋办?"

"我想过了,这是在咱金泉镇的地盘……"方子贵冲腊梅悄悄耳语了几句,腊梅会意地直点头。

半小时过后,包房里传来文东一声叫:"老板,方老板——"

方子贵赶紧走过去,推开包房门,两手抱肩站在那儿,用冷冰冰的口气问:"啥事儿?"

方子贵的态度和刚才截然不同,是因为腊梅已经找到了她在派出所的一个老同学，商量好了，如果这两个家伙起刺儿，就把他们弄派出所去。所以眼下，方子贵正巴不得文东他俩借酒劲儿摔碗砸桌子呢。

可文东却偏偏不，他拽过一张椅子，说："方老板先坐下，咱们慢慢谈。"

方子贵脖子一犟："有事就痛快说，我正忙着哩！"方子贵打定主意要引逗文东他俩上钩。

文东见方子贵一副不耐烦的样子，脸一沉，口气便也强硬起来："方老板，你的正宗龙泉虹鳟鱼已经为你赚了不少钱，现在该到摘牌子的时候啦！"他一边说，一边伸手就往腰里摸去。

方子贵见了本能地一惊，提高嗓门大声嚷道："你这是什么意思？南来北往的人，谁不知道我的正宗龙泉虹鳟鱼？你想耍酒疯砸我的店吗？"

包房的门一直开着，方子贵这一嚷，就引来大堂里不少顾客的注意，都把眼睛往这边瞅。

这时候，帮工山子一溜烟跑出了店里，而方子贵呢，巴不得把事情闹大，把文东送进派出所去收拾才好，所以声音就越发响了起来。

这文东可不是吃软蛋的家伙，他看方子贵这么盛气凌人，立刻拍案而起："哼，耍酒疯、砸店铺，那是二流子干的营生。识时务者为俊杰，方老板请放明白点儿，你要是继续再挂这牌子，自会有人来找你的麻烦……"

就在双方剑拔弩张的时候，只见派出所张所长领着几个民警疾步冲进店来，山子用手一指包房，说："就是他俩。"几个民警不由分说，三下五除二地就把文东他俩摁倒在地，可搜遍全身,奇怪,两人身上和手提包里除了装钱的皮夹外,没有任何匕首、火枪之类的凶器。

一个民警打开中年汉子的皮夹,一看,惊叫了一声:"哎呀,他是律师。"

律师?张所长一怔,忙拿过证件看,没错,人家确实是律师。这就怪了,律师咋和无赖搅在一起?他忙又检查文东的手提包,发现里面有一张"龙泉虹鳟鱼"商标注册使用许可证。

这是咋回事?他惊讶得半天没合上嘴,脑子一下子转不过弯来了。

这时,站在文东边上的那位律师,带着讥讽的语气开口道:"警官先生,您准备把'人犯'作何处理呀?"

张所长这时候可尴尬了,自嘲地笑了笑,说:"因为刚才接到报案,说这里有人在酗酒闹事,所以我们就赶来了。现在不是到处都在抓综合治理嘛!"说着,他扬扬文东那张商标注册使用许可证,"这是咋回事呀?"

文东淡淡一笑,说出了事情的来龙去脉。

原来半年前的那天,文东离开方子贵的正宗龙泉虹鳟鱼餐馆,把货送到珠海后,接货人发现数量不对,便电告了文东这边的公司经理,所以文东回来后就被公司解雇了。为了生计,他索性自己开起虹鳟鱼餐馆来,还到省里注册了龙泉虹鳟鱼商标,然后和律师一起来金泉镇。见了方子贵后,他几次想说这个事,但方子贵这副"死猪不怕开水烫"的样子,让他暂时打消了这个念头……

被方子贵误认为是保镖的律师,这时慢条斯理地开了口:"方老板,按照《商标法》规定,你的餐馆如果再继续使用龙泉虹鳟鱼的招牌,就是对这一商标注册人文东先生的侵权,所以我劝你赶紧把牌子摘下来，不然咱们就得在法庭上见了。"

方子贵万万没有想到文东会使出这么一招，一块响当当的招牌居然就这么莫名其妙地落到别人手里，他真是又气又急。可现在站在他面前的是律师呀，人家搬出《商标法》，这套东西他哪懂啊？他只好马上换上一副可怜巴巴的样子，说："半年前，是我鬼迷心窍，干下了糊涂事，我现在愿意加倍赔偿。只是……只是……这牌子的事，咱们是不是再商量商量？"

文东挺有风度地笑了："怎么不能商量？你完全可以继续使用这块牌子，但必须缴纳商标使用费。不光是你，这个镇上所有挂龙泉虹鳟鱼招牌的业主，都得按规定缴费。"

"啊？"方子贵一听，顿时急出一头大汗。

见他这副狼狈样儿，文东忍不住哈哈大笑起来："方老板，心疼钱了是吧？舍不得孩子套不住狼，龙泉虹鳟鱼名气虽响，但像你们现在这样小打小闹，根本不成气候。我想通过注册龙泉虹鳟鱼商标，把经营虹鳟鱼的商家联合起来，尽可能地利用大伙儿的综合资源优势，形成一个跨省经营的龙泉虹鳟鱼集团。方老板，你和各位缴纳的商标使用费，就是集团的启动资金，大伙儿都是集团的股东。今天派出所的人在这儿，我们这算不上是来寻衅闹事的吧？"

张所长和那几个民警听到这里如梦方醒，在场众人个个拍手叫好……

关键词：歪打正着

> 一家良心公司，竟然被大学生控诉"无良"，其中会有什么隐情吗？

良心公司

刘祖光

一年一度的校园招聘，"睿智科技"公司整个人事部门倾巢出动，特地来到江潮大学"觅宝"。可惜效果不佳，大学生投来的简历只有十几份，少得可怜。

"睿智科技"公司成立还不到两年，但已获得了两轮天使投资，照道理不该无人问津。总经理刘震有些急了，他找来人事总监万曦曦问是咋回事。

万曦曦小心翼翼地说："刚毕业的学生，好像对投融资这种事并不敏感……"她又说，目前公司总人数没超过五十，办公地点也不是高大上的场所，没有"国企""阿里系""腾讯系"这类光环，所以感兴趣的学生不多。

见刘震听得眉头紧皱，万曦曦建议道："我们虽是小公司，但绝对是'良心公司'，就拿社保这一块来说，我们全员足额缴纳，连清洁工阿姨的社保都缴了。像去年暑期在咱们公司工作了几个月的那几个研究生，他们就是打个暑期工，根本没有谈社保的事，可您当时说公司将来要上市，一切都得严格按照制度来，既然人家来公司工作，我们就该给他们缴纳社保……"

刘震像被点醒一样，说："对！我们改变招聘宣传方案，以事实为基础，找个人现身说法——去找方大胜！"

方大胜是刘震的师弟，正就读于江潮大学。去年，刘震回母校物色了一批研究生，请他们到公司完成一个暑期项目，方大胜就是其中之一。方大胜业务能力强，做事一丝不苟，刘震对他印象很好，而且他今年刚好研究生毕业，让他来现身说法，比漫天撒广告可强多了。

万曦曦在江潮大学研究生楼找到了方大胜，可他看上去情绪不高。万曦曦讲了请他做"招聘代言人"的事，她说："离招聘会结束还有六天，我们按十天付你酬劳，另外刘总说了，我们和满意的学生签约成功后，也会给你相应的提成。大胜，公司的情况你也知道，确实是求贤若渴……"

方大胜点点头，说："这我知道……"万曦曦趁热打铁："说实话，大学生暑期到公司打工，给上社保的真不多……"方大胜猛地抬头，盯着万曦曦若有所思，然后说了句"让我想想"，就上楼了。

方大胜这个样子，让万曦曦心里没底。回公司后，她如实地汇报了情况，建议刘震另外找人。刘震感到奇怪，就打了电话回学校，想了解方大胜的情况。一打听才知道，方大胜参加了公务员考试，笔试、面试的成绩都很优秀，很有希望被录取……刘震心里直犯嘀咕：考上了公务员，就不屑于给小企业做事了？还没等刘震想明白，谁料第二天，万曦曦就慌慌张张地来汇报："坏了！方大胜不仅不'推广'，还在学校控诉咱们公司呢！"

原来，方大胜在公司招聘的摊位旁，搞了个小摊位，用喇叭播放着录好的内容："坏公司害我一辈子，请大家千万要避开雷区啊！"没几分钟，就吸引了很多人。来人后，方大胜就让他们用微信扫码，还说："我把事实经过写在微信公众号里了，扫码就能阅读……"于是来人纷纷掏出手机扫码。

当刘震和万曦曦匆匆赶到现场时，那篇文章的阅读量已经有三万多了。天啊！这么一来，公司还能招到什么人啊？

刘震大怒，上去一把揪住方大胜："咱俩一个导师，你到公司后，我亏待过你没？你不愿帮忙，跟我们说一声就行，何必这样损人不利己？"方大胜却义正词严："刘总，我那篇文章您看了没？"

刘震气愤地说："颠倒黑白的烂文章，我没兴趣看！"方大胜倒是不急不恼："您先看看再说，群众的眼睛是雪亮的，是黑是白，他们自会判断！"

"你——"刘震气得简直说不出话来。方大胜继续热情招呼道："快来扫码啊，巨大的雷区，千万要注意……"当着刘震的面，一会儿工夫，就又有一百多个学生扫了码。万曦曦小声说："我们印的宣传册，送都没人要，这可倒好，扫码看热闹的人却这么多……"

刘震听不下去，气呼呼地走了。路上，学校里的熟人给他打来电话说，方大胜那公务员的工作，本来十拿九稳，可不知怎么的出了问题。刘震好不气恼："工作不顺心，也不能拿公司招聘的事情开玩笑啊！这是毁坏公司名誉！"

没想到，下午万曦曦打来电话，兴奋地说："刘总，今天我收到了245份简历，靠谱的简历很多，有不少是专门奔着我们公司来的，他们说，原来根本不考虑我们公司，后来看了方大胜的控诉文章，反倒觉得我们公司是良心公司！"

啊？刘震蒙了，他想起方大胜说的话，就让万曦曦把那篇文章发过来。刘震把文章读完，仔细一品咂，恍然大悟——在这篇"控诉"文章里，方大胜讲了自己的"遭遇"：他以高分通过了公务员考试后，用人单位却怀疑他并不是全日制研究生，理由是全日制研究生是没有社保记录的，可用人单位在系统中发现他居然有几个月的社保缴纳记录……

方大胜用激烈的言辞写道："万万没想到，居然有这样的'无良公司'，偷偷给我缴纳社保！你说你一个破公司，装什么大爷，给暑期打工的大学生缴纳社保，这是有钱没地儿花吗？学弟学妹们，一定要注意这个雷区，千万要避开这样的'无良公司'！"

原来是这么一回事，刘震立即赶回学校，方大胜一见他，笑着问："师哥，又来兴师问罪了？"

刘震朝方大胜肩膀打了一拳，嗔怪道："臭小子，不按套路出牌，我差点错怪你！对了，你工作的事解决了吗？"

方大胜笑着说："关于缴纳社保的事已经解释清楚了，不过这不是我没被录取的原因，主要是岗位协调上的问题。我早想通了，工作嘛，再找也无妨！"

刘震一听，喜上眉梢："来我们公司！你这么一个大人才，我们非常欢迎你加入！"

关键词：助人为乐

> 走出家门，展翅高飞，让青春更加光彩……

麦草事件

张果夫

唐县农村有位老农叫徐大汉，他有三个牛高马大的儿子，种了二十几亩薄地。全村人都知道，徐大汉有个怪脾气，平时他手头再紧，也不肯让儿子们出外挣点零花钱。

这年农闲时节，徐家的一头大黄牛突然挣断了缆绳，跑进了邻居冯三喜家的麦场，对着麦草垛又抵又蹭，那麦垛禁不住大黄牛的一阵折腾，很快便悠悠晃动起来，还没等徐家赶到，就"轰隆"一声连根翻倒，卷起一片烟尘。

徐家当时就傻了眼，这下有麻烦了！

原来，徐家的邻居冯三喜，是个怪人，他家虽然也养着牛，种着地，心却不在地里，常年把农活交给老婆郑姐儿执掌，自己出门做生意。他还常对徐大汉说："你把三个儿子关在家里有什么出息，放他们出去闯闯吧。"徐大汉每听到这种话，心里就十分别扭。就为这，两家的关系总有些疙疙瘩瘩。

为了少些纠纷，徐大汉立刻来到冯家，对冯三喜的老婆说："郑姐儿，我家的牛把你家的麦草垛抵倒了，很不好意思。再替你家垛起来，麦草已经晒干了，要花很大工夫，倒不如把草铡了，我家愿意出劳力。要是你怕草没地方放，我家还有两间空房，回头打扫打扫，你看行吗？"

郑姐儿听了，立刻笑眯了眼睛。她家缺少劳力，每次铡草都要请帮工，如今徐家找上门来帮忙，这不是打着灯笼也难找的好事儿吗？她连忙说："徐大叔，亏你想得周全，尽修善事！我这就去打酒，买菜，好好招待几位兄弟！"

见郑姐儿要去提篮子，徐大汉赶紧用手挡住："别，邻里之间，互相帮忙也是应该的，只是……"

郑姐儿看出他有心事，忙问："大叔，还有啥事，你只管说！"

"我怕……"徐大汉试探道，"三喜回来，他……"

郑姐儿"扑哧"笑了："我说大叔，三喜又不是糊涂人，你做了好事，他感谢还来不及，哪会再恩将仇报呢！"

徐大汉这才放了心，回到家，就把三个儿子唤出，嘱咐一番，然后把铡刀磨好，背到麦场上，摆开铡草的阵势来……忙了整整三天，才把一垛麦草铡完，装进草屋去，再取出一把锁把草屋锁了，钥匙交给了郑姐儿。

就在这天晚上，冯三喜回来了，知道了这件事后竟久久不语，半天才锁起眉头说了一句："这不是欺咱冯家没人吗！"

郑姐儿吃了一惊，气呼呼地说："你咋能说出这种话？徐家为帮咱家铡草，花了那么大的力气，我们该好好表示一下才是哩！"

冯三喜冷笑着问："表示？表示什么！"他话锋一转，拍拍妻子的肩膀，轻声说："明天一早，你把咱家的牛牵回娘家去，对外就说牛已经卖了……"

郑姐儿惊得几乎蹦起来，她生气地说："你、你这不是昧着良心害人嘛！"

冯三喜把眼瞪起来，吼道："良心？良心能够当吃当喝？叫你牵，你就牵，再要多嘴，当心我揍你！"

郑姐儿平时就怕丈夫，现在见丈夫发起火来，只好照办了。

第二天一早，冯三喜等老婆把牛牵走后，就一路哼着小曲朝徐家走去。徐大汉知道冯三喜心眼多，所以一见面，忙赔不是。冯三喜嘻嘻笑着说："大叔说这种话就见外了！你们的好心我没说的，只是，你们不该帮倒忙——我这垛草原是答应卖给人家的。牛不懂人事，抵倒就算了，可你这一铡，长草变成了碎草，叫我怎么向买主交代呢？"

徐大汉冒出一身冷汗，忙分辩说："这事……你家郑姐儿同意过的，她……"

冯三喜一笑，打断他的话："我办事啥时候跟女人商量过呀？"

"可是……你家终归要用草喂牛的呀！"徐大汉还在找理由。

"喂牛？哈……"冯三喜笑得更响亮，"大叔，我做生意需要本钱，已经把牛卖掉了。不信，你可以到我家去看！"

徐大汉脸色变了！他今天一早拾粪，透过晨雾，隐隐看见一位妇人牵着一头牛向村外走去，那位妇人，很像郑姐儿……看来，我徐家上当受骗了！这么一想，他横下心来，一咬牙对冯三喜说："好吧，都怪我家多事，自找倒霉！只是这草已铡短，不能再接起来，现在就把我家草垛扒开，赔你长草，这总可以了吧？"

冯三喜好像已经预料到徐大汉会说这句话，也不发火，慢慢说道："大叔，谁不知道你家麦草是淋过雨的，能和我家的草比吗？三千来斤，你拿鲜亮的麦草还我。铡短的草就在你家草屋里,你留下自个用吧。"说罢,他把钥匙"啪"地一声放在桌子上,又哼着小曲儿走了。

冯三喜走后,徐大汉对着自己"啪啪"甩了两记耳光。几个儿子从外边进来,见父亲气成这样子,都很冒火,挥动拳头就要去找冯三喜算账,但徐大汉还是竭力把儿子们给劝住了,他长叹一口气:"唉……邻里相处一场,不容易,哪能动不动就拳头上见?这草,咱们还他,只当掏钱买个教训!"

说说容易,但是真的还草,又谈何容易!徐家虽然劳力很棒,但这里是穷山区,每年的收入勉强糊口,哪能一下子凑够三千斤的草钱?徐大汉一筹莫展。

这时冯三喜又笑嘻嘻地找上门来,说:"大叔,我知道你手头缺钱,这样吧,我正打算雇几个脚夫到驻马店贩点东西,是不是请大叔家三个兄弟跟我出去走一趟,草钱就算扯平了。"

徐大汉听了直摇头,说:"这哪行,我们家的人是从来不外出的!"

冯三喜脸有些变色,不阴不阳地说:"可你欠了人家的钱,在家里就能睡得着觉?"

徐大汉被问住,他仔细盘算了一下,驻马店离这里三百里,往返路程加在一起也就是十来天时间,去一趟不但可得三千斤草钱,还能卸下欠债这个包袱,想到这里他不放心地问:"你说的是真话?"冯三喜见有门,赶紧说:"我啥时骗过你呀,不信,咱们写个契约!"徐大汉怕再上当,就说:"写个契约好,省得以后犯争执。"

冯三喜这趟生意做得很顺利,十来天后就从驻马店返回,赚了大钱。他一到家,就风尘仆仆地掂着一个钱袋来到徐家,当着徐大汉和他三个儿子的面,把契约取出,"嚓啦"一声撕得粉碎。徐大汉一见，脸色顿时变了。他再也忍耐不住，抓住冯三喜的领子愤愤地说："我念咱们是多年邻居，一而再再而三地让你，你却得寸进尺，尽给我们耍花招，你到底是要干什么？你说！"徐家三兄弟也都围拢上来，拳头握得直响，朝着冯三喜高高扬起。但冯三喜不慌不忙把老人的手推开了，哈哈一笑，说："大叔，难道你真的相信那个契约吗？我不过是想给你们开个玩笑！"

"玩笑？"徐大汉依然火气蛮大，"你把我们父子耍得够了，还说玩笑？再耍下去，我们一家只好喝西北风了！"

"哪里！"冯三喜还是笑盈盈，"我常在外，少在家，家里有了难处，都让你们父子帮助解决了，我真的从心底里感谢你们。我看你家硬棒棒几个劳动力，只把眼睛盯在种地上，遇上农闲，宁愿躺在树阴底下看蚂蚁上树，也不愿出外挣几个零花钱。我劝说过你们几回，你们总说做生意不是种田人干的事，一口回绝。无奈，才生出这个主意，拉几位兄弟跟我一起出外跑趟生意。"说着，他把钱袋放在徐大汉面前："这是三位兄弟这次出门挣的钱，你打开数数，看是否胜过你们在家种半年的庄稼……"

徐大汉不由傻眼了！他愣怔半天才结结巴巴地说："三喜，这……这么说，你……你家的麦草……"冯三喜赶忙接过来说："麦草，你们不是替我铡碎了吗？把钥匙还给我。明天，我家的牛就要牵回来喂养了！"

徐家父子这才恍然大悟：唔——我们家真是交上好邻居了！

> 不贪财的正直之人，才能得到世间的幸运。

摸 秋

方冠晴

什么叫摸秋

现如今，农村人拼命往城里挤，城里人呢，不论有事没事，一到双休日自然往乡下去了。韩大冰是家果汁厂的厂长，这天周末，他开着小车，在乡间欣赏风景，转着转着，忽然，他发现山上有一个果园，由于职业的习惯，看到果园，他就想停下车，去果园里尝尝鲜。

等韩大冰从果园出来的时候，发现自己车的车门大开，一个人正撅着屁股、半个身子探进车里找东西。刚才见山道上没人，想到大山里民风淳朴，他下车时就没锁车子，现在这一见，他不由急得大喊了一嗓子："干吗呢？你！"

他这一喊，那人头都没回，抽身就跑，手里还抓着一只黑色的皮包，那包，就是韩大冰放在车里的，包里装有手机、信用卡，还有2000元现金。

这还得了，青天白日，这不是明抢吗？韩大冰拔腿就追，但那家伙显然是山里人，习惯走山道，上蹿下跳，像兔子似的奔跑，转眼间消失得没影了。韩大冰放眼望去，在那人消失的地方,绿树掩映下,露出几间青砖红瓦的屋子来,是一个村落。

"跑得了和尚跑不了庙!"韩大冰"哼"了一声,锁好车,就大步流星地往那村子里赶去。

村子不大,也就二十来户人家。在村口,迎面碰见一个赶着一群羊的老汉,六十来岁,戴着一顶破了边的遮阳帽。韩大冰气呼呼地将发生的事跟老汉说了,问他有没有看见一个拿小黑包的人进村。哪知道老汉一听就激动起来:"你说什么?你说有人抢你的包,还进了咱村寨里?你这不是埋汰我们金窝寨人吗?我们金窝寨穷是穷,但民风可好了,大家都老老实实,本分做人,怎么可能有人做抢东西的缺德事呢?不可能!"

见老汉这么武断,韩大冰也没了好口气,问:"怎么不可能?就是有人抢了我的包,还跑进了这个村子,难道我讹你们不成?"

老头眯缝着眼睛,问:"那你告诉我,那人长什么模样?"

"模样我倒没看清,我只看到他的背影。"

老头皱着眉,说:"你只看到他的背影,怎么算抢呢?人家背对着你怎么抢?那就只能算是偷了。我说呢,我们寨子民风那么好,怎么可能有人去抢呢?"

还有这样强词夺理的吗?这老汉真是煮熟的鸭子,嘴硬!

韩大冰气得反倒笑起来,问:"偷与抢有区别吗?"

"那区别可大了。"老汉不慌不忙地从腰上取下别着的长烟杆,揉上一撮烟,点上了,这才说:"偷嘛,就合理了,你远来是客,衣着光鲜,不偷你偷谁?"

韩大冰气坏了,为老不尊啊,一把年纪的人了,竟然说出这样的话,他怒道:"你说这话是什么意思?偷是合理的?我衣着光鲜就该被偷吗?你这寨子是贼窝啊,没有道德准则吗?"

老汉笑了起来:"年轻人,别生气,你听我将话说完,我所说的'偷',可不是你理解的那个'偷'。我所说的'偷',在我们这里不叫'偷',叫'摸秋'。"

"还摸秋呢!"韩大冰嗤之以鼻,"就是叫'摸冬''摸春'也是偷!当婊子立牌坊,偷了人家东西就是偷,还什么'摸秋'呢!"

老汉不急不躁,将羊鞭往地上一插,索性在旁边的磨盘上坐下了,说:"小哥你别急嘛,听我解释,那真的不是偷。"他一五一十地向韩大冰解释起什么叫摸秋来,解释了老半天,韩大冰总算明白了个大概:

原来,金窝寨有个传统习俗,就是谁要是羡慕别人地里的庄稼长得好,到秋收的时候,就可以趁主家不注意,偷偷地到地里去偷人家的庄稼,寓意是说,将人家这么好的庄稼偷到自己家来了,明年丰收的好运就会降临到自己家里,这个习俗就叫"摸秋"。摸秋的习俗还有一个讲究,就是,丢了庄稼的主家要寻,寻找是谁摸了自己的秋,寻到了,摸秋的人家要请主家吃饭,然后才将摸秋来的东西完璧归赵,送还给主家,这样,来年主家和摸秋者才会都有好收成。这种习俗传到现在,有些演变了,人们不仅仅羡慕别人地里的庄稼好,更羡慕别人有钱,所以现在的摸秋不仅仅是"摸"人家地里的庄稼,也"摸"些别的东西,譬如韩大冰放在车里的包……

韩大冰云山雾罩地听着,渐渐听出了个中的道道,问:"你的意思是说,人家拿走我的包不是偷,是人家羡慕我,来'摸'我的'秋',最终,他还是要将我的包还给我?"

老汉一拍大腿:"对!你是城里人吧,脑子就是透亮,这不就明白过来了嘛!"

明白是明白过来了，韩大冰问："但是，那'摸秋的'要什么时候将包还给我呢？"

"你急什么嘛，我不是跟你说了，按照习俗，你得先找到那个摸秋的人。"

本来心情已经放松下来的韩大冰又急起来："找到人家？我连人家的面相都没见到，怎么找？"

老汉微微笑了："也是，你人生地不熟，哪里找去？罢了，我索性告诉你吧，摸秋的，是我那儿子喜田，你就随我去家里吧。希望你能将好运带给我家。"

白摸一趟秋

老汉的家在寨子的最西头，三间低矮的民房，屋内摆设陈旧而简陋，他说按照习俗韩大冰得在他家吃饭，安顿韩大冰在屋内坐下后，便去外面寻他的儿媳妇回来做饭。可别说，真到吃午饭时间了，韩大冰也感觉有些饿了，就耐着性子等着。

喜田媳妇不一会儿就回来了，灶上灶下地忙碌，一桌饭菜很快就做好了，虽说算不得丰盛，但可以看出，已经是倾尽家里所有了。喜田媳妇陪着韩大冰吃饭，却始终不见老汉和他的儿子喜田露面。直到饭吃过了，老汉才从外面赶回来。

韩大冰吃过饭正要急着赶路呢，便请老汉将他的包还给他，老汉一听不高兴了："你这小哥怎么这么着急？按照我们这里的习俗，你还得在我家住一宿。"

怎么又要住一宿？韩大冰不乐意了，他是真没时间。他只得向老汉解释，明天要上班，今晚得赶回去。

他这一说，老汉理解，但还是央求："按照习俗，你得在我家住一宿，这摸秋才灵验，你要不住，我儿子不是白白摸了一趟秋？你就好人做到底，帮帮忙吧。"

韩大冰是真的不能住，他开出价码让步了："这样吧，我不让你们白摸了一趟秋，我那包里有2000元现金呢，我不要了，给你们，你们只要将我的手机和信用卡还给我就行。"

一听这话，老汉生气了，眼睛瞪得溜圆，嚷开了："你这说的叫什么话？你将我们看成什么人了，好像我们贪你那点钱似的，那样我们不真成小偷了？放心，我们不贪你任何东西，包我一定会还给你，但得过了今晚！"

韩大冰也动了气："你这是强人所难！我告诉你，我现在就要我的包！你要是不将我的东西还给我，我可以告你们！"

见两个人顶起牛来，喜田媳妇只得上前打圆场，她可怜巴巴地望着韩大冰，说："大哥，你别生气，确实是我们不好，打扰了你，但我们也是没法子，你都看到了，我家有多穷，我家里人做梦都想改变现在的生活状况，能够发家致富，但我家这两年运气不好，前两年养鸡吧，碰到了禽流感，几百只鸡全死了，亏大了，今年养羊吧，又被狼叼去好几只，这不，我家喜田才想到摸你的秋，想沾沾你的好运气。要说这摸秋的习俗不一定能灵验，但这也是我们想过好日子的一份愿望呗，你就做做好事，让我们对好日子有点盼头吧。"

面对喜田媳妇那充满期待的目光，韩大冰有些不忍心了，自己也是过过苦日子的人，知道人在贫穷时对富有和幸福的向往是什么滋味，自己就真的忍心打破人家的那一点点梦想吗？罢了，不就是一下午和一晚上的时间吗，权当在这山村里散心了！

他最终让了步，答应在老汉家住一宿，老汉和喜田媳妇顿时欢天喜地起来。

下午闲着没事，韩大冰将车子开到村口停妥，便绕着村寨转了一圈，这金窝寨确实是个穷山寨，如今全国大多数农村地区都盖起了楼房，独独这金窝寨全是青砖红瓦的低矮民房，一间像样的楼房都没有。他又去寨子后面的山坡上转了转，几百亩的山坡荒着，杂草丛生。

韩大冰百无聊赖地混过了一下午的时光，到晚上，又在老汉家歇下了，老汉和他的儿媳妇热情款待他，晚饭后，韩大冰还是没见到老汉的儿子喜田。老汉解释说，这也是习俗，摸秋的人是不能和被摸的人见面的，他儿子躲外面去了。

真正的金窝

好不容易挨过一晚，天一亮，韩大冰就起床了，这下他可以拿上包离开了吧。

是可以离开了，老汉早已在堂屋里候着，见了他就递上了他的皮包，皮包完好无损，韩大冰打开包一清点，里面啥东西都不少。老汉这才送韩大冰出门，临分手，说了很多感激的话，说要是今年他家翻身了，日子过好了，他一定不会忘记韩大冰给他带来的好运等等，还请韩大冰今后一定再来金窝寨做客。

韩大冰敷衍几句就走了，他穿过寨子往村口走，经过寨子中央的祠堂门口，他发现祠堂的墙壁上贴着一张白纸，像大字报似的，纸上用毛笔写满了字，字迹歪歪扭扭，却粗重醒目，他一边继续往前走，一边不经意地瞟了两眼，就这两眼，他再也迈不了步了，驻足观看起来。

纸上是这样写的：

乡亲们，我今天下午一家家问过了，谁都不承认偷了韩老板的包。大家有没有想过，咱们金窝寨穷是穷，但祖祖辈辈没出过贼，可现在却出了这样的事，咱们金窝寨还抬得起头来吗？我知道那个偷东西的人一定是咱寨子里的人，大概那人不好意思承认，也有可能舍不得把包交出来，要不这样，今天晚上，我在背后山坡上拴上我家的两只羊，你将那两只羊牵走，将韩老板的包挂在拴羊的树上，这样没人知道你是谁，韩老板的包里只有2000元现金，我的羊也能卖这么多钱，算我跟你换了……

韩大冰愣住了，这么说，自己的包还是被人家偷走的，根本没有什么"摸秋"。

他正在发愣呢，就听身后有脚步声，他一回头，就见喜田媳妇和老汉双双跑了过来，他俩一见韩大冰，顿时收住了脚步，看看韩大冰，再看看墙上贴着的"告示"，两个人双双脸红了。

老汉低下了头，再抬起头来时就一脸尴尬，嗫嚅着说："等你出了门时才记起来这张纸没揭，所以就赶来了……看来还是来迟了啊，你现在都……让你见笑了。"

韩大冰双眼一眨不眨地盯着面前的这位老人，问："没有什么'摸秋'的说法对不对？拿走我的包的根本不是你的儿子喜田！"

"不是我的儿子喜田，喜田在深圳打工呢，不在家。"老汉直挠头，"不过，摸秋的习俗倒是真的有，只是，摸秋只'摸'瓜果，不'摸'别的。我不是想留住你、为你找回包吗，所以就……但是请你相信我，我们寨子的民风是好的，以前真没出现过偷东西的事，这是第一次。这次我说的是真的，没骗你。"

韩大冰郑重地点点头，说："我相信。"

喜田媳妇也走上前来，说："我爹贴出这张纸之后，晚上人家就将你的包交出来了。而且，那两只羊人家并没牵走。这说明，那个偷包的人也是一时糊涂，他最终还是没有贪财不是？"

韩大冰相信，这话也是真的，高尚的道德是能够影响人和改变人的。就在这一刻，他做出了一个重大的决定，他要在金窝寨投资，在山上开发一片绿色果园，有了这些淳朴的村民，再加上自己精湛的技术，韩大冰相信，不出五年，金窝寨就能真的成"金窝"了。

> 贫穷并不可耻，可耻的是贫而无志；积极的心态，是母亲送给儿子最好的礼物。

母亲的足浴

张开山

明天就是母亲的八十大寿了，张军暗下决心，一定要买件最好的礼物送给她老人家，让母亲也高兴高兴。

这事要搁在有钱人身上，一点也不难，可张军没钱哪！说来也是心酸，十年前，张军鼓动妻子和他一起辞职下海，谁知折腾了几年，不但没挣到钱，还把家里的积蓄赔了个精光。自此，他啥事儿也不干了，整日龟缩在家里喝闷酒，生闷气。可光喝酒生气又能顶啥用，一家人的吃喝找谁去？万般无奈之下，他把脸一耷拉，找到居委会的刘主任，申请吃上了"低保"。

张军的兄弟姐妹虽多，平时却是各忙各的，自己的事还顾不过来，谁还有闲心管他？只有张军的母亲，整日为他忧心忡忡，还不时接济他个三十五十的。

母亲的恩要报，可有孝心架不住没现钱呀！张军在几家大商场里转悠了十多圈，也没能给母亲买到满意的礼物，好礼物太贵他买不起，次礼物又拿不出手。正转来转去转得头皮发麻时，他在一家大商场门口遇见了多年不见的老同学。

老同学非要请张军吃饭，吃完饭又拉他去足疗中心洗脚。

足足一个半小时的泡脚、洗脚，再加上小姐那么一搓一揉，张军舒服得差点没晕死过去。他大开眼界，头一次知道世间还有这样的享受方式，心里不由得一亮：对，何不让母亲也来享受一次？

第二天，张军连哄带骗，把母亲带到足疗中心，可母亲一听要洗脚，说什么也不肯进门："花钱让人家给我洗脚？你疯了吗？"说完就要往回走。

张军拽住她，说尽了好话，母亲还是不依。

张军很委屈，眼泪就在眼眶里打转了，说："妈，今天是您老的八十大寿，我没钱给您买高档的服装，也没钱为您办一桌丰盛的酒席，我就这么一点点的心意，您还能不满足我吗？好歹我也是您的儿子呀！"

看到张军难过的样子，母亲心软了，就答应了他，说："咱可就这一回呀！"

足疗中心的小姐倒上滚烫的热水，母亲的一双脚在药液里慢慢地变红了，她幸福地闭上了眼睛，随着小姐一次一次往盆里加入开水，母亲的脸上越发地安详了。

回到家，母亲高兴地对张军说："军儿呀，妈这一生还是头一次这样享受呀！"说完，从兜里拿出六十元钱来，递给他说，"你出去时我问过小姐了，在那里洗一次脚是六十元，你有这份孝心妈就知足了，现在你不富裕，这钱你收下吧。"

张军怎肯收钱，母亲坚持说："拿着，今儿是我的生日，你别让我生气好吗？"老太太把话说到这份上了，张军也不好再说什么，就把钱收了下来。

母亲自从洗了足浴，逢人便夸张军是个孝子，夸得张军心里美滋滋的，别提多高兴了。

过了一个星期，母亲打电话将他叫进家门，说："那次足浴洗得太舒服了，我还想洗一次，这回咱们不花钱，我已经烧开了水，你在家里给我洗吧！"

什么？张军惊得半天说不出话来，眼睛睁得大大的，傻了。

母亲一拉脸，说："我是你妈，你小时候我不但给你洗脚洗屁股，还给你接屎接尿。现在我老了，让你为我洗一次脚，就把你吓成这个样子？"

张军忙解释说："妈，不是我不肯给您洗脚，只是我怕洗不好，不如足疗中心的小姐洗得舒服。"

母亲说："不会怕什么，慢慢学嘛。"

母亲把脚伸进热水盆里，就开始指挥张军为她洗脚、按摩，她一会儿说揉这，一会儿说敲那，一会儿说张军手重了，一会儿又说他手轻了，没多长时间，张军就大汗淋漓了。

好容易洗完脚，母亲交给张军一本书，说："这是我托人买的足浴按摩书，你没事时好好学学，赶明儿好再为我洗脚。"

张军一怔："什么？您还想让我为您洗呀？"

母亲说："你要是怕累，就叫你媳妇给我洗也成，反正洗脚这差事我是交给你们一家人了。"

张军回家和媳妇一说，被媳妇骂了个狗血喷头。媳妇说："她是你妈，又不是我妈，我凭什么给她洗脚？"

张军没办法，只好自己学，一边看书一边琢磨，慢慢的还真把按摩的套路学得个八九不离十了。而母亲更不肯轻易放过他，三天两头地叫他过去为她洗脚，而且是越洗越勤。张军每次都累得腰酸背痛，后悔自己当初怎么想出这么个主意来的。

没过多久，居委会的刘主任来找张军，说是根据反映，一个能花钱请母亲去足疗中心洗脚的人怎么能吃低保呢，决定取消他的"低保"资格。张军想争辩，可刘主任根本不听他的，这下把张军愁得欲哭无泪。

母亲知道这事，把张军找来，说："吃低保吃不出个好日子来，要想活得滋润，就得自己动手挣钱。咱们楼下有个空房子，你把它租下来当洗脚房吧，我这还有两万元钱，你先拿着用！"

张军不答应："妈，让我去给别人洗脚，这多没面子呀！"

母亲眼里有了泪光，说："我都八十岁的人了，看不到你有个好前程，死后怎安心？你那不是给别人洗脚，是在给你自己挣钱呢！你怕丢什么面子？"

张军想想也是，自己已经混到这种地步了，还死要那面子干吗用？于是十天后，他的洗脚屋就开张了。开头，来的人并不多，可因为他开出的价格便宜，也不搞那些乱七八糟的事儿，渐渐的人就多了起来，生意越来越红火。没出两年，张军就当上老板，雇了小工，自己不用给别人洗脚了。

一天，张军又碰到了居委会刘主任，刘主任笑着对他说："你可真成呀，从一个低保户一下子就当起老板来，有本事！"

张军心里有气，话中有话地说："这还要感谢你呀，要不是你取消了我的低保资格，我现在还不是个困难户？"

刘主任笑了，说："这个功劳我可不敢抢，是你妈要求我们取消你的低保资格的。当初我们还怕你接受不了呢，你妈却说她的儿子她知道，她说你一定会有出息的。嘿！现在看来，你妈就是眼光高嘛！"

张军一听，愣住了！他一想，坏了，由于近段时间生意忙，已经一个多月没见到母亲了，赶紧买了好多礼物直奔母亲那儿。

母亲正在一边泡脚一边看电视呢，见他来了，忙说："你这么忙来看我干吗？还是工作要紧呀！"

张军叫了声："妈……"就哽咽得说不出话来。他忙蹲下身去，将母亲泡在盆里的脚抬起来，又要像以前那样给她按摩。

母亲把脚抽回来，说："军儿，别、别这样。其实这样洗脚不舒服，每次你给我洗脚，我都是咬着牙关硬挺住的，我这双老脚怎经得起这样敲敲打打呢？我还是爱老式的洗脚法，舒服呀！"

听了这话，张军的眼泪"吧嗒吧嗒"地掉了下来，掉进了母亲的洗脚盆里……

关键词：干部带头

> 百姓心中有杆秤，秤砣就是带领他们走向富裕的"当家人"……

女当家

王喜成

沙河村的人都说，党华是她丈夫的贤内助。

党华的丈夫叫王顺，是沙河村的村主任，此人平时少有主见，乡里叫干啥就干啥，是个唯唯诺诺的老好人，在处理具体事务上，党华还真给他出了不少主意，要不，他这个村主任怕是早就当不成了。

春节期间，党华走亲戚回了一趟娘家，她娘家在邻县大河乡，离这儿百余里。回娘家一趟不容易，党华就多住了几天。这天她从娘家回来，看王顺黑着脸不理她，知道是嫌她在娘家住的时间长了，就邀功似的说："我这趟回娘家可是一举两得，既为私又为公哩！"

王顺撇着嘴说："照你这么说，村里还得给你报销差旅费不成？"

"少说风凉话。"党华朝他瞪了一眼，"我这次可是给村里带回来一个致富项目啊！"

王顺冷笑道："致富项目乡里早给咱们村定好了，还用得着你操心？"

党华说:"这几年辣椒市场十分看好,我娘家村上家家户户都种三鹰椒,又好管理,产量又高,而且根本不用跑市场找销路,一到收摘季节,外地客商蜂拥而来,装货的大卡车一直开到地头。咱们村地势平,水利条件又好,如果发展小辣椒种植,保种保收肯定不成问题,这可是让乡亲们脱贫致富的好路子。"

王顺朝她一哼鼻子:"种植经济作物不是你说了算,也不是我说了算,是乡里说了算。你以为你是谁?"

原来,今年乡里实施富民工程,发展高效农业,强调全乡各村大力发展西瓜生产,力争达到人均一亩瓜。乡长马民培在会上说:"哪个村如果不按规划落实瓜田面积,我就拿这个村的村主任是问!"

党华说:"听说县里也在号召种西瓜。可如果全县全乡都种瓜,到时候这么多瓜卖给谁?再说,西瓜的保鲜期短,到时候卖不出去的话,三五天就烂掉了。小辣椒就不同,就是当令卖不出去,放上三年五载的也坏不了。"

党华说的道理王顺何尝不知道!他感叹着说:"你是我老婆,我实话对你说了吧,那个经销西瓜的头道贩子,就是马乡长的小舅子……"

党华一脸愕然,屋子里的空气顿时沉闷起来。

不几天,乡里把西瓜籽分到了村里,村里又挨家挨户把它们分到了农户手中,一个大规模的西瓜育苗生产就这么在全乡各村开始了。乡里对这项工作抓得非常仔细,书记、乡长主抓,乡干部包村,村干部包组,组干部包户,层层责任到人。而且对育苗的要求也很高,先进行种子消毒,再建苗床,配制营养土,然后搭塑料拱棚,前前后后着实费了不少功夫。

沙河村的人自然也不例外,全村家家户户都把分得的瓜子入土进棚，一时间，田间地头搭满了塑料拱棚。听乡里的技术员讲，塑料拱棚里温度高，瓜子育种后五天就可破土发芽，可王顺领人育上种已经将近十天了，家家户户的塑料拱棚内还不见瓜芽破土。王顺急得脸都白了，会不会是瓜种有问题？王顺急匆匆直奔乡里，找马乡长反映情况。谁知马乡长却拍着桌子训他："瓜种是乡里统一供应的，其他村的瓜种入土进棚后早就发芽了，你们村是咋搞的？是不是没按技术要求操作？"马乡长还指着王顺的鼻子说："这回要是把瓜苗育砸了，我非撤了你的职不可。"

王顺耷拉着脑袋，垂头丧气地从乡政府出来，又绕道去其他村里看个究竟。果真，人家大棚内育的瓜苗都出来了，马乡长没唬他。顿时，他傻了眼！

回到家里，王顺急忙钻进自家的塑料拱棚，索性将瓜子扒出来看个究竟。只见那瓜子竟还是入土前的样子，没破壳，也没膨胀。他心里一"咯噔"，立即挨家挨户地到拱棚里去扒瓜子查看。这一看不得了，所有的瓜子都和他家一个样。这不明摆着是瓜种出了问题。王顺这回有恃无恐了，拿着从地里扒出的瓜子去见马乡长，开口就说："我说瓜种有问题吧，你还训我，你瞅瞅，这是入土已经半个月了的瓜子，到现在既没破壳，也没膨胀，你说这是咋回事？"

马乡长这回也没辙了，嘀咕道："乡里统一购种、统一发放的瓜子，怎么到了你们沙河村就不会发芽了？"

王顺说："可能是我们沙河村的水土不适合种西瓜吧？"

马乡长瞪了他一眼："胡扯淡！"

不管怎么说，沙河村的人不是不愿种西瓜，而是瓜子入土后不发芽。现在如果再重新购种育苗，时令已经过了，可家家户户又都留足了瓜田面积,总不能让地闲着吧?王顺就跟马乡长商量说:"既然种不成西瓜了,咱就种辣椒吧!听我妻子说,她娘家村上发展小辣椒效益可观,家家户户都发了辣椒财。"

马乡长叹口气,摆摆手说:"你们自个儿看着办吧。"

乡长松了口,王顺回来把意思一说,党华随即回娘家弄来了一批辣椒籽,于是沙河村家家户户都在原先的西瓜田里改种了三鹰椒。这年夏天,全乡西瓜大丰收,田间地头堆的是西瓜,来往车上拉的是西瓜,城里大街小巷到处叫卖的也都是西瓜。西瓜堆天涌地,一块钱能买一大堆,乡里为此专门成立一个办公室,帮助瓜农跑市场、找销路。可是,跑这儿、找那儿也不济事呀,谁让种那么多瓜呢,一下子上市,又难运输又难保存,最后只好眼睁睁地看着那些卖不掉的西瓜烂掉。

可沙河村的小辣椒就不同了,尽管头一年种植经验不足,管理不善,没有创高产,但还没到收摘季节,外地客商就纷纷前来订货,市场十分看好。到秋后,每亩小辣椒收入达一千多元。

沙河村的男人们数着卖了辣椒的钱票子,喜滋滋地说:"多亏了西瓜子不发芽,让咱种辣椒发了财呀!"沙河村的女人们听见了,就向男人们质问道:"你们可知道西瓜子为什么不发芽?是党华让我们把瓜子给炒熟了啊!"

王顺这才知道,原来是他的贤内助在西瓜育苗期间,串通全村的妇女们把分得的瓜子给偷偷地炒熟了,硬是不让它们发芽。谁说女人头发长、见识短,这回妻子就是比自己有本事哇!

第二年,沙河村进行换届选举,村民们一致推选党华为新一届的村主任。王顺的贤内助一下子成了全村人的女当家,王顺虽说自觉少了脸面,可也心服口服。

> 验证感情纯不纯,三杯美酒敬亲人。

三杯美酒敬亲人

顾敬堂

很多年前,老范在原单位下岗,后来经朋友介绍进了一个地质队,去全国各地勘察,这一走就是二十多个春秋。老范的儿子大伟留在故乡成家立业,生了个女儿,老范稀罕得不行,可惜自己还没退休,一年顶多见两次,其余时间都是通过视频看小孙女。

这天,老范听说,小孙女吃果冻时被卡住了,医院已经下了病危通知书,他急忙搭飞机赶回老家。

等老范下了飞机才知道,大伟昨晚带女儿去了省城医院,那里的设备和技术都很过硬,很轻松地就把那块致命的果冻取了出来。孩子脱离了危险,已经在回家的路上了。

老范正焦急地在儿子家楼下等着,远远地看到来了四辆车,在他面前停稳后,"呼啦啦"下来十几个人。小孙女躲在大伟怀里,挥着手甜甜地喊爷爷,老范心里的石头这才落了地。这时,其余的人围了上来,范叔长范叔短地叫着,老范定睛看了半天才认出来,这些人都是儿子刚参加工作时的同事。大伟说道:"多亏了这些好哥们,帮着跑前跑后,出人出车联系省城医院,这才没把孩子的病耽误了!"

老范看着这些热情的笑脸,忽然想起好多年前发生的一件事来,他感动地说道:"好孩子们,没想到你们处得还是这么铁!今天叔叔做东,请大伙儿撮一顿!"

大伟的朋友们起哄着叫好,却没料到老范领着大伙儿去了一个特别高档的酒店,眼都不眨一下,把山珍海味都点了上来,拦都拦不住。

二猴子嘴馋,他盯着鳖汤,流着口水问道:"老爷子,您这日子不打算过啦?"

老范"嘿嘿"一笑说:"趁你范叔我今天出血,还不赶紧造?"

"造"在东北话里就是敞开吃的意思,哥几个一听都笑了,这个盛碗鳖汤,那个夹条海参,吃得眉飞色舞。

二猴子连着干了三碗鳖汤,忽然一拍脑袋,大声说道:"我说哥几个,你们没发现少点啥吗?"

大伙儿一愣,很快都又反应过来,笑着起哄:"范叔,这不是您的风格呀,吃了半天没张罗酒呢!"

体格最壮的铁柱眉飞色舞地说道:"还记得咱们第一次去大伟家吗?老爷子三杯美酒敬亲人,单枪匹马就把咱们全撂倒了!从那时起,大伙儿就打心眼儿里佩服老爷子!"

老范看着这些胡子拉碴的"孩子",眼眶一热,哑着嗓子说道:"你们这些傻小子呀!叔当年对不住你们……"

那是二十年前的事情了,老范媳妇病故,他自己下岗,大伟又没考上大学,日子可以说非常糟心。老范凑钱让大伟学了车,又托关系把他弄到砖厂车队,家里微薄的积蓄基本上折腾得差不多了。

一天上午,有个以前的工友给老范打电话,说他进了外省的地质勘探队,今天回家处理点事,地质队还缺人,问老范有没有兴趣。这简直是雪中送炭,老范特别高兴,让他下车直接来自己家里,当面详谈。

挂了电话,老范把家里翻了个底朝天,好不容易找出几十块钱,到市场买了菜,回到家就提前张罗酒菜,准备给工友接风。

中午时,院门突然"咣当"一响,原来是大伟领着几个同事回来了。大伟嚷嚷道:"爸,厂子停电,下午放假,你煮一大锅面条,让我几个同事吃了午饭再走。"

老范一听,顿时纠结起来:要是家里没准备别的,煮一锅面条给孩子们吃也正常。可厨房里明明有六个菜呢,不往外端,不是咱的待客之道呀;可要是端上去了,晚上拿啥给远方回来的工友接风?

老范心里想着,嘴上可不慢,他热情地说道:"欢迎欢迎,你们先坐着,到这儿别见外!"

回头进了厨房,老范一跺脚,用一口锅烧了开水煮面条,另一口锅炒上了菜。

不大会儿工夫,满屋子飘香,六个菜和一大盆面条就端上了桌。大伟的同事感动得够呛,忙说:"范叔,吃口面条都挺不好意思的,还弄得这么丰盛!"

谁知这还不算完,老范从厨房拎出一塑料桶白酒,大声问道:"这是朋友家自己烧的纯粮酒,爷们儿,能喝点酒不?"

小伙子们略显腼腆地点点头,都挺实在。

老范满面红光地坐下说道:"那好,我提议每人先吃三大碗面条垫底,然后再开喝!"

客随主便,再说大伙儿也饿了,纷纷端起面条碗,"稀里呼噜"地吃了起来。

老范首先吃完面条，见大家都还在低头吃，他拿上来一摞塑料杯，每个能装三两酒，"咚咚咚"倒满白酒，先交代大伟："有你爹我代表，你就别喝了，旁边伺候去！"接着他等大家吃得差不多了，便站起身来，大声说了一通祝酒词，带头干了。

小伙子们觉得畅快，也都站起来，端起杯一饮而尽。

不等喘息，老范再次举起杯说道："好事成双，叔叔再敬小哥们儿一杯！"

"爽！"小伙子们热血沸腾，又干了一杯，酒量小的脸都开始泛红了。

"不怕认识晚，就怕不发展！"老范又倒满了一圈白酒，再次举起杯说道，"验证感情纯不纯，三杯美酒敬亲人！再干一个！"

"这嗑唠得真硬！干！"小伙子们又一杯下去，其中两个扔下杯子就蹿到院子里去放"呲花"了。

老范拍了拍脑袋，笑着说："酒敬得有点急了！从现在开始，大家随意喝吧。"

小一斤酒连着灌下去，谁还能喝进去？大伙儿陆续上了酒劲，和老范那个亲近呀，大着舌头哥哥叔叔地乱叫一气。

大伟看同事们都醉了，就到单位把拖拉机借了出来，把大伙儿挨个儿送回家去了。

一段往事说完，二猴子不解地问："那天我们虽然都喝多了，但心里特别痛快，大伙儿都念着您的好呢，有啥对不住的？"

老范的脸拧巴得像个核桃，说："范叔丢人呀！你们想想，我三下五除二把大伙儿全灌趴下了，根本没给你们机会吃菜，是为了什么？告诉你们，叔是为了把菜省下来，晚上招待客人，这才想出馊主意灌你们呀！"

"啊?"大伙儿这才恍然大悟,纷纷笑了起来,"范叔,您老人家那时候很狡猾呀!"

老范诚恳地说道:"那时候太穷了,你们又年轻好忽悠。记住,酒是好东西,但不能过量,花言巧语劝你喝酒的人,远远不如实心实意劝你吃菜的人值得交好!这么多年了,你们这些小哥们处得还这么好,我看着高兴,也有机会弥补当年的遗憾——整一桌好菜先让你们可劲造。既然大家吃得差不多了,还是老规矩,三杯美酒敬亲人!服务员,上杯子!"

大伙儿眼珠子差点掉出来:"范叔,还来?!"

服务员用托盘端上了晶莹剔透的酒杯,每个只能装一钱酒,大家一齐松了口气。

"敬友谊,敬好日子,敬改革开放!三杯美酒敬亲人!"老范举起杯一饮而尽,大伙儿齐声喊道:"干!"

> 为了招待企业家,村里特意准备了"十八野味宴",哪知村主任带着企业家考察一番回来后,却说这企业家"孬",这是怎么回事?

十八野味宴

姚国庆

王强大学毕业后,当了一名村干部。这年,王强工作的屯子——三羊屯发现一个煤矿,地质勘查显示煤质好、储量大。这么好的项目,屯子里当然想投资开发,带动村民致富,可屯子里一没资金,二没技术,只能引进外面的企业联合开发。王强是大学生村干部,见多识广,屯子里就把这个重任委派给了他。

很快,王强就联系到了几个"首富级"的大老板。折腾了一番,王强发现,这些老板大多是做表面文章,考察时架势极足,却迟迟不见他们真刀实枪的投资。还有个老板,居然将屯子里的煤矿印在自己公司的宣传册上,说是自己企业的项目,册子里还附上了他与村干部握手的照片。他这么做,目的是忽悠别人入股。后来,好几个上当的人来村委会闹事,王强才知道这老板玩的是空手套白狼的把戏。

出了这事以后,村主任并没有埋怨王强,王强心里却很过意不去。他吸取教训,在找合作企业这件事上,慎之又慎,他的原则是:一定要找有实力的企业、务实的企业家。可是几个月过去,他的鞋都磨破了几双,还是没有找到合适的企业。

王强正在犯愁,有个姓黄的老板主动找来了。电话中,黄老板语调沉稳,言辞恳切,这让王强很有好感。黄老板说自己是做能源生意的,在国内柴油市场占有很大的份额,这也说明他有实力。

回到屯子,王强把这事跟村主任汇报了。村主任听后说:"等人来了再看吧。"看来,前面那些老板对村主任还是造成了一些影响。

很快到了黄老板来考察的日子。这天上午,黄老板轻车简从来到屯子。他认真地听村主任介绍完情况,就说要上矿山看煤矿。

这时,村主任说:"我交代一下工作,再陪您去看。"

村主任把王强拉到村委会后院,交代说,让厨子去准备十八种野味,中午他要办"十八野味宴"招待黄老板。村主任还让王强给县里的秦大姐打个电话,让她安排剧团到屯子里搭台唱大戏。

交代完后,村主任就陪着黄老板上矿山考察去了。

王强悬着的心这才落了下来,看来村主任也认可了黄老板。要知道,十八野味宴加唱大戏,是屯子里招待贵客的最高标准,由此可见村主任的态度。

王强按村主任的吩咐忙活起来。两个小时后,村主任他们终于回来了,可王强一看村主任的脸色,心里不禁"咯噔"一下,看来事情不妙了。

从车里下来后,村主任一直黑着脸,大踏步地往前走,刻意跟后面的黄老板保持距离。走到王强身旁时,他偷偷给王强比画了一个拇指朝下的手势,然后不那么礼貌地说要回家吃饭去了,让王强陪着黄老板。

王强明白村主任手势的意思:他这是说黄老板"孬"。上山考察时到底发生了什么,让村主任觉得黄老板孬呢?王强没时间细问,仍礼貌地把黄老板请到村委会,给他泡上茶,趁这空隙,他才到后院打电话给村主任。

村主任说:"这人孬!你问怎么孬?嘿,既不靠谱,又爱装犊子,你说孬不孬?咱现在没时间说这事,有空再谈吧。中午招待你就简单对付一下,让他赶紧走人。"说完,村主任挂了电话。

既然村主任都这么说了,王强只好让厨子取消十八野味宴,改上家常小菜,同时给秦大姐打电话让她取消唱大戏。

午饭时,王强为了弄清楚黄老板怎么孬,特意和他多聊了几句。可他发现黄老板谈吐得体,人也很随和,几盘小菜他都吃得津津有味。聊天时,黄老板对周边电力、交通等情况了如指掌,短短一会儿工夫,他已经算出一笔经济账,煤矿的开采成本、运输成本、利润等都算得一清二楚。王强想:黄老板和过去来的那么多人都不同,看起来是非常务实的人,村主任为什么会觉得他孬呢?

送走了黄老板,王强赶紧去找村主任问个明白。

村主任抽了一口烟,说:"嘿,年轻人,你呀还是嫩一点。上午上矿山考察,姓黄的在山脚和山顶各打了一个电话,就是这两个电话让我知道了他的底儿——孬!"

村主任解释:"第一个电话,他和一个人谈生意,你知道他是干啥的?他跟你说他是干能源的吧?狗屁!他是干地沟油的,他还大言不惭地说,下一步要把公司的地沟油生意干到全国第一！一个干地沟油的，居然敢夸大话是干能源的，你说这人孬不孬？"

王强大吃一惊："他是干地沟油的？您没听错？"

村主任说："我就在他旁边，我能听错？"

顿了一下，王强又问："那第二个电话呢？"

村主任说："第二个电话就更扯犊子了。那个电话他是在山顶打的，他居然在电话里跟别人大谈一个亿的项目。"

王强反驳："谈一个亿的项目怎么了，说明人家有实力啊！"

村主任不屑道："啥实力？屯子里谁不知道山顶没信号，他却在那里大谈项目，你说，他这犊子装得……这样的人还不算孬？"

这话让王强吃惊不已，他知道，矿山顶确实没信号。后来怕误会，他又抽空去矿山顶验证了一下，发现的确如此：无论移动、联通还是电信，手机都没信号。

唉，想不到黄老板竟是这样的人！

过了几天，黄老板给王强打电话问情况，王强不好意思说穿，就旁敲侧击地问起了"地沟油"的事。

没想到黄老板"哈哈"大笑，在电话那头说："小王，你以为地沟油只能用来烧菜吗？你知不知道，全国有10%的柴油是从地沟油里提取出来的，这可是能源领域的朝阳产业！"

一席话让王强哑口无言。挂上电话，他赶紧去调查，发现黄老板说得果然一点不假。调查中王强还得知，在从地沟油中提取柴油的这个领域，黄老板占了30%的市场份额，人家说要把企业干到全国第一，还真不是随口瞎吹。

接着，王强又重新去调查了山顶信号的事，还真让他找到了原因。原来那天县移动在离屯子最近的那个信号塔上做3G

升级 4G 的实验，升级时，信号塔发出的信号增强了，结果造成了那天矿山顶出现了信号的状况。

王强赶紧把这些新情况告诉村主任，村主任睁大眼睛说："居然有这样的事？"

后来，王强从省招商局网站上看到，优秀企业名单上有黄老板的企业，这才知道黄老板打算在省里的贫困山区投资一个亿，建一座水电站——帮助贫困山区解决电力能源问题，目前资金已到位。

这时王强和村主任才后悔不已，想起那次草率的招待，很可能会因此丢了一个真正有实力的合作对象。

两人正懊恼不已，没想到，一个月后黄老板又回来了，这次他是来签合同的。黄老板对王强说："这一个月，我考察了很多矿山，说实话，你们屯子里的煤矿，从开发条件来说并不算最好，我选择这里，是因为觉得你们屯子里的人务实。那天，你们没有大张旗鼓地搞招待宴，上的都是家常小菜，吃饭时你和我聊的又都是煤矿的事，这给我留下了深刻的印象。"

王强"哦"了一声，恍然大悟，随后又想起了什么，忙跑到后厨，对厨子喊："十八野味宴快给我撤了，换家常小菜！"

> 堂堂大企业，颇费周章地寻一位做大锅饭的高手，只为求一份烧鸡蛋汤的攻略……

一锅鸡蛋汤

侯晓琪

奇怪的招聘

高原食品有限公司是一家有军工背景的大企业，最近公司发布了一条奇怪的招聘信息：高薪求聘一位能做鸡蛋汤的大厨。

这可真是小题大做了，蛋汤谁不会？水一开倒入蛋液，撒把葱花，点上香油，完工！这几天，从家庭煮妇到高级大厨，应聘者多如过江之鲫，却都铩羽而归。因为人家有要求：一口行军大锅内，只准打两个鸡蛋，做成的蛋汤必须色香味俱佳，要董事长亲口尝过，点头才行。

这不糊弄人嘛？可这条招聘信息还真是公司董事长杨同赞提出的。要说杨同赞这些年就好喝口鸡蛋汤，这是他当兵时养成的嗜好。

那年，杨同赞应征到高原边陲，那里自然条件恶劣，往往大雪一封山，供应就变得极为紧张，但最可怕的还是高原反应。像他这样的棒小伙一到山上，也会因为高海拔缺氧，一口饭没咽下，就觉得头昏恶心。

人是铁饭是钢，不吃可不行，所以连队食堂贴着条标语：

吃一碗及格，吃两碗良好，吃三碗优胜。鼓励新兵们吃饭，克服高反难关。

这天，杨同赞训练得猛了些，高反又犯了：太阳穴"嘣嘣"乱跳，头痛得像炸了似的。他正躺床上吸氧，炊事班的老班长王铁胜来了。

老班长开门见山："想吃啥？"杨同赞一听，撇了嘴：部队的病号饭千篇一律，无非煮面条，加俩荷包蛋。炊事班仓库有鸡蛋，但储存条件不好，有的都变味了，做成荷包蛋也味同嚼蜡。

面对老班长关切的眼神，杨同赞还是说了："想喝口新鲜的鸡蛋汤，最好清淡点，不然恶心喝不下。"说完他又后悔了：最近连里后勤供应又续不上了，连饮用水都限供了。早上每人发一个搪瓷缸的水，战友们挤点牙膏在嘴里，含口水漱漱就当刷了牙，然后一仰脖全咽了，舍不得吐啊！这种情形下，自己要鲜蛋汤，是给老班长出难题呢。

可在开饭时，杨同赞真喝到了鲜蛋汤。不仅他，全连都喝了。那汤浓淡相宜，正合他的胃口。当然，他不能要求更多了：为了这锅汤，老班长和许多老兵将配给的饮用水都贡献了出来。

打那以后，隔三岔五，战友们就能喝到鲜蛋汤，感激之余，还给它起了名叫"老班长鸡蛋汤"。

转眼到退伍季，老班长该复员了。临别那天天不亮，杨同赞就悄悄起床到了炊事班。他想帮老班长再打扫一次卫生，再尽战友之情。

杨同赞刚拉亮灯，只见一只老鼠仰躺在地上，怀抱一个鸡蛋，另一只老鼠咬着它的尾巴，正将它往外拖。杨同赞惊叫："老鼠！"说着，他摸过把铁战锹，拍死了它们。

这一闹，老班长王铁胜也起来了，见状大怒："混蛋，你干的好事！"杨同赞一愣，竟不知所措。这时，很多战友也闻讯前来劝解，老班长被战友们簇拥着四处告别，直到上了送行车，也没能再和杨同赞说上一句话。

不久，杨同赞考上军校，离开了连队。再后来，原部队裁撤，他跟老班长最后联系的纽带也断了。

时过境迁，转眼多年过去了，杨同赞早已转业办了公司，当了董事长，可忆及往事，他还觉得委屈：不就两只老鼠嘛，犯得着发那么大的火吗？

虽百思不解，但杨同赞对王铁胜依然充满感激：是老班长帮他度过了艰难的新兵岁月。这份情，他永远忘不了。

又见老班长

招聘的事公布有一阵子了，可还没有找到合适的人，杨同赞不免发起愁来。这时，秘书来了："董事长，有个老人借口应聘，赖在厨房好多天了，硬说时辰不到。"

呵，招聘还招来碰瓷的了！杨同赞苦笑："叫什么名字？"

"简历上叫刘正气，在花市开宠物店。"秘书说，"他还带了两只小白鼠，说是助手。"

"什么，老鼠？"杨同赞立时来了兴趣，"走，去看看！"

一行人刚到公司搞招聘的小厨房，厨房负责人迎了出来："您来得巧，就刚刚，应聘人说时机已到，要求进入应试程序。"

杨同赞隔窗往厨房内偷瞧，见到了一个胖胖的背影，那人正在嘟囔："这汤用的鸡蛋有讲究，眼下天热，再晚就走味了。"

杨同赞见状，冲负责人一点头："开始吧，你再告诉他，我会第一时间品尝成品。"

负责人进去一说,那老头不置可否地"哼"了声,开始操作。他先在大碗里勾好芡,把俩鸡蛋磕进碗里,搅拌匀了,等大锅水开,把火关小,用勺逆时针搅动。然后他顺着筷子,一点点顺时针转圈向锅里倾完蛋液后,马上离火。

老头接着说:"如果加食用油,打出的蛋花是大片的,想散碎些,就多加水。记着,水不能大开大滚,倒蛋液时要慢、要稳。"

负责人也是内行,看着层层絮絮满锅的蛋花,分不出蛋黄蛋清,是一色的金黄,他有点不淡定了:"您这跟谁学的?"老头也不客气:"别以为你们有证的厨师就无所不能,大锅饭也是学问。当年我在部队做百多人的饭,又要管够又要省钱,天长日久,有些道道全凭自个儿琢磨出来的。"说着,他把汤盛进碗里调好味,浇入一勺热好的油。可能嫌碗里汤少,呆了会儿,他又加了小半勺。

趁着老头侧身的工夫,杨同赞看清了:"老班长!"

确实是王铁胜,虽已五十多岁了,但在部队养成的气质还在。

杨同赞走过去,拉着老班长的手自报家门,老班长这才反应过来:"好小子,我记得你,离队那天我还骂了你呢,哈哈!"

一提这茬,杨同赞又不知说什么好了:想想当年的事也怪自己,偏偏那时拍死老鼠,这不是明摆着说老班长内务卫生没搞好,厨房都混进了老鼠吗?也难怪人家生气。

老班长像是看出了杨同赞的心思:"唉,当时怨我没说清,其实那不是普通的老鼠。还记得那天你想喝鲜蛋汤吗?这事可把我难住了,因为咱库里鸡蛋都不新鲜呀!那会儿,我正犯愁,就听库里有响动……"老班长说,那时他小心翼翼走过去一瞧,是两只老鼠正偷鸡蛋。看它俩轻车熟路的样子,就知道不是第一次了,于是老班长悄悄跟着,见两只老鼠顺门缝钻出,他也轻手轻脚地出了门,直到在离营房不远的坡草中,发现了藏蛋地。那是块沙土,里面被老鼠有意掺杂了枯叶和杂草,保暖又保湿。

"我当时想起老家山区的收获季,人们总为保存板栗发愁。不管冷藏阴晒,时间一长,板栗总会变质,不是生虫就是发霉。唯独从山鼠窝刨出的陈年板栗,和刚摘的一样,这说明老鼠对保存东西有诀窍。"老班长说,"想到这儿,我就从沙窝里刨出了俩蛋,嘿,真比库里新鲜得不是一星半点!"

蛋汤有秘诀

打那以后,老班长就同鼠交上了朋友。要说那两只鼠,一只前爪有残疾,可能被黄鼠狼咬了。它们或许是为躲黄鼠狼,才冒险到军营安家。

"后来我找军医打听,这是种以草籽为生的沙鼠,不会传播疫病。"老班长笑着说,"想想它俩也不容易,我就容留了它们。"

杨同赞恍然大悟:"您当年是让它俩帮咱们储蛋啊!"

"还不止!每当沙鼠把沙窝下的蛋翻上来,我就知道这蛋该下锅了。"老班长若有所思,"这小老鼠聪明着呢,它们其实不爱吃鲜鸡蛋,就等着鸡蛋放到最合适的时候才吃。因为鸡蛋经适温放置后开始发酵,营养成分会比较容易吸收。"

"明白了!"杨同赞突然一拍大腿,"难怪我当年就好吃一口您做的鸡蛋汤!"

杨同赞说,他是后来才知道,自己对蛋黄是有点过敏的。

其实每个人都可能存在对某种食物的过敏，平时可能看不出，但特定环境下，潜在的过敏现象就会冒出来。当年他在部队，想吃鸡蛋，但吃了又不舒服，就想着喝口蛋汤，而老班长的鸡蛋汤，蛋黄蛋白互融一体，吃到嘴里有蛋香味，又因为成分比例小，身体不会过敏不适。

杨同赞说："我们公司有军需订单，生产的军用食品中，鸡蛋是重要原料之一，难免有致敏的风险。如用人工手段将蛋黄、蛋清分开，以针对不同战友的需求，成本又太大，也不易操作。所以，我想着将成分微量化，同时又要保证蛋白蛋黄含量均衡。"

老班长一扬眉："就像我当年的那锅鸡蛋汤？"杨同赞笑着说："对，我们为军需食品挑选鸡蛋的标准很严格，但总觉得还不到位，我不禁想到了您的鸡蛋汤，想找您讨要秘诀，好好研究呢！"

老班长乐了："我哪有什么秘诀？说起来咱们这是以鼠为师！"杨同赞听了，连连点头，他看到灶台上的汤碗，顺手端起来轻呷了一口，忍不住赞道："对，就是这个味道！"可他刚喝了第二口，却"哎哟"一声，被烫了嘴。

老班长这才想起什么："哎哟，怨我！"刚才他把滚烫的汤舀进碗里，立马泼上热油，封住热气，然后又把小半勺放凉的汤浇在上面。这样，上面一口是温的，下面可全是烫的。

本来老班长退伍后，宠物店开得好好的，没兴趣应聘，可这次招聘动静特别大，他听说后，以为是奸商糊弄人的把戏，就报了个假名来应聘了，想趁机教训一下奸商。

老班长笑着拍拍杨同赞的肩，说："同赞，你好样的，离开部队了，心还想着部队呢！"

杨同赞看着老班长，认真地说："是您教我的，说军营有句名言，叫'正规军人打后勤'，我现在虽然离开部队了，但只要还能为军营做点啥，哪怕是打打后勤的事，我也必须干好啊！"

> 大学毕业的高才生，居然打算回乡务农，这可把他爹气得半死……

有一套

孙国彦

长林从省农业大学毕业，向当村主任的父亲宣布了一个惊人的决定：他打算回乡务农。

长林话刚出口，老爷子就气了个半死，大骂长林没出息："我在村里好歹也算是有头有脸的人，花钱供养你那么多年，是让你回来修理地球的？你不嫌害臊，我还怕丢人呢！"哥哥长春也怪他太冲动，教育他说："你好歹也是农业大学的高材生，再不济也得体体面面在县植保站搞个技术啥的，咋能这么没志气！"

长林耐心地说，这事他经过了慎重的考虑，不是大脑一时发热作出的决定。"你们也替我想想，我学的是农业，离开土地还有啥意义？我可不想窝在办公室里，一杯茶一张报纸荒废青春。"

"那你还想咋的？"父亲没好气地抢白他。

长林认真地说："爸，我想过了，咱村很多劳力都进城打工去了，心思根本不在土地上，庄稼基本上都是碰天收，赚不了几个钱，还浪费了土地资源。要是出好价钱把土地从大伙儿手里流转过来,大伙儿没了后顾之忧,肯定乐意;咱呢,形成了规模,也有钱可赚。"

父亲还没开口,长春接上了话茬儿:"你以为从地里刨钱容易啊!现在粮食那么贱,就算土地能流转过来,你也不算一算,一亩地能挣多少钱?"

长林不服气地说:"能挣多少钱?那要看这地怎么种了。爸,反正不让我试试,我不会死心。"

父亲到底有些见识,听长林说得有点在理儿,又见他态度那么坚决,想了想,缓和了语气说:"那好,既然你铁了心要干,我就投资给你流转20亩,到年底能挣回5万,我就答应你。"

长林见父亲答应了,兴奋得满面红光:"谢谢爸,谢谢爸。只是……只是20亩太少了,能不能多一点……"

父亲立马打断他:"半点儿也不能多,最多给你20亩!我可不敢拿自己的辛苦钱给你打水漂玩儿。"

长林没办法,想想20亩总比没有强,只好点头作罢。

父亲没食言,秋收一结束,果然把20亩地交到了长林手里。他暗里叮嘱长春:弟弟细皮嫩肉的,不是种地的材料,你多帮帮他。

长林信心百倍地开始经管这20亩地。耕地、播种、施肥、浇水,一切和别人没什么两样。来年小麦收获时,产量比别人高出不多,但收入比别人多出了一截,因为他搞的是订单种植,代别人繁育种子,每斤价格高了几角钱。这么一来,麦季的收入就把全年的成本收回来了。

秋种开始了,长林学的是大豆专业,20亩地理所当然地全部种植大豆。但是长春马上给他算了一笔账:产量、价格都往高里算,20亩地的收入顶天也就是25000块钱,要想达到父亲所定的纯收入5万元，绝对不可能。长林嘿嘿地笑笑，没说话。

豆苗长出几片子叶了，别人都忙着除草、打药，长林也在忙，但是却在忙着"毁庄稼"——给豆苗摘心。长春连说他"疯了"，别人打药治虫还怕保不住心叶呢，他可倒好，直接照死里摆弄。长林神秘地笑笑，一本正经说："我在教它们变魔术呢。"

豆杆渐渐长高了，还别说，别人家的豆棵都是一根独枝往上窜，纤纤瘦瘦的，而长林的却是两根侧枝散开来往两边长，真像变魔术一般，一棵"变"成了两棵，上面嫩嫩的豆荚结得密密匝匝的。一眼望去，满地葱葱郁郁，行间的空隙都被遮严了。

父亲来到地里，东看看，西瞅瞅，不住地点头，摸着下巴自言自语说："这小子果然有一套，还真小瞧他了。"

到豆棵齐腰深时，豆叶生虫了，而且由于长期干旱，虫害大爆发。特别是豆虫，个大体肥，极能抗药，逼得人们一遍接一遍喷药，并且剂量越来越大。长林呢，却不急不焦的，雇了十多个人在地里"捉虫"，还说这样做无毒、环保，产出的大豆品质好。长春一次次催他喷药，他不但不听，还一个劲给大豆浇水施肥，说要让它多长些嫩叶，把这些豆虫给"撑死"。

眼睁睁看着这么好的一块豆子给糟蹋，长春觉得弟弟这次是真疯了，心急火燎地把这事告诉父亲。父亲狠吸了一口烟，说："别管他，让他跌跌跟头也好，趁早断了种地这个念头。"

这天晚上，长春对长林说："快到地里看看吧，你那地里一满地的手电光，是不是有人偷摘豆荚啊？"长林笑笑说："什么偷豆荚呀，那是我专门雇的人，给庄稼捉豆虫呢。"

打着手电捉虫，不至于吧？长春放心不下，径自来到地里，只见地里一排十多个人，每人头上套了个电瓶灯，正在豆叶上捣鼓着什么。

"你们这是干啥呢？"长春好奇地问。

"在帮老板捉豆虫呢。"

长春仔细一看，果然，在紫光灯的映照下，豆叶上密密麻麻到处都是肥白的豆虫。长春种了那么多年地，从来没见过哪块地里生这么多豆虫。

"我的天，这得捉到什么时候？完了，完了！这么多，就是打药也治不住了。"

捉豆虫的人呵呵地笑了。

回到家，他看长林还在摆弄手机，气呼呼地说："你还有心玩手机，看看你那地里豆虫满了没有？"

长林放下手机说："豆虫吃的是豆叶，虽然豆棵营养弱了点儿，但同时通风透光了，综合起来讲，对大豆产量没多大影响。我呢，也不是在玩手机，是在联系客户。"长春看他漫不经心的样子，气得不再理他，扭头走了。

此后，几乎每天，都有一辆小货车来长林地头儿，把一箱箱什么东西往车上装。父亲和哥哥懒得再管他，也不多问。

金秋十月，大豆收获了，一过磅，长林的大豆亩产量达到了500多斤，每亩地比别人高出了一百多斤。

当长林把卖大豆的两万多元钱交到父亲手里时，父亲点点头，说："一亩地比别人多见了几百块钱，你小子种地确实有一套。不过呢，当初咱们定的杠杠可是5万，你并没完成。明天我就到乡里帮你问问，看县植保站招人不。"

"谁说我没完成？"长林凑过来，打开手机，调出手机银行页面，指着上面的一串数字说："老鼠拉木锨——大头儿在这儿呢。您看，这是卖豆虫的5万。"

"啥，5万！"父亲惊得差点从椅子上跳起来，长春也半天合不上嘴。缓过了劲儿，父亲不停地摇头："你小子就拿手机蒙我吧。"

"我蒙您干什么呀，我这是手机银行！明天我就把钱提出来交给您，看您信不信。"

父亲还是将信将疑："卖豆虫？乖乖……这玩意儿就值那么多钱。"

"当然了，它可是地道的高蛋白食品呀，去年一斤还 30 呢，今年就 40 了，估计明年行情还得看涨。爸，您现在知道了吧，别人打药治虫时，我不是在捉虫，是在大豆地里放养虫苗呢。"

父亲和长春犹如听天书一般，愣呵呵地不住点头。

长林笑嘻嘻地问："爸，还逼我坐办公室不？"

父亲欣慰地说："算你小子厉害，几年大学没白上。我说话算数，不干涉你的事儿，明年就给你流转 100 亩。"

长林听了头摇得像拨浪鼓。

"怎么，还嫌少？"父亲笑着问。

长林犹豫了一下，说："爸，我说出来您可不许生气啊！我改主意了，不想再种地了。"

"你又想干啥？"父亲惊异地问。

"我想跟您竞选村主任。"

关键词：干部带头

> 最高明的营销，不能只做些表面文章，要从根本上解决核心问题。

最高明的营销

童树梅

冯伟国代理了一家品牌电动车，生意红火极了，县城市场份额他一家占了一半。可冯伟国并不满足，他一向雄心勃勃，营销手段也相当高明，思来想去，他决定拓展眼光，把市场往下沉，在全县各大乡镇设点布局。

设点布局的工作很快完成，运营了一段时间后，冯伟国发现，曹营镇的销量是全县各乡镇中最低的。这就奇怪了，因为曹营镇并不是一个偏僻贫穷的镇啊！大街上一样是车水马龙热闹繁华，也有各色电动车穿梭往来。这说明曹营镇人一样爱骑电动车，也并不穷，那为啥销量上不去？

冯伟国是个不服输的人，他决定亲自出马，坐镇曹营镇，打个翻身仗。他立即行动起来，利用各种平台开展持续不断的宣传攻势。冯伟国知道曹营镇有好多山村，山村家庭是电动车的潜在消费群体，于是打出广告：为资助山村孩子上学，只要持曹营镇的身份证和学生证购车，就可以让价100元。

此招一出，倒是有人来买车了，但并没有想象中的多。

冯伟国想了想，又使出第二招：只要是曹营镇的孩子，考上初中的,电动车让价200元;考上高中的,让价300元;考上大学的,让价500元。这表面上看是让价不少,但一个镇考上高中的毕竟不多,考上大学的更是凤毛麟角,所以自己并不会吃多大亏。

可即便如此,生意依旧不温不火。冯伟国有点急了,自己亲自坐镇,销售要是再上不去可就闹笑话了,他一向无往不胜,这回是败走曹营镇了,不服气啊!

这天,店里冷冷清清,冯伟国正发愣,有个人走了进来,这人其貌不扬,文质彬彬的,举手投足间相当沉稳。这人认真看着店里的各种优惠宣传海报,看完后微微笑了,问道:"谁是老板?"

冯伟国早就把这人的表现看在眼里,现在听他一问忙迎上前,客气地说:"我就是老板,小姓冯,请问您有什么事?"

这人点点头,说:"我姓韩,我想帮你一个忙,一年过后我一定会让你的电动车销量上去的,不过你有耐心等吗?"

冯伟国一听,毫不犹豫地说:"我当然愿意等了,我是做生意的,有的是耐心。韩先生,这样好了,如果你能帮我把销量冲上去,我每辆车都给您返点百分之……"

韩先生打断他:"我不要什么返点,只求一点,在这一年内,你各种宣传不要停,各种优惠也不要停,以达到积蓄力量、深入人心的目的。一言为定,一年后见!"

两人握了握手,就此告别。

时间一天天过去了,冯伟国继续在全县转悠,把遍布全县城乡的电动车生意打理得井井有条,唯有曹营镇的销售量一直上不去。有时他也会想,那个韩先生会不会是说着玩呢?

一年时间到了。这天冯伟国在县城忙活,突然接到曹营镇门店的电话,店员兴奋地说:"冯老板,今天一天就卖了13辆,请立即补货!"冯伟国一惊,韩先生的承诺开始兑现了。

接下来,好日子开始了,一连好多天的冲量,连创高峰,然后开始趋于平稳,每天的销售量保持在3辆左右。冯伟国大喜,同时又有一个疑问:那个韩先生到底是何方神圣?他为什么会有如此神通?

正翻腾着心思,曹营镇门店店员又打来电话:"冯老板,有一位姓韩的先生找您。"

冯伟国赶紧说道:"你请他稍等一下,我马上开车过去。"

撂下电话,冯伟国就跳上车,从县城直奔曹营镇门店。

一年不见,韩先生大变了样,原先文质彬彬的白面书生,现在变得又黑又瘦。

握过手献上茶后,冯伟国急不可耐地问道:"韩先生,首先我要郑重感谢您,电动车销售量真的上去了。您是怎么做到的?这里面到底藏着什么秘密?"

韩先生呷口茶,微微一笑,说:"冯老板,说白了很简单,我只是修了一条阳光大道而已。"

冯伟国一愣,韩先生继续娓娓道来:"冯老板,你光知道各种优惠措施,却并不知道曹营镇的实际地理情况。曹营镇表面上经济还算不错,可那只是平均数字,整个镇实际上分成两块,曹南和曹北,曹南经济相当发达,曹北则贫穷得多。之所以会这样,就因为一座山横亘在曹北前面,曹北有好多村落,却只有一条狭窄的石子路通往外面的世界。你说,曹北的人即使有钱买电动车,电动车禁得起石子路的颠簸吗?所以,即使冯老板你有再多的优惠措施,他们也是望洋兴叹!"

冯伟国一听如梦方醒,可是,眼前貌不惊人的韩先生是怎么修得起这条路的？

　　韩先生好像猜到了冯伟国的疑惑，说："我是市里下派到曹营镇的扶贫干部，我瞅准这一点后，便多方想办法，一年来，在各级政府的扶持下，在社会各方的大力资助下，终于把那条石子路改建成了平坦宽阔的阳光大道。你说，大道通车的那一天，曹北人民是什么样的心情？你一直在持续宣传你的电动车，又有那么多实实在在的优惠措施，他们能不买你的电动车吗？他们也渴望在阳光大道上奔驰兜风啊！"

　　冯伟国听完忍不住拍案叫道："原来是这样！原先我只晓得让利啊宣传啊等表面文章，可您和您的团队从根子上解决了这个问题，这才是最高明的营销！一年来您变化很大，是个干实事的人，我佩服！谢谢、谢谢！对了，我上回承诺的返点不变……"

　　韩先生"哈哈"大笑："你看我是那样的人吗？我只是尽本分而已，再说，能帮曹营镇的人民一点小忙，我打心底里高兴。"

　　说着，韩先生走了，冯伟国望着他虽不高大但分外伟岸的背影，禁不住肃然起敬。

第六章 正风敦俗 扶危济困

关键词：刚正不阿

> 好不容易搭了个车，到最后却发现司机不见了……

夜半搭车

吴 港

吴启是名汽车修理工，各种农机也能上手。这天，二叔家的收割机出了毛病，吴启去帮忙修理。修好机器，吴启急着返城，告别二叔便一路小跑，可快要上公路时，还是眼瞅着最后一趟客运班车开走了。

此时天色渐渐暗了下来，吴启尝试着搭一辆顺风车，然而从身边陆续开过去七八辆车，他一辆也没能拦下来。也难怪，地方偏僻，哪个开车的没点儿防范意识？吴启很丧气，看来余下的十里路，只能辛苦自己的两条腿了。

正想着，又有一辆车从后面开过来。吴启此刻已不抱希望，但还是扬了扬胳膊，出乎意料，那车竟然慢慢停在了吴启身边。司机摇下车窗，吴启忙说想搭车回城，司机抱歉地说："实在对不起，车上人满了。"

吴启望了望车内，见前排还坐着个女人，看样子与司机是夫妻；后面有一对老年人和一个半大小子。吴启正失望，却听女人说："让他上来挤挤吧。"

吴启心中又有了希望：通常情况下，老婆发话，老公都会言听计从。谁知司机很是较真:"不行,增加一个人就超员了。"那口气不容商量。

吴启忙说:"天都快黑了,不会有警察查车的,万一被抓挨罚,钱由我出。"司机说:"不是钱的事,你再等等后面的车吧。"说罢,他递出一瓶矿泉水,便将车开走了。

吴启眼前一片黑暗,又走出不远,却见前边那辆车停了下来,于是心想:是不是那家人一时心软,愿意搭我一程?他三步并作两步赶上去一看,原来是汽车出故障抛锚了,司机正闷头鼓捣发动机,而他那一脑门儿的汗说明,他不是个行家里手。

平时若遇上这种事儿,吴启总会出手相助,现在他却不怎么情愿:既然你不帮我,我何必管你的闲事?他绕过那辆车,没走几步又停了下来,他心有不甘,手也发痒:堂堂一个手艺人,岂肯错过这"露一手"的机会?

吴启转头将司机推开,没用五分钟就把故障排除了。司机夸赞道:"师傅技术高超哇!"吴启说:"干这行十几年,这点小毛病还不手到擒来?"司机笑着说:"车修得好,也会开吧?"吴启回道:"那当然,各类车没我不能开的。"

"真的吗?"司机问。

"谁还唬你?"吴启说着拿出驾驶证给对方看。

车上的女人递了一块布给吴启擦手,司机突然凑上去,对着她耳朵悄声嘀咕。女人说:"行吗?"司机说:"行。"随后他告诉吴启:"上车挤挤吧。"吴启心头重新亮起了灯。司机又说:"刚才大灯把我眼睛晃了,视线不清,你来替我开车吧。"这时候,天已经彻底黑了,于是司机摸黑走到另一侧打开后门。

吴启心里敞亮了,便驾着车聊起天来。身边的女人也是个话篓子,说这次回老家,接公婆来城里住一段时间,顺便把侄子也带上了。吴启说:"多好哇!将来我攒钱买了房,也把父母接来一起住。"后面的老两口说:"在城里住上十天半月还行,时间长了还是想回乡下。"一车人聊得火热,吴启倒是没再听车主说过话,大概放吴启上车,他还是有点担心。但车里黑漆漆的,吴启都看不清后座的人,更没法看那男人的脸色。

几人一路谈笑着开进城区,吴启说再过一个路口就到家了。可偏偏就在路口前,他们被几个检车交警拦了下来。一名交警先查验吴启的驾照,然后拉开后门往车里瞧。吴启心中暗暗叫苦,他知道超员一人扣六分,至少还要罚二百。就在这节骨眼儿上,只听身旁的女人叫了声"小李子",那名交警忙应声:"哟,是嫂子呀,刚才没看见。"说罢,他便摆手放行。

躲过一劫,吴启问道:"那交警你认识?"女人笑着说:"那帮小兄弟我都熟。"吴启说:"有熟人啥都好办啊。"

车停到吴启家小区门口,他下车摸出一包烟,想酬谢车主,可他拉开车后门往里一看,咦,那人并没有在车里。女人说:"别找了,他在后边呢。"

吴启惊讶道:"哎呀,多遭罪!早知道这样,应该我藏在后边才是。"可当他掀开后备厢车盖时,又吃了一惊:里面空空如也。

女人无奈地说:"我是说,他在后边走路呢。"吴启忽然心头一热:"啊?为了不超员,他竟然替我走这十里夜路?他这人……也太较真啦!"

女人笑了:"谁不较真他也得较真,因为他本身就是管这个的呀。"

吴启猛然醒悟,原来那较真的人是一名交警。

> 大叔买了个智能手机，结果第一次拍视频就被当成了流氓……

大叔拍视频

曾凡洪

小朱技校毕业后，在镇上开了个小店，卖手机、修手机。

这天，邻居胡大叔来买手机，说要买拍照最清楚的那种。小朱调侃道："胡大叔，那种得好几千元呐，你舍得？"

胡大叔和小朱原先都是大鱼村的，因为拆迁，才搬来镇上。胡大叔一个孤老汉过日子，平时抠得很，一直在用老人机，怎么突然舍得买好手机了？

胡大叔笑嘻嘻地说："村里老人建了一个微信群，有啥新鲜事、好玩的小视频，都会发在群里。我也想加入，只能换新手机啦！"

村里老人建微信群的事，小朱是知道的，他母亲花婶早加入了。

新手机买好，胡大叔迫不及待地要小朱教他拍视频。学会之后，胡大叔兴冲冲地走了。

谁知道当天晚上，胡大叔拍视频，拍出了事。

晚饭后，胡大叔去广场散步，想拿新手机录个视频试试，结果刚录了一会儿就被一个跳广场舞的女人看见，女人三步两步冲了过来,猛地一巴掌扇了过来。

然后,这女人骂道:"你个大鱼村来的土老帽,想打我小翠的主意?告诉你,没门儿!"接着,这个叫小翠的女人勒令胡大叔立刻删除视频,否则就告他侵犯隐私。

胡大叔这一巴掌挨得莫名其妙,他不买账,和小翠吵了起来。小翠伸出手,在胡大叔脸上挠了几下,骂道:"老流氓!"她一把抢过手机,掼在地上。

花婶和几名相熟的村民急忙把他们拉开了,花婶把晕头转向的胡大叔搀扶了回去。

回到家,花婶说,这个小翠原先是老镇长的老婆,老镇长去世后成了寡妇,脾气暴躁。看到胡大叔对着她拍,就把他当流氓了。

胡大叔摸着脸上的血印,说道:"见鬼了,我老胡当了一辈子的农民,竟然被当作老流氓挨了一顿打,上哪喊冤去!"

花婶端来热水,给胡大叔擦洗血印,说道:"都怪你,你说你谁的主意不打,偏偏打起小翠的主意来了?小翠条件那么好,会看上你这个大鱼村来的土老帽?"

胡大叔一扭头:"谁稀罕她?"

花婶反问道:"不稀罕?那你拍她干啥?"

这时,花婶的微信响个不停,她拿起来一看,忍不住大笑起来。她把手机递给胡大叔,胡大叔一看,竟有人把他挨打的视频发到群里了,群里炸开了锅,纷纷调侃胡大叔。

胡大叔气愤地说:"都是胡扯!"

接着,胡大叔叫来小朱,说手机被小翠摔后打不开了,让他帮忙修一下,说完,气呼呼地走了。

花婶背地里嘀咕道:"不争气的老色鬼,丢大鱼村人的脸。"

小朱笑着说:"妈,你这么不待见他,还扶他回来?"

花婶说:"乡里乡亲的,我能不管吗?"说完,她白了儿子一眼,上楼去了。

小朱忙活半宿,修好了手机,他好奇地打开了胡大叔录的视频。视频里,只见小翠风韵犹存,舞姿优美,根本看不出已经年过半百,难怪胡大叔要偷偷摸摸拍她呢!

隔天,花婶回家,笑着和小朱说,胡大叔手机刚修好,又去广场散步了,刚拿起手机,小翠冲过来就要抢,吓得他不敢动了,老老实实地把手机放进口袋,再也不敢拿出来,逗得那几个跳广场舞的老娘们哈哈大笑。有人还大声调侃胡大叔,说他有色心没色胆,怂恿他和小翠一起跳舞,培养感情。这么一闹,大家都知道胡大叔看上了小翠。讲完趣事,花婶笑骂道:"这个老胡,就这么点出息!"

这之后,胡大叔还是天天晚上去广场散步,但被凶巴巴的小翠盯着,没敢再拍视频。一天晚上,花婶回来说,胡大叔总算把手机掏出来,拍了个够,因为小翠这晚有事,没来跳舞。小朱听了,笑嘻嘻地说:"小翠不在,胡大叔拍啥视频呀!"

半个月后,花婶的生日到了。一大早,小朱就听见母亲惊叫一声,他急忙过去,见花婶举着手机,说:"你看这个老胡,太不像话了!"

咋啦?小朱拿过母亲的手机一看,"扑哧"一声笑了出来。原来,胡大叔给母亲发来一段小视频,打开视频,竟然全是母亲跳广场舞的镜头,剪辑得很有创意,经过后期处理,母亲在视频里显得特别年轻、特别漂亮。

小朱惊呼道:"妈,想不到胡大叔这么有心,这个生日礼物好有创意!"

花婶羞红着脸说:"你再看他写了啥,简直胡言乱语。"

视频后,是胡大叔发来的一段文字。胡大叔说,他知道花婶一个女人带孩子,这么多年过得不容易。他心中一直对花婶有意思,所以前段时间,才有了买新手机、拍视频、被小翠误会这些事。现在好不容易把视频拍好了,他想借这个机会,大胆表白。

小朱乐呵呵地说:"妈,我现在的生活也不用你操心。我看哪,你是该重新找个老伴了。"

花婶脸通红,气愤地说:"他心里明明喜欢小翠,追小翠不成,又来追我,这不是埋汰我吗?"

小朱笑着解释,他帮胡大叔修手机时看过那个视频,里面小翠的镜头很少,花婶的镜头倒是很多。那是胡大叔第一次用手机录视频,还不太会拍,刚好小翠在花婶旁边跳舞,所以被小翠误会了。

花婶惊问:"啥,这是真的?"

小朱点头说:"妈,关系到你人生幸福的大事,我哪敢胡说?"

其实,花婶早就对胡大叔有好感,只不过她一个女人家,不好意思先捅破这层纸。后来,胡大叔被小翠当作流氓打了一顿,花婶心里堵着一口气,现在才知道,原来一切都是误会。

花婶略带羞涩地说:"儿子,你现在去买点好菜,再帮老妈一个忙,去请胡大叔过来吃中饭,好不好?"

小朱扮了个鬼脸,风一样地跑了出去,敲起了胡大叔家的门。

> 酒席刚开始没多久呢,乡亲们就开始打包了,这……

赴 宴

郑小亮

赵小林是土塘村的女婿,刚结婚那几年,每逢假期都要陪老婆回娘家住几天。老婆娘家开了间小卖铺,卖些日用品,生意还不错。

有次夫妻俩又回了土塘村,这天铺子里生意出奇的好,岳母忙不过来,赵小林便主动来帮忙。

这些年赵小林在土塘村来往,认得不少熟脸孔,客人一来,赵小林便笑脸相迎:"张叔,您来了,看看需要点什么?"

张叔快人快语,张开巴掌,说:"来五个塑料袋,要厚实的,漏水就找你扯皮!"

赵小林数好塑料袋,刚交到张叔手上,铺子里又来了几个人,七嘴八舌地嚷道:"来八个塑料袋,别给破的……""塑料袋六个,挑扎实点的……"

就这样,一拨客人刚走,又一拨客人进来,大多是买塑料袋的。赵小林感到奇怪,嘀咕道:"怎么这么多人买塑料袋?"一旁的岳母说:"哦,明天村里有人家办喜事,在家里摆宴席……"话还没说完,又有几拨客人上门,赵小林一忙,就把自己的疑问给忘了。

第二天临近中午，村里传来热闹的锣鼓声，鞭炮"噼里啪啦"响起来。岳母赶紧招呼家人："走，吃酒席去，王大姐的儿子结婚，别忘了把随礼带上！"赵小林和老婆难得回来，也一同前去凑热闹。

王大姐家院子大得能停飞机，喜宴的架势已经摆开，赵小林数了数，二十多桌。掌勺师傅领着一帮人忙得不可开交，屋里屋外人声喧天。赵小林还是头一回吃农村的酒席，找了个位子坐下后，老婆开始介绍了："我们这里办喜宴，客人一拨拨地来，酒菜一拨拨地上，如流水一般，所以我们管它叫流水席……"正说着，菜陆续上桌了。

主家人盛情款待，菜预备了四冷十六热，能堆满桌子，直到最后一道全鱼上桌，菜才算上完。吃着农村大锅大灶猛火爆炒的菜，赵小林胃口大开。

待主家人敬酒之后，桌上的场面顿时乱了套，赵小林吃惊地看到，很多人都不约而同地从怀里掏出塑料袋，往里面夹菜……他搁下筷子，嘀咕了一句："怎么回事？酒席还没散呢，就开始打包了？"

一旁的老婆用手肘撞了赵小林一下，说："别多话，乡亲们平时难得吃顿好的，这么多菜吃不完浪费，不打包也是丢。"

赵小林终于明白了，原来那么多人买塑料袋，就是为了在酒席上打包啊！打包倒也没什么，但好歹等别人吃完了再动手啊！这一下，赵小林一点胃口也没有了。

那以后，赵小林和老婆很少去土塘村了，最主要是因为他们的孩子上学了，实在太忙，而且经历了"打包事件"后，赵小林也有点不大愿意去了。

转眼很多年过去，这一次，岳父六十岁寿宴在即，赵小林又陪着老婆回了一趟娘家。土塘村的变化挺大的，岳父岳母家的小卖铺也早就改造成了便民超市。

寿宴决定在家里办，岳父岳母请来的厨师提供一条龙服务，赵小林插不上手，只好跟老婆一起到便民超市里帮忙售货。这前脚刚到店里，后脚就有乡亲来了："来一摞打包碗！"赵小林打了个激灵，回头一看，这不是当年在他手里买塑料袋的张叔吗？

张叔提着打包碗刚走，又有几个乡亲过来买打包碗。不用问，买打包碗肯定是在岳父寿宴上装菜用的。赵小林忍不住感慨："还是熟悉的场景，还是熟悉的人物，敢情乡亲们吃酒席打包的陋习还是没变啊，只不过把塑料袋升级成打包碗了。"

老婆瞪了赵小林一眼："就你话多，就算看不惯也给我忍着，寿宴上可别叫乡亲们看你脸色！"

这个当然，赵小林也没那么不懂事。寿宴流水席摆开后，赵小林怎么也提不起胃口，干脆帮着上菜。按本地农村寿宴的规矩，菜上到第六道，寿宴的主角——岳父就该挨桌敬酒了，寓意"六六大顺"。让赵小林没想到的是，刚上三道菜，张叔就开始动筷子往打包碗里夹菜了。

赵小林暗暗告诫自己：挺住，笑脸待人，不能使脸色！可调整了半天，情绪还是没调过来，他只好把头扭开，眼不见为净！这不扭头还好，一扭头吓一跳，别的桌上比张叔这桌还欢，几个拿着打包碗的乡亲，也在使劲儿往碗里夹菜呢！

赵小林摇头苦笑，却听见张叔喊了一嗓子："过来一个腿脚利索的后生，把这些菜给王老爹送过去！"很快，跑过来一个半大小子，提着菜往村里飞奔。还有几个打包的乡亲，也都把打包碗里的菜包好,吩咐几个小伙子往村里送。

这下,赵小林愣住了:怎么回事?打包好的菜不往家里带,都送给谁啊?

等寿宴散场,赵小林忍不住问岳母,岳母笑着说:"村里有几位行动不便的孤寡老人,哪家办酒席有好吃的,就给他们送点过去,这个任务就落到那些老人邻居的头上,村里的乡亲心里都有数,不会给老人吃残菜冷饭,一道菜上桌,都是先往打包碗里夹了后才动筷子……"

"这么说乡亲们都不再往家里带菜了?"

"没那习惯了,日子都好过了嘛!"

听到这里,赵小林抬头看了看村里的绿水青山,感到无比舒坦。

> 四个牌友聚在一起打牌，说好打一个通宵，却总是跳闸，兴致都给整没了……

改变命运的夜晚

王乃飞

关键时刻就跳闸

故事发生在20世纪90年代。有一个李家村，村里有个张跛子，村里照顾他，让他为村里看机器。张跛子好打牌，那看机器的屋子没多久就成了他开设的"赌场"。

经常来和张跛子打牌的，有三个牌友。一个叫李亮，四十多岁，家里有个生病的老婆。一个叫小山子，三十多了还打着光棍。这两个都是本村的，另外一个叫杨虎的是外地的，会锔大缸的手艺，在村里住了好几年，有了钱他也爱赌一把。

这年冬天，下了一场大雪。张跛子召集另外三个人夜里到他这儿来打牌，说好打一个通宵，谁也不许半路上先撤。

连打了几局，其余三人都互有输赢，只有张跛子背运，一局也没赢。新一局开牌，张跛子拿起牌一看，又是三张烂牌，不由得暗叫晦气。就在这时候，屋里突然一黑，什么都看不见了。

有人就说："呀，跳闸了！"那时的农村供电不正常，一晚上跳几次闸不足为奇。张跛子心里却暗暗高兴，他顺手把牌甩出去，说："大家别慌，我这就点蜡烛。"他摸着了蜡烛，点着后屋里就亮堂了。

大家又坐下,催促道:"来,来,接着打。"张跛子就说:"还打啥呀,这一跳闸,都不知把牌弄哪里去了。"话音未落,突然电灯亮了,张跛子趁势招呼:"来电了,咱重新开始得了。"

没打一会儿,又跳闸了,好在过了不久灯就亮了。大家都说今天晚上这是咋了,怎么总跳闸呀?

又打了几局,张跛子还是没赢牌。这一局,他偷偷翻过自己的牌一看,竟是最大的"豹子A"!终于要转运了,张跛子满心欢喜,正要亮出牌来,没想到屋里又黑了。

张跛子气得骂了一声,好在这回他留了个心眼,把手电留在手边,一没电,他马上打开手电,说:"大家谁也别放牌,我这就点蜡烛。"张跛子早就把蜡烛准备好了,可手向背后一伸,却没摸着,回头一看,哪有蜡烛呀?

张跛子只好拿着手电到处找,可在屋子里竟没找到蜡烛,等打开门,才发现蜡烛在门外放着呢。

不是跳闸是拉闸

点亮蜡烛后,张跛子忙把牌亮出来,说:"大家瞧瞧,有比我大的吗?没有的话,这桌子上的钱可都是我的了。"

大家直勾勾地看着张跛子手里的牌,就在他要划拉钱的时候,杨虎突然说:"这牌不算数!"

张跛子急了:"怎么不算数,你想耍赖?"

杨虎说:"刚才你借着找蜡烛,围着屋里转了一遭,又出了门,谁知道你做啥手脚了?"

小山子也说:"对,好好放在你身后的蜡烛,怎么跑门外去了?"

张跛子自己也为刚才的事纳闷，一下子说不出话来了。李亮把牌一推，说："不玩了，老是跳闸，今天就不是个玩牌的日子。"

其实，大家也都没兴致了，站起来就走。张跛子刚才明明来了大牌，却没赢钱，心里气恼，也没留他们。三个人走出门，小山子突然喊了一声："不对，大家看！"

张跛子闻声也跑出去，只见远处村里家家户户都亮着灯，而自己屋里却黑着。小山子对张跛子说："这说明并没有真的停电，是你屋里的事。"

张跛子摸不着头脑，说："我屋里能有什么事？"

李亮想了想，说："是有人故意拉闸了。"

于是几个人摸进偏房，打开手电，果然见里面的闸是拉着的。大家都愣住了，还想说什么，却听到"轰隆"一声巨响，出去一看，刚才他们打牌的那屋子竟然塌了！那是一座老屋子了，没想到被大雪一压，整个塌了。

四个人呆呆地站在原地，一句话也没说，心里都后怕起来，没一会儿就各自跑开了。

屋子倒了之后，张跛子吓得不轻，回到家里好一阵没出门。这段时间里，村里也发生了几件事。

先是李亮病弱的老婆突发急症，幸亏发现及时，好歹抢救过来了。另一件事是，小山子和本村的刘寡妇结婚了，终于结束了多年的单身生活。还有就是，杨虎突然从村里消失，不知到哪里去了。

就这样，张跛子的牌局散了，他也没了打牌的心思，从此戒赌，学了一门修鞋的手艺。

一晃十几年过去了，张跛子的修鞋生意越做越大，还在镇上开了一家店。这天,张跛子正在店里忙活,有人进来,一进来就对张跛子说:"跛子,你还认识我吗?"

张跛子端详了半天,终于认出来人竟是当年从村里失踪的杨虎,就说:"虎哥,十几年不见,你到哪里去了?"

杨虎说:"我回老家了,你们都还好吗?"

张跛子说大家都好,小山子两口子开了饭店,生意不错。李亮老婆的病好了,这些年两口子把儿子供上了大学,也算是功德圆满。于是,张跛子马上联系李亮,大家一起到小山子的饭店里聚一聚。

到底是谁拉的闸

当年的四个牌友终于再次坐到了一起。等一说起话来,大家最关心的还是杨虎的去向。

杨虎告诉大家,其实,当年他是出来躲债的。那天夜里,屋子被大雪压塌后,他一下子想家了,他家里也是破墙烂屋的,这几年没回去,也不知怎么样了。晚上,杨虎翻来覆去睡不着,天没亮,他就收拾收拾出发了。回到老家,他努力干活,几年里把债还上了,把家里日子过好了,这才想到回来看看牌友们……

说完,杨虎叹了口气:"说起来,还真得感谢那一夜跳闸呢!要不是跳闸,我们说不定会被砸死在屋里,也就没有以后的事了。"

李亮也说:"要说,那次跳闸,还救了我老婆的命呢!"

李亮说,那晚没打成牌,回到家里,他发现老婆脸色蜡黄,气息微弱。儿子李帅说:"妈刚才就说不舒服!"李亮慌了,马上套车,冒着风雪赶到了镇上的医院。医生说,再晚半个小时，病人就没救了。

李亮说完，一起来的儿子李帅笑了起来，他说："爸，你还不知道吧，其实啊，那闸是我拉的。"

四个牌友一听，都很惊讶。李帅说，那时候他才七八岁，夜里父亲出去打牌，母亲突然说不舒服，叫他去找父亲。李帅到了父亲打牌的地方，却不敢进去，怕叫不回父亲，还要挨顿暴揍。怎么能让父亲不打牌呢？他就想到了让屋里没电，于是悄悄地溜到偏房，拉了闸。

张跛子问："那三次拉闸，都是你拉的？"

李帅摇头说："我只拉了一次，怕被你们发现，就赶紧跑回家了。"

李亮就说："那不对，一共跳了三次闸呢！"

这时候，正好小山子的媳妇端着菜进来，这些话她都听到了，就"扑哧"一笑，说："其实，第二次是我拉的。"

小山子媳妇说，当年她和小山子住对门，她守寡几年后，两人产生了感情，她就想让小山子和她一起过日子。小山子却怕别人说闲话，没胆子和她好。

那天下午，她和小山子说，如果他再不同意，自己就远嫁外村了，小山子没吭声。到了晚上，她想再找小山子说说，可小山子不在家，等找到他打牌的地方，见他们点着蜡烛。明明有电，怎么点起蜡烛来了？她到偏房一看，发现那里的闸是拉着的。她把闸推上，屋里就来电了。等过了一会儿，她又把闸拉下来，为的就是破坏他们打牌的兴致……

听到这里，小山子对媳妇说："原来是这么回事呀！那天你给我下了最后通牒，我心里烦才去打牌的，没想到跳了三次闸，屋子还塌了。我觉得这是老天在暗示我：赶紧回去，不要逃避。所以回去后我就跟你求婚了！"

小山子媳妇脸红了，牌友们都笑了。张跛子想了想，问小山子媳妇："你是不是过一会儿再推上闸，又拉了一次？"

小山子媳妇说："我只拉了那一次闸就回家了，再也没来过。"

张跛子不解地说："其实，奇怪就奇怪在第三次上。大家还记得吗？我明明把蜡烛放在身后，可第三次跳闸，蜡烛却不见了，后来在门外才找到。当时屋里除了我们四个没别人，蜡烛却跑到了屋外，还跳了闸，这是咋回事呢？"

屋里一阵安静，大家都在想这件事。过了一会儿，李帅说话了："我看过一本推理小说，里面说如果有熟悉的人在你面前出现，你很有可能对他视而不见。那天晚上，一定有个你们都很熟悉的人进了屋，把蜡烛拿出去，把闸推上又拉下，只是你们专注打牌，忽略了而已。"

李亮说："这个人是谁呢？"

张跛子想了想，眼里闪出了泪花，说："我知道了，是我娘呀！"

大家一愣，这才想起，张跛子在外面看机器，他娘经常会来送饭。张跛子说："一定是下雪天我娘不放心我，来看看。她见我那么晚了还在打牌，就生了气，把我的蜡烛拿掉，又推拉了闸。她是在提醒我，不要再赌了。"

张跛子的娘去年已经去世了。

以后，这四个牌友经常在一起聚会，可他们再也没打过牌，更没有再赌钱了。

关键词：丰衣足食

> 有个人当年因为当车匪路霸，被判了八年，好不容易服完刑回家，却还是干起了老本行，这是为什么呢？

合格的"路霸"

大刀红

　　吴仁是古井坪村人。这天，他开着面包车回家，刚到村口的检查站，就被检查员罗小虎拦住了。

　　见吴仁的车停下，罗小虎从检查站内走了出来。罗小虎留着板寸头，左右胳膊上各文着一条张牙舞爪的青龙。罗小虎对吴仁说："吴叔，把车门打开。"

　　吴仁忙下了车，从口袋里掏出一支好烟递过去，说："小虎，车上什么也没有，来，抽支烟。"

　　罗小虎把烟一挡，说："吴叔，既然什么都没有，就把车门打开嘛，检查了就放你回家。"

　　吴仁知道，这罗小虎当年因为当车匪路霸，被判了八年，服完刑回家，刚好，村里设立茶叶检查站，差一个公益性岗位，村主任严家军就让罗小虎在这里任职。这个公益性岗位得罪人，没人愿意做。

　　吴仁知道来硬的不行，就打了个电话，对罗小虎说："你等一会儿，派出所的陈所长要过来一趟。"

　　过了十多分钟，一辆车开了过来，从车上下来的，正是本乡派出所的陈所长。见陈所长走过来，吴仁忙跑上前去，说："大侄女婿，你来了，给评评理……"

罗小虎当然认识陈所长，他服刑回来后，按规定，每半年都要到派出所汇报一次。现在，罗小虎听见吴仁的话，才知道吴仁和陈所长是亲戚，他原本理直气壮的心忐忑不安起来。

只听陈所长问吴仁："二爸，你打电话让我过来，有什么事吗？"

吴仁说："罗小虎不准我进村。"

罗小虎也急了，解释道："他不让我检查他的面包车。"

陈所长对罗小虎说："咦，你们村里怎么设了个检查站？又搞车匪路霸这一套。"

陈所长这句话，让罗小虎有些崩溃，他忙对陈所长说："我让我们严主任给您说。"说完，他跑到一边，给村主任严家军打电话。不料严家军挂断电话，发了条短信过来说："我在县里参加人代会，两个小时以后再说，你先自行处理。"

罗小虎只好回过身，对陈所长说："陈所长，设立这个检查站，是经过村民代表大会同意的。"

罗小虎说，古井坪村的古白茶树原先藏于深山老林中，就像古井坪村一样默默无闻。五年前，一个大学教授带学生来这里做植物科研，偶然品尝到香茶，大为惊讶，说这可是茶中极品。教授通过考察，发现这些古白茶树都有百年以上的历史，甚至还有上千年的古茶树，这些古茶树结木成群，结群成丛，含有多种对人体有益的矿物质和氨基酸，而且口感极佳。在大学教授的宣传下，古井坪村白茶声名鹊起，曾炒到千元一斤。可是后来，因为市场需求量大，本村有些人将外地的白茶拖到村里，冒充古井坪村白茶滥竽充数，不出两年，就将古井坪村白茶的声誉毁坏殆尽，茶叶价格跌到百元一斤。严家军是刚当选的村主任，他召开村民代表大会，根据古井坪村三面悬崖、只有一条公路通往村外的特点，在村口设立了检查站。在严家军的整饬下，古白茶价格又恢复到千元一斤。

讲完这些，罗小虎对吴仁说："你是村民代表，当初设置这个检查站，你也是举手同意了的。"罗小虎又对陈所长说："这个检查站在乡政府有报备，乡政府已经批准了，是合法的。"

陈所长听了罗小虎的话，点了

点头，对吴仁说："二爸，既然是合法的，你就让他检查吧。"

吴仁咬咬牙，打开面包车，车内果然有两大袋茶叶，估计有一百多斤。吴仁说："车上有茶叶不假，可这些白茶都是我拉到县城去卖的，没卖完，又拉回家，不可以吗？"

陈所长听吴仁说得有理有据，就点点头，对罗小虎说："也是呀，人家拉到县城没有卖完，现在拉回村里，也不违法吧。"

罗小虎说："泡杯茶，检查后便可知晓。"说完，他随手在吴仁的茶叶袋里抓了一撮茶叶，走向值班室。罗小虎将茶叶放进一个玻璃杯内，用冷水浸泡了半分钟，将浸洗的废水倒掉，然后倒入沸水。不一会儿，就见玻璃杯内的茶叶筋骨舒展，一根根斜立在杯内，标准的一茎三叶，如舞动的少女。罗小虎对陈所长说："这茶叶的形态，一看就不是我们村的。"

陈所长好奇道："怎么讲？"

罗小虎笑道："你再看看本村的古白茶，对比一下。"说完，他又拿出一个玻璃杯，从一个茶筒内抓了一小把茶叶扔进杯里，如法炮制。只见那茶叶根根笔直挺立，两杯茶放在一起，不一会儿，吴仁的茶叶慢慢沉到杯底，但罗小虎泡的白茶茶叶却依然如银枪般直立。

接着，罗小虎又把两杯茶递给陈所长，说："您尝尝。"

陈所长先尝了吴仁的茶，说："挺香的。"接着，他又品味了一下罗小虎的茶，说："香，醇，另外，还有一种说不出的味道。"

罗小虎说："是微微的回甜。因为我们古井坪村是花岗岩地形，花岗岩易风化，含有硒，所以，茶叶略带甜味。"

陈所长点了点头，对吴仁说："罗小虎说得对，你车上的茶叶不是本村的茶叶，是外地的茶叶。"

罗小虎说："我这里有个账本，吴叔，你共有古白茶树三百六十棵，一棵古茶树出干茶五两，您今年应出售一百八十斤茶叶。可我们从收购商那里得知，您已经卖了两百斤茶叶，超出的二十斤怎么解释？"

陈所长听了，对吴仁说："二爸，你这么做，如果把古井坪村白茶的品牌又搞砸了，那是一辈子也修复不了的。罗小虎，你就按村里制定的村规民约处理吧。"说完，他上车离开了。

见陈所长走了，吴仁开始对罗小虎态度暧昧起来，他左右扫视了一下，见四下无人，从口袋里掏出一沓钞票，塞在罗小虎手里，说："你放我进村，这就算我俩合伙的钱，等这批茶叶赚了，我六你四。"

罗小虎"呵呵"一笑，指着门上的监控，对吴仁说："这个监控和严主任的手机连在一起，你贿赂我，严主任可是看得清清楚楚。这钱作为贿赂款，是要没收充公的。"

吴仁摇了摇头，打了个电话，对电话里的人说："我认输了。"

几分钟过后，陈所长又开着车回来了，不过，这次一起来的还有村主任严家军。严主任对罗小虎说："根据你这里的数据统计，我们确定吴仁卖假茶。我找吴仁谈过一次话，吴仁却表示对你不信任，说即使他不卖假茶，别人也会把外地的白茶运进村里，偷偷出售。于是我和他打了个赌，如果他能把这批白茶运进村里，就算他赢了，否则，他以后再也不准卖假茶了。"

吴仁低下了头。

陈所长对罗小虎说："你这个公益性岗位，是派出所考核的，虽然一年才两万块钱，但你成功地通过了考核。不过，我建议你以后穿一件长袖，把这两条青龙盖住，以免影响村里的形象。"

罗小虎说："一定一定，明天就穿长袖衬衣。"

严主任说："刚才我没接电话，骗你说在开会，你不生气吧？"

罗小虎说："怎么会呢？我坐牢时，是村里的人帮我家里的忙。回来后，你不嫌弃我不说，还给我找了份工作。我想过了，只要守住了我们村的古白茶品牌，我家里那几百棵树，一年也能收入十多万。想想以前，要不是家里穷，我也不会当车匪路霸。"

严主任笑着说："你现在不光是合格的'路霸'，还是品茶的'茶霸'，有你守住我们这条路，守住这个品牌，大家都放心了。"

> 接二连三收到奇怪微信,是恶作剧还是另有隐情……

加个好友吧

宗 琮

这天,李静正在下班路上玩手机,忽然发现微信里有一条好友验证信息。这人无头像、无备注、无签名,看来很低调,可微信名字却又很高调,叫"大王"。

李静想了想,可能是骗子,不用理会。李静没有通过好友验证。

晚上,李静陪女儿做功课。女儿要高考了,正是关键时期。直到临睡前,李静才有空看看手机,那个"大王"又发来几条验证信息,这次,有了备注:"47"。

什么意思? 47……难道李静心里"咯噔"了一下:"死去?"

这人到底是谁啊?好好地干吗咒别人?李静生气了,她想了想,先通过了好友验证,看看对方有什么说法。加了好友,对方却一句话也不说。李静给对方发了"微笑"的表情,对方也没回。

这晚,李静和在外地工作的老公视频,把这事告诉了他。

老公笑笑说:"你也是,这样无聊的信息也上心,累不累?女儿要高考了,你先管好女儿吧。"

李静也笑笑，心想别理他就是。

睡觉前，李静下意识地打开手机看看，却看到大王发来几条信息，她急忙打开，发现几条信息都是同一个数字："48"。

好啊！让我"死去"还不够，居然让我"死吧"？李静平复心情，回复对方："你是谁啊？"

和昨晚一样，对方没有回复，又陷入了沉寂。李静点了语音聊天，拨了过去，她倒要问问对方到底是什么意思。对面传来"嘟嘟"的声音，没人接听。李静挂了，又拨了过去，还是没有接通。李静站了起来，在房间里来回踱步，心想，该怎样把这个人查出来呢？

这时，家里的电话铃响了。

李静接了，只听妈妈说："我手机一直在叫，是不是你在找我？"

李静惊叫："妈，大王是您？"

妈妈说："是呀！我前两天去你妹妹那儿，让她帮我申请的微信号。还记得不，小时候，你们姐妹俩淘气，我骂你们是'小鬼'，你们就喊我'大王'，让我哭笑不得。"

李静也"扑哧"笑出声来："这事儿您还记得呀！"

接着，妈妈叹口气，说："你啊，白天忙工作，晚上忙小孩，好久没给我打电话喽。听说你们现在都用微信，就让你妹教我用上了。"

李静叹口气，说："妈，那我给您发信息，您怎么不回呢？"

妈妈说："我的手机键盘不知怎么回事，这几天只有数字，文字发不出来。"

李静明白了，妈妈不小心把输入法更换到"数字"模式，不知道怎么切换回去，她便说："那也不能乱发数字啊！"

妈妈说:"没乱发,这两个数字我想了很久。今天是你生日,昨天你47岁、今天你48岁。我想说,你结婚晚,生小孩也晚,妈让你别总顾着小孩,也要顾顾自己。"

李静鼻子一酸,她没想到这两个数字有这样的意思。今天生日,连她自己都忙忘了,只有妈妈还记得。李静说:"谢谢妈,您越来越厉害了,微信都会用了。不过,下次真有事,直接给我打电话吧。"

妈妈说:"又小瞧我了吧?以前的座机、BP机,不都能学会?现在网银密码复杂得要命,我不也学会了?放心,微信难不倒我。"

李静抱着电话,笑了。

> 爸爸得知女儿有两个追求者，就决定考考这两个小伙子。至于怎么考，就杀猪吧！

李屠户择婿

查老三

游小虎高中毕业，没考上大学，就到李屠户家学起了杀猪。不久后，有个叫淘气的男孩，也出于同样的原因来学杀猪。李屠户教徒弟杀猪有个条件，不收学费，但出徒后，每杀一头猪，必须孝敬给他一只猪腰子做下酒菜。

游小虎和淘气在李屠户家学习了一年，出徒后，分别在县城的北市场和南市场租了个肉床子。两个人都挺守信，每天早上，都会把一只猪腰子送到李屠户的肉店里，风雨无阻。

李屠户有个女儿，名叫丫丫，人长得比花儿都好看，比游小虎和淘气小一岁，初中毕业后就在家帮父母打下手。这天，她告诉了李屠户一个秘密，说游小虎和淘气都在追求她，她一时拿不准主意，想让父母帮着拿主意。

李屠户听后不假思索地说："选淘气吧！游小虎那小子不地道！"丫丫问为什么，李屠户说："你要想知道，那我就让你看个明白，正好我早想教训教训游小虎这小子啦！"

当天傍晚，李屠户就把游小虎和淘气叫了过来，领到待杀猪的猪圈前，说："丫丫说你俩都在追她，她想让我帮着拿主意。我这当爹的必须为女儿将来的幸福着想，所以我想考考你们。干咱们这行，挣钱多少，关键看买猪时的眼力。这样，今天你们每人从这圈里选好一头肥猪，明天都早点过来，把猪杀了。我想看看你俩谁杀出来的猪出肉率高。"二人听后，都在心里较上了劲儿，很快就选好了猪，交给李屠户——过了秤，记下了重量。

  第二天拂晓，游小虎和淘气便都早早地来到李屠户家，见丫丫已经把褪猪毛的水烧开了。也就几十分钟的工夫，二人先后把各自挑选好的活猪收拾成了白条猪。李屠户出来后，首先给游小虎的白条猪过秤。

  这头猪杀出了半盆血，又褪下了一堆猪毛，再过秤，分量不仅没减少，反而比活猪还多出好几斤。李屠户不置可否，让游小虎把猪抬到一旁，然后又让淘气把他杀的白条猪抬到秤上。

  因为游小虎和淘气两个人杀的猪大小不一样，所以称这头猪时需要更换秤砣。淘气麻利地换过秤砣后，李屠户一过秤，见淘气收拾出的白条猪也没落下风，只比刚才的活猪少一斤！李屠户伸手拿走淘气刚才换过的秤砣，猛地摔到磨刀石上，秤砣当即被摔成了两半——原来这个秤砣被人切开过，做完手脚后又用金属胶粘上了。因为精心喷了漆，所以一般人也发现不了。李屠户气坏了，说淘气："你呀你，我差点上了你的当！原来你比游小虎好不到哪里去呀！"

  这时，游小虎正好取出一个猪腰子过来，一听师父话不对味儿，一下子变得手足无措起来。李屠户从游小虎手里拿过猪腰子，抄起一把杀猪刀，就将猪腰子一切为二，接着他从兜里掏出一张卷旱烟用的白纸，贴在了猪腰子的断面上，很快，纸竟然被肉里的水浸湿了。李屠户揭下那张纸，在打火机上烤起来，只听见"噼啪"不断的响声，直到上面的水被烤干了，纸才"呼"的一下着了起来。

　　李屠户说："你们以为，我让你们每天孝敬我一个猪腰子，真是做下酒菜吃呢？我是通过检验猪腰子里面的水分，验证你们谁往猪肉里注水了！我本以为淘气的猪腰子里面没有水，是他人品正，没想到他竟学会了玩大秤砣进、小秤砣出的坑人把戏！今天你们两个可真让我开眼了！我要不在你们面前露一手儿，还真白当一回师父了！"说到这儿，李屠户让丫丫从猪圈里赶出一头猪，在称过重量后，李屠户亲手把猪杀了，收拾成了白条猪，又放到了秤上。一过秤，比刚才的活猪整整少了二十斤。李屠户也不说话，搬来一条凳子，一屁股坐到上面，边挽左腿裤管边说："不就是活猪杀成白条猪不掉分量吗？我也表演给你们看看！"说话间，他把左腿的假肢卸了下来，"咣"的一下放到白条猪身上。此时再看秤上的白条猪重量，竟然真的和刚才的活猪一样重！

　　游小虎和淘气被李屠户的举动吓傻了，这时，李屠户眼里已经闪出泪花，说道："八年前，我到乡下买猪，过秤时，偷偷换上做过手脚的秤砣，结果被人发现，整个村里几十户以前卖猪给我的人家，都怀疑被我坑骗过，硬逼着我赔钱。我不肯，被人们乱棍打断了一条腿。后来断腿感染，只得做了截肢手术……我换上这条铁制假腿后，因为没脸继续在家乡讨生活了，才不得已带着丫丫娘儿俩，来到这个陌生的县城……"李屠户说到这儿，擦了把泪水接着说："我这人没上过几天学，愚昧无知干了坑人骗人的事儿，搭上一条腿才明白了一个道理：做坏事是有报应的！我就丫丫这么一个女儿，我绝不能让她嫁给一个说不好哪天就被人打断腿的男人呀！"

游小虎和淘气听了,都慢慢地垂下了头。

这时,丫丫妈手里拿着一张大奖状走了过来,对李屠户说:"俩孩子都还小,可不能一棍子给打死!连你这没文化的人都能知错就改,何况是两个读过书的孩子!"说到这儿,她又转头对游小虎和淘气说:"你俩都别灰心,好好杀猪卖肉,以后要凭良心挣钱。你们看见我手里的奖状没?这可是工商局颁发给文明经商个体户的!要我说,你俩要是真喜欢丫丫,就比个赛,谁先拿到这样的奖状,谁就是俺李家的姑爷!"

一旁的丫丫听后,急得直跺脚:"妈!要是他俩一起拿到这个奖状,可咋办呀?"

丫丫妈听后"扑哧"一声笑了,说:"鬼丫头,你忘了你姨妈家的花花妹妹了?她不是也想找个杀猪个体户当对象吗?"

> 镇上有一家叫"两手面"的面馆，店里的老板娘也叫"两手面"，这个外号是怎么来的？

两手面

孙灿灿

　　桃花镇地处国道旁，这几天赶上了桃花节，来了很多外地的游客。镇上有一家叫"两手面"的面馆生意火爆，老板娘人到中年，风韵犹存，衣着讲究，动作麻利。店里招呼声此起彼伏，这个说："两手面，来一碗面！"那个说："两手面，来一壶酒！"老板娘满脸笑容，脆生生地拖着长音喊道："好——咧——"

　　一群游客愣了半天才反应过来，原来"两手面"既是店名，又是老板娘的外号。有人问道："老板娘，你起这外号是因为手艺好，做的面条筋道吗？"

　　老板娘笑嘻嘻地走到桌前："大兄弟，你说得不对，起'两手面'外号时，我还不会做面呢！大家有兴趣的话，不妨猜猜我外号的来历，谁猜对了，今儿吃饭我请客了！"

　　大伙一听这话，个个摩拳擦掌，跃跃欲试，谁不想吃免费的午餐呢？一时间面馆内人声鼎沸，大家纷纷又要了一碗面，一边吃，一边猜。

　　大家吃着猜着，人人搜肠刮肚，个个绞尽脑汁，可老板娘挨个听后，却把头摇得像拨浪鼓，都否定了，她还开玩笑说："我看大家真是吃饱了撑的,越猜越离谱了。"

　　大家实在没辙了,手摸着圆滚滚的肚子,异口同声道:"白食不是那么好吃的,我们甘拜下风。你快说说,'两手面'外号是怎么来的?可不能糊弄我们啊!"

　　老板娘笑得前仰后合:"我说的全是实话,还有证据呢!'两手面'的外号真的与我开面馆没有关系。说来话长,那时候我才18岁,长得可漂亮了,追我的人有一个连,包括一个叫关亨通的干部子弟。当时我心高气傲,愣是没把他们放在眼里,只看上一个穷当兵的,也就是我现在的老公牛曹旺。那时候又没有电话手机,我们只能书信来往,互诉爱慕之情。"

　　老板娘不好意思地笑了笑,接着说了起来:有一天,牛曹旺打听到连长出差要经过桃花镇,就想跟连长一块出差。连长说:"你去也行,可不能耽误我的时间啊!"牛曹旺一口答应。车经过村口,牛曹旺借口要回家看老娘,说只需十分钟时间,就下车了。

　　其实牛曹旺是想看看"两手面"。当时"两手面"正在厨房和面蒸馒头,两手沾满了面粉,见到牛曹旺,她非常惊讶,连忙给他倒茶。可是牛曹旺说太热了,来不及喝。两人还没说几句话,牛曹旺就得走了,可他的脚还在原地踏步,不舍得离开。最后他脸憋得通红,羞答答地说了一句:"你能让我抱一下吗?"

　　"两手面"看他怪可怜的,心里也是五味杂陈,无奈地说:"我这两手都是面,怎么抱啊?别弄脏了你的军装,等我洗洗手吧!"

　　牛曹旺嘟囔道:"来不及了,就这样吧!"说着,他也没关门,扑上来一把抱住"两手面"。"两手面"愣住了,条件反射般想伸手抱住牛曹旺,但突然意识到自己手上都是面粉,便尴尬地搁在牛曹旺身旁。这是两人的第一个拥抱,都有些情不自禁,正享受呢,就听见门外传来嘻嘻哈哈的笑声。原来是连长在村口等不及了,在几个青年的带领下找上门来,其中还有个调皮鬼拍了照。

从那以后,"两手面"的外号就不胫而走,在村里传得沸沸扬扬,那些追"两手面"的人一听,也都偃旗息鼓了,"两手面"这一朵"鲜花"就插在了"牛粪"上。

听"两手面"说完,一位客人问道:"两手面,你现在后悔吗?"

"有啥后悔的?我里里外外一把手,老公又能干又疼我,日子过得滋润着呢!关亨通那小子,在外面包二奶,他老婆早就气疯了,幸亏我没嫁给他。"

"那你又是怎么想到开面馆的呢?"

"那是我们结婚后的事,当时我走在路上,回头率是百分之九十九,张家见了我说水灵,李家看见我说漂亮。我想,这水灵、漂亮又不能当饭吃,再说了,靠吃青春饭是不能长久的,咱得学一技之长,挣钱养家啊!既然大家都叫我'两手面',我就要对得起这个外号,于是我和老公不远千里去山西学艺。经过两年的刻苦学习,把拉面、板面、刀削面、焖面、打卤面、烩面、剪刀面、扯面、生日一根面都学会了,我们就回到这桃花镇开了'两手面'面馆。经过多年的打拼,城里已有了五家分店。"

餐厅里响起雷鸣般的掌声,大家无不竖起大拇指,交口称赞。

"两手面"双手抱拳,笑着说道:"多谢大家捧场,欢迎再次光临!你们看,那五家分店的地址就在墙上,大家要是觉得我做的面好吃,到了城里别忘了惠顾!"

"原来如此,敢情你这是在做广告呀!今儿虽然多花了钱,多吃了面,就凭你这个精彩的故事,甭管真假,这钱花得值。"

"两手面"哈哈大笑起来:"看来我得拿出证据来让大家看看,证明我不是信口雌黄。"说着,她从抽屉里拿出一张泛黄的黑白照片,照片上的她年轻貌美,楚楚动人,正与老公热烈拥抱。她两手沾满了雪白的面粉,一副既想抱又不敢抱的样子,双臂半开,脸上笑成了一朵花。

关键词：丰衣足食

> 一户人家托媒人说媒，媒人隔三差五地去他家吃饭，却不给介绍闺女……

媒人嫁女

徐嘉青

在渠阳镇，陈老六可是个名气不小的人物。他好吃懒做，嘴皮子却很利索，就做起了说媒的活计。

且说镇上有个李金柱，是个病秧子，干不得重活儿，家里穷得叮当响。眼看儿子李大宝到了说媳妇的年龄，李金柱就准备了几样菜，在街上找到陈老六，半拉半拽地把人带进了家门。等陈老六吃饱喝足，李金柱才把自个儿的请托说了出来。陈老六一听，拍着胸脯说："不就是说门亲事嘛，包在我身上！"

陈老六答应得敞亮，可一连多天没有音讯。这天，李金柱上街去，恰好遇到陈老六，就赶紧拉住他说："老六兄弟，上回答应的事儿有个目标没？"陈老六说："我上心着哩，要不咱去你家边吃边聊？正好我中午饭还没着落呢！"

一听这话，李金柱咬咬牙说："成，正好有个亲戚来串门儿，捎来瓶好酒。"

吃饭时，李金柱又叮嘱一番做媒的事，陈老六爽快地打了包票。

就这样，隔三差五的，陈老六就到李金柱家里吃饭。原本李金柱家经济条件就不好，光为这件事就借了人家好几次钱，可到头来说媒的事儿连个影儿都没有。

这天，李金柱找到陈老六，气呼呼地说："陈老六，你小子吃我的拿我的，一点事儿不给办，你得赔我损失！"

陈老六愣了一下，随即"嘿嘿"一笑说："我当啥事儿哩，不就是大宝的婚事嘛。我正要找你说呢，眼下有个闺女，跟大宝一个属相，模样也周正，我跟人一说，人家立马就相中大宝这孩子了。"

李金柱一听，眼睛就瞪大了，说："你没诳我吧？"

陈老六说："我这么大岁数的人了，诳你干啥？你说吧，愿意还是不愿意？"

李金柱连连点头，说："愿意！"

还真别说，这次陈老六没有食言，这门亲事真的成了。不光亲事成了，陈老六的名声也一下子传开了。为啥？原来，陈老六介绍的这个闺女不是别人家的，正是自家的亲闺女。大家都说，这是陈老六吃人家吃得多了，还不上，只能把自家闺女介绍给人家了事。

这事过后，找陈老六说媒的人一下子多了起来，为啥呢？陈老六可是有仨闺女，个个不说貌美如花，模样倒也周正，请他做媒的人暗想：让他占点便宜就占点吧，到头来就是找不到别人家，还有他自个儿那俩闺女做着准备呢！

还真别说，这陈老六也真是的，明明吃过一次大亏了，愣是不吸取教训，仨女儿逐个被他用同样的方式嫁了人，找的人家呢，也是一家比一家穷。

时光飞逝，转眼十来年过去了。慢慢地，人们发现，陈老六不再走东家串西家混吃混喝了，说媒的事儿也不干了，他的日子过得越来越滋润。原来，陈老六给仨闺女找的人家经过这些年的发展，一家过得好似一家，仨姑爷对他这个老岳父，自然都是感激得不得了，抢着给他送吃送喝送零花钱。

这么一来，人们不由得佩服起陈老六来："你看看，人家这仨女婿咋找的？咋恁争气哩！"

听到这样的夸赞，陈老六"嘿嘿"一笑，侃起来："我老六的眼光，毒着哩。那么多人家，我为啥偏偏看中了李金柱家？李金柱待人实诚，我吃了他那么多顿，他也没翻脸，这样的人家，闺女嫁过去不受气。再说，当时李大宝陪着吃饭，我就看出这小子会来事儿，不会穷一辈子。那两个女婿家也是我考察了，按现在的话说，那叫潜力股！"

这番半真半假的话传开去，陈老六在四邻八乡变得更有名了……

> 两个老伙计，就爱暗较劲，争到最后，成了亲家……那是不是没东西可较劲了？才不是呢！

起名字

罗 丹

老史和老廖是一对老伙计，认识四十多年了。上初中时，两人就是同桌，班里成绩第一第二的位子轮流坐，那会儿开始，就暗暗较劲。说来缘分深，后来两人考上同一所中专，毕业后分配到同一个厂里做技术员，单位分的家属房都是门对门。

等娶了媳妇生了娃，两个人的比赛项目增加了一项——比孩子。老廖家的小子廖小凡和老史家千金史静怡同岁，两人一起上的学。每次考试，两个爸爸比孩子还紧张，就盼自家娃能争口气。家长势同水火，两个孩子却在这种紧张的比试氛围中成了好朋友。随着年龄的增长，青梅竹马的友情渐渐发展为互相爱慕的男女之情。

老史得知两人在谈恋爱，气得肝都疼了，把女儿叫回家就是一顿教训："两条腿的男人这么多，你找谁不好，偏偏找那姓廖的小子？你要是嫁进他家，就得看你廖叔的脸色，听他的话。你爸我以后在他面前都硬气不起来了，你知道吗？"

史静怡一听乐了："爸，都什么年代了？娶媳妇和嫁闺女一个样，都是多了个小辈孝敬你们。而且廖小凡家就在咱家对面，我结婚了也可以天天看你们，多好啊！"

老廖被闺女这么一说，心里有些动摇了，再加上两个孩子恩恩爱爱，他没有再阻拦，廖小凡和史静怡很快就走进了婚姻的殿堂。

小两口婚后不久，两个老的也退休了，退休之后，好像没什么东西可较劲的了，两个老头总觉得生活里缺了什么。

没多久，传来了好消息——静怡怀孕了。这天，老史闲着没事，摇着扇子去找老廖唠嗑。老廖没空搭理他，敷衍地打了个招呼，又低头继续翻起手里那本厚厚的字典。老史好奇地问道："你在干啥？"

老廖眼皮都不抬，两手不停："给我宝贝孙子取名字。"

"也太早了吧？"老史嘀咕道，"静怡的肚子都还没显怀呢！"

"不早了，孩子的名字，要跟着他一辈子，那还不得慢慢挑、慢慢选？等生下来再去想，那可就晚喽！"老廖说完，抬头瞟了老史一眼，眼神里的得意不言而喻："也是，孩子不跟你姓，这种激动的心情，你这做外公的无法体会。"

老史被气得七窍生烟，又找不到话反驳，怒气冲冲地走了。

回到家，老史越想越生气，老伴芳芸问他怎么了，他气哼哼地把事情的来龙去脉跟老伴说了。

芳芸看着这两个老伙计吵吵闹闹几十年，早就习惯了。她见老史光顾着生气，连饭都不吃了，只好哄他："有什么好气的？你也给孩子起个名字不就行了，咱闺女生的娃，也能姓史！"

"真的？"

"那当然。"芳芸退休前是小学老师，她拿例子证明道，"以前我学生里就有不少是跟妈妈姓的，这是国家法律允许的。"

老史听了这话,眼珠子一转,"嘿嘿"笑着拿起筷子,开开心心地吃饭了。

第二天一早,老史就抱着字典去了老廖家,先把打印出来的《婚姻法》拍在老廖面前,指着"子女可以随父姓,可以随母姓"的条文说道:"取名字的事不用你操心了,我来给娃取名字。"

这下老廖不干了,两个人针锋相对,没两句就吵了起来,各自手里的大部头差点脱手而出,险些砸着对方的老胳膊老腿。

两人因为这事争执了好几天,互不相让,一见面就剑拔弩张。就在芳芸懊恼自己出了个馊主意的时候,两个老伙计竟突然暂时歇了战。一打听,原来人家找到了解决矛盾的办法——

这个办法说来也简单,两个人各自给孩子取男女名字各一个,放到网上,让网友来投票,截止到孩子出生,符合孩子性别且票数最高的名字获胜。

老史搜肠刮肚、引经据典,几乎把这辈子学过的字都倒腾了一遍,终于定下了两个满意的名字,老廖那边的参选名字也确定了。

老史找了以前手底下的徒弟帮忙,在朋友圈里发起了网络投票。接下来的日子,两个人不是刷网页看票数,就是在朋友圈里给自己拉票。那个热火朝天的劲头,比当年他俩竞争车间主任还有过之而无不及。

就在两个老的你追我赶的竞争氛围里,静怡的肚子越来越大,很快就到了预产期,一家人带着大包小包,陪小两口进了医院。

等静怡进了产房,老廖和老史就在门口一边焦急地团团转,一边拿手机刷着投票结果。男孩的名字是老廖的票数多,女孩的则是老史领先，票数差距还不小，短时间是没有逆转可能了。

两人都心知肚明，最终哪个名字获胜，就看生下来的是男孩还是女孩了！

产房门终于打开，护士先推着静怡出来，大家围上去看她气色不错，都放了心，接着望向后面抱着孩子走出来的护士。

一个……两个……护士竟抱出了两个孩子！

老廖和老史同时瞪大了眼睛，只听见护士说道："恭喜了，生了对龙凤胎。"

一家人欢喜得不行，尤其是老廖和老史两个老伙计，激动得抱在一起，又跳又笑。

芳芸上前轻轻捶了一把女婿廖小凡："你这人，这么好的事儿，咋不早点告诉我们？"

初为人父的廖小凡乐得嘴都合不拢，他挠着头傻笑道："看我爸和我老丈人退休之后闲得无聊，两个人在家无精打采，没想到，这次为了给娃起名，他们俩的精神头又上来了。于是我和静怡一合计，干脆先瞒着，让他们有点事干。"他转过头，看着眼前斗了一辈子的两个老父亲，真诚地说道："爸，这下你们不用再比了。这两个娃一个姓廖，一个姓史，我们都是一家人！"

> 老板去村里扶贫，却被人赏了菜，这面子往哪儿搁呀？

赏 菜

顾敬堂

王富贵是个私企小老板，他在全市召集了二十多个大小老板，成立了一个企业家协会，自己担任协会会长。

既然叫协会，总得一起干点啥。王富贵和大家一商量，决定搞慈善，给贫困户送点米面粮油，面子上也好看。

捐助活动效果不错，老板们扛着大米白面走进各种破房子，和贫困户拍照，走的时候再扔个三五百元的钞票，贫困户感激涕零地送出老远，老板们非常享受这个过程。

时间一长，贫困户有点不够用了，王富贵让人四处寻找新的捐助对象。

这天，王富贵听说有个叫蒿子沟的小村子，山穷水瘦地皮薄，以前有实在活不下去的人跑到大城市要饭，慢慢形成了传统，成了远近闻名的要饭村。

王富贵大喜，有种碰到大客户的感觉。他立刻联系了几个老板，直奔蒿子沟。

两个小时之后，几台车进了村子。老板们四处张望，见这个村子和别的村没啥两样：围墙瓦房水泥路，还安装了路灯，看不出传说中的破败模样。大伙儿不免有些失望。

王富贵看到几个小孩儿在路边玩耍,便落下车窗,大声喊道:"嘿,小孩儿,你们这有贫困户吗?"

几个小孩儿对视了几眼,都不说话。王富贵抓出一把奶糖撒出去:"谁知道?"

一个长着虎牙的男孩翻了个白眼,气冲冲地说:"你们去大榆树底下张爷爷家看看吧!"

说完,小虎牙带头走了,谁也没理地上的糖。

"这啥破孩子?一点教养都没有!"王富贵脸上火辣辣的。

正在这时,一个三十岁左右的年轻人走了过来,笑呵呵地问:"几位是来献爱心的吧?"

王富贵脸色还没缓过来,生硬地说道:"也不一定,看看情况再说。"

年轻人点点头:"政府这几年扶贫力度很大,吃不上饭的村民是没有了,只有老张家是因病致贫,生活确实困难。你们如果有兴趣,我可以带大家去看看。"

来都来了,总不能白跑一趟。王富贵下了车,老板们纷纷扛上大米白面,跟着年轻人向大榆树下的人家走去。

一进院儿,就见一个五十多岁的老汉正在给苏子脱粒,年轻人喊道:"张叔,身体好些了吗?"

张老汉无奈地叹了口气:"葛主任,咋又把人领我家来了?"王富贵这才明白过来,敢情这年轻人是村主任啊。

葛主任赔着笑脸道:"张叔,咱不能冷了人家的心不是?"

张老汉摆摆手说:"你们送温暖献爱心我接受,可是不能照相!"

王富贵憋了一肚子火,这叫啥事儿?头一回送东西还要看别人脸色!他压着火跟张老汉进了屋,四处一打量,屋里虽然没啥像样的摆设,但收拾得很干净,墙上还贴满了奖状。

王富贵看了看奖状上的名字,引出了话题:"这是你儿子?"

张老汉顿时来了精神,两眼放光地说道:"是呀,去年考上了重点大学,六百多分呢!"

"有出息!"老板们纷纷夸道。

张老汉的老伴前两年得病花了不少钱,最后却落得人财两空,张老汉自己又得了关节炎,出不得大力气,还要供孩子上大学,日子过得确实艰难。但张老汉很乐观:"地租出去了,吃饭不成问题。我儿子在银行办了助学贷款,等参加工作后慢慢还,没有过不去的坎。"

热脸贴了个冷屁股,老板们也没啥逗留的兴趣,放下大米白面,寒暄了几句就撤退了。

葛主任热情地把他们送出门,王富贵看看四处风景不错,顺嘴说道:"这要是办个农家乐挺好。"

葛主任笑了:"还真有,我牵头弄的,是村民联营的形式。这个时候,开江鱼、下蛋鸡都有。"

老板们立刻来了兴趣:"哈哈,四大香占了俩,去尝尝!"

老板们跟葛主任边走边聊,得知他原来是大学生村官,毕业的学校牌子也很硬,这才略微收起了轻视之心。

农家乐搞得挺红火,葛主任安排一个大嫂接待老板们点菜,自己忙别的去了。

鸡、鱼、蛤蟆、狗,外加烧猪手……老板们刚点了八个菜,大嫂劝道:"够了够了,我们这菜码大,葛主任交代,再送你们一个蚬豆腐,肯定吃不完呢。"老板们顿时高兴起来,之前的不快也淡了许多。

不大会儿工夫，一个小孩端着菜上来了，正是老板们刚进村遇到的那个小倔孩儿。

王富贵瞪着眼说道："这不是小虎牙吗？咋还用童工呢？"

小虎牙鼓着脸，不乐意地说："我周末放假来帮忙不行呀？"

"行行行，你小你有理！"王富贵不和孩子较劲，"上菜小心点，别烫着。"

很快，八个菜上齐了，色香味都不错，老板们甩开腮帮子边吃边聊，大声议论这个地方的人不知好歹，白送东西连个好脸色都看不到，以后再也不来了。

这时候，小虎牙"咣"的一脚把门踢开，端着一碗蚝豆腐进来了，大声说道："我们村主任赏菜，你们慢慢吃！"

东北早年间，办喜事的时候确实有"赏菜"这一说——炒完菜之后，东家给厨师包上红包，厨师再额外做一道甜食端到东家桌上，主事儿的人大声喊："大师傅赏菜喽！"其实就是互相给面子，表示感谢。

如今这句话从小虎牙嘴里说出来，老板们听着格外刺耳。王富贵一拍桌子："小屁孩儿，你知道啥叫'赏'吗？主子给奴才、上级对下级才能用'赏'字！你们一个破村，有啥资格对我们说'赏'？"

听到争吵声，葛主任跑了过来。得知了事情原委，他先和老板们道了歉，然后摸着小虎牙的脑袋说："下次给人家东西，要说赠送，不能说赏，记住了吗？"

小虎牙梗着脖子道："我当然知道！可您不是说过吗，过去我们是远近闻名的要饭村，姑娘嫁不出去，外村姑娘也不愿来，就是因为我们骨头软没志气，我们不能再这么下去了！"

葛主任点点头："是呀，这几年全村老少都很要强，凭自己的勤劳过上了好日子。可是有志气不等于没礼貌呀！"

小虎牙指着老板们说道："是他们先没礼貌的，刚来的时候就把我们当成要饭的，把糖扔到地上让我们吃！"

王富贵脸一热，尴尬地笑道："哎哟，这么一说确实是我的不对，我向你道歉，下次注意。"小虎牙脸上顿时有了笑模样，低头鞠了一躬，转身跑了。

葛主任倒上一杯酒举过头顶："各位老板自己发财不忘帮助别人，就冲这，我敬各位一杯。"这话大家都爱听，老板们纷纷举杯回应。

王富贵放下酒杯，不解地问道："你们村以前那么穷，为啥现在突然变了，别人给东西都不爱要？"

葛主任笑了："我是靠父母出去行乞完成学业的，你能想象我是什么心情吗？毕业后，我主动回到这里，就是要改变这种风气。之前也有爱心人士来捐赠物资，我就到贫困户家里做工作，苦口婆心地劝他们：知道你要面子，但为了爱心人士的面子，你就接受吧。天长日久，贫困户产生了错觉——爱心人士上谁家，谁家丢人。等大伙儿都断了等待施舍的心，干劲儿自然就上来了。所以刚才张叔才不愿意领大家的情，怕被乡亲们指指点点呢。各位老板，我代村里向你们赔个不是！"

王富贵倒上酒回敬，感慨道："不瞒你说，以前我们下来献爱心，确实有赏赐的心态。今天，你给我们上了一课，要扶贫，先要把人心扶起来。葛主任，我领你的'赏'！"

"谢葛主任赏！"老板们凑趣地喊着，一齐干掉了杯中的酒。

关键词：与爱同行

> 爱吃柿子的婆婆，却因为柿子跟儿媳闹翻了天，这究竟是怎么一回事？

柿子风波

赵尉琪

这年初秋，田大娘被儿子阿田接来城里同住。俗话说婆媳是天敌，时间一长，田大娘就和儿媳小敏有些不对付了。

小敏是事业型女人，平常很少操持家务。田大娘是个思想传统的人，这天晚上又对小敏唠叨起来："女人要以家庭为重，照顾好老公孩子才是正事。就算你把工作做出花来，别人也不会高看你一眼。"

小敏火了，当即反驳："谁规定女人一定要在家里相夫教子？即使有，那也是过去的事。不要拿过去衡量现在，何况现在是一个注重女性能力的时代！"说罢，她赌气回了房间。

田大娘被噎得说不出话来，阿田忙安慰她道："妈，小敏最近身子不舒服，您别和她计较，待会儿我会好好说她，明天一定让她给您道歉。"田大娘不想让儿子为难，只得作罢，心里却堵得慌。

第二天是周末，然而阿田一大早接到电话，要外出办事，中午也不回来吃饭。小敏追到门边，压低声音对丈夫说了一句话，阿田随口应着"买柿子，晓得了"，便匆匆离开。

这句话被刚好经过的田大娘听了个正着。原来小敏记得自己爱吃柿子啊,这是变着法求和好呢。田大娘心里顿时舒坦多了,她想昨天自个儿有错在先,不该拿话打压儿媳。现在的女人看重事业没什么不对,不是还有我这老太婆帮着料理家务吗?

想到这,田大娘主动询问小敏中午想吃什么菜,说着挎上菜篮子准备出门。小敏却笑着说道:"妈,菜我都在网上买好了,中午就让我来露一手吧。"田大娘见状,只得放下菜篮子。

随后,小敏说要回房补补觉,田大娘也轻手轻脚回到自己房间做针线。没多久,阿田回来了,他来到母亲的房间,放下一袋黄澄澄的柿子,说:"小敏知道您爱吃柿子,特意叫我买给您的,权当给您认个错,我就抽空送回来了。"听说小敏还在睡觉,阿田怕打扰到她,又径直离去了。

田大娘很是感动,为了不辜负小两口的好意,她一口气吃下好几个柿子。不一会儿,小敏买的菜也到了,是一个渗着水的泡沫盒子。小敏起床签收后,就关起厨房门独自忙活起来。

不多时,小敏招呼婆婆吃饭,兴冲冲地指着桌上一个砂锅问:"妈,您猜我做的什么?"田大娘说是汤。小敏摇摇头,顺手揭开了盖子。好家伙,满满一锅红焖花蟹!

小敏笑着说:"早听阿田说您很喜欢吃蟹,可为了供他念书,您几乎没舍得买过。花蟹肉多肥美,这两天又刚好上市。妈,我昨晚一时冲动顶撞了您,对不起,您就多吃几个花蟹消消气吧。"

小敏说得真诚暖心,田大娘却听得阵阵寒心:螃蟹和柿子相克,同食容易中毒。婆媳俩昨晚拌了嘴,儿媳第二天又是买柿子又是订螃蟹,这是什么意思?

看来小敏是个记仇的人，她这着棋走得可够狠！不过田大娘也不是省油的灯，她决定走一步险棋：吃蟹。吃出问题，不管大小，直接进医院，向所有人揭露儿媳的恶行，到时候不怕她不求着我出院！

主意打定，田大娘心一横，开始大快朵颐。而且她发现小敏只吃别的菜，根本不碰花蟹，于是更坚定了自己的猜测：这是想让我多吃点，好快些中毒呢！

果然，没过多久，田大娘只觉肠胃里一阵阵翻江倒海。小敏见婆婆脸色难看，关切地询问她怎么了，田大娘正要说话，不料一张嘴就哇哇大吐起来。小敏吓坏了，忙过来照顾婆婆。见婆婆上吐下泻不见缓解，还闹着要上医院，小敏不敢怠慢，立马叫了辆车。

到了医院，医生确诊是食物相克引起的肠胃过敏。小敏听说婆婆吃蟹之前吃了柿子，一脸惊讶的样子，此时田大娘早已疲惫不堪，暂时无力撕下儿媳的伪装，输上液后很快就睡着了。等她醒来，发现守在身边的人是阿田，田大娘像见了救星一样，索性一股脑儿把小敏如何陷害她的事告诉了儿子。

阿田瞪大了眼睛，没听完就羞愧地说："妈，都是我的错！"

田大娘顿时气不打一处来：你老娘都住院了，这会儿你居然还想着替媳妇打掩护！

阿田急红了脸，结结巴巴道出了原委。原来，小敏最近感觉到身体异样，昨晚婆媳起冲突时，婆婆又提到孩子，让她突然意识到自己有阵子没来例假了。两口子一合计，该不会是怀孕了吧？于是今天一早小敏差丈夫去买早孕试纸。由于一家三口都是四川人，"柿子"和"试纸"在四川话里发音相同，阿田急着出门，压根没想起来昨晚的事，结果他和母亲一样，把"试纸"理解成了"柿子",只当小敏用柿子给婆婆"赔罪",哪里知道小敏早在网上订好了花蟹。偏偏三方都没互相通气,因此就闹出这么大的误会了。

田大娘这才明白误解了儿媳,她忙问:"小敏去哪儿了?"

阿田嗫嚅道:"刚才她送您来医院,跑上跑下地折腾,一时劳累晕过去了,这会儿在隔壁病房呢,还好没事了。"

田大娘听了,不顾儿子的劝阻,立马翻身下床,直奔隔壁病房。小敏正躺在床上休息呢,田大娘上前拉着儿媳的手声泪俱下道:"都是妈多心,把你害苦了!你要有个闪失,妈这辈子都良心不安!"

小敏反过来安慰婆婆道:"也怪我没交代清楚,阿田才会买错东西。不过您别担心,我和宝宝都没事。"

原来小敏是真的怀孕了!田大娘顿时转忧为喜:"太好了!老天保佑,我差一点把惊喜变惊吓……"

"现在不又成惊喜了吗?"阿田插话道。婆媳俩愣了一下,接着三人都开心地笑了起来。

> 阳光无处不在，有些人却心胸狭窄看不见。

是谁报的警

张国心

这天下午，王泉突然接到街道派出所李警官的电话，说老娘得了急病，正在抢救。王泉火速赶到医院，见老娘已经脱离危险，这才松了一口气。

原来，老娘在家里突发心脏病，幸亏李警官及时赶到，把她送到医院，化险为夷，如果再迟一会儿，后果不堪设想。

几天之后，老娘平安出院了，王泉想，李警官是老娘的救命恩人，他特意来到派出所，向李警官表示感谢，李警官却说："你不必感谢我，我是接到110指挥平台的指令正常出警的。"

王泉一头雾水地问："110？"

李警官说："有人打110报警，说你家的狗叫声扰民，我赶到你家，听到屋里的确有接连不断的狗叫声，敲门又没人开，觉得情况不对劲，就叫来开锁师傅，发现你母亲倒在地上不省人事。"

竟然有人在背地里告自己，歪打正着才救了老娘一命，王泉心里立时像打翻了五味瓶，说不清是什么滋味，他的感激转眼变为愤懑，他问道："是谁报的警？"

"我不知道，就是知道也不能告诉你，这是纪律。"

走出派出所，王泉越想越堵得慌，他家住在12楼中门，最有可能报警的，就是左右两个邻居。左门常年没人住，那报警的应该就是右门住户。右门住户叫石大力，已经是老邻居了，每天见面都打招呼，电话号码都互留了。没想到石大力表面和善，心理却很阴暗，就算是狗叫声真的很吵，打个电话给自己直说不就行了，不至于向公安局报警吧！

回到家里，王泉把这件事告诉了妻子，妻子倒是想得很开，说："别管怎么说，救了咱妈也是坏事变好事。而且，你怎么就断定是石大力报的警？"

"这事就是他干的，我有依据，他和我有过节。"

提起石大力和王泉的过节，还是几年前的事，那年他俩刚搬来这儿，因为停车位的事起过争执，后来王泉气不过，拿刀子在石大力的车门上划拉了一道。石大力当时没吭声，心里一定记上了仇，这回就是他来报复了！

王泉认定了自己的想法，这天早晨他下楼遛狗，见石大力的红色轿车停在小区甬道一边，他牵着狗走了过去。此时，王泉"睹物思人"，气不打一处来，就把废纸铺在了石大力的车门口，狗习惯性地在那废纸上屙了泡屎。王泉想用狗屎臭小人，根本没打算收拾，就在他要扬长而去时，石大力偏偏来了："我说王泉，你怎么一点公德心也没有？"

一见到石大力，王泉更气了，他说："怎么了？有本事你告我去啊，快去举报，打110！"

石大力摇摇头，说："你这种人就应该告你，叫你长长记性。"

"不打自招吧，我最恨的就是你这种小人，表里不一心怀鬼胎！"

　　石大力脸涨得通红，刚要说话，就见一个人高马大的女子怒不可遏地从人堆里挤出来，指着王泉尖叫道："你怎么让狗把屎屙在我的车门前？见过缺德的，没见过你这样缺德的！"说着，她就要动粗。

　　王泉脑袋"嗡"了一下，仔细一看，坏了，这车虽然是红色，但的确不是石大力的，搞错了。王泉自知理亏，不得不弯下身来，在众目睽睽之下把狗屎收拾干净，在一片耻笑声中狼狈而去。

　　王泉气坏了，憋在屋里几天都没出门。

　　事也凑巧，没过几天，石大力的车被追尾了，他也受了伤，虽然是皮外伤，没有生命危险，但活罪还是要遭的。王泉长长地舒出了一口气，就像打了兴奋剂一样，立时精神起来，第二天一早就哼着小曲下楼遛狗。

　　在屋子里憋了好几天的狗，一嗅到新鲜空气就兴奋起来，撒起了欢。

　　这时，一辆出租车停在他们身边，从车上下来了一个人，拄着拐杖，腿上和头上都缠着绷带，活像刚下战场的伤兵。这人不是别人，正是石大力。狗看石大力有些怪异，围着他前后叫个没完。

　　王泉故作惊讶地说："这不是石大力吗，怎么弄成了这个样子？"

　　石大力龇牙咧嘴地说："被一个新手司机'咬'了一口。"

　　王泉拉住了狗，话里有话地说："别叫了，再叫就扰民了。我看你这叫人不报，天报。"

　　石大力用拐杖拦住了王泉，质问道："你说明白，什么意思？"

"你干什么，想打架啊？我可不跟一个瘸子一般见识，怕你又打110，把警察招来。"

两个人你一句我一句吵了起来，一个旁敲侧击，一个怒不可遏，再加上狗跟着造势，又把一个宁静的早晨搞得硝烟弥漫。

这时，一个大姐路过，她好心地把两个人劝开了。

石大力气鼓鼓地上了楼，一边走还一边嘟哝着："什么人，牵着狗随地大小便，说他几句还记上仇了。"

劝走了石大力，那大姐回过头来，一眼看到了狗，她特别高兴地问王泉："你是12楼的吧？"

王泉不解道："你怎么知道？"

大姐说："这条小狗太可爱了，尤其是那黑眼圈，太特别了。你不该把它放在家里饿着不管啊！"

王泉很纳闷，说："我没有啊……"

"怎么没有？那天我在工作，看见这只小狗趴在窗台上叫个不停，没人管，可怜得很。我心里实在受不了，就打了110报警，说你们家狗叫扰民，后来也不知道有没有人来……"

"大姐，您是……"

那大姐指指小区高高的楼房说："我是物业请来的保洁员，专门给这个小区清洗外墙的！"

王泉抬头看去，周围那些老旧的高楼外墙，不知什么时候已经焕然一新，在霞光里熠熠生辉。

阳光无处不在，自己却心胸狭窄看不见，王泉真想骂自己……

> 希望是一餐美味的饺子，是一个快乐的笑容，是一次抓住机遇的努力……

瘦身水饺

陶 琦

范春丽是个下岗女工，这段时间她都快愁死了。为啥？从大半年前下岗到现在，她一直没找到工作，家里那只钱袋子只出不进，再这样下去怎么得了？

这天范春丽又跑了趟劳务市场，还是没找到合适的工作，只好回家。她边走边想心事，不知不觉到了家门口，刚把钥匙插进锁孔，门就开了，原来是女儿小曼来为妈妈开的门。

心里正烦着的范春丽立刻朝小曼嚷嚷起来："教你多少遍了，开门之前一定要问清楚是谁，你问都不问就开门，不怕坏人闯进来？我要怎么教你才学得会？唉，养你这种孩子有什么用啊？"

小曼突然被妈妈这么猛训一顿，立刻就委屈地哭了起来，说："我知道是你回来才开的门啊，你又不是大灰狼。"

小曼姥姥闻讯赶紧从房里走出来，哄小曼说："谁说我家小曼没用？拿孩子撒气的人才没用哩！来，小曼，别哭，陪姥姥包饺子去，姥姥教你包好吃的饺子。"

小曼一听姥姥的话，这才哭脸变成了笑脸，拉着姥姥的手蹦蹦跳跳地去了厨房。

　　小曼是个发育迟缓的孩子，已经七岁了，智力却只有三岁孩子的水平。小曼爸爸因为无法接受这个残酷的事实，两年前就和范春丽离了婚，连小曼的抚养费也总是拖着迟迟不给，偏偏特殊学校收费还挺高，面对这一切，让下了岗的范春丽怎么会心里不烦呢？

　　此刻，范春丽看着母亲乐呵呵地在厨房里教小曼包饺子，眼睛不由就湿了，心里非常感慨，要不是母亲一直在身边帮着，她真不知道自己还能不能把这个家撑下去。

　　范春丽正这么酸酸地想着，小曼突然从厨房里跑出来，拉着她说："妈妈，来，快来看我包的饺子！妈妈，我会包饺子啦，我有用了！"

　　范春丽跟着小曼走进厨房，凑上去一看，乐了："小曼，你这包的啥饺子啊，馅这样少，说是馄饨吧，馄饨又没这么厚的皮，你这是短了斤两的饺子，谁吃谁亏大喽！"

　　原来，小曼手小，动作又不协调，她放的馅很少，把饺子皮对折了费劲地按，好容易才包成一个，模样儿扁扁瘦瘦的，瞧上去怪模怪样。

　　可是姥姥却给小曼打气："小曼，别听你妈的，你给姥姥包，姥姥吃了你包的饺子一定有福气！姥姥年纪大了，血压高，血脂高，馅多油重可不行，你这种馅少的饺子给姥姥吃正好！"

　　听姥姥这么一说，小曼立刻拍起手来："包饺子喽！小曼包姥姥吃的饺子喽！"

　　在姥姥的鼓励下，这天小曼一口气包了十几个饺子，出锅后，姥姥真就把它们统统盛在一个碗里。小曼开心得又蹦又跳，而姥姥呢，吃一个夸一个，一边吃一边夸："真好吃，真好吃，我们小曼真能干!"

看母亲故意吃得津津有味的样子,范春丽感动得直擦眼泪。

小曼被姥姥这么一夸奖,兴致可高了,于是就天天嚷着要包饺子,姥姥便由着她,每天都和馅、擀皮,让她学着包。

不久,到了国庆长假,范春丽的妹妹范秋丽来,正赶上吃小曼包的饺子,她只吃了一口就惊叫起来:"小曼,你什么时候学会包这么好吃的饺子了?小曼,你可真能干!来,让小姨亲一个!过会儿你再给小姨包点,小姨要带回家去吃。"

范春丽立刻白妹妹一眼:"秋丽,你凑啥热闹啊?"

范秋丽却认真地说:"姐,这种饺子真的挺适合我吃的呀,现在时兴瘦身,可我又管不住自个嘴巴,这饺子又饱肚又有肉味,还不腻口,真的挺好。姐,小曼包不了这么多,这几天你就按着这样子给我包点吧?"

小曼一听不乐意了:"小姨,不要妈妈包,不要妈妈包,我给你包,好不好?好不好嘛?"

范秋丽把小曼搂在怀里,连连点头说:"好好好,小姨就爱吃小曼包的饺子呀!"

那天范秋丽回家的时候,真就带了满满一盒小曼包的饺子。

这还不算,过了两天,范秋丽打电话来了,对范春丽说:"姐,我把小曼包的饺子带到单位去,我那些小姐妹都喜欢吃,大家商量好了,想用这种饺子当午餐,你每个星期给我们送三次,钱按市面上的标准给,行不?"

范春丽听了心里一热,说:"秋丽,我知道你想帮我,可不能把单位里的同事都拉上啊!"

范秋丽说:"姐,你瞎说个啥呀,我只不过是把小曼包的饺子给她们每人都尝了一个,她们是真的都喜欢,才跟你订的。"

范秋丽单位里有好几十位女职工,她们这一订,可就是几十份哪!

范春丽放下电话,心里可高兴了,赶紧奔到母亲房里告诉好消息,然后叫来小曼,说:"小曼,小姨单位里的阿姨都要吃你包的饺子,来,你快教会妈妈,妈妈和你一起包!"

小曼一听,兴奋地说:"妈妈,我教你包饺子,那我就是老师了,是吗?我是小曼老师,是不是?"

"是呀!是呀!"范春丽不住地点头,脸上的愁云早已散尽。

一家三口立刻忙碌起来,小曼一边包着饺子,一边小嘴里哼着歌,虽然听不清词句,但范春丽听出小曼哼的是那首《世上只有妈妈好》。她再也忍不住自己的泪水,一把搂住小曼说:"宝贝,从今天开始,妈妈和你一起包饺子,等赚了钱,妈妈送你去读书!"

为了把送饺子这件事做好,范春丽动脑筋在饺子馅里加了一些清淡味儿的料,除了给秋丽单位送,还到附近写字楼里去推销,果然很受欢迎,尤其是那些女士,纷纷把它作为自己的工作午餐。这一来,水饺的配送量就越来越大,范春丽虽然从早忙到晚,可舒心的笑容成天洋溢在脸上。

小曼见妈妈开心,自己更开心了,每天大半夜的就跑到姥姥房里去喊姥姥发面、和馅,每天从早到晚包饺子,小小年纪一点不知道累。

这天晚上,范春丽刚躺下,小曼就抱着枕头跑过来躺在妈妈身边,悄悄问:"妈妈,小曼现在是不是有用了?"

范春丽一听,眼泪"哗"地就下来了,搂着小曼说:"有用了!

我的小曼有用了!"

第二天,范春丽到工商局去,申请给小曼包的饺子注册商标,取名叫"瘦身水饺"。后来,在妹妹范秋丽的帮助下,范春丽还建立了自己的网页,讲述小曼和瘦身水饺的故事,并开设瘦身水饺网上征订业务。

再后来,小曼终于进了特殊学校。

范春丽又通过学校招聘特殊学校的毕业生,像姥姥教小曼一样,耐心地教他们包饺子,每月给他们发工资,带他们一起来做瘦身水饺的配送业务。

看着这些孩子和小曼一起,每天开开心心地跟着自己包饺子,范春丽仿佛看到了他们美好的未来。

关键词：诚信为本

> 有个老头儿，每天都去一家饭馆找碴儿，一招连着一招，让饭馆老板很是头疼……

歪招连连看

吴 滨

青山脚下有不少饭馆，大陈饭馆就是其中一家，独幢楼，立在去青山景区的必经之路上。

这天，来了一个陌生老头儿，他一手提拖把一手提水桶，走到大陈饭馆外面的水泥空地上，用拖把蘸水写起了"地书"。老头儿写了几个字后往旁边一坐，不多时不知从哪儿冒出一些苍蝇和蚂蚁，仿佛听到号令一样，纷纷聚集，越聚越多，有好奇的路人站住仔细一瞧，发现虫子竟隐约排出了"财迷"二字！

围观的人越来越多，饭馆老板陈永刚也出来瞧热闹，他虽不知道老头儿是谁，为何而来，但看着阵仗便料定来者不善，就想赶紧息事宁人。他拉着老头儿的手，塞进一百块钱，笑嘻嘻地说："大爷，这不是您练字的地方，麻烦换个地儿。"哪知老头儿把钱一推说："不换，这儿挺好。"说着，老头儿又抄起拖把在水桶里蘸了蘸，在饭馆右边的墙上龙飞凤舞起来。他"笔"锋走过之处，很快又引来蝇虫大军，不多时组成俩字：忘义！

这下陈永刚沉不住气了，自己开的是饭馆，外面这么多虫子，谁还敢来吃饭？而这"财迷""忘义"又不是什么好词儿。

陈永刚以为老头儿嫌钱少,咬咬牙又拿了五百块钱,说:"我要有不对的,您多包涵,让我做个平安生意。"哪知老头儿还不接,嘿嘿一笑说:"你做你的生意,我写我的字。"

陈永刚火了,就想报警,一琢磨,人家没犯法,这事儿警察不好管。他正不知所措,岳父周老坚串门来了。陈永刚不由得喜出望外,周老坚早年外出耍过猴,算是见多识广的江湖人,想来能解决掉老头儿这个麻烦。

果然,周老坚见了,不动声色地走过去,先把手伸进老头儿的水桶里蘸了蘸,又搓了搓,然后把陈永刚拉到一边说:"水发黏,肯定放了糖,才招虫子的。雕虫小技。"

陈永刚点点头说:"我猜也是这样,可我不认识他啊,他要是天天在我的店门口搞表演,苍蝇蚊虫一堆堆的,我还咋做生意?难道他是别家饭馆雇来搞事的?"周老坚略作沉吟说道:"咱别费劲瞎琢磨,饭馆不是怕虫子吗?他找事不是靠虫子吗?你把你这儿的虫子老窝端了,不就一了百了啦?"

陈永刚一听:"你说泔水池啊?"原来景区为了环保,规定泔水都得上交统一处理,还得交处理费。而陈永刚之前一直把泔水卖了赚钱,现在要他无偿上交还往里搭钱,他自然不乐意,因此偷偷在饭店墙角建了个带暗盖的地下泔水池,大部分泔水晚上偷偷找人卖了,少部分上交应付环保部门。家人都劝过他,可他就是不听。现在岳父旧事重提,陈永刚仍一百个不情愿,但岳父的话提醒了他,陈永刚很快就有了对策。

第二天,老头儿又来了。不过,他刚走到墙根,就闻到了一股杀虫剂的刺鼻气味,不由得摇了摇头。原来,昨天老岳父的话让陈永刚想到杀虫这一招,他连夜喷洒杀虫剂,效果真是立竿见影啊,陈永刚得意一笑,心说:老头儿,看你还有啥新把戏!

可出乎陈永刚的意料,老头儿放下拖把和水桶,径直走到陈永刚面前,单挑一般说道:"陈老板,你以为喷了杀虫剂,这卫生问题就没有了?"陈永刚笑笑说:"大爷,别的不敢说,卫生我可从来没含糊过!"

老头儿又说:"那敢让我看看后厨吗?"陈永刚轻蔑地说:"你这是要检查卫生吗?可你算什么人物呢?"老头儿回个白眼说:"不敢让我看,准有猫腻。得,你等着吧。"说完,他转身就走。

陈永刚明白"不怕贼偷就怕贼惦记",今儿不把老头儿制服了,他往后还得要歪招搞事情,就索性伸手拉住老头儿说:"看就看,不过要是找不出毛病,你得保证不再胡搅蛮缠。"就这样,俩人进了后厨,老头儿东瞅西看没找到啥,陈永刚正想损他几句,哪知突然"嗖"的一下,头顶上飞下一个东西,大伙儿定睛一看,原来是只死耗子!

老头儿这下逮住理了:"出了死耗子,还敢说卫生好?"陈永刚也火了,揪住老头儿质问道:"好啊,难怪要看我后厨啊,摆明是准备好了死耗子,挖坑给我跳啊!你这又是蚂蚁苍蝇,又是死耗子,煞费苦心,歪招不少啊!说吧,你这么整我,是打算讹我多少钱才肯罢休?"

老头儿把陈永刚的手掰开,正色道:"你不要血口喷人!先问问你自己,是哪只眼睛看到我准备了死耗子?"

陈永刚一时语塞,旁边一个伙计插话道:"老板,好像有只黄鼠狼蹿出去,会不会是黄鼠狼干的⋯⋯"陈永刚没有答话,赶紧蹲下来,发现死耗子脖子上有被撕咬的痕迹,若真是黄鼠狼做的,它为啥要这样做呢?陈永刚狠狠地瞪了老头儿一眼,让伙计把死耗子扔出去了。

虽然死耗子被清理出去了,但老头儿的事儿被炒得沸沸扬扬的,陈永刚想,马上就是旅游旺季了,这事儿要是闹大了,自己这店还怎么开?陈永刚又气又急,便去请教老岳父。周老坚听说后,说:"虽然人言可畏,但我知道这个时候,你要处理好了这事儿,就能反败为胜。先这么着,我陪你先查查黄鼠狼是咋回事!"

说着,周老坚便带着女婿绕着饭馆周围逛了一圈,终于在房后的土坡上找到了黄鼠狼的洞,正在这时,刮起了一阵风,周老坚被呛得连咳几声。陈永刚抽抽鼻子说:"这是风口,正对着饭馆后面的排风机,只要刮东风就会把饭馆的油烟吹过来。"

周老坚点点头,寻思了一会儿,问:"黄鼠狼扔死耗子时刮的可是东风?"

见陈永刚点头,周老坚一拍大腿说:"那就对了!刮东风会把油烟吹进黄鼠狼的洞里,但洞一般有几个出口,黄鼠狼没事。八成那老头儿把背风的洞口堵死了,让油烟有进无出。黄鼠狼熏得受不了就会报复,向饭馆扔死耗子。"

陈永刚愣了:"真新鲜啊!我这稀里糊涂地就成了黄鼠狼的仇家了!爸,您说我把堵的洞口打开成吗?"周老坚摇摇头:"洞口不好找不说,你打开他还会堵,死耗子还是绝不了,我觉得你不如给排风口装个油烟过滤。"

陈永刚终于下定了决心,说:"得了,听您的!"见他答应了,周老坚本想再说点什么,但瞧女婿咬牙切齿的样子,只好把话咽了。

这天,陈永刚安排完,就见那外乡老头儿又来了,陈永刚笑着说:"大爷,我寻思半天了,您说实话,您是不是我岳父派来的?"

老头儿一听,哈哈大笑,算是承认了。原来,老头儿年轻时在外讨生活,遇上了有相同经历的周老坚,两人一见如故。这次,老头儿来青山旅游,意外地遇到了多年前的老友周老坚,两人都很高兴,聊得很尽兴。周老坚还把烦心事也说了,老头儿便想帮帮周老坚。

"你岳父说你开饭馆太看重钱,难道你不知道泔水被那些缺德的人买走做地沟油了吗?你不知道不处理的油烟会污染环境吗?谁说你都不听,他着急啊,只好让我出面要点歪招,免得你荒腔走板。"陈永刚听完叹了一口气,说:"难为老爷子一番苦心了。"

老头儿说:"既然知道了,咱就把泔水池填了,给排风口也装个油烟过滤吧,开饭馆要守规矩,也得讲良心。不然,咱们继续玩歪招连连看?"陈永刚听了,赶忙接话道:"别,大爷,我错了,我改!"

关键词：天道酬勤

> 迎着阳光开放的花朵格外美丽，怀着梦想前行的生活格外充实……

我是十号美容师

王瑞霞

技校毕业后，我在家乡的小镇开了一家日化店，虽然生意一直不错，但我总想再多学学、多闯闯。

这一年，我毅然去了北京，几经周折，凭借着一点经营日化店的经验和想学习的十足诚意，进了一家规模很大的美容院，成了院里的第十号美容师。

当然，我这样的资质，可进不了高档间，领班丽姐安排我进了普通间，负责给顾客做些简单的面部护理。我渐渐适应了美容院的工作，一切都做得顺风顺水，也就在这时，一个特别的客人光顾了美容院，让我成了本院违规最多的一个美容师。

那一天，美容院来了一个特别讲究的顾客，只见她白衣白裤，白鞋白帽，就连鼻梁上的眼镜、肩膀上的挎包，也都是白色。这位顾客保养得特别好，肤色白嫩细腻，三十岁？五十岁？都像，又都不像，根本看不出年龄，我心里暗暗称她"岁月无痕"。

丽姐见来大户了，赶紧笑脸相迎，说道："您好，欢迎光临！本院有普通间、高档间、贵宾间；有月卡、季卡、年卡，还有银卡、金卡和钻石卡，现场办卡可以免费送一次护理呢……"

"岁月无痕"听了，沉吟一下，说："不必那么讲究，我普通间就行。"丽姐一听，脸立马拉了下来。这时，我迎上去，彬彬有礼地说："您好，我是十号美容师，很荣幸为您服务！"

接下来，我带"岁月无痕"来到普通间。这里有六张美容床，其他五张床上都有顾客，只剩下靠窗的一张床位还空着。我请"岁月无痕"在空床位上躺下，开始护理。洗脸、去角质、敷按摩膏点按穴位，一套程序很快做了下来，就在我做最后的面部安抚时，突然，一个熟悉的声音冒了出来："呀，爷地儿要落了！"在我们家乡那儿，都把"太阳"说成"爷地儿"，我脱口接道："还谋介嘞！"那是说"还没有呢"。

话音刚落，"唰"的一下，同事们都转过头来，看怪物一样盯着我。我的脸一下子红了，心里暗道："坏啦！"院里有规定，说一句家乡话，罚款五十元。这事听起来稀奇，其实也有原因：我们美容院的大老板是个"海归"，因为从小在国外长大，平时听中文都有点吃力，尤其恼火听到员工们说些他听也听不懂的家乡话，因此严格规定所有员工在上班时只能说英语和标准普通话，违者就得罚钱。唉，可刚才那句熟悉的"爷地儿落了"，把我的乡音"诱发"了出来。

"十号！"一旁的丽姐立马点了我的名，"你干什么吃的？不知道院里的规定吗？"我低下头说："对不起，我接受处罚，我以后一定会注意的。"

丽姐不依不饶地追问："刚才那句'爷地儿'什么的鬼话，是谁说的？"

房间里一阵沉默，无人应答。丽姐抬高嗓门："谁说的？"我大声应道："我，我说的！"其实我心里清楚，那是我正在护理的"岁月无痕"说的，可让这么个时髦的人当众承认说了这样土得掉渣的家乡话,我怕她难为情。

这当儿,丽姐又嚷道:"违规你还有理啦?你说的?你自问自答,是演电视剧啊?你愿意逞英雄替人背黑锅我管不着,罚款交上来就行!"

"岁月无痕"看着我,意味深长地一笑,没有说什么。

当天,我交了罚款,事就过去了。

没过几天,院里又来了个讲究的顾客:黑衣黑裤,黑鞋黑帽黑墨镜,一进来就点"十号",还要贵宾间。我这个十号正纳闷儿呢,这顾客缓缓地摘下了墨镜,露出一张白嫩的脸来,原来是上次来的"岁月无痕"!

我诚恳地对她说:"姐,我手法不好,只负责普通间的客人。我可以给您推荐一位贵宾间的美容师,包您满意。""岁月无痕"微微一笑:"不,就是你了。也许你的手法是简单了些,可我能感觉到——你做得特别用心。"

贵宾间只有一张美容床,还有专用的浴室。等"岁月无痕"冲完澡出来,我很自然地说:"姐,您喜欢手法重一些还是轻一些?要是觉着不得劲儿了,您可以提出来,我改进。"

"岁月无痕"说:"你只管放开了做就行啦!闺女,你原来是干啥的?"

"我呀,原来在老家开了个日化店,现在出来,想学点更先进的东西,学成了,我也做美容院,而且要做我们家乡最大的美容院嘞!"

这个"嘞",是我们家乡很典型的语气词,我这么一说,"岁月无痕"也说上了:"你挺不容易嘞,年纪轻轻敢想敢拼,想当年我刚来北京时也是带着梦想的嘞……"

就这样,我们一边做,一边聊,直到"岁月无痕"睡着了,发出均匀的呼吸声……好一会儿,她睁开眼睛,惬意地说:"真舒服,这是我来北京之后睡得最好的一觉!"突然,她猛地坐起来,严肃地说:"刚才我们说了那么多的家乡话,你不怕罚款?"

我认真地说:"姐,听口音我们是老乡,老乡见了老乡,难道还要扭捏着用普通话交流?那就像两个人明知道对方的真实面目,却都要戴上面具一样。到美容院就是来放松的,顾客至上,只要姐高兴,我甘愿被罚!"

"岁月无痕"的眼圈红了:"闺女,你说得真好,乡音难改啊,生气时、开心时,最能宣泄我情绪的,还是家乡话!为了能说上家乡话,我组织了很多次老乡聚会,可笑的是,在聚会上,老乡们居然都说字正腔圆的普通话,他们认为,大家都是有身份有地位的人,说土话,实在跌份儿啊……"

"岁月无痕"顿了顿,接着说道:"美容院我也去了不少,可是没有能让我彻底放松下来的,身上的衣服都脱光了,心却还被一层层地包裹着。"

听到这里,我的心头一亮:"姐,假如我向您推荐一个这样的美容院呢?它就叫'乡音美容院',它没有普通间、高档间这样的高低贵贱之分,而是按地域区分的,有'冀区'、'晋区'、'蜀区'、'闽区'等等,里面的美容师,也都是按地域分派的,是哪里人,就到哪个区服务。美容师们一律都用家乡话和顾客交流……"

"岁月无痕"一下子跳起来:"真有这样的美容院?在哪里?"

我"扑哧"一笑:"姐,我逗您的,这样的美容院,还没诞生呢。不过,真要做成这样的美容院,一定火爆。您想想,北京有多少像我们这样的外来人口啊,谁不想说家乡话?谁不想听乡音呢?""岁月无痕"听了,不住地点头。

送走"岁月无痕",丽姐把我叫了过去,不等她开口,我就主动说自己刚才在贵宾间和顾客说家乡话了,我愿意接受罚款。丽姐瞪了我一眼,说:"你这人,咋像个急鸡儿样嘞?"

丽姐的话一出口,我们两个都愣住了,丽姐说的,也是我们那里地道的家乡话啊!我笑着用家乡话说:"丽姐,原来咱们是老乡嘞!"丽姐的脸红了一下,点了点头,后来她干脆用家乡话说,她不是来找我罚款的,而是来培训我如何做背部皮肤保养的。

以前我对丽姐有偏见,与她并不亲近,现在用家乡话一交谈,距离一下子拉近了。

不久后的一天,我刚上班,就见一辆红色小轿车停在美容院大门口,紧接着,一个红衣红裤、红鞋红帽,一团火一样的女人走进了大厅。呵呵,是我的老乡"岁月无痕"来啦!我刚要上前打招呼,一旁的丽姐闪出来,毕恭毕敬地喊了声:"院长!"紧接着,丽姐把所有的美容师都召集到大厅,说院长要和大家说几句话。

我疑惑地拉住丽姐,问:"这是怎么回事?"丽姐悄声说:"这是新院长,我也是刚刚才知道。"

院长讲完话后,要我跟她上车。在车上,院长告诉我,她那天到美容院来,其实已经决定盘下我们美容院了,当时,她是来"微服私访"的。

不一会儿,小汽车缓缓停在了一幢新落成的宏伟建筑前,挂的牌子是:"乡音美容院",我走进去一看,里面竟然是按地域划分的:冀区、晋区、闽区……哇,我梦想成真啦!

院长说,她做美容院好些年了,一直在考虑如何做得更有特色,她体验了不同的美容院,请教了很多大师级的人物,可总找不到理想的方案。而自从那天见了我,才知道真正的大师,其实就在底层,就在一线啊……

院长满面春风地对我说:"这家乡音美容院,我就交给你负责了。"

那天,我按捺不住狂跳的心,在北京的大街上,握紧拳头,振臂高呼:"北京!等着看我的梦想绽放吧!"

> 坚强的人生，不在于永不失败，而在于跌倒后能重新站起。

一毛钱改变一生

时英友

小桃高中毕业后就决定进城打工，可是来到城里一个半月过去了，还是没有找到工作，无奈之下，只好到一家小饭店去当帮工，洗碗、杀鱼、端盘子，月工资才四百元。可这也总比没有好啊！

但没想才干了三天，小桃就给气跑了。怎么回事呢？

那天晚上已是九点来钟了，小桃一天活儿干下来累得腰都直不起来，偏偏这时又来了一桌客人，点名要吃"咸肉黄鳝煲"。胖厨师于是吩咐下来：杀黄鳝，大的三条，小的五条。

小桃从小就怕黄鳝，但现在这个时候不杀不行呀，她只好咬咬牙，闭着眼睛抓了八条黄鳝，费了九牛二虎之力，弄得一手一脸的鳝血，才将它们剖洗干净。

可没想到胖厨师见了非但不领情，反而发起火来："谁让你杀这么多？大的三条就够了。"

小桃一肚子委屈，火气"腾"地就上来了，嗓门比胖厨师还响："不是你说的吗？大的三条，小的五条，三条加五条，一共不是八条吗？"

胖厨师气坏了,嚷道:"我跟你说的是,要是大黄鳝,就杀三条;要是小黄鳝,就杀五条。你怎么听的?居然还有脸朝我发火?你想干就干,不干走人!"

"明明是你自己没说清楚。"小桃越发觉得委屈,不等胖厨师再开口,便转身跑了。

第二天,小桃就辞职了。

没了工作,小桃只好又开始跑职业介绍所和人才市场。可是一连几天跑下来,什么结果都没有。

这时,小桃一位远房表姐告诉小桃说,附近有家大酒店正在招工,小桃一听,立刻赶了过去。

大酒店还没开张,但招工现场已经挤满了人。小桃在招工海报前看了半天,虽然上自部门经理、下到勤杂人员,这个大酒店一下子就要招将近四百余名员工,可小桃想想自己要学历没学历,要技能没技能,有希望吗?她暗自叹了口气,想了想,去领了张申请表格,老老实实在上面填了一份申请洗碗的工作。

半个月后,小桃接到大酒店的通知,让她第二天去面试。小桃一看通知就来气:你用人单位也太挑剔了,干洗碗这种事儿也要面试?你总不至于招几个博士生进来给你洗碗吧?

不过气归气,小桃也不敢怠慢,第二天,她特意从表姐那里借来一套时尚的衣服穿上,直奔大酒店而去。来到酒店,小桃往申请洗碗工的队伍里一站,左看看、右瞧瞧,觉得自己站在这些粗手大脚的大嫂们中间,称得上是"鹤立鸡群"了,不禁得意起来。

不一会儿,据说是这家大酒店的行政总厨,一位姓吴的师傅,来到小桃他们的队列前。小桃一看却大惊失色,原来这个吴师傅就是自己当初在小饭店里和他拌过嘴的那位胖厨师。真是冤家路窄，这回完了！

只见吴师傅微笑着从大家面前走过，挨个儿问每个人，叫什么名字，是哪里人。走到小桃面前的时候，吴师傅将她上下打量了一番，意味深长地看着她说："我们好像见过面？"

小桃的心"怦怦"直跳，没吱声。

"读过书吗？"吴师傅问。

小桃轻轻回答："读过，高中毕业。"

吴师傅又问："以前干过什么？"

小桃摇摇头："从老家刚出来，什么都没干过。"

"噢——"吴师傅若有所思，摇摇头，又点点头。

最后，大家伙都一一问遍了，吴师傅指着小桃对大家说："除了她，其他人明天早上九点准时来大酒店报到。"

众人欢天喜地，一哄而散，只有小桃孤零零地站在原地。泪水顺着她的脸颊流了下来，她心里清楚：什么行政总厨？这家伙是在报"一嘴之仇"啊！看着渐渐走远的吴师傅，小桃冲着他的后背影狠狠啐了一口。

小桃心灰意冷地走出大酒店，只见外面空地上，整整齐齐地站了两排姑娘，一个戴眼镜的胖男人正冲着姑娘们在比比画画地说个不停，四周还聚着不少围观的路人。若在平时，小桃肯定会好奇地凑上去看热闹，可这会儿她没心情。

小桃正要离开，突然传来一声高喊："范青青，你去哪里呀？还不赶快过来归队？"

小桃一怔，发现刚才还在队列前说话的那个胖男人，此刻正冲着她招手。小桃左右看看，旁边没有别人呀？她心想：难道他是叫我？正纳闷呢，胖男人过来不由分说就把小桃拽入了姑娘们的队列里，说："范青青，我叫你，你没听见吗？"

小桃这才明白，一定是这个胖男人认错人，把自己当成那个叫"范青青"的姑娘了。她心里不由一动：反正是你硬把我拉进来的，那我索性就当一回范青青吧。

这些姑娘是大酒店新招进来的服务生，胖男人是她们的部门经理，现在正在给她们上就业培训课。一个钟头后，培训结束了，胖经理照着花名册点名，点到"范青青"的时候，小桃索性大着胆子，理直气壮地应了一声。

点名结束，胖经理宣布解散，叫大家明天再接着来培训。小桃不禁犹豫起来：自己明天到底要不要再来呢？她思虑再三，决定第二天还是来看看再说。让她庆幸的是，第二天，这个范青青还是没来，而且一直到培训结束也没露面，小桃悬着的心终于落了下来。

终于有工作了！不过说实话，小桃心里一直不踏实，总是处于一种戒备状态，害怕哪一天那个吴师傅发现了她，到部门经理面前一说，那自己就会被炒鱿鱼。

但是世上好多事就是这样，你越怕就越会碰上。后来果然有一天，小桃与吴师傅迎面遇上了，吴师傅目不转睛地盯着小桃看，小桃只好假装不认识，低着头匆匆而过。事后，小桃担惊受怕了好几天，总算没有什么动静，才稍稍放下心来。

小桃十分珍惜这份来之不易的工作，所以她干得特别认真，特别负责。半年之后，小桃被破格提升为大堂领班，这令她又惊讶又激动。不过这时的小桃已今非昔比了，你看她，身着黑色的职业装，气度高雅又大方，一派白领风度。

这天，小桃走进胖经理的办公室，掏出身份证递到胖经理面前。

胖经理不解地问："你这是干什么？"

小桃说:"经理,我要改姓更名,我叫雷小桃,不叫范青青。"

胖经理突然一阵哈哈大笑:"你不说,我倒把这件事给忘了。"

小桃好生奇怪:"你早就知道我不是范青青了?"

胖经理笑道:"实话跟你说了吧!当初其实是吴师傅向我推荐你的,他给我发了条短信,说让你一个高中生洗碗是大材小用了。他特意提醒我说,你年轻气盛,千万别伤了你的自尊,我这才略施小计把你给留下了。"

小桃一听,愣在那里,一句话也说不出来。

第二天晚上,小桃执意要请吴师傅和胖经理吃饭。小桃替他们斟满酒,自己也倒了一杯,站起来说:"我敬二位!"说罢一仰脖子,自己先就喝了个底朝天。

一杯酒下肚,小桃的脸红得像桃花。她望着吴师傅,真心诚意地说:"吴师傅,谢谢你,要不是你,我现在也许还在酒店里洗碗呢!"

吴师傅连连摆手:"小桃,你太客气了,这事不值一提,不值一提呀!当时,我只不过是花一毛钱发了一条短信给他而已。"

胖经理在一旁微笑着,直点头。

"可是,你这一毛钱却改变了我的一生啊!"说这话的时候,小桃的眼泪禁不住流了下来。

图书在版编目（CIP）数据

中国好故事．Ⅸ、Ⅹ／《故事会》编辑部编．——上海：上海文艺出版社，2020
ISBN 978-7-5321-7685-4

Ⅰ．①中… Ⅱ．①故… Ⅲ．①故事-作品集-中国
Ⅳ．① I247.81

中国版本图书馆 CIP 数据核字（2020）第 079130 号

书　　名	中国好故事（Ⅸ、Ⅹ）
主　　编	夏一鸣
副 主 编	朱　虹　吕　佳
责任编辑	王　琦　赵媛佳
发稿编辑	朱　虹　吕　佳　姚自豪　丁娴瑶
	陶云韫　曹晴雯　田　芳
整体设计	周　睿
督　　印	张　凯
出　　版	上海文艺出版社
出　　品	上海故事会文化传媒有限公司
	（200020 上海市绍兴路 74 号　www.storychina.cn）
发　　行	上海文艺出版社发行中心
	（200020 上海市绍兴路 50 号）
印　　刷	上海中华印刷有限公司
开　　本	889×1194　1/32
印　　张	16（Ⅸ、Ⅹ册）
版　　次	2020 年 7 月第 1 版
印　　次	2020 年 7 月第 1 次印刷
书　　号	ISBN 978-7-5321-7685-4/Ⅰ·6109
定　　价	50.00 元（Ⅸ、Ⅹ册）

版权所有　翻印必究

 上海故事会文化传媒有限公司 出品（00968）
扫一扫二维码
故事会网上书店

上海故事会文化传媒有限公司所有图书可办理邮购，免收邮费（挂号除外）
汇款地址：上海市绍兴路 74 号（200020）　收款人：上海故事会文化传媒有限公司出版发行部
联系电话：021-64338113
如发现本书有质量问题，请与印刷厂质量科联系　T：021-60829062